CATRIONA INNES

Das perfekte Date

Catriona Innes

Das perfekte Date

Roman

Aus dem Englischen
von Sonja Rebernik-Heidegger

blanvalet

Die Originalausgabe erschien unter dem Titel
»The Matchmaker« bei Trapeze, London.

FSC www.fsc.org MIX Papier aus verantwortungsvollen Quellen FSC® C014496

Klimaneutral* Druckprodukt ClimatePartner.com/14044-1912-1001

Penguin Random House Verlagsgruppe FSC® N001967

1. Auflage 2021

Redaktion: Margit von Cossart
Umschlaggestaltung: www.buerosued.de
nach einer Originalvorlage von Orion Books UK
Umschlagdesign und -motiv: Madeleine Meckiffe / Orionbooks
JB Herstellung: eR
Druck und Satz: GGP Media GmbH, Pößneck
Printed in Germany
ISBN: 978-3-7341-0931-7

www.blanvalet.de

Für Ian Hunter
Weil er immer »Zutatenraten« mit mir spielt.

KAPITEL EINS

Sie zupft an ihrem Ärmel, und eine Wolke orangefarbener Flusen steigt von ihrem Pullover auf, die sie wie Zigarettenrauch umgibt. Ihre mit Sommersprossen überzogenen Wangen sind zart gerötet, und wenn sie lächelt, ist da plötzlich dieses kleine Grübchen. Es ist unmöglich, sich nicht in dieses Lächeln zu verlieben.

Allerdings habe ich es noch nicht allzu oft zu Gesicht bekommen, seit ich vor zwanzig Minuten das Restaurant betreten habe. Ich kann es an den Fingern einer Hand abzählen: Das erste Mal war, als sie an den Tisch trat, das zweite, als der Kellner ihr den Wein brachte, und das dritte, als sie mich in der Nachbarnische entdeckte und trotz meiner juckenden Perücke erkannte.

Ich spitze die Ohren und versuche, über das Gemurmel der anderen Gäste hinweg zumindest Teile ihres Gespräches mitzubekommen. Ich muss herausfinden, was hier schiefläuft. Warum sie ihrem Date mit teilnahmslosem Gesicht gegenübersitzt. Gerade so, als wäre sie lieber woanders. In dem Spiegel, den ich vor ein paar Stunden strategisch platziert habe, kann ich erkennen, wie er das Weinglas in seiner Hand schwenkt, auf der schwarze Härchen sprießen. Ich beobachte seine Körpersprache. Er hat sich nach vorne gelehnt, und ich höre immer wieder sein nervöses, kehliges Lachen. Doch sie lässt sich nicht davon anstecken.

Ein Aperol Spritz steht auf einmal vor mir auf dem Tisch, und die Eiswürfel schlagen klirrend aneinander, während Bobby zu mir in die Nische rutscht. Er riecht nach Knoblauch und Butter, allein sein Anblick lässt meinen Magen knurren.

»Ah, Amors liebste Helferin!«, dröhnt er, und ich lege mir eilig den Finger auf die Lippen, um ihn zum Schweigen zu bringen. Er wirft mir einen verlegenen Blick zu. »Tut mir leid«, flüstert er. »Ich vergesse immer wieder, dass du lieber im Verborgenen bleibst.« Er zupft an meiner Perücke, die weniger nach Uma Thurman in *Pulp Fiction* als nach *Edward mit den Scherenhänden* aussieht. »Die waren auch schon mal besser«, murmelt er und schüttelt den Kopf.

»Was du nicht sagst«, erwidere ich und verstecke mich hinter einer Serviette, um unauffällig eine Hand unter das verdammte Ding zu schieben und mich zu kratzen.

»Also …« Er reibt sich die Hände. »Wen bespitzeln wir denn heute?«

Ich deute auf die Nische hinter uns.

»Ah, hübsch«, meint er über meine Klientin Elena.

»Und clever. Die beiden passen perfekt zueinander.« Ich grinse stolz.

Er lacht. »Das ist süß, aber in letzter Zeit ist es wohl nicht so toll gelaufen. Ich vermisse die Küsserei.«

Ich stoße ihm freundschaftlich den Ellbogen in die Seite. »Tust du nicht«, erwidere ich. »Wer hat mich denn ständig angerufen: *Caitlin, Schätzchen, ich halte das nicht mehr aus! Sie sabbern meinen besten Tisch voll!*«

»Immer noch besser als: *Caitlin, Schätzchen, du wolltest den Kerl mit seinem Bruder verkuppeln!*«

»Der Kerl war nicht *wirklich* sein Bruder«, krächzte ich. »Er sah ihm nur … ähm … sehr ähnlich.«

Wir schweigen und folgen dem Gespräch am Nachbartisch.

»Jedenfalls musste ich ihr sagen, dass sie den Käse in den Backofen stellen soll«, sagt James gerade lachend. »Dort konnte man ihn wenigstens nicht mehr riechen! Ich konnte doch nicht zulassen, dass mir der stinkende Käse den herrlichen Bordeaux ruiniert. Was für ein schwachsinniges Geschenk.«

Bobby verzieht das Gesicht und schüttelt den Kopf.

»Er importiert erlesene Weine«, flüstere ich.

Bobby nickt und trällert leise: *»That don't impress her much.«*

»Sie ist Küchenchefin«, füge ich hinzu, um meine Entscheidung zu rechtfertigen. Aber wenn ich mir Elena so ansehe, hat Bobby recht. Ihr Blick huscht jedes Mal hektisch durchs Restaurant, wenn James etwas erzählt, und im Moment scheint sie die Speisekarte auswendig zu lernen. »Er ist nur nervös«, erkläre ich. »Er ist sonst echt witzig, ich schwöre.«

Zumindest war er das, als ich Anfang der Woche mit ihm telefoniert habe. Ein letztes Gespräch, um sicherzugehen, dass er auch wirklich der Richtige für Elena ist. Sein Job war mir unheimlich interessant erschienen, und er gab unzählige Anekdoten zum Besten, wobei er sich auch gern selbst auf die Schippe nahm. Zum Beispiel, als ein Klient ihn großzügig belohnen wollte, wenn er einen unglaublich seltenen portugiesischen Wein auftriebe – den James schließlich ganz unten im Regal einer großen Supermarktkette entdeckte. Oder als er während einer Frankreichreise Weintrauben stampfte und ihm erst mittendrin wieder einfiel, dass er eine Warze am Fuß hatte.

»Kannst du denn da gar nichts machen?«, fragt Bobby.

Ich schüttle den Kopf. »Erst, wenn sie es so will«, erkläre ich. Wir haben ein Zeichen vereinbart: Elena entschuldigt sich und geht auf die Toilette, und ich folge ihr für ein kurzes Abschlussgespräch. Andererseits will ich den beiden unbedingt helfen. Das hier ist zwar nicht so schlimm wie die Sache mit dem Bruder oder der Frau, die ihre Dates nur benutzte, um neue Kunden für ihr Aloe-Vera-Schneeballsystem anzuwerben, aber es läuft nicht gerade optimal. »Geh du doch mal rüber und stoß ein Weinglas um«, fordere ich Bobby auf.

Er wirft mir einen schiefen Blick zu. »Und das soll helfen?«

»Ja, sicher! Versprochen!«, erwidere ich und grinse wieder, obwohl ich mir alles andere als sicher bin.

Bobby hebt ergeben die Hände, rutscht aus der Nische und zieht schwungvoll seinen Bestellblock aus der gestreiften Schürze. »Aber wenn ich deshalb eine schlechte Bewertung auf TripAdvisor bekomme, bist du schuld!«

Ich sehe zu, wie er an den Tisch tritt und in seine Rolle als italienischer Großvater schlüpft. Auch wenn er damit niemanden hinters Licht führt. Er behauptet, der Sohn italienischer Einwanderer zu sein, und glaubt, dass seine Gäste nur deshalb wiederkommen, aber in Wahrheit lieben sie die Show, die er abzieht. Immerhin hat er üppige rote Locken, nennt jeden »Schätzchen« und spricht mit starkem Yorkshire-Akzent.

»Ah, wenn das nicht mein Lieblingsstammgast ist!«, ruft er und klopft James auf den Rücken. Der sieht verwirrt zu Bobby hoch. Er war noch nie in diesem Restaurant. »Darf ich Ihnen eine Besonderheit aus der Speisekarte empfehlen? Für die Dame, vielleicht?« Er greift über den Tisch nach der Karte und bringt dabei unauffällig James' Glas zu Fall.

Elena springt auf, und der Wein schwappt auf den Fußboden. James fährt ebenfalls hoch und kramt in seinen Taschen, während Bobby vergeblich versucht, der Sauerei mit ein paar viel zu dünnen Papierservietten beizukommen.

»Ich weiß doch, dass ich irgendwo noch ein Taschentuch habe«, meint James gerade, und das ist perfekt, denn es zeigt Elena, dass er ein richtiger englischer Gentleman ist. Immerhin hat sie Hugh Grant auf die Liste der Promis gesetzt, die sie gern daten würde.

Im nächsten Augenblick höre ich, wie sie sagt: »Moment mal. Was ist das denn?« Ihre Stimme klingt schneidend, während sie gemeinsam mit Bobby auf den Tisch hinunterstarrt. James ist knallrot angelaufen.

»Das ist … das ist …«

Ich kann im Spiegel nicht erkennen, was er in der Hand hält, also lehne ich mich unauffällig aus der Nische, um einen Blick auf den Gegenstand zu erhaschen. Doch es ist sinnlos.

Bobby lacht lauthals, und James funkelt ihn wütend an.

»Ich gehe mal auf die Toilette«, erklärt Elena bestimmt, und ich folge ihr, während drei Kellner mit Wischtüchern auf den Tisch zueilen.

»Was zum Teufel war das?«, schreit sie mich an, sobald die Tür hinter uns ins Schloss gefallen ist. Sie steht vor den Waschtischen und stemmt die Hände in die Hüften.

»Ähm … Das müssen leider *Sie* mir sagen. Ich habe nicht genau gesehen, was passiert ist.«

»Er hat den Wein mit einem *Schlüpfer* aufgewischt, Caitlin! Mit einem Schlüpfer, den er in seiner Hosentasche hatte!«

»Wie sah er denn aus?« Das ist das Einzige, was mir einfällt, während ich fieberhaft nach einer Erklärung suche.

»Ist das nicht egal?«, zischt sie genervt. »Ich gehe. Ich dachte, Sie wären gut in so was.«

»Ich bin ja auch gut darin!«, erwidere ich, obwohl … Wenn ich so darüber nachdenke, hat Bobby recht. In letzter Zeit läuft es nicht richtig rund.

»Dieser Mann dort draußen«, sie deutet auf die Tür, »ist kein Harry.«

»Aber er könnte ein Harry werden, wenn Sie ihm die Chance dazu geben.«

Sie zählt James' Schwächen an den Fingern ab: »Langweilig, ein Weinfreak, seine Augenbrauen wachsen zusammen …«

»Hey, das ist nicht fair!«, unterbreche ich sie. »Sie haben angegeben, dass Sie auf stark behaarte Männer stehen.«

Doch sie setzt die Liste unbeirrt fort: »Er befiehlt Besuchern, ihren Käse in den Backofen zu stellen. Er ist ein Omaschlüpferfetischist …«

»Warten Sie! Sagten Sie Omaschlüpfer?« Mir ist gerade etwas eingefallen, das dieses Date vielleicht doch noch retten könnte.

»Ja, das Teil war riesig. Für alte Frauen eben. Mit Rosen bedruckt. Es ist sicher ein Fetisch, glauben Sie mir. Ich habe nur Pech mit Männern. Ich hatte einmal ein Date mit einem Kerl, der ständig mit fremden Frauen schlief und ihre BHs als Souvenir behielt. Er hatte eine ganze Schublade voll. Sie waren alle gestohlen, Caitlin! Deshalb bin ich zu Ihnen gekommen. Um solche Widerlinge von vornherein auszusortieren.«

»Nein, nein, Sie sehen das alles ganz falsch!«, rief ich triumphierend. »Er ist ein Harry!«

Harry ist mein Ehemann. Der Mann, den jede Frau will – zumindest in ihrer Fantasie. Unsere Hochzeit war so wunderschön, dass die Fotos davon meine Agentur in ungeahnte Höhen getrieben haben.

Elena hebt eine Augenbraue. »Warum?«

»Der Schlüpfer gehört seiner Mum. Jetzt weiß ich es wieder. Sie ist ziemlich krank. Er kümmert sich um sie, besucht sie jeden Tag und erledigt ihre Wäsche.«

»Blödsinn!«

»Gar nicht! Gehen Sie raus und fragen Sie ihn. Sagen Sie: ›Ich bin mir sicher, dass es eine vernünftige Erklärung dafür gibt.‹ Und er wird Ihnen genau dasselbe erzählen.«

Zumindest, wenn er noch da ist. Ich an seiner Stelle hätte inzwischen das Weite gesucht.

»Okay, das ist zwar echt nett von ihm«, erwidert sie zögernd, »aber es ändert nichts daran, dass er ein Langweiler ist. Er kann nur über Wein reden.«

Sehr gut, jetzt sind wir wieder auf sicherem Terrain. Für langweilige Dates habe ich einige Standardsätze parat.

»Wissen Sie, die Leute sind beim ersten Date nie zu hundert Prozent sie selbst. Sie sind nervös und versuchen, sich im besten Licht zu präsentieren. Und ich glaube, genau das macht er. Denn eigentlich passt er perfekt zu Ihnen.«

Sie zieht die Nase kraus. »Dieser Kerl?«

Ich hebe ergeben die Hände. »Ehrenwort! Hören Sie, ich verstehe, dass Sie ihn langweilig finden, ich habe zugehört. Er kann sich nicht richtig verkaufen. Aber vertrauen Sie mir. Gehen Sie wieder raus, lernen Sie ihn besser kennen, und Sie werden sehen, dass er etwas Besonderes ist. Er ist nicht wie Ihre Exkerle. Versprochen.«

Sie beginnt, ihre Wimpern nachzutuschen. »Ich hoffe für Sie, dass Sie mit dem Schlüpfer recht haben.«

Eine Kabinentür öffnet sich, und eine Frau mit hochhackigen roten Schuhen tritt heraus.

»Hey«, meint sie zu Elena. »Ein Omaschlüpferfetischist ist doch gar nicht so schlimm. Haben Sie schon mal versucht, sich in PVC zu quetschen? Das ist verdammt unbequem.«

Wir nicken alle drei.

»Na gut«, meint Elena. »Erzählen Sie mir noch eine tolle Sache über ihn, dann gehe ich wieder raus.«

»Hat er Ihnen schon von seinem Aquarium erzählt?« Das war überhaupt erst der Grund, warum ich die beiden zusammengebracht habe. Sie sind gleichermaßen fasziniert von tropischen Fischen. Ich war total aufgeregt, als ich es herausfand. Es kommt nicht oft vor, dass sich zwei Klienten für dasselbe seltene Hobby begeistern, und ich habe nicht wenige Anfragen.

Sie sieht mich zweifelnd an. »Er hat ein Aquarium? Mag er …« Sie zögert. »Mag er Tetras?«

»Aber klar doch!« Ich habe keine Ahnung, ob er Tetras mag, aber ich nehme an, dass es sich dabei um eine bestimmte Fischart handelt. Und nicht um das fast gleichnamige Computerspiel aus den Neunzigern. »Und mehr noch, Elena. Als ich Sie beide zusammenbrachte, habe ich es gespürt – das Kribbeln.«

»So wie damals bei Harry?«

»Genau so.« Das ist mein Markenzeichen, das mich von allen anderen unterscheidet. Das *Caitlin-Kribbeln*. Ich spüre ein Flattern im Bauch, doch es ist mehr als Nervosität. Es ist wie ein kleines Erdbeben, als würde der Boden unter mir kaum merklich nachgeben. Es begann, als ich Harry zum ersten Mal gegenüberstand. Ich erinnere mich noch, wie ich ihn ansah und sofort wusste, dass er eine ganz besondere Rolle in meinem Leben spielen würde. »Natürlich müssen Sie selbst entscheiden, ob Sie etwas für ihn empfinden oder nicht«, erkläre ich Elena.

Doch ihre Augen wirken bereits seltsam verhangen. Ich habe ihr gerade einen Grund dafür geliefert, noch einmal rauszugehen und es erneut zu versuchen.

Ich glaube, die meisten meiner Kunden wollen eine Garantie, dass es die Sache wert ist. Den Small Talk, die ersten Streitigkeiten. Den Mut, dein Glück in die Hände eines anderen Menschen zu legen und zu wissen, dass derjenige dir jeden Moment das Herz brechen kann.

»Ein Aquarium … Wer hätte das gedacht?«, murmelt sie und stürzt beinahe zur Tür hinaus.

»Was auch immer dich heiß macht, Schätzchen«, ruft die Frau ihr nach, und ich lache und folge Elena nach draußen.

Wie durch ein Wunder sitzt James noch am Tisch. Die Sauerei wurde beseitigt, und Bobby steht wieder in der Küche. Als er mich sieht, winkt er mit dem weindurchtränkten Schlüpfer. Ich werfe ihm einen bösen Blick zu. *Sei nicht so gemein!*

»Da bist du ja wieder!«, ruft James, als Elena sich an den Tisch setzt. »Ich war mir nicht sicher, ob ich uns noch eine Flasche Wein bestellen soll, also habe ich mich stattdessen für Bier entschieden. Du hast ja vorhin gesagt, dass du gern Bier trinkst.«

Ich rutsche lächelnd in meine Nische. »Also, die Sache mit dem Schlüpfer …«, fährt James fort, und ich kann beinahe *hören*, wie seine Wangen glühen. »Es gibt eine vernünftige Erklärung …«

Und dann erzählt er es ihr. Dass seine Mum unter starker Arthritis leidet, ihr ganzer Körper ist betroffen, und dass das Leben sehr schwierig für sie ist, deshalb kümmert er sich um sie. Auch um ihre Wäsche. »Sie backt nicht einmal mehr. Sie hat praktisch damit aufgehört, nachdem mein Dad starb«, erklärt James.

Elena seufzt mitfühlend. »Ich verstehe«, sagt sie schließlich. »Sollen wir vielleicht noch mal von vorne anfangen? Erzähl mir doch von deinen Hobbys. Ich meine, abgesehen vom Wein.«

»Okay.« Er nickt. »Obwohl du es wahrscheinlich total langweilig findest. Die meisten Frauen denken so. Aber hey! Was habe ich schon zu verlieren? Dieses Date kann nicht mehr viel schlimmer werden.«

Sie lacht. »Stimmt. Also raus mit der Sprache.«

»Ich habe ein Aquarium.«

Sie schnappt übertrieben dramatisch nach Luft. »Echt? Das ist nicht wahr! Ich auch!«

Er reißt die Augen auf und lehnt sich verschwörerisch nach vorne. »Welche Fische magst du am liebsten?«

»Tetras! Und du?«

Bitte, James! Sag, dass du Tetras magst! Ich wünsche es mir so sehr, dass ich beinahe die Antwort überhöre.

»Oh, ich liebe Tetras … aber Clownfische mag ich auch echt gern.«

Sie beginnen ein angeregtes Gespräch über die unterschiedlichen Persönlichkeiten ihrer Fische, und Bobby – der die Veränderung ebenfalls bemerkt hat – schickt mir ein Daumenhoch. Ich wische mir den imaginären Schweiß von der Stirn, die Perücke gerät mächtig in Schieflage. Anschließend mache ich mich über meine Spaghetti her. Sie sind mittlerweile kalt geworden, aber das spielt keine Rolle. Bobbys Tomatensoße (wenn wir unter uns sind, nennt er sie *Red Sauce*) ist die beste der Stadt. Die Stimmen und das Gelächter in der Nische nebenan sind irgendwie beruhigend. Nicht mehr lange und ich kann nach Hause gehen. Elena hat mich nur für die erste Stunde gebucht, aber ich würde gern noch ein wenig länger bleiben. James hört ihr aufmerksam zu, und Elena lächelt. Ihr Gesicht strahlt im Kerzenschein, ich liebe es, an ihrer Aufregung teilzuhaben und die Anziehung zwischen den beiden hautnah mitzuerleben.

Ich lege das Geld für das Essen auf den Tisch und schreibe Bobby eine kurze Nachricht, um mich für den Abend zu bedanken. Er steht an einem Ecktisch und schwärmt den Gästen vor, wie er in den Straßen Roms die Inspiration für die Einrichtung seines Restaurants fand. Ich will ihn nicht unterbrechen, also nicke ich Elena diskret zu und schlüpfe grußlos hinaus.

Draußen strömen immer mehr Gäste lachend und mit einem Bier in der Hand aus den Pubs. Langsam spürt man, dass Weihnachten näher rückt. Bobby hat seine Tür mit einer Lichterkette geschmückt, und in den Fenstern sehe ich bereits den einen oder anderen Baum. Ein Pärchen umarmt sich in einem Hauseingang, ihr Atem hüllt sie in eine weiße Wolke. Sie stoßen mit ihren Coronas an und drücken sich einen schnellen Kuss auf den Mund. Ich wende eilig den Blick ab, bevor sie bemerken, dass ich sie beobachte.

Die Taxis am Straßenrand sind verlockend, doch ich wickle meinen Schal enger um den Hals und mache mich zu Fuß auf den halbstündigen Heimweg. Ich liebe es einfach, immer wieder einen Blick in die Fenster der Pubs zu werfen, die Menschen zu beobachten und die Aufregung zu spüren, die diese Jahreszeit mit sich bringt.

Versonnen betrachte ich meinen Verlobungsring. Das Licht der Straßenlaternen lässt die roten Flecken in dem milchigen Opal leuchten. Man sagt, ein Opal zur Verlobung bringe Unglück, aber ich wollte schon als kleines Mädchen einen Ring mit einem solchen Stein. Harry muss wohl irgendwie davon erfahren haben, vielleicht von meiner Mum. Auf jeden Fall spielte er mit der Idee, bis er mir schließlich einen Antrag machte.

Er hat überall in unserem Wohnzimmer geöffnete Regenschirme verteilt – da waren pinkfarbene, gepunktete und durchsichtige Schirme – und ist in ihrer Mitte vor mir auf die Knie gesunken. Die schwarze Katze, die immer wieder an unserer Hintertür auftaucht, ist durch den Raum gestreift. Harry hat den Ring auf einen zerbrochenen Spiegel platziert, den er auch noch mit Salz bestreut hatte. Er hat sogar daran gedacht, eine Leiter an die Wand neben der Tür zu lehnen, unter der ich ahnungslos hindurchgegangen war, als ich nach Hause kam.

»Kein Unglück dieser Welt kann mir etwas anhaben, solange ich mit dir zusammen bin«, hat Harry zu mir gesagt, und ich war so glücklich, dass ich zwei Stunden lang nicht zu weinen aufhören konnte.

Ich denke an Elena und James. Daran, wie er sie angesehen hat. Ich versuche, den Anblick und das Gefühl tief in meinem Herzen festzuhalten, und hoffe, dass sie eines Tages auch so glücklich sein werden, wie ich an diesem Abend war.

KAPITEL ZWEI

»Verity?« Ich muss schreien, damit sie mich hört. Im Fernsehen läuft ein Musikvideo, und Whitney tanzt in einem purpurfarbenen Kleid über den Bildschirm. Ich nippe an meinem Wein und stelle mich darauf ein, zuerst einmal zusammenzuzucken, bevor ich mich an den Geschmack gewöhnt habe. Zu meiner Überraschung rinnt er hinunter wie Öl. Ich greife nach der Flasche. Normalerweise steht sie direkt neben mir auf dem Boden, damit ich mir selbst nachschenken kann. Aber da ist nichts. »Wo ist der Wein?«

Verity steckt ihren Kopf zur Tür herein, und der Geruch von geschmolzenem Käse dringt ins Zimmer. »Im Kühlschrank. Soll ich dir nachschenken?«

»Nein, ich wollte nur wissen, was es für ein Wein ist.«

»Ein Pinot von Marks and Spencer, glaube ich.«

Sie verschwindet wieder in der Küche, und ich betrachte den Teppich vor mir. Er ist überraschend groß. Die Zeitungsausschnitte, die Verity für ihre Lookbooks braucht und die normalerweise überall auf dem Boden verstreut liegen, lagern heute zu ordentlichen Stapeln sortiert in einer Ecke des Raumes. Ich stecke die Hand zwischen die Sofakissen, doch das vertraute Rascheln des Schokopapiers bleibt aus.

Gestern Abend hat Verity mich angerufen und mir klargemacht, dass ich nicht noch einen Samstagabend mit Arbeit verbringen dürfe. Ich solle lieber zu ihr kommen. »Aber nicht unbewaffnet!« Also habe ich eine Flasche erlesenen Wein mitgebracht, doch der Kühlschrank war bereits gut bestückt.

Sie setzt sich neben mich und umklammert ihren randvollen Snoopy-Kaffeebecher. »Wen stalkst du denn schon wieder?« Schon nimmt sie mir das Handy aus der Hand. Ich bin auf Polly Lees Instagram-Account und sehe mir zwei Jahre alte Fotos an.

»Wehe, du drückst irgendwo auf *Like!*«, keuche ich und versuche, ihr das Handy wieder abzunehmen.

Sie lacht. »Gute Idee …!«

»Wage es ja nicht!«

Ich werfe einen Blick über ihre Schulter auf Polly Lees Tochter. Die Fotos wurden auf der Party zu ihrem fünften Geburtstag gemacht. Polly hat kleine Holztische im Garten aufgestellt und sie mit erlesenem Teegeschirr gedeckt. Auf jedem Tellerchen stehen Petit Fours mit dem Namen des jeweiligen Kindes in Zuckerguss.

»Die sind sogar vegan!«, ruft Verity, die gerade den Text unter dem Posting gelesen hat. »Und zuckerfrei.«

»Ich hatte zwei … man gönnt sich ja sonst nichts«, zitiere ich den restlichen Text. Ich kann ihn mittlerweile auswendig.

»Ich hätte ihr fünf davon ins Gesicht geworfen«, erklärt Verity. »Wer ist diese selbstgefällige Ziege?«

»So schlimm ist sie gar nicht. Sie war Geschäftsführerin in meiner alten Firma.«

»Stehst du unter Hypnose, oder was? Die waren doch alle abscheulich zu dir!«

»Na gut«, sage ich seufzend. »Sie war wirklich gemein. Aber sieh dir mal ihr Leben an. Es ist einfach perfekt.«

»Ein zuckerfreies Leben kann gar nicht perfekt sein – kannst du dich nicht an meinen Selbstversuch erinnern?«

»Erinnern? Ich leide noch immer unter den Folgen.«

Verity und ich haben uns damals eine winzige Wohnung im obersten Stockwerk eines Hochhauses geteilt, in die wir nur gezogen sind, weil sie einen Balkon hatte. Überall lagen Stoffreste herum – Pailletten, Samt, Baumwolle –, und wir lebten von Fertiggerichten und billigem Wein aus dem Supermarkt um die Ecke.

Eines Tages im Januar beschloss Verity, keinen Zucker mehr zu sich zu nehmen, und machte einen kalten Entzug. Sie hielt ganze drei Tage durch – bis ich in die Küche kam und sie gerade ein Glas an die Wand donnerte, weil jemand im Radio etwas Falsches gesagt hatte.

»Rieche ich da etwa Lasagne?« Vermutlich ein Fertiggericht, denn Verity isst praktisch nichts anderes. Sie kann nicht kochen und besteht darauf, dass es sinnvollere Dinge gibt, die sie mit ihrer Zeit anstellen kann.

»Yep, nur eine Kleinigkeit, die ich schnell mal zusammengerührt habe.« Sie versucht, ein ernstes Gesicht zu machen, doch im nächsten Moment lacht sie. »Was soll's, du kennst mich zu gut. Jeremiah hat sie vorbereitet. Ich hab sie nur in den Ofen gestellt.«

»Du verlangst von deinem Freund, dass er für uns kocht … Du putzt das Haus … Und die Weingläser sind blitzsauber. Was ist los?«

Sie wendet den Blick ab und starrt auf den Fernseher. Mittlerweile läuft eine Nummer der Backstreet Boys.

»Nichts. Ich dachte nur, dass es mal wieder nett wäre. Wir hatten schon lange keinen gemütlichen Abend mehr bei mir zu Hause. Und jetzt zeig mir, wen du noch stalkst, dann hasse ich sie ein bisschen für dich mit.«

Ich schnappe mir mein Handy und rufe Morwena Stars Profil auf. Sie ist total lächerlich, aber ich mag sie irgendwie. Sie bezeichnet sich selbst als »Kristallheilerin«, ihr Account ist voller Selfies und Fotos von perfekt manikürten Händen, in denen ein Kristall ruht, während sie sich über die Wirkung verschiedener Steine auslässt. *Der Opal richtet meine Krone wieder gerade, und ich bin bereit für einen neuen Tag.* Oder: *Citrin bündelt meine Sonnenstrahlen.*

»Niemand sieht so aus, wenn er Yoga macht«, erklärt Verity und deutet auf ein Foto von Morwena, die gerade eine Rückenbeuge am Strand zeigt, während die Sonne im Meer versinkt.

»Warte! Mach das mal auf!«

Ich öffne ein Foto von Morwena, die darauf im Yogasitz und mit geschlossenen Augen unter einem Baum zu sehen ist, und lese den Text. *»Lebe im Hier und Jetzt, nimm dir Zeit in der Natur, weit weg von deinem Handy.«*

Verity lacht schnaubend. »Und wer hat das Foto gemacht?«

»Es ist albern, ich weiß. Aber sie hat immerhin eine eigene Marke erschaffen. Sie hat beinahe eine Million Follower.«

»Trotzdem! Das ist doch alles Fake. Hast du nicht gesagt, dass sie aus der Gegend kommt?«

Ich nicke. Ich bin mir nicht sicher, wo Morwena die Strände und die üppigen Wälder auftreibt, denn nach einigen Nachforschungen habe ich herausgefunden, dass sie hier in Sheffield lebt. Die farblose, hügelige Stadt ist so weit vom Meer entfernt, dass die Kinder an heißen Tagen kreischend im Springbrunnen auf dem Stadtplatz planschen, während ihre geräderten Eltern sich auf Parkbänken herumlümmeln und Cider aus Dosen trinken.

»Ja, klar ist das alles gefakt, aber sie verdient ein Vermögen mit diesen Posts«, erinnere ich Verity und denke an meinen eigenen Feed und wie hart ich daran arbeite, mehr Follower zu gewinnen.

»Mann, das ist echt deprimierend«, erwidert Verity. »Nicht auszuhalten.« Sie nimmt einen großen Schluck Wein. »Zeig mir etwas, das mich wieder aufheitert.«

Ich öffne den Ordner mit unseren alten Fotos. Da ist eines von uns beiden, kurz nach der Uni. Ich trage eine abgeschnittene, grün karierte Strumpfhose, einen zerfransten Jeansminirock und einen fleckigen blauen Hoodie und Verity Jeanshotpants, neongelbe Ohrringe und ein schwarzes Top. Sie hatte damals gerade ihre Amy-Winehouse-Phase mit schwarz umrandeten Augen und rot geschminkten Lippen.

»Ich ärgere mich immer noch, dass ich es nicht geschafft habe, meine Haare gescheit aufzutürmen«, erklärt sie und deutet auf ihren Afro.

Wir scrollen durch die Fotos, bis wir zu den neueren kommen. Da ist zum Beispiel ein Bild von Verity und mir bei der Eröffnung eines Friseurstudios. Verity war von einer ihrer Klientinnen eingeladen worden, einer Spielerfrau, die gerade eine deftige Scheidung hinter sich hatte und nun ihr eigenes Ding durchziehen wollte. Ich trage ein schwarz-weißes, knielanges Nadelstreifenkleid und High Heels, die schrecklich kneifen – was mir deutlich anzusehen ist. Verity hat sich für ein bodenlanges Vintagekleid aus den Siebzigern im orangefarbenen Blumendruck entschieden. Harry meinte damals, sie sehe aus wie der Teppich seiner Großmutter. Verity legt gerade den Kopf in den Nacken und lacht lauthals … Im Hintergrund ist eine weitere Kundin zu sehen, die ihr einen bitterbösen Blick zuwirft. Veritys Lachen ist so laut und unverfroren, dass man sofort davon angesteckt wird.

Dann ist da noch das Foto von uns dreien bei meiner eigenen Eröffnungsfeier. Harry hat dunkle Ringe unter den Augen – er hat damals sehr hart gearbeitet und mir danach nächtelang geholfen, bis endlich alles fertig war. Am Ende ist er um ein Uhr morgens auf der Toilette eingeschlafen.

Als Nächstes sind Harry und ich zu sehen, wie wir den Schlüssel für unser Haus in den Händen halten und vor der Eingangstür posieren. Ich habe die Haare zu zwei abstehenden Zöpfen gebunden, und Harry ist von oben bis unten mit Staub bedeckt.

Verity wirft einen Blick auf mein Glas. Ich habe nur ein paarmal an meinem Wein genippt. »Oh, du brauchst Nachschub!« Sie springt auf und eilt in die angrenzende Küche. Sie trägt Jeans mit leuchtend pinkfarbenen Quasten am Hintern, die hin und her schwingen, wenn sie sich bewegt, und sieht damit aus wie eine Tänzerin aus den Zwanzigern.

Als sie wiederkommt, drückt sie im Vorbeigehen mein Knie, eine alte Angewohnheit, die sie von ihrer Großmutter übernommen hat. Ich schiebe die Hand weg. Harrys Gesicht lacht mir immer noch vom Display entgegen. Sie nimmt mir das Handy sanft aus der Hand und legt es auf den Boden.

»Du kommst nie drauf, was heute am Set passiert ist …« Und dann geht es los. Sie erzählt mir von Jenna Self, einer ehemaligen *Love-Island*-Kandidatin, deren Styling sie diese Woche übernommen hat. Sie darf mir solche Dinge eigentlich nicht erzählen – wenn die Presse davon Wind bekäme, wäre sie in ernsten Schwierigkeiten –, aber sie kann einfach nicht anders. Promiklatsch bestimmt schon seit der Highschool unser Leben. Als wir noch zusammenwohnten, verbrachten wir oft Tage auf dem Sofa und sahen uns Reality-TV-Shows in Dauerschleife an. Verity analysierte dabei immer den modischen Geschmack der Kandidatinnen und meinte jedes Mal: »Wenn ich die mal in die Finger bekomme …«

»Jenna zog bei jedem Outfit, das ich ihr zeigte, einen Schmollmund und meinte: *Das passt nicht zu Jenna!* Und später hat mir die Visagistin erzählt, dass sie den ganzen Nagellack geklaut hat! Sie hatte sicher zwanzig Fläschchen in ihrer Handtasche.«

»O mein Gott«, erwidere ich empört. »Ist sie immer noch mit diesem Kerl zusammen? Diesem …«

»Chris? Yep, er hat sie nach der Show abgeholt. Aber er ist sicher auf Steroiden oder so. Er sieht aus wie ein Cornetto.«

»Es ist so offensichtlich, dass er sie betrügt.«

»Meinst du die Sache letzte Woche, als man ihn mit zwei Blondinen in einer Toilettenkabine erwischt hat und er meinte, er hätte ihnen nur geholfen, die Rohrverstopfung zu beseitigen?«

»Ja, genau. Chris, der Klempner«, erwidere ich und werfe einen Blick unter das Sofa auf die zahllosen Klatschzeitschriften, die dort ihre Heimat gefunden haben. Sie sind von einer hauchdünnen Staubschicht überzogen. »Ich meine, ich kann sie nicht ausstehen. Aber niemand verdient es, hintergangen zu werden.«

Verity zupft an den Quasten ihrer Jeans herum – eine ist schon ein wenig ausgefranst – und spielt mit den losen Enden. »Hmm-hmm«, meint sie, bevor sie erneut aufspringt. »Ich glaube, die Lasagne ist fertig!«

»Soll ich dir beim Anrichten helfen?«, frage ich, aber sie besteht darauf, dass ich mich entspanne.

»Wie war das Date gestern Abend?«, ruft sie mir über das Tellergeklapper hinweg zu.

»Am Anfang war es ein totales Desaster«, rufe ich zurück. »Aber ich habe es hinbekommen!«

Sie kommt wieder ins Wohnzimmer und reicht mir einen Teller mit einem großen, dampfenden Stück Lasagne. »Wie ist es mit der Perücke gelaufen?«

Verity leiht sich die Perücken von ihrem jeweiligen Arbeitgeber und bringt sie mir, damit mich die Dates meiner Klientinnen und Klienten nicht erkennen.

»Nicht so gut«, gebe ich zu. »Wo hast du die in letzter Zeit eigentlich her? Die letzten waren einfach nur schrecklich.« Sie grinst verschlagen und mit vollem Mund. »Nein!«, rufe ich. »Das ist jetzt nicht wahr, oder?«

Ein dröhnendes Lachen erklingt. »Klar doch. Tut mir leid. Bobby meinte, es wäre doch witzig, dir mal ein paar bescheuerte Perücken anzudrehen. Damit wir auch unseren Spaß haben.«

Sie zieht ihr Handy aus der Tasche und zeigt mir ein Foto von mir, wie ich mit einem selbstgefälligen Lächeln in meiner Nische sitze und mich auf Elenas und James' Date konzentriere. Auf dem nächsten Bild versuche ich, mich unauffällig unter dem schwarzen Haarteil zu kratzen.

»Mein Gott, ich dachte, ich sähe aus wie *Edward mit den Scherenhänden*, aber es war ja noch viel schlimmer ...«

Sie unterbricht mich und packt mich aufgeregt am Arm. »Schau mal, einer von den Beatles!«

»Ich glaub's nicht«, erwidere ich übertrieben entsetzt, ihre Bemerkung ignorierend. »Meine beste Freundin sorgt absichtlich dafür, dass ich scheiße aussehe, damit sie ihren Spaß dran hat.«

»Hey«, erwidert sie ernst. »Ich habe Bobby sogar davon abgehalten, es auf Instagram zu stellen. Er wollte es *Wigfluencer* nennen.«

»Hashtag *Look of the Day*, Hashtag *Beatles-Revival*«, ergänze ich. Sie greift neben dem Sofa nach unten und zieht eine grüne Tüte aus einem Lebensmittelmarkt hervor. »Wie wär's mit ein paar Snacks? Ich habe die ganze Gang da …«

Sie befördert das Päckchen mit den Fruchtgummischweinen auf den Couchtisch. »Percy, Percys Freundin, Percys Lover …«

»Nein, doch nicht Panda!«

Sie nickt ernst. »Penny hat nicht die geringste Ahnung.«

»Armes Ding …« Seufzend öffne ich die Packung und schiebe mir ein Schweinchen in den Mund. »Sie könnte ja mit Colin, der Raupe, rummachen. Aus Rache.«

»Oooh, da fällt mir ein gutes Entweder-Oder ein«, ruft Verity. Es war unser Lieblingsspiel, als wir noch Teenager waren. Wir haben stundenlang im Park zusammengesessen, Eis gelutscht und uns gefragt, wen wir lieber mochten, wobei wir uns absichtlich die hässlichsten Kerle oder Lehrer in unserem Jahrgang aussuchten.

»Colin oder Percy?«, fragt Verity triumphierend.

»Du fragst mich, ob ich es lieber mit einer Torte oder einem Fruchtgummi treiben würde?«

»Yep«, erwidert sie. »Und du musst antworten. So sind die Regeln.«

»Ich bin eine Lady«, erkläre ich grinsend. »Solche Fragen beantworte ich nicht.«

Sie schlägt freundschaftlich mit dem Kissen nach mir. »Blödsinn! Und das von einer Frau, die zugegeben hat, dass sie die Meerhexe Ursula heiß findet.«

»Hab ich nicht!«, rufe ich.

»Hast du doch.«

»Na gut, aber da hatte ich schon einige Gläser Gin intus. Außerdem ist Ursula wirklich sexy.«

»Sie ist eine Mischung aus Oktopus und Dragqueen.«

»Sagt die Frau, die auf Foxy aus der Bingo-Werbung abfährt.«

»Dazu stehe ich noch immer«, erklärt Verity. »Foxy ist sexy und hat einen exzellenten Geschmack, was Anzüge betrifft.«

Es folgt eine kurze Pause, und der morgige Tag baut sich drohend vor mir auf.

»Erinnerst du dich daran, wie du vor ein paar Wochen mit einer Flasche Weißwein bei mir im Büro aufgetaucht bist?«

Sie nickt. »Das war ein lustiger Abend.«

Am Ende waren es zwei Flaschen, und anschließend sind wir im Pub um die Ecke gelandet, wo wir mit einem Biker namens Gaz Tequila getrunken haben. An den Rest kann ich mich nur noch verschwommen erinnern.

»Wir haben an dem Abend zwei meiner Klienten verkuppelt, weißt du noch?«

»Ja, jetzt weiß ich es wieder! Sie haben denselben Lieblingsdrink angegeben!«

»Aber mehr war da auch wieder nicht.« Ich erinnere mich noch, wie Verity »Volltreffer!« gerufen und die Glocke geläutet hat, die ich beim ersten Treffen meiner Klienten jedes Mal benutze, wenn sich ein perfektes Paar findet. Ich habe gelacht und gemeint: »Okay, das passt! Und jetzt auf in den Pub.«

»Es ging um Elijah«, fahre ich fort. »Weißt du noch? Der Friseur?«

Sie nickt. »Dieser pingelige kleine Scheißer.«

»Genau. Und wir haben ihn mit Tom zusammengebracht, einem abgebrühten Rocker. Ich muss morgen zu ihrem ersten Date. Es wird sicher eine Katastrophe.«

»Na und? Geh einfach hin, warte ab, und wenn es nicht

funktioniert, sagst du Elijah, dass du ihm nur zeigen wolltest, wie seltsam manche Kerle drauf sind.«

»Ich glaube, du verstehst nicht ganz, wie mein Job läuft«, erwidere ich lächelnd. »Außerdem ist die Beschattung dieses Mal nicht so einfach. Sie treffen sich im Zoo.«

»Im Zoo?«, fragte sie. »Warum? Das ist doch ewig weit weg.«

»Ich weiß«, erwidere ich und denke an den Tag zurück, als ich beschloss, dass Elijahs nächstes Date an einem neuen, außergewöhnlichen Ort stattfinden sollte.

Er saß in meinem Büro und beschwerte sich, dass seine Dates ihn immer in Champagnerbars ausführten und am Schluss die Rechnung übernahmen. »Und was ist mit den Kerlen passiert?«, fragte ich. Er hielt sich eine Hand vor den Mund und kicherte. »Na ja«, sagte er. »Es hat sich herausgestellt, dass sie allesamt trotz ihrer Großzügigkeit totale Nullen waren.«

»Er ist einfach sehr speziell. Ich dachte, es wäre gut für ihn, einmal etwas anderes zu sehen. Aber jetzt bereue ich es irgendwie.«

»Es wird schon gut gehen.« Sie drückt mein Knie. »Du bist Expertin in solchen Dingen. Denk dran, wie viele Leute du schon glücklich gemacht hast.«

»Ich weiß. Und ich will das Ganze ja auch wirklich auf das nächste Level heben. Ich bin mir nur nicht sicher, ob Zoodates der richtige Ansatz sind.«

»Vielleicht nicht«, erwidert Verity. »Aber dir gelingt immer noch das, was du dir zu Beginn vorgenommen hast. Sei nicht so hart zu dir selbst.«

Ich atme tief ein und denke an einen längst vergangenen Sommer zurück, den wir hauptsächlich auf unserem winzigen Balkon verbrachten, wo wir Zukunftspläne schmiedeten.

Es war ein dunstiger Sommerabend Mitte Juni, als ich Harry zum ersten Mal sah. Verity trug ein smaragdgrünes Ballkleid und Turnschuhe, die Sonne ging gerade unter und tauchte uns beide in goldenes Licht. Wir tranken billigen Schampus. Verity entdeckte ihn zuerst. Sie deutete auf einen Typ, der gerade einen schäbigen roten Lehnstuhl die Straße hinunterschleppte, während eine in Pink gekleidete junge Frau vor ihm her stöckelte und mit ihrem Handy spielte.

»Geiler Hintern«, erklärte Verity, und ich kicherte.

Später ging ich runter, um Sprudel zu besorgen, und da hörte ich plötzlich eine Stimme hinter mir. Ich drehte mich um und sah ihn.

Seine braunen Locken, die ihm bis in die blauen Augen fielen, seinen schlaksigen Körper und den auf und ab hüpfenden Adamsapfel, seine leicht gebräunte Haut, Armbänder um sein Handgelenk. Ich wollte alles in mich aufsaugen. Er lachte, und ich liebte diesen Klang. Das Herz rutschte mir in die Hose. Ich wollte ihn anlächeln, aber ich schaffte es nicht. Stattdessen hetzte ich wieder nach oben, um Verity von ihm zu erzählen.

Sie lachte bloß und meinte: »Hoffentlich läufst du ihm wieder mal über den Weg.«

Wir tranken weiter und sahen zum Himmel hinauf, der zuerst noch blau, dann pink und schließlich in allen Farben leuchtete. Verity schlug vor, unsere Träume auf kleine Zettel zu schreiben und diese zu Papierfliegern zu falten. Sie hatte ihren Wunsch schnell notiert. Sie träumte von einem Leben für die Mode, seit sie zum ersten Mal in das Samtabendkleid ihrer Mutter geschlüpft war. Mir hingegen fiel es deutlich schwerer. Ich hatte das Gefühl, dass der Weg, den ich eingeschlagen hatte, der Job in der Werbung, nicht der richtige war, nur mein Kopf wollte nichts davon wissen.

Aber es gab da noch etwas anderes, das ich wollte: den Mann, der die Schmetterlinge in meinem Bauch hatte tanzen lassen. *Harry.* Ich schrieb es schnell nieder, obwohl ich damals noch nicht einmal seinen Namen kannte, und faltete den Zettel, bevor Verity ihn lesen konnte. Der Himmel war kornblumenblau, als wir die Flugzeuge losschickten und wie wild kreischten, als sie auf der Straße unter uns landeten.

KAPITEL DREI

Drei Affen brüllen mir entgegen, während einer ihrer Artgenossen auf einem Haufen Sägespäne sitzt, sich die Ohren zuhält und mich angrinst. Ich eile auf Tom und Elijah zu, die Affen folgen mir in einem Höllentempo. Sie klammern sich an dem Käfiggitter fest, an dem ich vorbeihetze – es hat sich bereits eine staunende Menschenmenge um das Gehege gebildet.

»Affen«, sage ich zu einer von Kopf bis Fuß in Khaki gekleideten Frau mit einer Kamera vor dem Gesicht. »Nicht gerade die beste Gesellschaft, wenn man einen Kater hat.« Verity hat gestern Abend unweigerlich eine weitere Weinflasche geöffnet, die wir ebenfalls leerten, bevor ich um ein Uhr morgens kichernd in ein Taxi fiel.

»Aber sie stehen offensichtlich auf Sie!« Die Frau lacht und schießt ein Foto nach dem anderen. »Sie werden ganz verrückt, sobald Sie sich bewegen! Deshalb habe ich mich an Sie drangehängt … Ich glaube, es sind Ihre tollen roten Haare.«

Ich greife an meinen Kopf und zucke zurück, als ich die Perücke spüre. Meine Haare sind heute kurz und lockig – eine Mischung aus Annie und Ronald McDonald. Ich habe am Morgen ein Selfie gemacht und es Bobby und Verity geschickt. Der Text lautete: *Das ist das letzte Mal, dass ihr Miststücke mir das antut.* Auch wenn ich genau wusste, dass sie mich nicht ernst nehmen würden.

Ich kann Tom und Elijah mittlerweile besser sehen. Tom trägt zerrissene Jeans, seine Converse sind schlammverkrustet. Elijah hat sich für eine blaue Hose, braune Brogues und einen grünen Parka entschieden. Er hat die Haare kunstvoll gestylt, sodass er mindestens zwei Zentimeter größer wirkt.

Warum um alles in der Welt habe ich zugelassen, dass Verity die beiden zusammenbringt? War es wirklich nur ihre Vorliebe für dasselbe alkoholische Getränk? Oder doch etwas anderes?

Sie sind mittlerweile bei den Kamelen angelangt, die großen braunen Tiere mit den langen Wimpern glotzen ihnen traurig entgegen. Die Kamele sind offenbar keine Publikumsmagneten, obwohl eine Holzkrippe in ihrem Gehege steht und ihr Unterstand mit einer Lichterkette geschmückt ist, sodass sie noch mehr an den Stall in Betlehem erinnert. Ich ducke mich hinter einem Holzzaun und spähe durch ein Loch. Tom grinst, doch Elijah sprüht sich verstohlen Desinfektionsmittel auf die Hände.

»Komm schon!«, meint Tom und streckt ihm die Hand entgegen. »Sie beißen schon nicht.«

»Aber vielleicht SPUCKEN sie!«, ruft Elijah und kratzt sich panisch die rechte Hand.

Eine Erinnerung steigt in mir hoch, doch ich bekomme sie nicht zu fassen. Ich versuche, mich auf Elijahs Akte oder unser erstes Gespräch zu konzentrieren, aber es funktioniert nicht. Es hat irgendetwas mit dieser Bewegung zu tun. Es sieht fast so aus, als wollte er sich die Haut abziehen. Mein Magen krampft sich zusammen.

Tom wirkt mittlerweile leicht genervt. Er runzelt kaum merklich die Stirn, lächelt aber immer noch. »Komm schon, die sind doch umwerfend …«

Tom liebt Hard-Rock-Konzerte, wo er sich headbangend in die Menge stürzt. Er ist es gewöhnt, dass ihm Leute mit Nietenstiefeln auf die Füße treten und ihm die Ellbogen ins Gesicht rammen, kennt tropfenden Schweiß und mit Pisse gefüllte Bierbecher, die ins Publikum geschleudert werden. Elijahs beinahe zwanghafte Angst vor Keimen ist also sicher kaum nachvollziehbar für ihn.

Und plötzlich fällt es mir wieder ein: *Elijahs beinahe zwanghafte Angst vor Keimen.* Ich hätte keinen schlimmeren Ort aussuchen können als den Zoo. Ich muss dafür sorgen, dass die beiden so schnell wie möglich verschwinden.

Rasch sehe ich mich um. Wie soll ich das anstellen? Ich kenne Elijah. Er hasst den Ausflug zwar, aber er ist auch sehr stur. Wenn er etwas anfängt, zieht er es bis zum Ende durch. Später wird er es Tom zum Vorwurf machen, und das ist nicht fair, denn es ist ganz allein meine Schuld.

Es stellt sich heraus, dass ich mich nicht hinter einem Zaun verstecke, sondern hinter einem behelfsmäßigen Verschlag, in dem zahllose Dinosaurierteile aus Plastik lagern. Ganz oben liegt ein Dinosaurierkopf. Vielleicht kann ich ihn als Verkleidung benutzen und dann den beiden sagen, dass bald die Dinosauriershow beginnt, und sie weglocken.

Ich ziehe die Perücke vom Kopf, lasse sie achtlos fallen und mache mich an die Arbeit. Ich zerre einen Dinosaurierarm und ein Bein heraus, sodass der Kopf weiter nach unten rutscht und ich ihn besser zu fassen bekomme. Tote Augen sehen gnadenlos auf mich herunter.

»Was zum Teufel machen Sie da?«

Ich fahre mit der Klaue des Dinosauriers in der Hand herum, doch die Bewegung ist viel zu hektisch, die anderen Teile purzeln zu Boden. Der Kopf rollt hinterher, schlägt mit einem

Krachen neben mir auf und bleibt schließlich vor meinen Füßen liegen. Die Augen starren mich immer noch an – genau wie die stämmige Frau vor mir es tut. Sie hat einen Eimer mit toten Fischen dabei und verzieht missbilligend das Gesicht. Ich sehe beinahe, wie Dampf aus ihren Ohren quillt.

Sie sieht mich so lange an, bis ich endlich die Sprache wiedergefunden habe. »George. George hat mich gebeten, ein wenig aufzuräumen.« Ich deute auf den dicken roten Dinosaurierschwanz. »Er meinte, dass wir die Teile hier nicht mehr brauchen.«

George ist ein weit verbreiteter Name, und vielleicht habe ich Glück.

Die Frau schüttelt den Kopf. »Bist du die Neue? Joanne, oder?« Ich lächle möglichst verlegen. »Also, ich weiß echt nicht, warum du das machen sollst«, meint die Frau, und da entdecke ich auch ihr Namensschild. Sie heißt Kitty. »Louis wartet schon seit einer Ewigkeit im Pinguingehege auf dich. Die Show beginnt in fünf Minuten.«

Sie drückt mir den gelben Eimer in die Hand. »Bring ihm den hier, aber beeil dich. Und zieh um Himmels willen deine Uniform an.«

Neben den mittlerweile überall verstreuten Dinosauriertcilen stehen drei Kisten mit Kappen und Jacken mit dem Zooemblem Warum sind die mir nicht schon viel früher aufgefallen?

»Gut, dann gehen wir eben zu einem anderen Gehege, wenn du unbedingt willst«, meint Tom gerade, während ich in einen waldgrünen Mantel schlüpfe und meine Haare unter die Kappe stecke. Dann eile ich mit dem Eimer in der Hand auf Tom und Elijah zu.

Ich habe mich schon einige Male mit Elijah getroffen – auch

schon bevor er mich engagiert hat. Sein Salon befindet sich in derselben Straße wie mein Büro. Mit Tom habe ich glücklicherweise nur telefoniert, und ich hoffe, dass er mich nicht von den Fotos auf der Homepage wiedererkennt. Ich zieh die Kappe tiefer ins Gesicht, bevor ich anfange zu sprechen.

»Entschuldigen Sie bitte?« Elijahs Augen weiten sich, und er hört sofort mit dem Kratzen auf. Tom grinst, schnüffelt und hält sich dann eilig die Nase zu. Elijah sieht mit entsetztem Blick auf den Eimer hinunter. Sicher denkt er, die Fische würden noch leben.

»Es tut mir leid, aber der Zoo schließt für heute. Es gab einen kleinen Zwischenfall im Gorillagehege. Am besten Sie verlassen das Gelände sofort.«

»O nein!«, ruft Elijah und presst sich eine Hand auf die Brust. »Ja, das wäre sicher das Beste!«

»Es tut mir sehr leid, dass ich Ihren Ausflug unterbrochen habe«, erkläre ich. »Vielleicht gönnen Sie sich etwas im Coffeeshop gegenüber. Die haben eine ausgezeichnete heiße Schokolade und selbst gemachte Marshmallows.«

»Das klingt köstlich. Und keine Sorge, es ist ja nicht Ihre Schuld«, meint Tom und schiebt Elijah in Richtung Ausgang.

Ich folge ihnen und dränge sie weiter, als Elijah sich plötzlich mit einem Augenzwinkern zu mir umdreht. »Sollten Sie den anderen Besuchern nicht auch noch Bescheid geben?«

Ich starre ihn fragend an, doch er hat recht. Es sollte möglichst glaubwürdig wirken. »Meine Damen«, rufe ich drei Frauen zu, die in der Nähe stehen. »Der Zoo schließt für heute, es gab ein Problem …«

»Im Gorillagehege«, ergänzt Elijah nickend.

Eine Blondine mustert mich mit gerunzelter Stirn. Sie trägt einen Button mit der Aufschrift: *Fünfzig ist das neue Vierzig.*

»Aber ich habe die Tickets doch gerade erst gekauft! Dieser Zoo ist ein verdammter Witz!«

Ihre Freundinnen nicken zustimmend. Eine von ihnen trinkt mit einem Strohhalm aus einer Miniaturweinflasche.

»Sie bekommen den vollen Eintrittspreis zurückerstattet. Aber Ihre Sicherheit hat absoluten Vorrang.«

Ein Mann in den Fünfzigern dreht sich zu mir herum. »Sicherheit? Gibt es denn ein Problem, Miss?«

»Nein, Sie sind nicht in Gefahr, es ist bloß eine Vorsichtsmaßnahme, aber Ihre Mutter und Sie sollten jetzt trotzdem gehen.« Ich schenke seiner deutlich älteren Begleitung im Leopardenlook ein Lächeln.

»Entschuldigen Sie mal!«, ruft sie. »Ich bin seine *Frau.*«

Ich will mich gerade entschuldigen, als mir jemand auf die Schulter klopft.

Es ist ein schmächtiger Teenager mit Pickelgesicht. »Was ist denn los? Ich hab gerade von dieser Gorillasache gehört«, krächzt er.

Er trägt ein schwarzes Funkgerät am Gürtel, aus dem eine aufgeregte Stimme dringt. Das muss Louis sein. Er beschwert sich, dass die Pinguine immer noch nichts zu fressen haben. Ich schnappe mir das Gerät und hänge es an meine Jeans.

»Wir müssen die Leute jetzt hier rausschaffen … Nimm die da«, erkläre ich und drücke ihm den Fischeimer in die Hand. »Gorillaausbruch oder nicht, die Pinguine warten auf ihr Fressen. Ich funke für dich weiter und halte euch auf dem Laufenden.«

Ich wollte das Wort »Ausbruch« eigentlich nicht benutzen. Es ist mir einfach herausgerutscht.

»Die Gorillas sind ausgebrochen!«, brüllt jemand hinter mir und löst damit eine Kettenreaktion aus. Der erste Besucher läuft auf den Ausgang zu, und ihm folgt der nächste und der nächste, bis immer mehr Menschen an mir vorbeihetzen und mich in alle Richtungen schubsen. Tom gibt eine Gorillaimitation zum Besten, und Elijah macht mit, bis sie schließlich von der Menge hinausgetrieben werden.

Ich versuche, die Besucher zu beruhigen. »Gorillas sind friedliche Tiere, ehrlich!«, versichere ich einem Mann, der an mir vorbeisprintet, bevor ich mich an eine Frau wende, die meinen Arm umklammert und nicht mehr loslässt. »Ja, ich weiß, was Attenborough sagt, aber der übertreibt doch gern.«

Kitty steht mit einem Megafon am Tor. Der Mob läuft auf sie zu, doch sie stellt sich ihm in den Weg und streckt abwehrend die Hand aus wie ein Schülerlotse. Die Besucher halten gehorsam inne, und ich schiebe mich nach hinten, damit sie mich nicht sehen kann.

»Okay, ALLE BERUHIGEN SICH SOFORT!«, brüllt sie ins Megafon. »Was ist hier eigentlich los?«

»Die Gorillas sind ausgebrochen«, ruft jemand in der ersten Reihe.

»Was? Nein, sind sie nicht!« Sie senkt das Megafon und weist den Mann persönlich zurecht. »Machen Sie sich nicht lächerlich.«

»Da waren zwei Zoomitarbeiter, die uns genau das erzählt haben.«

Zustimmendes Murmeln.

»Es ist nicht unsere Schuld«, meint ein Besucher leise.

»Wir haben nur getan, was uns aufgetragen wurde!«, ruft ein anderer.

»Wer war das?«, will die Frau wissen.

Ich nehme unauffällig die Kappe ab, und meine blonden Locken fallen mir auf die Schultern.

»Der da!«, erklärt eine Besucherin und deutet auf meinen ahnungslosen Komplizen. »Und die junge Frau mit den blonden Locken.«

Ich ducke mich, bevor mich jemand entdeckt, sinke zwischen einem Paar roter Doc Martens und weißen Stöckelschuhen auf die Knie, wo ich mich Auge in Auge mit einem kleinen Mädchen wiederfinde, das eine Kappe in Form eines glitzernden orangefarbenen Tropenfisches umklammert. Es winkt mir zu.

»Hallo«, flüstere ich. »Ich bin Caitlin.«

»Ich bin Violet«, flüstert die Kleine zurück. »Bist du eine Tierpflegerin?

»Ja«, antworte ich. »Was ist denn dein Lieblingstier?«

»Das Faultier«, antwortet sie. »Wusstest du, dass Faultiere echt schnell schwimmen können?«

»Ja. Außerdem machen sie nur einmal in der Woche Kacka«, erwidere ich.

Das Mädchen kichert. »Sind die Gorillas wirklich ausgebrochen?«

Ich schüttle den Kopf und presse einen Finger auf die Lippen. »Aber das bleibt unser Geheimnis, okay?«

Violet tut, als würde sie ihre Lippen versperren, dann fordert sie mich auf, näher zu kommen. »Ich will auch mal Tierpflegerin werden«, flüstert sie mir ins Ohr.

»Du wärst sicher eine fantastische Tierpflegerin. Immerhin weißt du schon total viel über Faultiere.«

»Und über Schnecken. Wusstest du, dass die drei Jahre lang durchschlafen können?«

»Nein, das wusste ich nicht. Ich würde auch gern einmal drei Jahre lang schlafen.«

»Ich nicht«, meint sie kopfschüttelnd. »Schlafen ist langweilig.«

»Das ändert sich, wenn man älter ist. Hey, Violet, weißt du, was eine Tierpflegerin unbedingt braucht?«

»Faultierfutter!«, erwidert sie bestimmt.

»Ja, aber auch eine Uniform.«

Sie schnappt nach Luft, als ich ihr die Mütze aufsetze und die Jacke umhänge.

Über mir nörgelt eine Frau mit starkem Manchester-Akzent: »Mir doch egal, was die dort sagt. Ich werde nichts riskieren.«

»Aber wir haben gültige Tickets, und Violet freut sich schon die ganze Woche darauf«, erwidert ein Mann.

Violet, die sich an ein Jeansbein klammert, wird einfach mitgezogen.

»Ich muss jetzt gehen«, sagt sie hastig. »Aber du kannst meine Kappe haben.« Und dann reicht sie mir meine Rettung in Form eines orangefarbenen Fischkopfes.

»Danke, Violet.« Ich setze die Kappe auf und stopfe meine Haare darunter.

Sie streckt mir die Zunge heraus. »Das sieht albern aus«, meint sie noch, bevor sie davongezerrt wird.

Ich klopfe mir den Staub von der Hose und richte mich auf. Die Situation hat sich ein wenig beruhigt. Tom und Elijah sind nirgendwo zu sehen. Ich hoffe, dass mein Plan aufgegangen ist. Ich muss daran denken, wie sie zusammen das Weite gesucht haben. Sie fanden die Situation ganz offensichtlich amüsant. Wie es aussieht, passen sie gar nicht so schlecht zusammen.

Ich mache mich auf den Weg zum Ausgang. Kitty beachtet mich nicht, sondern spricht in ihr Walkie Talkie.

»Es war die Neue. Diese Joanne. Nein, ich weiß auch nicht, wie sie auf diese Idee gekommen ist.«

Mein Gürtel vibriert. Das Funkgerät. Ich fange an zu laufen, stürze zum Tor hinaus und um die Ecke, wo ich es auf eine Mauer lege. Ich hoffe, dass es später jemand findet.

Da sehe ich Elijah. Er lehnt an einer Straßenlaterne und winkt mir zu. Ich tippe mir lachend an die Fischkappe, und er stimmt in das Lachen ein, als ich ihn erreiche. Wir umarmen uns.

»Na, das ist ja ziemlich schnell eskaliert«, bemerkt er.

»Es tut mir so leid! Die Idee mit dem Zoo war offen gestanden zu blöd! Ich wollte dich einfach nur rausschaffen, damit mein Fehler euch beide nicht davon abhält, euch besser kennenzulernen.«

»Du bist süß, Caitlin Carter.«

Ich schüttle den Kopf. »Aber die mieseste Kupplerin in der Geschichte! Es hat nicht funktioniert …« Ich mache eine ausladende Handbewegung. »Du bist alleine.«

»Er ist schrecklich«, meint Elijah. »Absolut schrecklich. Und so ungepflegt.«

Ich lasse den Kopf hängen. »Ich weiß, aber ich dachte echt, dass ihr beide euch verstehen würdet, wenn ihr euch besser kennenlernt …« Ich sehe ihn niedergeschlagen an.

Elijah grinst. »Okay, er ist schrecklich, aber er sitzt drüben im Coffeeshop und wartet auf mich.«

»Du gibst dem Schrecklichen eine Chance!« Ich umarme ihn erneut.

»*Perfekt* hat ja nicht funktioniert«, erwidert er. »Und wenn es danebengeht, habe ich wenigstens eine witzige Geschichte zu erzählen. Deine Kappe ist übrigens echt schick. Du solltest sie behalten, sie steht dir.« Er lacht, bevor er sich abwendet und über die Straße eilt.

KAPITEL VIER

Am nächsten Tag wache ich früh auf. Ich stehe an unserem Schlafzimmerfenster und sehe einem Flugzeug nach. Im Fenster gegenüber steht eine Frau. Sie stillt ihr Baby und starrt blicklos in die Ferne. Die Autos auf der Straße sind mit Eis überzogen. Alles ist ruhig. Ich habe nicht gut geschlafen. Das Adrenalin ist unablässig durch meine Adern gejagt, noch als ich mich am Abend ins Bett gelegt, die Augen fest zusammengekniffen und den Schlaf herbeigesehnt habe. Trotzdem fühle ich mich nicht schlecht, sondern sogar ein bisschen erfrischt. Als hätte sich der Nebel um mich herum kaum merklich gelichtet.

Kurz nachdem ich nach Hause kam, erhielt ich eine Nachricht von Tom. *Er ist der Beste, ich bin wie besessen von ihm!*, stand da, gefolgt von drei Emojis mit Herzen statt Augen. Und auch Elena hat mir gemailt, dass James und sie sich zu einem zweiten Date verabredet haben.

Vier Menschen, die zueinander passen – und genau das ist mein Ziel. Ich möchte so vielen Leuten wie möglich zum perfekten Partner verhelfen.

Ich dusche, schlüpfe in ein schwarzes Poloshirt, einen flauschigen grauen Pullover, bequeme schwarze Jeans und schließlich in meine Uggs, die Harry hasst, weil er das schlurfende Geräusch nicht mag, das ich beim Gehen mache.

Als ich auf die Straße trete, beginnen gerade die ersten Vögel zu zwitschern. Ich stülpe mir die Kapuze meiner Jacke über und marschiere mit gesenktem Kopf los, bis ich an der West Street angelangt bin und meine Umgebung endlich zum Leben erwacht. Straßenbahnen rattern an mir vorbei, eine Drogerie öffnet gerade ihre Pforten. Eine Frau in einem weißen Kittel und Make-up-Flecken am Kragen lächelt mir erschöpft zu, während sie das Rollgitter nach oben schiebt.

Ich steige die Treppe in mein Büro hinauf, das in einer kleinen Wohnung über einem Coffeeshop untergebracht ist, die ich angemietet habe. Mein in Zartrosa gehüllter und mit Kupferakzenten verschönerter Zufluchtsort. Ich mache mir eine Tasse Tee und schmuggle ein Stück Zucker hinein, obwohl niemand hier ist, der mich sehen kann. Dann beginne ich, die neuen Bewerbungsbögen auszudrucken, die über Nacht eingetrudelt sind. Es sind vierzig Stück.

Ich drucke jede Anfrage aus, die ich bekomme, und lege sie in einem Aktenordner ab. Ich liebe diese Arbeit, denn dadurch wirkt alles sehr viel realer. Es erinnert mich daran, dass ich auf die Gefühle dieser Menschen achtgeben muss, dass sie mehr sind als ein Bild auf dem Computerbildschirm.

Zu Beginn habe ich nur Freunde verkuppelt, und dann folgten Freunde von Freunden, die gehört hatten, dass ich ein besonderes Gespür dafür habe, Menschen zusammenzubringen. Langsam sprachen sich meine Fähigkeiten herum, und ich werde nie den Tag vergessen, an dem ich die erste Mail einer vollkommen Fremden erhielt.

Ich hatte mir damals längst eingeredet, dass ich mit dem Kuppeln aufhören musste, sobald ich erst einmal alle Freunde und deren Bekannte an den Mann oder die Frau gebracht hatte, doch dann kam Jana. Sie hat dieselben Locken wie ich, nur dass ihre nicht blond, sondern braun sind und wie geschmolzene Schokolade glänzen. Sie hat große, leuchtend grüne Augen und ein Lächeln, das ihr ganzes Gesicht in Besitz nimmt. Ich frage mich manchmal, ob sie eine Ahnung hat, wie viel sie mir damals bedeutet hat. Ich hoffe, sie ist immer noch zufrieden mit dem Mann, mit dem ich sie verkuppelt habe. Er ist der Besitzer eines örtlichen Partyausstatters, den ich beim Luftballonkauf kennengelernt habe.

Ade wird bald da sein, es ist fast zehn Uhr. Sie kommt immer zwischen zehn und zwölf und erzählt mir wilde Geschichten vom Vorabend. Wahrscheinlich sollte ich strenger mit ihr sein. Ihr fixe Arbeitszeiten vorschreiben und dafür sorgen, dass sie sich auch daran hält. Aber obwohl ich ihr Boss bin, mag ich ihre sorglose Art. Sie fällt wie ein Wirbelwind aus Energie in mein Büro ein und reißt mich aus meinen Tagträumen, in denen ich mich immer wieder verliere.

Zu meiner Überraschung erscheint sie pünktlich um zehn in einem schwarzen Bleistiftrock aus Leder und einem weißen T-Shirt, das sie unmissverständlich als Feministin outet. Sie hat die Haare mit der einzelnen blauen Strähne zu einem Knoten zusammengefasst und tauscht ihre schmutzigen Converse gegen ein paar spitze Pumps.

»Hey, Ade. War's ein schöner Abend? Willst du Kaffee?«, frage ich auf dem Weg zur Espressomaschine.

»Nein danke, keine Zeit«, erwidert sie und zieht ihren Laptop aus der Tasche. »Ich habe den besten Aktionsplan ever für dich.«

Sie ist Social-Media-Expertin und hat für einige der größten Firmen des Landes gearbeitet wie Google, Snapchat und Pepsi, bevor sie eines Tages ihre Sachen gepackt und beschlossen hat, ihr Glück in Sheffield zu suchen. Weil sie den Film *Ganz oder gar nicht* so liebt, wie sie mir bei unserem ersten Kennenlernen erzählte. Doch als ich weiter nachhakte, schüttelte sie nur den Kopf und meinte: »Es gab einfach zu viele verlorene Seelen.« Ich erkannte an ihrer Verlegenheit, dass eine Trennung der Grund gewesen sein musste. Aber ich dränge sie nicht. Sie wird es mir erzählen, wenn sie so weit ist.

Ich habe sie vor ein paar Monaten engagiert und ihr einen kleinen Schreibtisch eingerichtet, an dem sie die meiste Zeit vor ihrem Notebook verbringt. Nur manchmal zeigt sie mir ein Meme oder einen Onlineartikel, sodass ich vor Lachen fast ersticke.

Sie setzt sich und deutet mit einem ihrer manikürten violetten Fingernägel auf den Bildschirm. Ich habe keine Ahnung, wie man mit solchen Nägeln eine Tastatur bedienen kann.

»Was ist das?«, fragt sie.

Sie hat meinen Instagram-Account geöffnet, und mein Blick fällt auf das Bild eines Mocktails, das ich gepostet habe. Der Text lautet *Wer braucht schon Alkohol, um Spaß zu haben?* Und darauf folgen einige Hashtags, die Nüchternheit propagieren.

»Abstinenz ist der neueste Schrei. Alle fahren darauf ab …«, erkläre ich und betrachte das Foto der jungen Frau auf dem obersten Bewerbungsbogen.

Ihre Knopfnase und die petersiliengrünen Augen rufen nach mir. Ich will die Anfrage in Ruhe lesen, doch Ade redet immer noch, also hebe ich den Blick wieder und versuche, ihr zuzuhören.

»Aber du lebst nicht abstinent«, erwidert sie und sieht mich mit erhobenen Augenbrauen an, bevor sie auf meinen pinkfarbenen Minikühlschrank deutet. »Was ist da drin?«

»Wein«, antworte ich pflichtschuldig.

Und außerdem noch Diätcola, ein halber Caesar Salad, der

mittlerweile wahrscheinlich nicht mehr genießbar ist, und aus irgendeinem Grund auch eine Tube Tomatenmark. Aber ich verstehe, worauf sie hinauswill.

Sie redet über die Macht der »Authentizität« und davon, »loyale Follower« zu generieren und zitiert dabei Sätze, die ich selbst immer wieder im Internet lese, denen ich aber kaum Beachtung schenke. Ich streiche mit der Hand über den Aktenstapel auf meinem Schreibtisch. Die Knopfnase schreibt, dass sie gern Boxen lernen möchte. Gibt nicht Jordy Kindern Boxunterricht?, überlege ich. Sein Bewerbungsbogen ist in der untersten Schublade …

»Du hörst mir ja gar nicht zu!«, ruft Ade und deutet drohend mit dem Finger auf mich.

»Klar!«, widerspreche ich und ziehe meine Hand schnell von der Schublade weg. Ich setze mich, lege beide Hände auf den Tisch wie ein unartiges Kind, das zeigen will, dass es keine unerlaubten Süßigkeiten dabeihat.

Sie verzieht das Gesicht. »Na gut … Worüber habe ich gerade geredet?«

Ich werfe einen Blick auf die Knopfnase, die mir ein süßes Lächeln schenkt. Aber sie hat keine Antwort für mich. »Hashtags«, erkläre ich selbstsicher.

Das ist zwar falsch, aber es bringt Ade zumindest zum Lachen. »Nein, Dummerchen. Ich habe gerade gesagt, dass du mehr Fotos von dir und Harry posten musst. Da zeigt sich dein ganzes Potenzial. Ehrlich, wenn ich die Geschichten über euch lese, würde ich am liebsten davonlaufen und einen Zahnarzt heiraten.«

»Das ist es nicht wert. Man bekommt gar nicht so viele Gratisbehandlungen, wie man annehmen würde«, erwidere ich und wünsche mir plötzlich, Ade wäre ein Welpe, dem ich ein

Stöckchen werfen kann, damit sie ihm nachhetzt und vergisst, worüber wir gerade reden. *Los, Ade, hol das Stöckchen!,* würde ich rufen, anstatt hier zu sitzen und Höllenqualen zu erleiden.

»Ich will keine Fotos von ihm posten«, erkläre ich, stehe wieder auf und stelle den Wasserkocher an. Er leuchtet blau, und ich starre auf ihn hinunter, sorgsam darauf bedacht, Ade den Rücken zuzukehren.

»Aber früher hast du das schon gemacht«, sagte sie. »Schau dir das hier mal an. Das ist echt süß.« Ich gehe zu ihr.

Auf dem Bildschirm prangt ein Bild von uns an Halloween. Wir sind voller Kunstblut und halten Plastikdolche in den Händen.

»Das war ein witziger Abend«, nicke ich. »Wir lieben Halloween.«

Ich kaufe jedes Jahr Süßigkeiten für die Kinder und befehle Harry, zumindest bis zum 3. November die Finger davonzulassen. Danach stürzt er sich freudig auf die vielen Überreste, denn natürlich besorge ich immer viel zu viel. Ich überlege mir jedes Jahr ein neues Kostüm, mit dem wir durch die Stadt ziehen, selbst wenn Halloween auf einen Montag fällt.

Ich habe meine Liebe zu diesen Traditionen von meiner Mum geerbt, die immer eine große Sache aus solchen Tagen gemacht hat, da mein Dad uns verlassen hatte, als ich erst fünf war. Verity kam jedes Halloween, und wir haben Äpfel mit dem Mund aus einer Wasserschüssel gefischt. In der Bonfire Night am 5. November gab es Ofenkartoffeln mit Chili, und danach sind wir auf den Fußballplatz gegangen, um uns das Feuerwerk anzusehen.

Ich werfe einen schnellen Blick auf den Kalender an der Wand. Das Foto zeigt einen in Neonviolett und Pink getauchten Himmel über der Stadt. November. Ich kann mich gar nicht genau erinnern, wann der Herbst ins Land gezogen ist und die Bäume plötzlich braun wurden.

»Welche Kostüme hattet ihr denn dieses Jahr?«, fragt Ade und reißt mich damit aus meinen Gedanken. »Vielleicht können wir ein Foto davon posten.«

Ich versuche, mich zu erinnern.

»Ähm …« Ich sehe das Kalenderbild aus dem Vormonat vor mir. »Als Kürbisse. Aber ich glaube, dafür ist es jetzt schon zu spät. Ich … sehe auf den Fotos auch ziemlich fett aus.«

Sie lacht ihr glockenhelles Lachen. »Du warst ein *Kürbis*. Was hast du denn erwartet?«

»Ich dachte, es wäre irgendwie süß … Und das war es nicht. Verity hat sich halb totgelacht, als wir gefeiert haben.«

Ade schüttelt den Kopf und tippt weiter, während ich zu den pinkfarbenen Lehnstühlen schlendere, die ich vor dem Fenster mit Blick auf die geschäftige Straße unter uns platziert habe, und mich setze. Studentengruppen wandern mit ihren leuchtend bunten Beanies und Kaffeebechern in der Hand den Bürgersteig entlang. Ich knibble an meinem abgesplitterten bordeauxroten Nagellack.

»Seltsam«, sagt Ade, die noch immer im Internet surft. »Ich habe deine Freundin Verity kürzlich getroffen, und sie meinte, ihr hättet es dieses Jahr an Halloween ruhig angehen lassen.«

Es fühlt sich so an, als hätte mir jemand Nebel in mein Gehirn gepumpt, der sich nun in meinem ganzen Körper ausbreitet. Ich spüre nichts. Ich höre nichts. Nicht einmal das Hupen der Autos auf der Straße, das mich sonst durch den Tag begleitet. Der gepolsterte Stuhl unter mir fühlt sich kalt an. Mein Blick wandert zu Ade, und ich sehe sie wie in Zeitlupe.

Verity. Verity. Warum hat sie sich mit Verity getroffen? Sie kennt sie doch kaum.

Das ist alles, woran ich denken kann.

Ich atme tief ein, bemühe mich, beherrscht zu klingen und mir meine Gefühle nicht anmerken zu lassen. Ich schlucke, und es kommt mir vor, als wäre mein Rachen voller grünem Schleim.

»Warum hast du Verity getroffen?« Es ist mir nicht gelungen. Meine Stimme klingt ätzend wie Säure.

Ade hält mit dem Tippen inne. Sie greift nach ihrem Handy, schreibt eine Nachricht, lässt das Display nicht aus den Augen.

»Nur so«, murmelt sie. »Sie hat mich auf einen Drink eingeladen, das ist alles.«

Typisch Verity. Sie freundet sich mit allen möglichen Leuten an, mit verlorenen Seelen, sogar mit Obdachlosen, wenn sie sich Sorgen um sie macht. Das letzte Mal, als wir uns auf ein paar Drinks getroffen haben, hatte sie ein Model mit leeren Augen und Schmollmund im Schlepptau, das die ganze Zeit ihr Weinglas angestarrt, aber nicht angerührt hat. »Sie isst nichts, wenn sie arbeitet«, hat Verity mir zugeflüstert. »Ich mache mir Sorgen um sie. Ich musste sie einfach einladen.«

Ade ist neu in Sheffield. Sie hat noch nicht viele Freunde hier. Verity war vielleicht einfach nur aufmerksam, denke ich mir, um eine vernünftige Erklärung zu finden. Aber der Nebel hat sich mittlerweile gelichtet, und meine Nerven sind zum Zerreißen gespannt. Ich frage mich, was die beiden zu besprechen hatten.

»Worüber habt ihr geredet?«

Ade starrt noch immer auf ihr Handy, sie wischt so schnell, als würde sie sich Fotos ansehen.

»Über gar nichts«, sagt sie und schüttelt kaum merklich den Kopf. »Wir haben einige gemeinsame Bekannte in London, das ist alles.«

»Wen denn?«

»Niemanden von Bedeutung.«

Ihre Stimme bricht. Sie nimmt ihre zahllosen Armreifen ab und legt sie klappernd auf den Tisch. Auf einmal sieht sie aus wie ein Ballon, aus dem sämtliche Luft entwichen ist.

»Ade, ist alles okay? Warum bist du so seltsam?«

Ihr Kopf fährt hoch, und der Ballon ist wieder bis kurz vorm Zerplatzen gefüllt. »Ich bin nicht seltsam, sondern du bist es.« Sie senkt die Stimme, sodass ich sie kaum noch verstehe. »Genau wie Verity gesagt hat.«

»Was meinst du damit?«, frage ich.

Doch dann seufze ich ergeben. Die Stimmung zwischen uns behagt mir nicht. Es ist wie bei einem Radio, das plötzlich keinen Empfang mehr hat – man hört nur noch ein Knistern und Rauschen, das mich ungehalten macht.

Ade soll für Lockerheit sorgen wie ein nach Kaugummi riechender Popsong. Ich brauche nicht noch einen missmutigen, komplizierten Faktor in meinem Leben.

»Am besten wechseln wir jetzt mal das Thema«, schlage ich vor. »Lassen wir Instagram für heute beiseite.«

»Okay.« Sie nickt. »Aber wir müssen uns irgendwann ranhalten. Es ist genauso wichtig wie alles andere.« Sie schlägt ihr Notizbuch auf. »Ah, ja! Ich glaube, du brauchst einen Promiklienten. Jemanden, der in Interviews von dir erzählt. Das könnte dir einen Platz in den Zeitungen sichern.«

Wir überlegen, wer gerade Single ist und wer nicht, und es gelingt mir, Ade mit ein paar Hinweisen zu den gehörnten Promis des Tages abzulenken. Nach einem Moment des Schweigens beschließe ich, es zu riskieren.

»Ich habe viele neue Anfragen, Ade. Warum gehst du heute nicht mal früher nach Hause?« Ich versuche, so beiläufig wie möglich zu klingen, und halte den Atem an. Doch sie greift erneut nach ihrem Notizbuch.

»Das soll wohl ein Scherz sein, oder? Wir haben noch nicht entschieden, an welchen Promi wir herantreten wollen. Und auch nicht, welches Foto von Harry du als Nächstes postest.«

»Falls …«, wende ich ein. »*Falls* ich mich dazu entschließe, ein Foto von Harry zu posten.«

Sie verdreht die Augen, steht auf und kommt mit klappernden Absätzen zu mir ans Fenster. »Ich wäre für ein Fotoshooting«, erklärt sie. »Vielleicht in dem Skaterpark die Straße runter? Das wäre cool. Ein bisschen wie in *True Romance*. Wir könnten Fotos für Plakate und Werbeschaltungen schießen.«

»Nein!«, zische ich, bevor ich etwas dagegen machen kann, und schlage mir eilig die Hand vor den Mund. Doch Ade hat es anscheinend nicht gehört. Sie fragt sich wohl gerade, ob sich Verity um das Outfit und einen geeigneten Make-up-Artist kümmern könnte, während ich einfach nur dasitze und versuche, meine Gedanken in den Griff zu bekommen. »Ich habe eine Idee!«, rufe ich dann. »Morwena Star! Sie wäre die perfekte Klientin. Sie wohnt hier in Sheffield.«

Ich rede viel zu schnell und versuche, Ade auf eine neue Fährte zu locken. Aber sie lässt sich nicht irritieren.

»Okay«, sagt sie und winkt ab. »Kümmer du dich darum, ich mache den Rest. Wir werden die Website neu aufstellen – ich kenne da so einen Typen … Hey, ich brauche dein Passwort, damit ich mich um deinen Instagram-Account kümmern kann.«

Ich überlege, wie es sich anfühlen würde, ihr zu widersprechen. *Nein, Ade, das will ich nicht!* Aber sie bedrängt mich weiter und will noch mehr Infos über Harry, obwohl sie nichts über ihn wissen muss. Außer, dass er kamerascheu ist.

»Du bist auf einmal so still.« Sie runzelt kaum merklich die Stirn. »Na gut, dann lassen wir das mit dem Shooting. Vielleicht habe ich mich da zu sehr verrannt.«

»Ich danke dir«, erwidere ich betont fröhlich. »Du kennst mich ja. Dieses Marketingzeugs ist mir einfach zu viel. Ich will Menschen zusammenbringen, mehr nicht.«

»Dann lass mich alles andere übernehmen. Schick mir die Passwörter und Fotos, die ich brauche, und ich erledige den Rest. Ich werde mit Harry reden und ihm erklären, wie wichtig es für dich ist.«

»Na dann viel Glück«, murmle ich.

Ich knibble schon wieder an meinem Nagellack herum, und Ade schlägt meine Hand fort.

»Hör auf damit!«, schimpft sie. »Es wäre langsam wieder Zeit für eine Maniküre. Der Laden ist doch gleich um die Ecke.«

»Ich weiß …«

»Aber du hast ja so viel zu tun.« Sie versucht, meinen Akzent nachzuahmen. Es ist allerdings immer noch deutlich zu hören, dass sie aus Südlondon stammt, und die Mischung klingt beinahe australisch. Wir beginnen beide zu kichern. »Hör mal, du musst dich wenigstens ab und zu um diese Dinge kümmern«, erklärt sie. »Du verlierst jeden Tag Follower. Ich hab mir übrigens die Zahl der Anfragen angesehen. Sie ist immer noch okay, aber sie sinkt stetig …«

»Ich hatte heute Morgen *vierzig* neue Möchtergernklienten!«

»Nach deiner Hochzeit waren es jede Woche Hunderte.«

Wir haben im Sheffield Winter Garden geheiratet, einem Gewächshaus mit riesiger Glaskuppel und Holzverstrebungen direkt im Stadtzentrum, das schon immer ein geheimer Zufluchtsort für uns war, weil dort Palmen in den Himmel ragen und Schlingpflanzen in schwindelerregende Höhen wachsen. Harry hatte als Überraschung Schmetterlinge bestellt, die während unseres Gelübdes freigelassen wurden. Sie flatterten um uns herum und landeten sogar auf unseren Nasen, während wir sprachen. Sie ließen sich in meinen Haaren nieder und glitzerten wie bunte Edelsteine, während wir unsere selbst ausgesuchten Loblieder sangen. Wir hatten uns für ein Disney-Medley entschieden, und die Gäste lachten, während wir uns redlich bemühten, uns an den Text zu erinnern.

Der ganze Tag ähnelte einem traumhaften Zeichentrickfilm, und niemand hätte angesichts der Fotos geahnt, dass wir uns im Zentrum einer kalten grauen Stadt in Yorkshire befanden. Es sah aus, als befänden wir uns auf einer tropischen Insel. Aber das war nicht das Schönste an den Bildern. Das Schönste war, wie Harry mich ansah. Als wäre ich ein funkelnder Edelstein. Etwas Besonderes, das er in Ehren halten würde.

Unsere Fotografin schickte die Bilder kurzerhand an ein paar Hochzeitsblogs, und einer davon widmete uns einen eigenen Post, der schließlich von *BuzzFeed* und dem *Independent* übernommen wurde. Sogar der *Guardian* schrieb einen Artikel darüber, wie perfekt unser Tag gewesen war. In den Wochen danach schoss die Zahl der Kundenanfragen in die Höhe, denn jeder wollte von der Frau verkuppelt werden, die diese perfekte Hochzeit gefeiert hatte.

»Wir müssen den Zauber eurer Hochzeit wieder aufleben lassen«, meint Ade. »Sonst sinken die Zahlen immer weiter.«

»Gibt es denn gar nichts, was wir noch tun können? Wie wäre es mit einem Bild von Verity und Jeremiah? Sie sind das erste Paar, das ich zusammengebracht habe. Wäre das nicht Werbung genug?«

»Ja, klar, das wäre ganz nett.« Ade setzt sich wieder an ihren

Laptop und ruft ein paar seltsame Grafiken auf, um sie zu studieren. »Sie schlagen aber sicher nicht so ein wie die Fotos von dir und Harry.« Sie seufzt und rückt ihren Stuhl näher heran. »So läuft das nun mal. Warum, glaubst du, melden sich die Leute bei dir an?«

Ich denke an die Paare, die zusammengefunden haben. An Tom, der sich kleidet wie ein cooler Rocker und seine Tattoos und Piercings zur Schau stellt, obwohl er tief im Inneren jemanden braucht, der mit ihm zusammen auf dem Sofa kuschelt, und der ihm zuhört, wenn er von seinem Tag erzählt. Oder der schlagfertige Elijah, der insgeheim einen Partner sucht, der ihm Kontra gibt, sodass er vor Lachen keine Luft mehr bekommt.

»Das ist einfach. Sie wollen Liebe. Und ich bin gut darin, sie für sie zu finden.«

Ade verdreht erneut die Augen. »Komm schon, glaubst du das im Ernst? Sie kommen zu dir, weil sie dasselbe wollen wie du. Einen tollen Ehemann und eine perfekte Hochzeit. Genau das verkaufst du.«

Ich kann mir nicht vorstellen, dass ich damit auf Kundenfang gehe. Mit meinem Leben. Mit meinem Ehemann. Ich weiß, dass es meinen Kunden Sicherheit gibt, und ich lasse immer wieder seinen Namen fallen und Klientinnen wie Elena wissen, wie wundervoll er ist, aber das ist nicht der Grund, warum die Leute zu mir kommen. Das dachte ich zumindest.

Ich habe vor ein paar Tagen ein Pärchen gesehen. Jeder der beiden trug eine orangefarbene Fleecejacke und hielt einen langen Stab in der Hand. Ich habe keine Ahnung, wofür die Stäbe waren. Eine neue Kletterart? Quidditch? Aber das spielt keine Rolle. Das Wichtigste ist, dass sie einander gefunden haben und etwas zusammen unternehmen, das ihnen Spaß macht.

Bis vor Kurzem dachte ich, ich würde genau das verkaufen: Die Chance, das eine Puzzleteil zu finden, das genau zu einem passt. Aber wie sollte ich Ade das erklären? Meiner zahlenfixierten Markenimageexpertin?

Ich würde viel lieber die Augen schließen. Meine Steuererklärung machen. Die Toilette putzen. Alles, um diesem Gespräch zu entkommen.

»Aber meine Agentur geht doch nicht den Bach runter, oder?« Ich kneife die Augen zusammen und versuche von Weitem, die Zahlen und Grafiken auf dem Bildschirm zu deuten. »Es sind nur geringfügige Rückgänge. Keine große Sache.«

»Wenn du so weitermachst, wird es zu einer großen Sache.«

Ich denke an die Büroeröffnung und daran, wie Harry meine Schulter drückte, als die ersten Freunde und Kunden eintrafen. »Es ist perfekt.« Er hielt sogar eine kurze Rede. Seine Stimme brach, und der Zettel in seiner Hand zitterte, als er mir sagte, wie stolz er auf mich sei. Ich will nicht, dass alles umsonst war.

»Gut«, sage ich. »Ich maile dir meine Login-Daten. Aber bitte beschränk die Posts von Harry auf ein Minimum, okay?«

»Ja.« Sie nickt. »Zumindest, bis ich mit ihm persönlich darüber gesprochen habe. Und du darfst die Fotos selbst aussuchen. Ich kümmere mich nur um den Text und den richtigen Zeitpunkt. Solange du keine Bilder von Mocktails oder anderem langweiligen Zeug raussuchst.« Besser langweiliges Zeug als Fotos von Harry, denke ich. Aber ich sage nichts, setze mich wieder an meinen Schreibtisch und wende mich den Bewerbungsbögen zu. Ade starrt mich an, als würde sie auf etwas warten. Sie schnippt mit den Fingern, und ich hebe den Blick. »Caitlin!«

»Was?«

»Schick mir ein paar Fotos, okay? Und Harrys Nummer oder Mailadresse.« Mein Herz beginnt zu rasen. Sie springt auf, tritt neben mich und nimmt mir die Bewerbungsbögen aus der Hand. »Harrys Nummer. Komm schon! Ich will endlich loslegen. Mir ist langweilig.«

Sie wird mich nicht in Ruhe lassen, bis ich sie ihr gegeben habe. Ich greife nach einem pinkfarbenen Post-it und kritzle seine Nummer darauf. Bloß, dass ich statt der Acht an letzter Stelle eine Sieben schreibe.

»Hier, bitte«, sage ich seufzend. »Aber es ist durchaus möglich, dass du einige Tage auf eine Antwort warten musst. Es stehen gerade ziemlich viele OPs an.«

»Er wird doch kurz Zeit finden, wenn es um seine Frau geht«, erwidert sie, während ich angespannt ein Blatt nach dem anderen von dem Post-it-Block abreiße. Ich ringe mir ein Lächeln ab.

»Hoffentlich.«

KAPITEL FÜNF

Kurz nachdem wir uns kennengelernt hatten, bot Harry mir an, für mich zu kochen. Ich wohnte noch mit Verity zusammen, und er wollte mich mit einem Picknick im Wohnzimmer überraschen. Er gab Verity einen Zehner und sagte: »Die erste Runde geht auf mich«, woraufhin sie ergeben die Hände hob. »Schon gut, schon gut. Alles klar.«

Nachdem sie gegangen war, schickte Harry mich in mein Zimmer, und als er mich wieder zurückholte, hatte er eine Decke auf dem Boden ausgebreitet und überall Kissen verteilt. Um die Decke herum standen Laternen mit flackernden Kerzen, die leuchtende Sterne an die Wände zauberten. Grauer Weihrauchnebel stieg auf, und ein schwerer, berauschender Duft lag in der Luft. Die Decke war rot-gelb kariert und hatte offenbar schon einige Grillabende im Park hinter sich, denn trotz des Weihrauchs roch sie nach Cider und schalem Zigarettenrauch.

Harry zog eine Tupperdose nach der anderen aus seinem Rucksack, stellte sie vorsichtig auf der Decke ab und öffnete sie. Es gab Couscous mit Rosinen, Tajine, Feta und Limabohnen.

»Wie gefällt es Ihnen hier in Marokko, Ma'am?«, fragte er grinsend.

Ich beschloss mitzuspielen. »Ich habe heute ein überaus erstaunliches Kamel mit seltsam knubbeligen Knien gesehen.«

Wir machten noch eine Weile so weiter, bis wir erkannten, wie wenig wir über Marokko wussten.

»Wir sollten unbedingt mal hinfahren«, meinte Harry, und das gefiel mir. Es war erst unser drittes Date, aber es war ein Zeichen dafür, dass er mich genauso gern hatte wie ich ihn.

Er bat mich, die Augen zu schließen. Ich dachte, er wollte mich küssen, aber stattdessen gab er mir einen Löffel. »Ich wette, dass du die Geheimzutat nicht errätst.«

Wenn ich mich anstrenge, spüre ich heute noch die Rosine unter meiner Zunge. Und den überraschenden Kuss, der dann doch kam, während ich versuchte, die zahllosen Kräuter zu erraten.

Seitdem spielen wir dieses Spiel jedes Mal beim Essen. Selbst wenn es nur etwas Einfaches wie Makkaroni mit Käse gibt, machen wir eine Show daraus und behaupten, eine ausgefallene Zutat wie etwa eine seltene Trüffelart oder teuren Blauschimmelkäse untergemischt zu haben.

Das ist auch der Grund, warum ich vorhin einen Esslöffel Barbecuedip in die Bolognese gerührt habe. Aus dem Radio dröhnt Elton John, und ich singe lautstark mit. Normalerweise gebe ich nur die Zutaten in die Pfanne und lasse sie auf dem Herd köcheln, während ich mir alte *Friends*-Folgen im Fernsehen ansehe. Aber heute gebe ich mir besondere Mühe. Ich vermische die Butter sorgfältig mit den Haferflocken, während ich die Bolognese nicht aus den Augen lasse. Die Streusel kommen auf die Äpfel, die im Backofen garen werden, während wir die Spaghetti essen. Apple Crumble ist Harrys Lieblingsnachtisch, die Vanillesoße muss so dickflüssig sein, dass sie beinahe am Löffel kleben bleibt. Sie steht schon bereit.

Ich schüttle das Tischtuch des kleinen runden Tisches aus, der sich in die Ecke der Küche zwängt, und Staub wirbelt auf.

Das Tuch ist rot-gelb kariert. Harry hat es mir kurz nach dem Einzug geschenkt, damit es mich immer an unser wunderschönes erstes Picknick auf dem Wohnzimmerboden erinnert. Ich habe es sofort ausgepackt und ausgebreitet, und natürlich gab es an diesem Tag Rosinencouscous zum Abendessen.

Ich hole die schweren weißen Porzellanteller und das Kupferbesteck heraus, das wir zur Hochzeit geschenkt bekommen haben und das ich getrennt vom Alltagsgeschirr aufbewahre. Anschließend zünde ich eine Kerze an. Sie brennt zuerst hell lodernd, dann beruhigt sie sich, und Fliederduft erfüllt den Raum.

Harry hält die Gabel in der linken Hand, ich achte also besonders darauf, richtig zu decken, bevor ich ihm ein Glas Rotwein einschenke.

Ich habe vorhin im Laden sogar um eine Empfehlung gebeten.

»Gibt es einen besonderen Anlass?«, fragte der Verkäufer.

»Nein, nicht wirklich«, antwortete ich. »Aber mein Mann hatte in letzter Zeit viel zu tun, und ich will ihn überraschen.«

Mir gefiel, wie sich die Worte »mein Mann« anfühlten.

Ich stelle den Crumble in den Ofen, setze mich, schenke mir ein Glas Weißwein ein und starre in die schwarze Nacht hinaus. Die Dunkelheit dringt bis in die Küche, und ich erschaudere. Ich denke daran, was Ade am Vormittag gesagt hat. Dass ich den Leuten mein Leben verkaufe. Ich schaue auf die Uhr. Viertel nach sieben. Normalerweise ist er um diese Zeit bereits zu Hause.

»Und das wollen die Leute wirklich?«, frage ich in die kalte, totenstille Küche.

Der Kater schlendert herein und mustert mich herablassend. Wir haben ihn vor ein paar Jahren auf der Straße aufgelesen, und auch wenn wir uns einige Namen überlegt haben, passt *Der Kater* immer noch am besten zu ihm. Mein Magen knurrt, und es klingt in der leeren Küche ungewöhnlich laut. Der Kater springt auf meinen Schoß und stößt mit der Stirn gegen meine Hand.

»Du hast recht, Kater. Wir können genauso gut gleich mal anfangen.«

Ich habe vorhin das Radio ausgemacht – Harry mag keine Musik während des Essens, doch jetzt würde ich am liebsten aufspringen und es wieder anmachen. Allerdings steht es auf der Arbeitsplatte, und der Kater hat gerade zu schnurren begonnen. Mein ganzer Körper vibriert, und ich will ihn nicht aufscheuchen.

»Gut, dann mal sehen … also Tomaten natürlich …«, erkläre ich der gegenüberliegenden Wand. Schon bald werde ich das Gartentor und schließlich das Surren der Räder seines Fahrrades hören, also kann ich doch schon mal mit dem Spiel beginnen. »Und Hackfleisch. Aber ist es echt oder Fake?«

Der Kater miaut. Ich kraule ihn hinterm Ohr. »Yep, du hast recht, Kater. Es ist Fake.«

Ich spiele weiter und plappere vor mich hin, während die Stille mich zu ersticken droht. Der Kater zeigt sich nachsichtig. Er bleibt bei mir, rollt sich auf meinem Schoß zusammen und stupst mich an, sobald ich aufhöre, ihn zu streicheln.

»Basilikum«, fahre ich fort. »Frische Tomaten. Und Butter. Viel zu viel Butter. Du kennst mich ja – ich kann einem zusätzlichen Löffel nie widerstehen.«

Ich zögere es hinaus, indem ich fünfzigmal kaue, bevor ich zur nächsten Zutat übergehe. Bis jetzt waren alle Zutaten offensichtlich, und genauso beginnen wir jedes Mal. Wir erraten nicht so sehr den Geschmack, sondern zeigen viel mehr unser

Kochwissen. Zwiebeln gehören in jede Soße, und es ist deutlich erkennbar, welche Nudeln ich verwendet habe. Ich halte inne, bevor ich den Barbecuedip erwähne. Er war als kleine Herausforderung für Harry gedacht.

Ich stelle ihn mir in seiner Praxis vor. Er mault sicher gerade leise vor sich hin, weil seine Empfangsdame Kimberly wieder einmal in letzter Minute einen Patienten eingeschoben hat. Das macht sie ständig. Sie ist einfach nicht streng genug.

»Er lässt ihre Zähne erstrahlen«, erkläre ich dem Kater, bevor ich das Spiel fortsetze. Ich kaue nachdenklich, dann folgt die nächste Zutat. »Salz.«

Die Tür geht immer noch nicht auf, und im Haus ist es genauso still wie vorhin, als ich von der Arbeit kam, nach ihm rief und versuchte, die leere Ecke zu ignorieren, in der normalerweise sein Fahrrad parkt.

Ich schließe die Augen und stelle mir vor, was ich sehen werde, wenn ich sie wieder öffne. Harry, der in schwarzem Lycra vor mir steht, und dessen alberne Fahrradschuhe klackern, wenn er schließlich zu mir kommt, um mir einen Kuss zu geben. Ich werde ihm nicht vorwerfen, dass er mir keine Nachricht geschrieben hat. Er setzt sich, und während ich seine Nudeln in der Mikrowelle aufwärme, erzähle ich ihm von meinem Tag.

Mehr will ich im Grunde gar nicht. Ich will mit meinem Ehemann langweilige Gespräche darüber führen, was wir den ganzen Tag erlebt haben. Ich öffne die Augen. Er ist nicht da.

Das schwere Essen sollte mich beruhigen und mir den Schlaf erleichtern. Genauso wie das Glas Wein. Doch mittlerweile ist auch das zweite Glas halb leer, und ich bin hellwach. Der Alkohol macht mich fahrig, das Kribbeln in meinem Bauch erinnert mich an das letzte Mal, als Kimberly noch einen allerletzten Patienten eingeschoben hat.

Ich hatte an diesem Abend ein Brathuhn gemacht und es gezwungenermaßen zu lange im Ofen gelassen, sodass es viel zu trocken war, als er schließlich nach Hause kam. Wir haben uns furchtbar gestritten. Meine Mutter hat mich allein großgezogen und mir immer wieder eingebläut, dass eine Frau niemals herumsitzen und auf einen Mann warten sollte. Sie lässt sich auch Jahrzehnte nach der Trennung von Dad nicht von mir verkuppeln. »Ich bin kein verdammtes Stepford-Hausmütterchen«, kreischte ich, und er brüllte zurück: »Selbst wenn ich hier gewesen wäre, hättest du dein verfluchtes Handy keine Sekunde aus der Hand gelegt!«

Deshalb habe ich mein Smartphone heute Abend auch sofort nach oben gebracht, nachdem ich nach Hause kam. Ich hätte mich während des Abendessens sonst garantiert auf die Suche nach Fotos für Ade gemacht, weil ich ihr unbedingt geeignete Bilder schicken muss, bevor sie sich an meinem Facebook-Account bedient. Oder ich hätte Morwenas Facebook-Seite nach Hinweisen durchforstet, wie ich sie als Klientin gewinnen kann. Ich habe es mir fest vorgenommen, und ich weiß, dass ich es schaffen kann, aber mir fehlt ein guter Plan.

Ich betrachte Harrys Teller. Sein Essen ist kalt geworden. Ich schiebe den Kater von meinem Schoß und gestehe mir meine Niederlage ein. Ich suche im Schrank nach Harrys Lunchbox, in der er immer seine Sandwiches aufbewahrt. Sie steht ganz hinten und riecht muffig. Schnell wasche ich sie aus, bevor ich den Inhalt seines Tellers hineinkippe. Danach schlurfe ich zum Tisch, nehme den Rotwein, leere die Flasche in der Spüle aus und sehe zu, wie die blutrote Flüssigkeit den Abfluss hinunterrinnt. Ich stelle den Ofen aus. Die Streusel auf den Äpfeln sind kohlschwarz verbrannt.

KAPITEL SECHS

Meine Beine sind schwer wie Blei, als ich mich früh am nächsten Morgen durch die eiskalte Luft ins Fitnesscenter schleppe. Ich war seit Monaten nicht mehr hier und weiß nicht einmal mehr, wo sich die Umkleideräume befinden, sodass ich beschämt bei der wasserstoffblonden Angestellten am Empfang nachfragen muss.

»Es wird mein zweites Zuhause«, habe ich Harry versichert, nachdem ich mich eingeschrieben hatte. »Die Yogastunden werden von einer der bekanntesten Trainerinnen des Landes abgehalten.«

Als er mich fragte, woher ich das wüsste, und ich antwortete, dass ich es auf Morwena Stars Feed gelesen hätte, war er fassungslos.

»Du wirfst achtzig Pfund für eine Mitgliedschaft hinaus, weil dir eine wildfremde Frau dazu geraten hat?« Er stöhnte entnervt.

Doch ich habe nur mit den Schultern gezuckt, fest entschlossen, ihn eines Besseren zu belehren und mich in eine Smoothies schlürfende, von Yoga besessene Fitnesskönigin zu verwandeln.

Ich wusste nicht, dass man Einheiten im Vorhinein buchen muss, die heutige Stunde ist bereits voll, sie hat eh längst angefangen. Lilafarbenes Licht hüllt die auf dem Rücken liegenden Körper ein, eine Besucherin sieht aus wie die andere. Und mir bleibt nur das Laufband.

Als ich mich damals angemeldet habe, war ich überzeugt, bis zum Sommer stolz auf meinen flachen Bauch hinunterzublicken, doch dann wurde es im Büro so stressig, dass ich mich am Morgen nicht früher als unbedingt notwendig aus Harrys warmer Umarmung lösen konnte. Und so kam der Sommer, und ich war wahnsinnig enttäuscht über mich selbst, weil ich am Ende wieder dieselben alten Tankinis und Sarongs tragen musste wie im Vorjahr.

Inzwischen ist mein Bauch so flach, dass er sich beinahe nach innen wölbt. Phasen, in denen ich Essen ekelig finde, wechseln sich mit Heißhungerattacken ab, während derer ich bloß schlucke, ohne zu kauen, und alles in mich hineinstopfe, was ich in die Finger bekomme. Mittlerweile vermisse ich meine Fettpölsterchen.

Mein Handy lehnt am Laufbanddisplay und piept. Ich habe eine Nachricht von Ade. *Warum hast du mir noch keine Fotos geschickt?*

Ich laufe langsamer und schreibe: *Konnte noch nicht mit Harry reden. Poste das hier.* Ich schicke ihr ein Foto von Verity und Jeremiah vom letzten Tramlines Festival, auf dem sie mit goldglitzern geschminkten Gesichtern in die Kamera lachen. Dann schreibe ich: *Dafür bin ich an Morwena Star dran!* Danach schalte ich schnell das Handy aus.

Ich stelle den Widerstand so hoch, dass es sich anfühlt, als würde ich durch Melasse waten. Meine Füße klatschen auf das Gummiband, und ich merke plötzlich, wie wütend ich bin. Warum muss sich immer alles um Harry drehen? Es ist doch meine Agentur! Ich bin diejenige, die jeden Tag um sechs Uhr morgens aufsteht, an Investoren herantritt und der lokalen Presse Geschichten über die ungewöhnlichsten und romantischsten Erfolge zuspielt. Klar sieht Harry gut aus, aber muss deshalb gleich die gesamte Firmenstrategie auf ihn ausgerichtet sein?

Meine Mum meinte einmal: »Du verkaufst die Vorstellung, dass jeder seine bessere Hälfte finden muss. Aber das ist Unsinn. Ich bin gern allein.« Ich habe eilig die Bewerbungsbögen, die ich mitgebracht und neben mir auf den Boden gelegt hatte, unters Sofa geschoben. Sie waren alle von Männern in Mums Alter, mit denen ich sie gern zusammengebracht hätte.

Ich werde gleich morgen mit Ade reden und ihr sagen, dass ihr Plan sexistisch ist. Sie soll sich etwas anderes einfallen lassen. Wir können uns doch auf die Paare unter meinen ehemaligen Klienten konzentrieren. Aber zuerst muss ich mich beruhigen. Das Blut rauscht in meinen Ohren, und ich muss in einen Zen-Modus gelangen, damit das hier funktioniert.

Die lilafarbenen Körper, die ich durch eine Glasscheibe sehen kann, sitzen mittlerweile aufrecht im Yogasitz. Ein volltönendes »Ommmm« dringt aus dem Saal. Ich mache mehrere Pferdeschwänze aus, aber sie sind alle silberblond, und es ist schwer zu sagen, welcher zu Morwena gehört.

Doch dann entdecke ich sie. Ich springe vom Laufband und reihe mich in den Strom der Frauen ein, die ihr in die Umkleideräume folgen. Aus der Nähe sieht ihre Haut fleckiger aus als auf den Fotos, ihre Kieferpartie ist nicht so scharf definiert, und ihr Hintern in den engen moosbeerenroten Leggins ist auch nicht ganz so knackig wie gedacht. Sie sieht aus wie der typische Highschoolfeger, den alle anbeten. Als Teenager wollte man unbedingt so sein wie sie, doch wenn man später als Erwachsene ein Foto von ihr sieht, merkt man, dass sie gar nicht so toll ist. Es war bloß ihre Beliebtheit, die sie in ein strahlendes Licht gerückt hat.

Ich gehe schneller und schiebe mich an den langsameren Frauen vorbei, halte den Kopf gesenkt, als würde ich etwas auf dem Handy suchen. Die Frauen eilen durch die Schwingtüren in den Umkleideraum mit den Holzspinden. Morwena macht sich auf den Weg zur mittleren Reihe, und wir stoßen mit den Schultern zusammen.

»Ups, o mein Gott! Es tut mir so leid!«, rufe ich und lasse die Steine in meiner Hand zu Boden fallen. »Ahh, meine Kristalle!«

Ich gehe in die Knie und sammle sie wieder ein. Den blassrosa Stein, den perlmuttweißen und einen, der ölig schwarz glänzt. Sie sind wirklich schön, und ich würde nur zu gern daran glauben, dass sie die Fähigkeit besitzen, Leben zu verändern, wie Morwena es behauptet.

»Ihr Rosenquarz.« Sie kniet neben mir nieder, um mir zu helfen, und reicht mir den rosafarbenen Stein.

»Für die L…«

»*Die Liebe!* Ich habe auch einen.« Sie greift in die Tasche ihres grauen Hoodies und zieht einen beinahe identischen Stein heraus. »Sehen Sie? Sind Sie auch Single?«

Sie klingt genauso wie in ihren Videos – eine selbstbewusste hohe Stimme, wie man sie sonst nur von den Moderatoren im Kinderfernsehen kennt. Ihr Lächeln wirkt beinahe manisch.

Menschliches Kokain, denke ich. Du bist wie menschliches Kokain.

»Nein, eigentlich bin ich verheiratet. Aber ich betreibe eine Datingagentur, deshalb ist es wichtig, mich immer mit einer Überdosis Liebe zu umgeben.« Ich habe die Grundzüge dieses Gesprächs in der vergangenen Nacht im orangefarbenen Licht der Straßenlaternen in mein Tagebuch geschrieben. Im

Dunkeln klang alles ganz natürlich, doch nun kommt es mir aufgesetzt vor. Als würden die Worte zwischen uns in der Luft hängen. »Ich habe auch einen Opal dabei«, fahre ich fort. »Für die Inspiration. Und einen schwarzen Kiesel … damit mir das Training heute leichter fällt.«

»Wie schön! Der Opal hilft Ihnen dabei, Ihr Krönchen wieder geradezurichten und …« Sie hält kurz inne, dann stößt sie ein luftig leichtes Kichern aus. »Sie haben tatsächlich einen Stein mitgebracht, der Ihnen das Training erleichtern soll? Das ist echt süß!«

Ich hoffe, dass sie das Schweigen mit einer Frage zu meinem Beruf füllt. Was sie nicht tut.

»Na gut, dann gehe ich jetzt mal duschen«, sagt sie. Bis später …«

»… Caitlin.«

Sie macht auf dem Absatz kehrt und schleudert mir dabei ihren Pferdeschwanz ins Gesicht. Ich könnte eigentlich nach Hause gehen, aber es gibt hier Regenduschen und ausgewählte Duschgels von Molton Brown, also greife ich nach meinem flauschigen weißen Badetuch und mache mich barfuß auf den Weg in den Waschraum. Ich werde mir Zeit lassen, versuchen, es zu genießen.

Als ich mit einem Turban auf dem Kopf aus den Duschen trete, sitzt Morwena auf der Bank vor meinem Spind. Sie trägt ein nagelneues Gymnastikoutfit und hat Make-up aufgelegt, tatsächlich wirkt sie wie eine quietschig frische Version der Frau, der ich vor fünfzehn Minuten begegnet bin. So, als würde sie gleich noch einmal zum Yoga gehen.

»Hey«, ruft sie und winkt mir zaghaft zu.

»Hey.«

Ich habe nur mein Badetuch um den Körper gewickelt und

bleibe unsicher vor ihr stehen. Die anderen Besucherinnen haben keine Scheu, sich auszuziehen. Eine Frau vollführt gerade die wildesten Verrenkungen, um eine dicke weiße Körperlotion auf ihrem Hintern zu verteilen. Sie streckt ihn mir keck entgegen, es sieht beinahe so aus, als würde er mich angrinsen. Ich habe in letzter Zeit so viel Gewicht verloren, das mein eigener Hintern traurig nach unten hängt.

Ich hole meine Klamotten aus dem Spind und lasse mir absichtlich Zeit. Meine schwarzen Converse, schwarze Jeans, Unterwäsche, ein schwarzes Poloshirt. Ich lege sie behutsam neben Morwena auf die Bank, greife anschließend nach den Kosmetikutensilien – Föhnschaum, Foundation, Mascara, Deo – und stelle sie vor den Spiegel. Morwena beobachtet mich. Ich kann beinahe sehen, wie sie sich abmüht. Sie weiß nicht, wie sie mich am besten ansprechen soll.

»Haben Sie …« Sie räuspert sich. »Haben Sie vorhin nicht gesagt, dass Sie eine Datingagentur betreiben? Also für Singles?«

»Ja, genau. Es ist ein seltsamer Beruf, ich weiß, aber ich habe seit ein paar Jahren meine eigene Firma. *Caitlin, Amor & Co.*«

Sie senkt den Blick auf ihre Hände, streckt den Ringfinger der linken Hand aus, an dem kein Ehering steckt.

»Läuft das Geschäft gut?«

»Wir hatten bereits ein paar Babys und Verlobungen. Ich bin wie Cilla.« Ich warte ab, ob sie den Hinweis auf Cilla Black und ihre Datingshow aus den 1980ern versteht. Doch ihr Blick bleibt ausdruckslos.

Sie spielt mit dem goldenen Einhornanhänger an ihrem Handgelenk. »Woher wissen Sie, dass zwei Menschen zueinander passen? Wie finden Sie den Richtigen? Ich suche mir immer die Blindgänger aus.«

Sie will lachen, doch es klingt seltsam erstickt, und sie schlingt eilig die Hände um ihren Hals.

Ich setze mich neben sie und ziehe den Handtuchturban vom Kopf.

»Instinkt, schätze ich. Ich spüre da dieses Kribbeln im Bauch. Ich konnte es im Laufe der Jahre immer weiter verfeinern.«

»Wie eine Hellseherin?«

Ich will bereits verneinen. Ich bin keine Hellseherin. Das ist doch alles Schwachsinn. Diese Leute ziehen armen, verzweifelten Menschen das Geld aus der Tasche und servieren ihnen Lügen, die ihrer eigenen Fantasie entspringen. Nachdem ich allerdings weiß, was Morwena hören will, nicke ich.

»Ja, ein bisschen vielleicht. Ich habe es das erste Mal gespürt, als ich meinen Mann Harry kennenlernte. Wir standen uns plötzlich in einem Supermarkt gegenüber, und ich wusste sofort, dass er eine besondere Rolle in meinem Leben spielen würde. Ich hielt es für einen glücklichen Zufall, doch dann spürte ich es wieder. Dieses Mal bei dem Mann, den ich für meine beste Freundin Verity ausgesucht habe.«

»Wow, dann sind Sie also verheiratet? Und Ihre beste Freundin ist noch immer mit diesem Mann zusammen?«

Ich denke an meine einstudierten Antworten. »Ja, das bin ich. Und sie auch …« Ich ziehe mein Handy heraus. Mein Hintergrundbild zeigt meinen Kater, und ich scrolle weiter – sehr viel weiter – bis ich ein paar nette Bilder von Harry und mir finde. Auf dem ersten haben wir gerade unser Haus neu gestrichen. Ich trage Latzhosen, denn genau so habe ich mir diesen Moment immer vorgestellt: zwei vom Kopf abstehende Zöpfe, Farbe auf unseren Nasen und eine Baumwolllatzhose. Ich halte grinsend einen Pinsel in die Kamera. Am Ende habe ich in Unterwäsche – einem beigen Höschen und einem Sport-BH –

weitergemalt, weil die Latzhose viel zu unbequem war. Wir gerieten uns in die Haare, weil ich Farbe auf den neuen Boden gekleckert hatte.

»Das ist er.«

Morwena reißt mir das Handy aus der Hand. »Wow, er sieht wirklich gut aus … Tolle Zähne.«

»Er ist Zahnarzt, da muss er wohl tolle Zähne haben! Ich hätte nie gedacht, dass ich mal einen Zahnarzt heiraten würde, aber so war es nun mal. Früher stand ich eher auf kreative Männer. Haben Sie auch einen bestimmten Typ?«

»Nicht wirklich. Ich will bloß einen netten Mann, der an etwas glaubt, hart arbeitet, auf seinen Körper achtet …«

»Sie meinen ein Sixpack?«

Morwena kichert. »Vielleicht, aber das ist ja nichts Verwerfliches.«

Viele meiner Klientinnen und Klienten wollen einen Partner, der auf seinen Körper achtet, und ich hasse das. Es ist nur eine gerissene Art, sich einen heißen Kerl oder eine gut gebaute Frau zu wünschen, ohne oberflächlich zu klingen. Normalerweise ignoriere ich solche Wünsche. Andere Datingagenturen kommen ihnen nach und bringen Paare allein aufgrund ihres Äußeren zusammen, aber ich will, dass die Beziehungen andauern, und zwar bis ins hohe Alter.

»Natürlich nicht. Aber bei mir geht es um die Liebe, nicht um die Lust«, erkläre ich. »Es klingt vielleicht kitschig, aber ich möchte eine verwandte Seele für Sie finden, nicht den richtigen Körper.«

»Oh«, sagt sie und steht auf. »Die Bemerkung war rein hypothetisch gemeint.« Sie streicht ihren Pferdeschwanz glatt. »Und jetzt …« Sie reckt ihr Kinn nach vorne. »Muss ich ein paar Fotos machen.«

Im nächsten Augenblick ist sie verschwunden. Ich dachte, ich hätte sie, aber sie ist mir entglitten, und jetzt sitze ich mit leeren Händen hier. Ich habe nicht das Geringste erreicht und fühle mich wie ein Ballon, aus dem sämtliche Luft entwichen ist. Als hätte mir jemand »Loser« auf die Stirn tätowiert.

»Du schaffst das!«, flüstere ich mir selbst Mut zu, aber das stimmt nicht. Es stimmt absolut nicht.

KAPITEL SIEBEN

Ich kehre nach Hause zurück und lege mich ins Bett, um den Rest des Tages zu verschlafen und mein Versagen zu vergessen.

Ich habe unsere Reservedecke auf meine Zudecke gelegt, die beiden schweren Decken zusammen fühlen sich so an, als würde jemand auf mir liegen und mich festhalten. Eine Stimme flüstert mir zu, dass ich es immer noch versuchen kann, dass ich nicht versagt habe, dass Morwena durchaus Interesse hatte. Aber die andere Stimme, die mir brüllend zu verstehen gibt, dass ich es vermasselt habe, weil ich nicht ganz genau so vorgegangen bin wie geplant, ist sehr viel lauter.

Vermutlich ist es, weil ich ständig müde bin, da ich häufig sehr schlecht schlafe, aber ich kann nichts gegen die Erinnerungen tun, die plötzlich auf mich einstürzen. Erinnerungen an einen Tag, an dem sich meine Pläne genau in die entgegengesetzte Richtung entwickelt haben …

Die Aufregung über *The Royal Wedding* reichte damals bis nach Sheffield. Ich half Betty von nebenan, überall in unserer Straße rot-weiß-blaue Flaggen aufzuhängen, und versprach ihr, zur Feier des Tages Coronation Chicken zuzubereiten, ein kaltes Hühnergericht mit Mayo und Curry, das zum ersten Mal zur Krönung von Königin Elisabeth II. serviert wurde. Ich hatte sogar Bill, einen Nachbarn, der drei Häuser weiter wohnt, zum Kommen überredet. Prince Harry und Meghan waren ein modernes Paar, sodass es nicht gegen seine Überzeugung sprach, ihre Hochzeit gemeinsam mit uns zu feiern. Außerdem gab es Scones mit Sahne und Konfitüre. Mum, die am Stadtrand wohnt, wollte bereits am Vorabend kommen und das ganze Wochenende bleiben, und Bill mit seinem unerschütterlichen Glauben an die Linken im Land erschien mir als der perfekte Partner für sie. Sie behauptete zwar immer wieder, lieber allein zu sein, aber so schnell würde ich nicht aufgeben.

Harry war die ganze Zeit über schlechter Laune, er hielt nicht viel von der Sache. Schon beim Aufwachen motzte er darüber, wie viel die Hochzeit die Steuerzahler kosten würde, und jammerte über die aktuellen Einsparungen und den Premierminister, bis ich ihm vorschlug, doch lieber mit Bill zu reden. Ich brauchte bloß ein Foto von ihm. Ein Foto mit der eigens für diesen Anlass gekauften Plastikkrone auf seinem blonden Schopf. Auch einen Text hatte ich mir bereits überlegt: *Meghan heiratet zwar einen Prinzen – aber ich finde, ich hatte mit meinem Harry noch mehr Glück. Was meint ihr?*

Die Hochzeit und die Tatsache, dass ganz Großbritannien der Romantik erlegen war, waren wie ein Turboantrieb für meine Agentur, leider verstanden das weder Mum noch Harry, nicht einmal Verity. Sie tat zwar so, als würde sie mitfeiern, trug eine silberne Tiara und ein weißes Hochzeitskleid und trank um zehn Uhr vormittags bereits Kir Royal, doch ich sah immer wieder, wie sie die Augen verdrehte, und hörte, wie sie sich flüsternd mit Jeremiah über den Zustand unseres Gesundheitssystems unterhielt.

Ich wollte nur einen einzigen Tag, an dem alle ihre Probleme vergaßen, an dem Harry und ich uns nicht in die Haare gerieten und an dem ich mir keine Sorgen darüber machen musste, dass Mum womöglich einsam war.

Doch Mum kam gar nicht erst, weil sie keine Lust auf die Fahrt hatte und lieber in ihrem Garten in der Sonne lag. Um zwei Uhr nachmittags stritt Bill sich mit Betty darüber, ob die Monarchie abgeschafft werden sollte, Verity war so betrunken, dass sie nicht mehr stehen konnte und Jeremiah sie nach Hause brachte. Ich hatte mich längst ins Schlafzimmer verkrochen, und als Harry zu mir kam, gab ich ihm die Schuld an dem Desaster. Sogar die Tatsache, dass niemand mein Coronation Chicken angerührt hatte, legte ich ihm zur Last.

Mein Handy klingelt bereits zum dritten Mal, während ich zu vergessen versuche, wie ich hier auf diesem Bett lag und hysterisch weinte, während Harry mir fassungslos dabei zusah. Vermutlich fragte er sich, wo seine Frau geblieben war.

Ich strecke eine Hand unter der Decke hervor und greife nach dem Handy. Es ist Verity.

»Schäääääätzchen«, brüllt sie. »Wir sind im Pub, und du musst unbedingt auch vorbeikommen.« Ich höre, wie sie jemanden um Feuer bittet und demjenigen erklärt, dass sie gerade mit mir telefoniert. »Sie muss doch kommen, oder was meinst du?«

»Kann ich meinen Schlafanzug anbehalten?«, frage ich, während ich krampfhaft überlege, was ich anziehen soll.

Sie lacht, und das Dröhnen zwingt ein Lächeln auf mein Gesicht. »Warum nicht? Hey, bring mir auch einen mit! Dann sind wir schon zwei!«

»Okay, ich bin in fünf Minuten da.«

Ich rolle mich aus dem Bett und fahre mir einige Male mit der Bürste durch die Haare. Sie sind ziemlich verfilzt, und ich wollte sie eigentlich schon längst gründlich ausbürsten, bin aber noch nicht dazu gekommen.

Verity kreischt, als sie mich sieht. Ich habe mir lediglich einen grünen Parka übergeworfen, darunter trage ich tatsächlich meinen Schlafanzug.

»O mein Gott, du bist echt legendär! Du hast es wirklich getan. Hey, Druncle Jack! Sie hat es wirklich getan.«

Jack gehört zu einer Gruppe Einheimischer, die so oft im Pub sind, dass sie den Spitznamen Druncles verliehen bekommen haben.

Auf Veritys Tisch steht bereits eine Flasche Weißwein, also bitte ich Julia nur noch um ein zweites Glas.

»Schön, dich zu sehen, Cait«, meint sie, während ich an der Thekenkante herumknibble. »Ist schon ein Weilchen her. Geht es dir gut?«

»Ja, sicher«, antworte ich und werde doch rot. Mir ist gerade klar geworden, wie albern es war, im Schlafanzug aufzukreuzen. Was es für einen Eindruck erweckt. Zurück an Veritys Tisch reiche ich ihr die Umhängetasche, die ich mitgebracht habe. »Zieh dich schnell um«, zische ich. »Die anderen gucken so seltsam.«

»Na klar, ich kann es kaum erwarten. Nimm dir ein Glas, Ade ist gerade mit einer Kippe vor die Tür.«

»Ade ist auch da?«, frage ich.

Doch bevor Verity antworten kann, entdecke ich sie auch schon. Sie wickelt sich einen gestreiften Schal vom Hals und winkt mir zu. Kurz darauf kommt sie an den Tisch, zieht ihre Hose hoch und lässt ihre Tasche auf den Boden plumpsen. Ade hat immer eine riesige Lederhandtasche dabei, die aus allen Nähten platzt und alles Mögliche enthält – aber nie das, was sie gerade braucht.

Sie schenkt sich ein Glas Wein ein, und wir beobachten, wie Verity in Richtung Toilette schwankt.

»Sie ist ins Büro gekommen und wollte nach dir sehen«, erklärt Ade schulterzuckend. »Weil du nicht da warst, hat sie mich überredet, die Arbeit sein zu lassen und mit ihr auf einen Drink zu gehen.«

»Da kann man unmöglich Nein sagen.« Ich spiele mit dem Weinglas, während Ade in ihrer Tasche kramt und ihr Handy herauszieht.

»Aber ich habe schon gute Fortschritte gemacht. Check mal deinen Feed.«

Im nächsten Augenblick läuft mein Leben mit Harry im Zeitraffer vor mir ab. In Farbe und mit einem auf unsere Gesichter gekleisterten Lächeln. Wir beide vom Jetlag geplagt beim Sonnenaufgang in Mexiko, aneinandergekuschelt auf Mums geblümtem Sofa, mit durchgedrücktem Rücken und einem Glas Champagner in der Hand auf zahlreichen Hochzeiten …

Sämtliche Fotos stammen von meinem Facebook-Feed, und das letzte zeigt Harry mit einer Plastikkrone auf dem Kopf. Sein Lächeln verrät nicht im Geringsten, dass er noch eine Sekunde vor dem Abdrücken gebrüllt hat: »Okay, gut, wenn es dir so viel bedeutet!«

»Ade, er wird ausrasten.«

Ich schüttle den Kopf, und versuche ein wenig Kraft in meine Stimme zu packen. Doch Harry starrt mich vom Display aus an, und seine Augen funkeln. Es tut weh, aber es fühlt sich auch gut an, unser Leben auf dem kleinen Bildschirm ablaufen zu sehen.

»Ich werde mit ihm reden, aber ehrlich gesagt glaube ich nicht, dass er es überhaupt bemerkt«, erwidert Ade, während ich die Fotos näher betrachte. Sie hat es tatsächlich geschafft – mein Leben wirkt perfekt. »Hast du nicht gesagt, dass er immer noch ein uraltes Handy benutzt?«

Ein Nokia 3310. »Wer braucht Apps, wenn er Snake haben kann?«, hat er einmal zu mir gemeint.

»Ihr redet besser nicht über den Job«, kreischt Verity, die gerade aus der Toilette tritt und in meinem Schlafanzug mit den rosa Punkten umwerfend aussieht. Die breite Perlenkette, die sie immer noch trägt, verleiht ihm den besonderen Touch. Sie stürzt ihren Wein mit zwei Schlucken hinunter und füllt unsere Gläser wieder auf. Ein Handy vibriert. Ich ziehe meines heraus. Keine neuen Anrufe, aber eine Instagram-Benachrichtigung. *Morwena Star hat dir eine Nachricht gesendet.*

»O mein Gott!«, rufe ich und lese die Nachricht laut vor: *»Hey, es war schön, Sie vorhin im Fitnesscenter kennenzulernen. Ich habe mir Ihre Fotos angesehen. Das Paar sieht so glücklich aus …«* Ich breche ab und wende mich an Verity. »Sie redet von dir und Jeremiah!« Verity verdreht die Augen und nimmt noch einen großen Schluck. Irgendein Handy vibriert noch immer. *»Es wäre super, wenn Sie das auch für mich machen könnten. Schreiben Sie mir doch eine Mail …* Und dann steht da ihre Mailadresse!«

»Das ist ja unglaublich!« Ade wirkt hocherfreut und zieht ihr Notebook heraus. »Wir müssen die Website so schnell wie möglich auf den neuesten Stand bringen. Ich schreibe Stu gleich mal, dann können wir uns morgen treffen …«

Sie tippt wie wild drauflos, und mein Blick wandert zu Verity. Sie starrt ins Leere und hat den Kopf leicht schiefgelegt.

»Alles in Ordnung?«

Sie erwacht ruckartig aus ihrer Trance. »Klar«, erwidert sie. »Das sind tolle Neuigkeiten, aber lassen wir die Arbeit lieber mal beiseite. Ade, du wolltest doch dein Liebesleben wieder in den Griff bekommen.«

Ade schließt das Notebook und wirft Verity einen bösen Blick zu. »Mir geht's gut«, erklärt sie und reißt die Augen auf, während sie mit dem Kopf in meine Richtung deutet.

»Was ist denn los?«, fragt meine Freundin. Sie und Ade sehen einander an, als ob sie nicht wüssten, wer anfangen soll. »Ich hab dir doch gesagt, dass es Caitlin nichts ausmachen wird.«

Verity legt eine Hand auf Ades Hand, die den Tränen nahe ist.

»Ehrlich Leute, was läuft hier?« Ich frage mich, wie die Stimmung so schnell umschlagen konnte. Gerade so, als wäre eine schwarze Wolke über unserem Tisch aufgezogen. Druncle Jack krächzt lautstark *»Wonderwall«* und schwankt im Takt der Musik hin und her.

»Ich wollte nicht, dass du es erfährst«, erklärt Ade, und eine Träne kullert über ihre Wange. »Aber ich habe schrecklichen Liebeskummer. Also, eigentlich dachte ich, ich hätte es hinter mir … endlich … aber dann … dann …«

»Dann bin ich gekommen und habe alles versaut«, erklärt Verity, nachdem Ade offenbar nicht mehr weiterreden kann. »Ich kenne ihre Ex und hab sie mal erwähnt, als ich bei euch im Büro war. Ade ist sofort in Tränen ausgebrochen.«

»Ach, Ade …« Ich seufze. »Du hättest es mir sagen sollen.«

»Ich wollte nicht, dass du es erfährst. Eine depressive Frau mit gebrochenem Herzen hat in einer Datingagentur doch nichts verloren«, erklärt sie, und Verity sieht mich an. Sie ist offenbar gespannt, was ich erwidern werde.

»Ich bin … ich meine, ich … wir hatten doch alle schon mal Liebeskummer«, stammle ich und nehme einen großen Schluck Wein. »Das hat doch nichts mit der Arbeit zu tun.«

»Guter Ratschlag«, meint Verity und sieht mir tief in die Augen.

Ich ignoriere sie. »Also, erzähl mir von ihr.«

»Ihre Eltern kommen nicht damit klar«, beginnt Ade. Hannah und sie waren bereits sechs Monate zusammen gewesen, als Hannah ihr gestand, dass sie sich immer nur im Geheimen treffen könnten. Sie würden niemals heiraten oder auch nur zusammen wohnen. »Es hätte mir schon früher klar sein sollen, denn sie hat bestimmte Gegenden in London gemieden und ist mir ständig ausgewichen, wenn es um unsere Zukunft ging«, erzählt Ade und sieht sich um. Jack hat inzwischen *»Tiny Dancer«* angestimmt.

»Wolltest du das denn? Sie heiraten, meine ich?«

Ade nickt. »Tief in meinem Innern bin ich eine Romantikerin. Also habe ich beschlossen, dass ich nicht weiter mit Hannah zusammen sein kann, wenn es nirgendwohin führt. Ich habe Schluss gemacht, meine Sachen zusammengepackt und bin hierhergezogen. Ich dachte, ich hätte es hinter mir gelassen. Aber das habe ich nicht. Ich liebe sie noch immer.«

»Die Liebe macht's einem nicht leicht«, erklärt Verity. »Aber vielleicht ist es besser so. Eine leidenschaftliche Affäre. Ein Feuerwerk!« Sie ballt die Hände zu Fäusten und reißt sie auf, um die Explosion nachzustellen. »In einer Ehe versandet die Liebe oft, und am Ende merkt man, dass sie mit der Zeit immer weniger geworden ist …«

Ich starre auf meine Hände hinunter und drehe meinen Ehering. Verity sieht mich an und schüttelt den Kopf. Ich kann ihr nicht in die Augen sehen.

»Vielleicht hast du recht«, meint Ade und schenkt den restlichen Wein in unsere Gläser. »Trinken wir noch eine Flasche?«

»Wir brauchen etwas, das uns aufheitert«, erwidert Verity. »Seht uns doch an. Wir tragen Schlafanzüge. Wir sollten Spaß haben und dir jemanden suchen, mit dem du ins Bett springen kannst!«

Ich sehe mich um. »Und da hast du sie ausgerechnet *hierher*geschleppt?«

Druncle Gary singt im Duett mit Jack, und er ist überraschend gut. Julia poliert Gläser und versucht, den Mann mit dem riesigen Bierbauch in der Ecke zu ignorieren, der tief und fest schläft.

Mein Handy piept. Jeremiah. *Ist Verity bei dir?*, schreibt er. Ich tippe eilig eine Antwort. *Ja. Im Hope. Komm!!*

Als Jeremiah in den Pub kommt, haben wir zu Gin Tonic gewechselt, und Verity ist schon wieder auf der Toilette. Er grinst übers ganze Gesicht und zieht seinen rostbraunen Pullover hoch, um mir ein mit geometrischen Mustern bedrucktes T-Shirt mit seltsam geschnittenen Schultern zu zeigen. Ich stehe auf, umarme ihn und stelle ihm Ade vor.

»Ist das deine neueste Kreation?«

Er zieht an dem Stoff. »Ja. Aber hab den Dreh immer noch nicht raus.« Jeremiah versucht, seine eigenen Klamotten zu nähen, seit er mit Verity zusammen ist. Er liebt Farben und ausgefallene Muster, und beides ist in unserer biederen Stadt schwer zu finden.

»Was machst du hier?«

Verity ragt über dem spindeldürren Jeremiah auf, dessen Haut so weiß ist, dass sie beinahe blau schimmert. Sie sehen seltsam aus, wenn sie nebeneinanderstehen, aber das war schon immer Teil ihres Charmes.

»Cait hat gesagt, ich soll kommen«, erwidert er bissig. »Warum hast du einen Schlafanzug an?«

»Wir dachten, es wäre witzig, aber du hast den Witz wohl nicht begriffen.«

Ade schiebt ihren Stuhl zurück. »Ich gehe nur mal schnell … ähmmmm … eine rauchen.«

»Ich komme mit«, sage ich und schlüpfe in meinen Parka.

»Du rauchst doch gar nicht.« Verity klingt immer noch viel zu spitz.

»Ich brauche frische Luft.« Ich eile hinter Ade her, die fast schon an der Tür ist.

Wir beobachten die beiden durchs Fenster. Verity hat die Arme verschränkt, und Jeremiah redet wild gestikulierend auf sie ein. Als er nach ihrem Gin greift, schlägt sie seine Hand weg. Er schnappt sich stattdessen eine der beinahe leeren Weinflaschen und stürzt den letzten Tropfen hinunter. Verity sieht ihm wütend dabei zu.

»Oho«, meint Ade. »Das sieht nicht gut aus.«

»Das ist gar nichts. Sie streiten sich nur. Alle Paare streiten«, erwidere ich eher zu meiner eigenen Beruhigung als zu ihrer.

Ades bläst eine Rauchwolke aus. »Trotzdem. Ich glaube, ich gehe lieber nach Hause.«

Ich werfe noch einen Blick durchs Fenster. Verity steht an der Bar, hält einen Kurzen in der Hand und stößt mit Jack an, während Jeremiah am Tisch sitzt und an ihrem Glas nippt.

»Dann mach dich am besten gleich aus dem Staub. Verity lässt niemanden früher nach Hause gehen, ohne eine Szene zu machen.«

Ich gehe wieder hinein und treffe Jeremiah zusammen mit Verity und Jack an der Bar. Er starrt unglücklich auf den Tequila hinunter, der vor ihm auf der Theke steht.

»Verity, ich muss morgen arbeiten«, meint er, doch das interessiert sie nicht.

»Na und? Früher bist du bis fünf Uhr früh mit mir um die Häuser gezogen und eine Stunde später wieder aufgestanden, um deinen Scheiß geregelt zu kriegen. Ah!« Sie entdeckt mich und wendet Jeremiah den Rücken zu, der zögernd nach dem Salz greift. »Julia, einen Tequila für Cait und Ade! Und einen für dich natürlich.«

Ich schüttle den Kopf. »Ade ist nach Hause gegangen, und ich habe morgen einen großen Tag. Ich muss jemanden für Morwena finden.«

»Verdammt noch mal, nicht du auch noch! Seit wann seid ihr solche Langweiler?«

Jeremiah zieht schuldbewusst die Nase kraus und sieht mich an, während ich übertrieben traurig das Gesicht verziehe. Jack hebt Verity hoch, schwingt sie herum und stellt sie dann unsanft wieder auf die Füße, wo sie schwankend vor ihm stehen bleibt.

»Ich bin nicht langweilig, Schätzchen«, erklärt er und lehnt sich ein wenig zu nahe an sie heran.

»Nein, aber du bist betrunken«, meint Julia, stellt die drei Tequila aber trotzdem auf die Theke. »Und es wird langsam Zeit, dass du nach Hause gehst.«

Julia ist einen Meter achtzig groß, hat rabenschwarze Haare, drei Nasenpiercings und tätowierte Arme. Sie wird zwar bald sechzig und jammert ständig wegen ihrer Hüfte, aber die Druncles wissen, dass sie sich nicht mit ihr anlegen sollten. Jack hebt ergeben die Hände.

»Schon gut, schon gut. Dann eben morgen um dieselbe Zeit, Schätzchen«, lallt er und schlurft davon.

Ich sehe, wie Jeremiah sich an Julia wendet und mit den Lippen ein »Danke« formt, und Verity sieht es auch.

»Wofür bedankst du dich? Jack hat doch nur Spaß gemacht.«

»Er hat dich angemacht«, erwidert Jeremiah, und Julia und ich wechseln einen Blick. »Schon den ganzen Abend lang.«

»Wenigstens einer«, murmelt Verity, und dann geht es erst richtig los. Jeremiah »entschuldigt« sich mit sarkastischem Unterton, dass er Verity »nicht jede verdammte Minute« mit Aufmerksamkeit überschüttet, während sie ihn frei nach Beyoncé daran erinnert, dass er nicht mit »irgendeiner gewöhnlichen Schlampe« zusammen ist.

Ich weiche langsam zurück und winke Julia zum Abschied zu, die bloß den Kopf schüttelt und weiter ihre Weingläser poliert. Die drei Tequilas auf der Theke bleiben unberührt.

KAPITEL ACHT

»Nein, nein, nein, nein, NEIN.«

Ich sitze in meinem Büro auf dem Boden und bin umgeben von grinsenden Männern. Männer mit schwarzen Haaren, Männer mit sonnengebräunten, wettergegerbten Gesichtern, Männer, die neben Zootieren posieren. Der Boden ist voll von ihnen, und der Drucker in der Ecke spuckt surrend noch mehr Fotos und Profile aus. Mein Laptop steht vor mir auf dem Boden, und ich habe Morwenas Instagram-Account geöffnet. Selbst, wenn ich die Augen schließe, sehe ich sie vor mir.

Ich bin seit sechs Uhr morgens im Büro und versuche, den richtigen Mann für Morwena zu finden. Verstohlen unterdrücke ich ein Gähnen. Nachdem ich gestern aus dem Pub nach Hause kam, bin ich in einen frischen Schlafanzug geschlüpft und noch bis zwei Uhr morgens wach geblieben. Harrys Seite des Bettes blieb leer, während ich Morwenas Profil durchforstet habe, um mich besser in sie einzufühlen. Das blaue Licht des Displays hat in meinen Augen gebrannt und das Handy in meiner Hand geglüht.

Ich stehe auf, starte meine Espressomaschine und versuche, mich auf Morwena zu konzentrieren. Morwena liebt den Strand. Morwena liebt Yoga. Morwena mag Kurkumatee. Morwena hält Fleischesser für Mörder und Zucker für eine

Ausgeburt des Teufels … Ich nehme meine Kaffeetasse, setze mich wieder und betrachte Paul, den nächsten Kandidaten. Paul starrt mich an. Er spielt Rugby und arbeitet als Freiwilliger für die Labour Party. Aber auf seinem Profilbild hält er einen Krug Bier in der Hand, der in etwa so groß ist wie sein Kopf.

Neben ihm liegt Tyrone. Er hat zwei attraktive Grübchen und einen kleinen Spalt zwischen den Schneidezähnen. Er ist süß, und er weiß offenbar eine Menge über den Klimawandel. Vielleicht ist er es? Aber *vielleicht* reicht nicht. Ich brauche den perfekten Partner für Morwena. Und Tyrone ist es nicht.

Ich nehme beide Fotos hoch und betrachte sie eingehend, beschwöre das Kribbeln im Bauch herbei, aber … da ist nichts. Also greife ich nach meinem Handy. Ich habe zehn ungelesene Nachrichten von Verity, sie hat sicher einen Kater und flippt gerade aus, weil sie nicht mehr weiß, was letzte Nacht genau passiert ist. Ich werde später mit ihr reden, wenn sie sich wieder beruhigt hat, jetzt wähle ich Harrys Nummer und höre zu, wie das Freizeichen ertönt.

»Hey, hier ist Harry. Ich habe wahrscheinlich gerade einen Patienten. Hinterlassen Sie mir eine Nachricht. *Bye.*«

Beim Klang seiner Stimme macht mein Herz einen Überschlag. Das war schon immer so.

»Hi, Harry. Ich bin's. Hör mal, ich weiß, das ist albern, aber ich brauche deine Hilfe bei einer Kundin. Sie ist eine ziemlich abgedrehte Weltverbesserin. Mein Gott, ich wünschte, du könntest sie kennenlernen. Du würdest sie abgrundtief hassen! Aber egal, ich hatte jedenfalls gehofft, dass du mir helfen kannst. Okay … ähm … *bye.*«

Harry hat mir schon einige Male bei schwierigen Klienten unter die Arme gegriffen. Er fragt seine Patienten auf dem Zahnarztstuhl des Öfteren, ob sie Single sind oder nicht. Ich stelle es mir gern vor, wie sie mit zurückgelehntem Kopf und weit aufgerissenem Mund neben dem kleinen Plastikbecher mit der blauen Flüssigkeit liegen und Harry sie über ihr Liebesleben ausquetscht. Die Leute finden das sicher total seltsam. Aber es hat sich schon einige Male gelohnt.

Ich hatte einmal eine Lehrerin als Klientin. Sie hieß Gwynn und war so schüchtern, dass sie nur flüstern konnte und jedes Mal zu zittern begann, wenn ich sie bat, etwas über sich zu erzählen. Es war im Grunde unmöglich, jemanden für sie zu finden. Ich konnte sie nicht mit einem redseligen Mann verkuppeln, denn dann hätte sie womöglich die ganze Verabredung über kein Wort gesagt. Und auch ein schüchterner Mann kam nicht infrage. Es ist eine schreckliche Qual für alle Beteiligten, wenn sich der Mann und die Frau die ganze Verabredung über schweigend gegenübersitzen und nur ab und zu betreten kichern.

Ich hatte keine Ahnung, was ich mit ihr tun sollte, und redete mir jeden Abend den Frust von der Seele.

Eines Tages erzählte mir Harry von einem Patienten. Er war ein ruhiger, aber selbstsicherer Mann, der eine Wohltätigkeitsorganisation betrieb. Sie stellten Assistenzhunde für Menschen zur Verfügung, die sich einen solchen Hund nicht leisten konnten. Er hatte eine beruhigende Ausstrahlung, und Harry war überzeugt, dass Gwynn sich in seiner Gegenwart entspannen und wohlfühlen würde. Und genau so war es! Mittlerweile leben die beiden zusammen und haben eine Golden-Retriever-Hündin namens Heather, die ihren Geruchssinn verloren hat und somit ihre Arbeit als Blindenhund nicht mehr ausführen kann.

Ich reiße mich aus meinen Gedanken. Ade und ihr Freund, der Webdesigner, wollen später vorbeikommen, und bis dahin will ich jemanden für Morwena gefunden haben. Ein ausführliches Vorgespräch ist zwar normalerweise besser, denn nur so kann man ganz genau bestimmen, wonach jemand sucht, aber ich habe mich intensiv mit ihren Posts beschäftigt und somit den Vorteil, dass sie mir bereits alles über sich verraten hat. Ein persönliches Gespräch ist in ihrem Fall nicht notwendig. Morwena braucht dringend Hilfe, ihre Uhr tickt ständig. Ich will nicht eine weitere Modeerscheinung sein, der sie verfällt, nur um sie nach kurzer Zeit wieder aufzugeben.

Ich höre, wie Ade die Treppe hochstapft. Sie macht solchen Lärm, dass ich unmöglich sagen kann, ob noch jemand bei ihr ist. Ich wähle den nächsten Mann aus. Er hat ein kantiges Kinn, etwas längere braune Haare und lächelt selbstsicher in die Kamera. Ich klicke zum nächsten Foto weiter. Der Klient hält ein rothaariges Kätzchen im Arm.

»Warum posten Männer eigentlich so gern Fotos mit Tierbabys?«, frage ich Ade, ohne aufzusehen.

»Weil sie sensibel *und* hart rüberkommen wollen.«

Das war nicht Ades Stimme, sondern die eines Mannes mit einem wohlklingenden irischen Akzent. Ich drehe mich um und sehe mich plötzlich einem umwerfend schönen Mann gegenüber. Ich wende mich sofort wieder ab und starre auf den Bildschirm. Wenn ich ihn zu lange ansehe, kriege ich womöglich kein Wort mehr heraus.

»Warum macht ihn das Kätzchen zu einem harten Kerl?«, frage ich. Meine Stimme klingt ein wenig piepsig.

»Klicken Sie doch mal auf das nächste Bild. Es ist garantiert ein Lastwagen oder ein …« Das Bild erscheint. »Ah, sehen Sie? Da sitzt der Kerl auf einem Motorrad …«

Ich bin mir der Anwesenheit des Mannes hinter mir mehr als bewusst, der Duft seines Aftershaves füllt den Raum. Ich atme tief ein, aber mir fällt nichts auch nur annähernd Interessantes oder Geistreiches ein. Ich schaffe es nicht einmal, mich noch einmal umzudrehen.

Glücklicherweise kommt Ade gerade rein. »Das ist total unhöflich, Caitlin«, schimpft sie. »Steh auf. Ehrlich. Sie ist so versessen darauf, Menschen zusammenzubringen, dass sie manchmal ihre guten Manieren vergisst. So ist es doch, Cait, oder?«

Ich schaffe ein hüstelndes »Stimmt«, dann stehe ich auf und strecke dem Mann die Hand entgegen, ohne ihn anzusehen. »Ich bin Caitlin.«

»Stu«, erwidert er.

Ade und Stu machen es sich auf dem Sofa bequem, und ich setze mich auf einen Hocker zu ihnen. Mein Blick huscht immer wieder zu Stus gebräunten Armen.

»Stu und ich kennen uns aus London. Wir haben im selben Stockwerk gearbeitet. Er war für die großen Firmenwebsites zuständig«, erklärt Ade, während ich versuche, möglichst ruhig zu nicken. »Wir haben uns immer gut verstanden. Er ist einem gepflegten Drink gegenüber genauso wenig abgeneigt wie ich, deshalb habe ich mich sehr gefreut, dass er hierher nach Sheffield gezogen ist.«

Stu grinst, und die Fältchen um seine grünen Augen tanzen. »Ich habe Ade einfach schrecklich vermisst.«

Seine Stimme erinnert mich an starken Whiskey. Sie schnürt mir die Kehle zu.

Ade lacht, und ich bin auf einmal unglaublich froh, dass sie auf Frauen steht. Er ist nicht hier, weil er in sie verliebt ist. Ich darf also durchaus ein wenig mit ihm flirten. Abgesehen davon, dass ich nicht flirten kann. Ich weiß gar nicht, wie das geht. Und es wäre um einiges einfacher, wenn ich ihn wenigstens länger als eine Sekunde ansehen könnte. Aber das kann ich nicht, ohne die Kontrolle über meinen Körper zu verlieren.

»Tatsächlich ist es das Klettern«, stellt er klar. »Ich liebe es, und die Szene hier in Sheffield ist hervorragend.«

»Ich wusste nicht einmal, dass wir eine Kletterwand haben«, erwidere ich und reiße den Blick von seinen Armen los.

»Schon seltsam, was man alles verpasst, wenn Weinflaschenheben der einzige Sport ist, den man betreibt, was, Cait?«, witzelt Ade.

Unmut steigt in mir hoch. Dieser gut trainierte Mann denkt noch, ich wäre ein fauler Couchpotato. Und Alkoholikerin.

Aber er lächelt noch immer. »Ich schätze, Sie haben nicht viel Zeit für Hobbys. Es ist beeindruckend, wie schnell Ihr Unternehmen groß geworden ist.«

Meine Wangen brennen.

»Und wir sind hier«, fährt Ade fort, »um zu besprechen, wie wir es noch größer machen können. Ich will deinen Onlineauftritt, Caitlin, vollkommen neu aufstellen. Ich will den Fokus noch mehr auf dich legen, dich als Marke etablieren und die Beziehung zu deinem Mann Harry in den Vordergrund rücken. Genau das wollen deine Klientinnen und Klienten.«

Sie betont das Wort »Mann«, und bei »Harry« wird ihre Stimme lauter, als wollte sie mich daran erinnern, dass er auch noch da ist. Dabei muss sie sich keine Sorgen machen. Stu mag mich in ein Nervenbündel verwandeln, aber ich habe kein Interesse daran, ihn näher kennenzulernen. Das wäre sowieso sinnlos.

»Das Problem ist, dass Harry sich nicht gern fotografieren lässt. Er steht ungern im Mittelpunkt.«

Ich muss Stu das unbedingt klarmachen, denn Ade hört mir nicht einmal zu, wenn ich etwas Derartiges ihr gegenüber erwähne. Sie winkt dann immer ab – genau wie jetzt gerade – und sagt: »Ich verstehe einfach nicht, warum er seiner Frau diesen kleinen Gefallen nicht tun kann.«

Stu nickt hingegen. »Ich verstehe. Ich bin mir sicher, dass wir einen Weg finden werden, der Ades Vorstellung entspricht, ohne einen zurückhaltenden Mann ins Rampenlicht zu zerren.«

Ich kann ihm zum ersten Mal in die Augen sehen, lächle kaum merklich und forme ein »Danke« mit den Lippen. Ade hat wieder einmal nicht zugehört.

»Ich dachte, wir machen ein paar hübsche Fotos, nehmen etwas Geld in die Hand und kaufen Werbeflächen auf einigen Linienbussen. Ehrlich, Stu, die beiden sind so süß zusammen, sie sollten unbedingt im Mittelpunkt der Website stehen.«

Ich versuche, mich zu erinnern, wie energiegeladen ich mich auf dem Laufband gefühlt habe. An meine kleine Rede, dass das hier meine Agentur ist und sich nicht alles auf Harry konzentrieren sollte. Aber ich bringe nur ein leises »Ganz sicher nicht« heraus.

»Keine Sorge, ich habe mir das schon mal angesehen. Eine Busreklame kostet nicht die Welt.«

Ich presse mir die Hände auf die Augen. Als ich sie wieder sinken lasse, holt Stu gerade seinen Laptop heraus. »Es geht nicht ums Geld, Ade, sondern um Caitlins Mann, Harry.«

Ich zittere innerlich, und meine Wangen glühen nicht mehr vor Scham, sondern vor Wut. Sie kann mich nicht zwingen. Warum hört sie mir nicht zu?

»Soll ich denn wirklich nicht mit ihm reden? Ihm erklären, wie wichtig es für die Zukunft deines Unternehmens ist? Für das finanzielle Überleben seiner Frau?«

»Jetzt dramatisierst du das Ganze aber gewaltig, Ade. Die

Agentur geht sicher nicht den Bach hinunter, nur weil wir kein Fotoshooting mit einem Mann machen, der nicht einmal Teil des Unternehmens ist«, erklärt Stu bestimmt, als würde er mit einem kleinen Kind reden.

Ade wirft ihm einen bösen Blick zu. »Hey, du solltest eigentlich auf meiner Seite sein!«

»Ich bin auf überhaupt keiner Seite, ich will einfach nur gute Arbeit machen. Und der arme Kerl wird uns keine tollen Bilder liefern, wenn er im Grunde überhaupt nichts davon wissen will.«

Es ist witzig, den beiden bei ihrem Gezanke zuzuhören. Was würde Harry wohl denken, wenn er sie jetzt hören könnte? Ich suche normalerweise bei Konflikten gern das Weite, aber diese angeregte Diskussion beruhigt mich plötzlich auf seltsame Weise. Ich stelle mir vor, wie Harry ins Zimmer kommt und meint: »Hey, was soll denn das Tamtam?«

»Erde an Caitlin. Erde an Caitlin.«

Ich kehre mit meinen Gedanken wieder in mein Büro zurück. Stu und Ade sehen mich erwartungsvoll an.

»Entschuldigt, was habt ihr gesagt?«

»Dass ich trotzdem mit Harry reden möchte. Ich möchte ihn fragen, ob wir wenigstens ein paar alte Aufnahmen von ihm verwenden dürfen.« Sie verdreht die Augen. »Das wäre immerhin ein Kompromiss.«

Ich schließe die Augen und bin plötzlich furchtbar müde. Der Schlafmangel macht sich langsam bemerkbar.

Stu drückt meinen Ellbogen. »Hey, alles okay?«

»Ja, klar. Tut mir leid«, erwidere ich. »Ich war die ganze Nacht wach und habe versucht, den richtigen Mann für eine sehr wichtige Klientin zu finden. Ich bin nicht ganz bei der Sache. Ähm … worüber haben wir gerade geredet?«

»Könnten wir uns einmal alle drei mit Harry zusammensetzen?«, fragt Ade und sieht mich an.

»Ach so. Ja genau. Das ist sicher kein Problem, aber er ist … gerade auf einer Konferenz. Einer sehr großen. In Kalifornien.«

»Gut. Wann kommt er wieder?«

»Er weiß selbst noch nicht genau, wann sie zu Ende ist«, erwidere ich. »Aber macht ihr erst mal euer Ding. Konzentriert euch auf die Social-Media-Kanäle, bis ich mir das Budget angesehen habe. Um das andere können wir uns später kümmern.«

Alles, nur keine Plakate auf irgendwelchen Bussen.

»Jetzt hörst du endlich mal auf mich!«, jubelt Ade, wirft Stu einen triumphierenden Blick zu und schlendert in die Küche. »Wir brauchen Kaffee!«, ruft sie uns zu.

»Sie kann sehr hartnäckig sein«, meint Stu und zwinkert mir zu. Mir fällt auf, dass er sich zwei Federn hinter das linke Ohr hat tätowieren hat lassen. Ich schlucke und versuche, meine Nerven wieder in den Griff zu bekommen. Er ist bloß ein Mann. Ein ganz normaler Mann, versichere ich mir immer und immer wieder. »Also, wer ist diese besondere Klientin, wegen der du die ganze Nacht wach warst?«, fragt er, ganz nebenbei zum Du übergehend.

Seine Frage beruhigt mich. Es fällt mir leicht, von meiner Arbeit zu erzählen.

»Sie ist eine bekannte Influencerin. Morwena Star. Kennst du sie?«

Er schüttelt den Kopf. »Nein, nie gehört. Aber hey, warum zeigst du mir nicht, an wen du gedacht hast?« Er stemmt sich hoch und geht neben mir in die Knie. Ich kann beinahe seinen warmen Atem auf meiner Schulter spüren.

»Diese Männer habe ich bereits aussortiert«, erkläre ich und deute auf den mit Profilen übersäten Fußboden. »Aber es gibt noch einige potenzielle Kandidaten in der Computerdatenbank.«

Ich deute auf den Boden vor dem Drucker, und mein Blick fällt auf die Überreste der Salz-und-Essig-Chips, die überall verstreut herumliegen.

Stu springt auf und sieht sich die Fotos auf meinem Laptop an. Er zeigt auf den Mann mit dem markanten Kinn. »Der da fällt aus«, ruft er mir über die Schulter hinweg zu. »Er ist Atheist.«

»Wer ist Atheist?« Ade trägt drei Kaffeetassen in einer und eine Packung Plätzchen in der anderen Hand.

»Dieser Kerl hier, der nicht zu Morwena Star passt«, erklärt Stu mit einem schiefen Grinsen. »Wir suchen gerade einen Mann für sie.«

Ade stöhnt. »Wir wollten uns doch die Website ansehen, Stu.«

»Ja, ja.« Er winkt ab. »Dafür ist später noch genügend Zeit. Das hier macht viel mehr Spaß! Kommt schon, Ladys! Finden wir den perfekten Mann für Morwena.«

Eine Stunde später steht fest, dass Stu genauso wählerisch ist wie ich. »Nein!«, ruft er beim Anblick eines Zimmermanns, der ein Foto von sich beim Bungee-Jumping geschickt hat.

»Zu abenteuerlustig?«, frage ich. »Oder glaubst du, dass sie keine Schlangen mag?« Da ist noch ein Foto, in dem sich eine Python um seinen Arm windet.

»Ich habe einfach nicht das Gefühl, dass er bereit für eine ernsthafte Beziehung ist«, meint Stu lachend.

Ade hat die Beine auf ihren Schreibtisch gelegt und wischt auf ihrem Handy herum. »Könntet ihr bitte in die Gänge kommen?«, fragt sie. »Mir ist langweilig, und ich brauche einen Drink.«

»Wir gehen in den Pub, sobald wir fündig geworden sind.« Stu wirft mir einen seitlichen Blick zu. »Kommst du mit?«

»Vielleicht«, erwidere ich, und mein Herz macht erneut einen Sprung. Und noch einen. Doch bevor ich noch etwas sagen kann, taucht plötzlich das Foto eines Mannes auf meinem Bildschirm auf. »Warte! Stopp!«, rufe ich, denn Stu hat bereits zu einem Typen mit Ziegenbärtchen weitergeklickt. »Geh noch mal einen zurück.«

»Der da?«, fragte Stu.

Er hat einmal zu viel geklickt und einen rothaarigen Schuljungen aufgerufen. Ich habe ihn damals mit dem Hinweis nach Hause geschickt, doch bitte wiederzukommen, wenn er achtzehn ist.

»Nein!« Ich lache. »Könntest du dir den da mit Morwena vorstellen? Ich meinte den davor, den im weißen Hemd. Vergrößere das Bild mal.«

Es ist ein professionelles Bewerbungsfoto vor einem kornblumenblauen Hintergrund. Die Wangenknochen des Mannes sind so klar definiert, dass sie aussehen wie gemalt, sein Blick ist nachdenklich und auf einen Gegenstand neben dem Fotografen gerichtet. Seine Haare und Augen sind braun wie Milchschokolade, und sein Anzug passt ihm wie angegossen. Er sieht so teuer aus, dass ich mir sogar vorstellen kann, wie er riecht.

»Rowen Garrett«, liest Stu. »Toller Name.«

»Scroll nach unten«, befehle ich.

»Du bist ganz schön herrisch, wenn's drauf ankommt. Das gefällt mir«, erwidert er, doch ich registriere es kaum. Ich überfliege die Angaben, die Rowen gemacht hat. Sein Lieblingsmusiker ist Jeff Buckley, sein Lieblingsautor Tolstoi … Und unter

Beruf hat er genau das angegeben, wonach ich gesucht habe. Das, was ich sofort gespürt habe, als ich ihn sah: *Medium und Aura-Coach.*

»Bingo«, murmle ich, und Stu stößt einen leisen Pfiff aus.

»Wow, du bist echt gut.«

Ade steht auf und knallt ihren Laptop zu. »Gut, dann wäre das auch erledigt. Können wir jetzt bitte gehen?«

»Wäre schön, wenn du mitkommen würdest«, meint Stu noch einmal, doch ich höre ihn auch dieses Mal nicht wirklich.

Ich denke an Harry und den Tag, als ich ihm erzählt habe, dass Gwynns Date mit seinem Patienten ein Erfolg war. Er hat sich gefreut wie ein kleines Kind an Weihnachten. Ich schüttle den Kopf.

»Geht ihr nur. Ich muss noch ein paar Dinge erledigen.«

»Bist du dir sicher?«, fragt Stu, und ich nicke.

Sie packen ihre Sachen zusammen, Stu wirft sich seinen orangefarbenen Rucksack über die schwarze Daunenjacke, und ich winke ihnen nach, als sie die Treppe hinuntersteigen. An der Haustür dreht er sich noch einmal um und sieht zu mir hoch. Unsere Blicke treffen sich ein letztes Mal.

KAPITEL NEUN

Der einzige Hinweis, dass Verity gekommen ist, ist das Krachen der Eingangstür, die hinter ihr ins Schloss fällt. Es gibt kein »Hallööööchen!«, und auch ihre Schritte klingen leise. Ich höre, wie sie ihren Schlüsselbund auf die Garderobenbank legt. Normalerweise poltert sie zur Tür herein, die Schlüssel landen klimpernd auf dem Fliesenboden, und ihr Mantel – ein ausladendes Teil aus Kunstpelz – rutscht von ihren Schultern und bleibt hinter ihr zurück.

Doch heute tritt sie schweigend hinter mich, während ich gerade die Soße fürs Abendessen rühre, schlingt die Arme um meine Mitte und legt ihren Kopf auf meine Schulter. Sie riecht nach Vanille und Zigaretten. Der Kunstpelz ihres Mantels – lila, wie ihre Haare – kitzelt meine Nase. Ich drehe mich zu ihr herum und schließe sie in die Arme. Veritys Umarmungen sind unglaublich. Sie drückt dich an ihren üppigen Busen und hält dich fest, als wäre die Welt ins Wanken geraten und nur sie allein könnte dich retten. Dieses Mal hängen ihre Arme jedoch leblos an ihr herunter.

»Hey, hey, was ist denn los?«

Sie löst sich von mir und geht noch einmal in den Flur zurück, um ihren Mantel an den Haken zu hängen.

»Gar nichts. Es war einfach ein beschissener Tag.« Verity

spricht nicht gern über ihre Probleme. »Es gibt Wichtigeres auf der Welt, Cait«, erwidert sie jedes Mal, wenn ich nachfrage. »Wie geht es dir? Wie läuft's mit Morwena Star?«, fragt sie jetzt.

Das ist der Grund, aus dem ich sie eingeladen habe. Ich habe behauptet, dass ich feiern will, weil ich den Richtigen für Morwena gefunden habe. Aber eigentlich will ich mit ihr über Stu reden. Sie soll mir helfen, unsere Begegnung zu analysieren. Habe nur ich diese intensive Spannung gespürt? War er einfach nur freundlich? Bilde ich es mir nur ein, oder hat er dieselbe Hitze gespürt wie ich? Auch wenn ich mir nicht sicher bin, welche Antwort ich von ihr hören will.

»Gut! Ich habe ihr von Rowen erzählt, und bis jetzt gefällt er ihr. Sie hat noch kein Foto gesehen, aber er wirkt ziemlich sportlich, also sollte das auch kein Problem sein«, erkläre ich, trete vor den Kühlschrank und hole eine Flasche Moët heraus. »Wir können mit ruhigem Gewissen feiern.« Ich schwenke den Champagner ein wenig. Verity lächelt matt.

Ich gebe ihr die Flasche, damit sie sie öffnet, doch sie lässt den Korken nicht knallen, sondern dreht ihn vorsichtig heraus und wischt die vergossene Flüssigkeit mit einem Küchentuch ab, anstatt sie von der Arbeitsplatte zu schlürfen. Sie holt zwei Gläser, schenkt uns beiden ein, gibt mir eines davon und hebt ihres kaum merklich an.

»Auf meine allerliebste Caitlin, ich freue mich sehr für dich.«

Sie hat den Satz kaum zu Ende gesprochen, als sie auch schon in Tränen ausbricht. Veritys Weinen ist genauso ansteckend wie ihr Lachen. Ihr Schluchzen ähnelt einem endlosen Schluckauf, der nur von gemurmelten Entschuldigungen durchbrochen wird. Der ganze Körper dieser großen, starken Frau zittert, als sie vor meinen Augen in sich zusammenbricht. Ich kann sie bloß festhalten und ihr über die dichten Locken streicheln.

Ich stelle rasch den Herd aus, dann führe ich sie ins Wohnzimmer und setze sie aufs Sofa – es ist ein weiches, flauschiges Ding, dass Harry und ich nicht aufgrund seines Aussehens gekauft haben, sondern weil es verdammt gemütlich ist.

»Hier, leg dich in Hectors Arme.«

Sie sieht von dem Kissen auf, an dem sie sich gerade die Nase trockengewischt hat. »Es ist echt schräg, einem Sofa einen Namen zu geben.«

»Erzähl mir, was los ist.«

Sie zieht die Knie eng an die Brust und meint leise: »Ich komme mir so albern vor. Ich sollte dich nicht damit belasten. Nicht nach … nicht nach allem, was passiert ist.«

Ich stoße sie leicht in die Seite. »Hör auf damit, deine Probleme sind genauso wichtig wie meine. Du musst darüber reden, dann geht es dir gleich besser.«

Sie sieht mich an. Ihr Gesicht ist rot und geschwollen, ihre Nase läuft. Ich reiche ihr eine Schachtel Kleenex. Sie atmet tief ein.

»Okay, also … Jeremiah … Jeremiah hat Schluss gemacht.«

Sie drückt ihr Gesicht wieder ins Kissen und explodiert in einem Schwall neuer Tränen.

Ich denke an den Abend, an dem wir Jeremiah kennengelernt haben. Wir waren mit Harry in einem Pub in der West Street verabredet und hatten uns den besten Platz gesichert – zwei grüne Ledersofas an der großen Glasfront mit Blick auf die Straße. Der Tisch war klebrig, und es roch eklig nach Bier und Schweiß, sodass Verity überall Parfüm versprühte und uns in eine widerlich süße Duftwolke hüllte. Ich arbeitete damals noch in der Werbebranche und trug einen Bleistiftrock aus Nylon und eine weiße Bluse, auf die ich aus irgendeinem Grund Himbeerkonfitüre gekleckert hatte. Verity hatte mir als Ersatz ein blassviolettes Seidenkleid mitgebracht, und ich griff gerade danach, als ich ihn bemerkte. Er sah zu uns herüber. Verity trug an diesem Abend zerrissene Jeanshotpants, ein Shirt im Schottenmuster und Converse. In ihren Haaren leuchteten neongelbe Strähnen.

Als ich an ihm vorbeiging, grinste er mich an. Er hat blonde Haare, die in alle Richtungen abstanden, als hätte ihm gerade jemand einen Stromschlag verpasst, und war so dünn wie ein Strichmännchen.

Im nächsten Moment wandte er den Blick allerdings auch schon wieder ab und sah erneut zu Verity hinüber. Sie hatte die Beine auf den Tisch gelegt und zeichnete etwas in ihr Notizbuch. Als ich bemerkte, wie Jeremiah Verity ansah, spürte ich ein Kribbeln im Bauch. Ich war mir sicher, dass er sie den Rest ihres Lebens so ansehen würde, wenn ich die beiden zusammenbrachte.

Als Harry das Lokal betrat, eilte ich zu ihm und überredete ihn, hinüberzugehen und Jeremiah anzusprechen. Er saß allein an einem Tisch. »Er hat sich einen Platz mit Blick auf den Fernseher ausgesucht«, zischte ich. »Geh und rede mit ihm über Rugby oder so was.«

Ich musste Harry versprechen, dass ihn der Fremde nicht für verrückt halten würde, dann zog ich mich schnell um und huschte wieder zurück zu unserem Tisch. Es fiel mir so schwer, mich nicht ständig nach ihnen umzusehen, dass ich kaum hörte, was Verity sagte. Nach einiger Zeit kamen die beiden an unseren Tisch, und Harry stellte Jeremiah als einen alten Freund vor, den er beim Zahnarztstudium kennengelernt hatte. Jeremiah grinste, sein vergoldeter Schneidezahn blitzte auf. »Ich habe zwar keinen Abschluss, aber dafür einen Goldzahn mitgenommen«, erklärte er trocken, und Verity lachte los.

Wir vier passten von Anfang an wunderbar zusammen. Vom Pub aus ging es weiter in einen Comedy Club und anschließend in unsere Wohnung, wo Verity mit Jeremiah in ihrem Zimmer verschwand.

Harry und ich lagen aneinandergekuschelt in meinem Bett, und ich schwärmte in einem fort davon, wie wunderbar es sich angefühlt hatte, die beiden zusammenzubringen. Das Glücksgefühl reichte bis hinunter zu den Zehen.

»Ich wünschte, ich könnte damit mein Geld verdienen und nicht in dieser verdammten Werbeagentur«, jammerte ich.

Harry drückte mir einen Kuss auf die Wange und nannte mich »meine kleine Cilla.«

Jetzt, wo ich hier auf dem Sofa sitze, Veritys Rücken streichle und ihr versichere, dass alles wieder gut werden wird, wird mir klar, dass wir vier schon lange nichts mehr gemeinsam unternommen haben. In den Jahren, die diesem ersten Abend folgten, eröffnete Harry seine eigene Praxis und ich meine Agentur, und wir kauften uns zusammen ein Haus. Verity pendelte für ihre Stylingaufträge nach London, Jeremiah arbeitete im Trickfilm, und sie mieteten gemeinsam ein Haus. Früher trafen wir uns beinahe jeden Abend im Pub, später verabredeten wir uns einmal im Monat am Sonntag zum Mittagessen. Harry erzählte mir nach dem Fußballspiel am Donnerstag, wie es Jeremiah ging, und Verity und ich machten weiter wie immer, tranken zusammen Wein und schwatzten, sooft es ging. Aber selbst das haben wir in letzter Zeit nur noch selten hinbekommen. Ich war so mit meiner Agentur beschäftigt, dass ich abgesehen von dem gestrigen Streit nicht einmal mitbekommen habe, dass die beiden Probleme haben.

»Er hat natürlich recht. Es läuft schon seit einiger Zeit nicht mehr rund«, erklärt Verity. Ihre Tränen versiegen langsam, ihre

Stimme klingt wieder ruhiger. »Wir lachen einfach nicht mehr so wie früher.«

Mein Herz zieht sich vor Schuldbewusstsein zusammen. Das war mir gar nicht aufgefallen.

»Wie lange geht das schon so?«

»Keine Ahnung.« Sie zuckt mit den Schultern. »Sechs Monate vielleicht? Zuerst dachte ich, es wäre nur eine Phase, aber dann fiel mir auf, dass ich mich nicht mehr darauf freue, ihn zu sehen. Und manchmal ertappe ich ihn dabei, wie er ins Leere starrt, wenn ich ihm etwas erzähle. Als würde er sich langweilen.«

Ich denke an einen Abend in Bobbys Restaurant zurück. Harry und ich saßen in meiner Lieblingsnische, hatten eine Flasche Wein und zwei Teller Nudeln vor uns auf dem Tisch und wussten nicht, worüber wir uns unterhalten sollten. Das Schweigen umfing uns wie dichter Nebel. Ich versuchte mehrere Male, ein Gespräch in Gang zu bringen, und fragte Harry nach seinem Tag, doch seine Antworten blieben einsilbig. Mir war mehr als bewusst, dass Bobby immer wieder zu uns herüberstarrte und sich offensichtlich seinen Teil zu Amors liebster Helferin dachte, deren eigene Beziehung gerade den Bach hinunterging. Harry hatte an diesem Abend lieber zu Hause bleiben wollen, und das gab er mir mehr als deutlich zu verstehen. Irgendwann griff ich nach meinem Handy, damit Bobby wenigstens glaubte, ich hätte wichtige Arbeit zu erledigen. »Na super, jetzt geht das wieder los«, murmelte Harry.

Ich streichle Verity weiter den Rücken und bin dankbar, dass sie nicht sehen kann, dass ich ebenfalls Tränen in den Augen habe.

»Das ist sicher ein schreckliches Gefühl, Verity, aber du weißt genau, dass du nicht langweilig bist«, erkläre ich. »Beziehungen verändern sich, Menschen verändern sich, und manchmal kann man nichts dagegen tun. Es klingt jedenfalls, als wäre es besser so. Man sollte sich nicht an etwas klammern, das nicht mehr da ist.«

Sie öffnet den Mund … und schließt ihn wieder. Ihr Blick huscht durchs Zimmer und bleibt schließlich an meinem Gesicht hängen. »Cait …«

»Yep?«

Sie schüttelt den Kopf und nippt an ihrem Champagner. Die fröhlichen Blubberblasen passen nicht zu ihrem tränenüberströmten Gesicht. »Am meisten fertig macht mich, dass ich ihn als Freund verliere. Ich unterhalte mich so gern mit ihm. Noch heute Morgen habe ich etwas in der Zeitung gelesen und mir gedacht: Mann, das würde ich jetzt mit Vergnügen Jeremiah erzählen. Aber er war nicht da. Er ist zu seinem Bruder gefahren … Und ich habe mich so schrecklich einsam gefühlt.«

Sie beginnt wieder zu weinen. Ich denke daran, wie gern ich Harry von meinem Tag erzählen würde. Denn das ist, was eine Beziehung letztlich ausmacht. Nach dem Knistern in der Luft, dem Abwarten, wer den ersten Schritt macht, dem aufregenden ersten Sex. Am Ende geht es darum, einen Vertrauten zu haben. Aber was passiert, wenn dieses Gefühl plötzlich nicht mehr da ist? Oder wenn ein Partner eine andere Person findet, der er mehr vertraut?

Ich will meiner besten Freundin beistehen, sie trösten und beruhigen, aber ich kenne die Antworten auf diese Fragen selbst nicht.

»Vielleicht wirst du irgendwann feststellen, dass du ihn als Freund gar nicht verloren hast«, versuche ich es vorsichtig. »Ihr könntet eines dieser unglaublichen Paare werden, die immer noch wunderbar miteinander auskommen, obwohl sie nicht mehr zusammen sind.«

»Wie Chris und Gwyneth?«, fragt sie und sieht mich beinahe hoffnungsvoll an. Ich nicke. Da beginnt sie zu feixen. »Komm schon, Cait, das ist doch Schwachsinn. Und das weißt du genau!« Ich lasse mich natürlich von ihr anstecken, sodass wir am Ende beide lachen und weinen zugleich. »Es ist am besten so, das weiß ich. Trotzdem werde ich einige Zeit brauchen, um mich daran zu gewöhnen, dass er nicht mehr da ist.« Sie reibt sich die Hände. »Cait?«

»Hmm?«

»Kommst du zu mir, wenn er seine Sachen holt? Ich will nicht wie Carrie Bradshaw enden und ihn bis zum letzten Moment anflehen, nicht zu gehen.«

»Natürlich. Wann ist es denn so weit?«

»Er packt gerade alles zusammen. Also morgen wahrscheinlich. Aber da musst du doch sicher arbeiten, oder?«

Ich ziehe sie an mich. »Ich sage alle Termine ab und komme zu dir.«

KAPITEL ZEHN

Als Verity und ich zusammengezogen sind, hat sie all ihre Habseligkeiten in einen Einkaufswagen gepackt und ist damit beinahe fünf Kilometer von ihrer alten Wohnung zu unserer neuen Bleibe gefahren. Ich weiß noch, wie ich allein inmitten meiner Umzugskartons stand – meine Mutter war schnell wieder gefahren, um keinen Strafzettel zu bekommen – und ihr zusah, wie sie mit ihrer verspiegelten Sonnenbrille und einer rot karierten Latzhose ihren gesamten Besitz die Straße hochschob. Als unser Mietvertrag auslief, entschied Harry – der wie immer der Vernünftige unserer kleinen Truppe war –, dass wir nichts dem Zufall überlassen würden. Also engagierten wir Joe. Er ist klein, hat einen feuerroten Bart und ähnelt einer Ameise, denn er kann doppelt so viel Gewicht tragen, wie man ihm zutrauen würde. Außerdem belädt er seinen Truck so fachmännisch, als wäre er Tetris-Weltmeister. Seit damals hat Joe uns bei allen wichtigen Schritten begleitet. Er war da, als Harry und ich in unser Haus zogen, als ich mein Büro einrichtete und als Verity und Jeremiah ihr gemeinsames Haus mit der lachsroten Tür mieteten.

Auch heute steht sein Van vor der Tür, und daneben entdecke ich Jeremiah. Seine verrückten Locken hängen schlaff herab, als wäre er einmal zu oft in einen Stromkreis geraten.

»Ah, Cait«, meint er viel zu früh, denn ich bin noch ein Stück entfernt. Ich winke ihm kurz zu und werfe einen Blick auf seinen orangefarbenen Hoodie, das T-Shirt im Bananenprint und die Baggy Jeans.

»Ist dir nicht kalt?«, frage ich.

Seine Klamotten passen nicht zu dem grauen Himmel, der eisigen Regen auf uns niederprasseln lässt.

»Die warmen Sachen sind in den Kartons. Ich hab das irgendwie nicht richtig durchdacht.«

Sein Blick wandert zum Van, in dem bereits zahllose nagelneue Umzugskartons und sein brauner Lieblingslehnstuhl lagern. Er sitzt so gern darin – in der einen Hand eine selbst gedrehte Zigarette, in der anderen Hand eine Espressotasse als Aschenbecher. Ich denke an die leere Stelle im Wohnzimmer, die der Stuhl hinterlassen wird, und plötzlich möchte ich ihn umarmen. Ich möchte mich bei ihm für die unzähligen Male bedanken, an denen er mich zum Lachen gebracht und mich allein durch seine lächerlich farbenfrohe Kleidung aus jedem Sumpf gezogen hat.

Doch ich zucke nur mit den Schultern, als er die Arme um seine Mitte schlingt. »Außerdem ist das alles natürlich nicht gerade einfach.« Er tritt von einem Bein aufs andere, und sein Blick huscht zum Haus. »Ich schätze, du willst zu Verity. Sie ist oben im Schlafzimmer.«

Ich nicke.

Joe tappt gerade die Treppe hinunter. Sein Gesicht ist hinter dem Stapel Kartons kaum zu sehen. »Alles klar, Cait?« Seine Stimme dringt gedämpft dahinter hervor.

»Sicher. Brauchst du Hilfe?«, frage ich, obwohl ich die Antwort kenne.

»Sei nicht albern, du bringst doch nur alles durcheinander. Geh lieber rauf, sie braucht dich jetzt.«

Verity sitzt mit angezogenen Knien auf ihrem Bett, um sie herum sind zahllose Decken verstreut. Sie hat sich eine pinkfarbene Decke im Leopardenlook geschnappt – ihr absolutes Lieblingsstück –, ich greife nach einer mit Pfauenfedern und schlinge sie um ihre Schultern. Sie wirkt nicht so fertig wie gestern und scheint irgendwie gefestigter.

»Er packt gerade die letzten Kartons zusammen«, erkläre ich. »Wie geht es dir?«

Sie hebt die Schultern und lässt sie langsam wieder sinken. »Traurig, schätze ich.«

Sämtliche tröstlichen Worte sind im Moment nichts wert. Sie hat das alles schon mal gehört und ist sicher noch nicht bereit, daran zu glauben.

»Mit der Zeit wird es besser.« »Du wirst einen Neuen finden. Einen Besseren.« »Alles passiert aus einem bestimmten Grund.«

Wenn ich einen dieser Sätze höre, würde ich am liebsten losbrüllen. Trotzdem setze ich mich neben sie, lege ihr einen Arm um die Schulter, seufze und sage: »Es ist das Beste für euch. Ich weiß, dass es sich im Moment nicht danach anfühlt, aber es ist so.«

Sie nickt. »Ich will einfach alles vergessen. Wieder dahin zurückkehren, wo wir einmal waren. Bevor das Leben so unerbittlich wurde.«

Draußen knallen die Türen des Vans zu, und Joe pfeift vor sich hin. Ich stehe auf und mache eilig Musik an, damit wir nicht hören, wie er losfährt.

»Wie wär's mit einem Abstecher ins *Varsity?«,* schlage ich vor. Früher waren wir oft in der billigen Studentenbar, in der es bunte Cocktails in riesigen Plastikbechern gibt. Wir saßen stundenlang dort, spielten Karten und suchten uns Männer aus, mit denen wir gern ins Bett gegangen wären.

Ein Lächeln macht sich auf ihrem Gesicht breit. Es ist, als hätte jemand das Licht angeknipst.

»Das klingt super, Cait.«

Ich bin so froh, dass sie sich selbst aus ihrem Loch befreien will. Meine beste Freundin. Diese tolle, starke Frau, die sich minutenlang von einem D-Promi anschreien lässt, sich anschließend ruhig die Spucke aus dem Gesicht wischt und dann sagt: »Ich glaube, es wird Zeit für Ihr Mittagsschläfchen.«

»Ich bin so stolz auf dich Verity«, erkläre ich, als sie aufsteht und ihren Schrank nach brauchbaren Klamotten durchforstet. »Das hier ist alles andere als leicht, aber du kommst so toll damit klar. Ich wünschte, ich könnte deine Kraft in Flaschen füllen und jeden Tag einen Schluck davon trinken – wie Medizin.«

Es sollte sie zum Lachen bringen, aber sie hält inne und drückt sich ein mit Mohnblumen bedrucktes Kleid an die Brust. Sie starrt immer noch in den Schrank, als sie bemerkt: »Cait, ich muss dir etwas sagen.«

Aus den Boxen dröhnt Madonnas *Material Girl*, und der Regen trommelt ans Fenster.

»Was denn?«

Sie dreht sich nicht zu mir um, sondern erzählt es lieber dem Kleiderschrank.

»Ich habe Jeremiah betrogen«, sagt sie so leise, dass ich sie bitte, es zu wiederholen.

Das tut sie zwar, aber die Worte dringen zuerst trotzdem nicht bis zu mir durch. Als sie es endlich doch tun, ist es, als würde etwas in mir zerbrechen. Als bestünde mein Herz aus Seidenpapier und ihre Worte hätten es in zwei Hälften zerrissen.

»Wie bitte?« Ich wollte nicht schroff klingen, aber es hört sich trotzdem so an. Barsch und schneidend.

Sie dreht sich um, sieht mich an und senkt den Blick. »Ich wollte es dir eigentlich gar nicht sagen, aber ich … ich konnte es dir auch nicht *nicht* sagen.«

»Ich bin froh, dass du es getan hast«, krächze ich leise, wenn ich mir auch nicht sicher bin, ob ich es so meine. Wie gern würde ich jetzt die Zeit zurückdrehen. Bis vor wenigen Augenblicken, als sie noch am Boden zerstört war und ich sie mit einem Glas Cider aufheitern wollte.

»Caitlin, könntest du mich bitte ansehen?« Ich knete die Decke, auf der ich sitze, und drücke dann fest zu. Ich denke daran, wie Stu vom Treppenabsatz zu mir hochgesehen hat und ich das Gefühl hatte, ich müsste mich an die Tür ketten, damit ich ihm nicht nachlief, um ihm zu sagen, dass ich doch mit in den Pub kommen wollte. »Es tut mir leid, okay?«, fährt sie fort. »Aber es passte schon vorher einiges nicht mehr. *Wir* passten nicht mehr. Die Tatsache, dass ich ihn betrogen habe, war nicht der Grund für das Ende unserer Beziehung. Es war bloß ein Zeichen dafür, dass es Zeit wurde, sie zu beenden.«

Es gibt so viele Dinge, die ich im letzten Jahr hätte tun können. Aus Wut und aus Schmerz. Aber ich habe nichts davon getan. Ich habe mich zurückgehalten. Doch jetzt stürzen all diese Dinge auf mich ein, und es ist fast so, als würden sie die Kontrolle darüber an sich reißen, was ich als Nächstes sage. Als wäre ich von ihren Geistern besessen.

»Aber du bist weinend zu mir gekommen. Du warst untröstlich.« Ich sehe sie an und schüttle den Kopf.

»Ich kann doch traurig sein, auch wenn ich es vermasselt habe.«

»Vermasselt? Das ist wohl eine ziemliche Untertreibung.«

Sie wirft die Hände in die Höhe. »Mein Gott, Caitlin. Ich weiß, dass dich solche Dinge aus der Fassung bringen, aber glaubst du nicht, dass du ein bisschen unfair bist? Du verdienst dein Geld mit zwischenmenschlichen Beziehungen, du weißt, dass so etwas vorkommt. Du sagst doch immer: ›Betrug ist das Symptom, nicht die Krankheit.‹«

Das sage ich tatsächlich. Zu Klientinnen und Klienten, die in der Vergangenheit verletzt wurden. Ich will ihnen zu verstehen geben, dass ihnen so etwas mit dem richtigen Partner nicht passieren wird. Ich sage es sogar zu denen, die ihren Partner betrogen haben. Ich schlucke meine Meinung hinunter und akzeptiere, dass es nicht zwangsläufig ein Leben voll schlechtem Gewissen und Einsamkeit nach sich ziehen muss.

Aber das hier ist etwas anderes. Sie weiß aus eigener Erfahrung, wie schmerzhaft Betrug sein kann. Doch das sage ich ihr nicht. Ich weiß nicht, ob ich mir so weit vertrauen kann.

»Ja, okay, manchmal erkläre ich meinen Klienten genau das. Aber ich habe auch Klienten, die nur wegen dir und Jeremiah zu mir kommen«, erkläre ich und ignoriere den wahren Grund für meine Wut, die meinen Kopf in blutroten Nebel hüllt. »Verdammt, ihr wart der Grund, aus dem ich Morwena an Land ziehen konnte.«

»Ist das das Einzige, was dich im Moment interessiert? Diese verfluchte Morwena Star?«

Verity spielt mit einer Haarsträhne, die sie immer wieder hinters Ohr steckt und wieder hervorzieht. Sie sieht mich mit großen Augen an, als wäre eine Fremde in ihr Schlafzimmer eingedrungen.

»Nein, aber wir müssen uns eingestehen, dass die Fotos von euch beiden mittlerweile nur noch eine Lüge sind, nicht?« Ich höre selbst, wie erbärmlich ich klinge. Ich brauche jemanden, der sich zwischen Verity und mich stellt und uns daran erinnert, wie sehr wir einander lieben. Der mir wieder ins Gedächtnis ruft, dass meine Wut absolut nichts mit ihr zu tun hat.

»Machst du mich jetzt ernsthaft zur Schnecke, weil ich den Leuten etwas vorgemacht habe?« Sie wirft erneut die Hände hoch. »Komm schon, Caitlin, ausgerechnet du solltest wirklich nicht sauer wegen so etwas sein.«

»Tu das nicht.« Ich schüttle den Kopf. »Ich dachte …« Ich schlucke die Tränen hinunter, die mich beinahe übermannen. »Ich dachte, ihr beiden wärt perfekt. Ich dachte, ihr würdet so etwas niemals tun. Nachdem ihr wisst, wie weh es tun kann.«

Sie sieht aus dem Fenster, und das Licht bricht sich an einer einzelnen Träne auf ihrer Wange. Sie wischt sie eilig fort, bestimmt, weil sie glaubt, ich hätte sie nicht gesehen. Die schnelle Bewegung versetzt mir einen Stich, und ich wäre beinahe zu ihr gegangen, um sie in die Arme zu nehmen. Spürt sie, wie traurig ich bin? Genauso, wie ich ihren Schmerz spüre? All die Dinge, die wir beide durchgemacht haben, lasten schwer auf mir, doch ich schiebe sie beiseite.

»Du bist naiv, Caitlin. Nichts ist perfekt. Du solltest aufhören, diesen Zustand mit aller Macht erreichen zu wollen und so zu tun, als wäre alles in Ordnung. Das funktioniert nicht, und das weißt du auch.«

Während sie spricht, höre ich nicht ihre Stimme, sondern Harrys. Harry, der zu mir sagt: »Es spielt doch keine Rolle, dass wir ein paar Minuten zu spät kommen. Alles in Ordnung«, während wir die Straße entlanghetzen und ich mir vorstelle, wie die Leute hinter unserem Rücken über uns tuscheln. Sein Gesicht verschwimmt vor meinem, während ich ihn anmotze, weil er die Küche nicht aufgeräumt hat und ich beim Nachhausekommen ein Chaos vorgefunden habe. Ich höre ihn laut und deutlich, als würde er mir gerade in diesem Moment ins Ohr brüllen: »Caitlin, warum vergleichst du dein Leben ständig mit dem anderer Leute?«

Ich reiße den Kopf hoch. Das Zimmer sieht noch genauso aus wie vorhin, und Verity steht vor mir, doch sie wirkt irgendwie verändert.

»Willst du damit sagen, dass Harry recht hatte?«

»Nein, das will ich nicht, Cait. Ich versuche nur … ich versuche nur, mich zu verteidigen. Das hier hat nichts mit Harry zu tun.«

Aber ich höre sie nicht. Die Worte brennen wie Lava in mir, und ich habe jegliche Kontrolle über sie verloren. Sie platzen aus mir heraus. »*Du* bist verdammt noch mal schuld an dem hier«, sage ich. »Versuch nicht, es mir in die Schuhe zu schieben.«

»Das tue ich doch gar nicht.« Sie schüttelt den Kopf, und da ist wieder dieser Blick. Als wäre ich eine Außerirdische, die Besitz von ihrer besten Freundin ergriffen hat. »Hörst du mir überhaupt zu?« Ich spüre wieder, wie sich Nebel um mich ausbreitet und ihre Worte darin verschwimmen. Ich weiß nicht mehr, was sie wirklich sagt und was ich bloß fühle. Ihre Stimme vermischt sich mit meinen Erinnerungen, ich kann nicht mehr unterscheiden, was real ist und was nicht. »Hör mal.« Ihre Stimme ist sanft. So redet sie immer, wenn sie eine besonders verzwickte Situation regeln muss. Es ist herablassend, und es reizt meine angespannten Nerven noch mehr. »Ich will dir das schon eine ganze Weile sagen. Ich glaube, du brauchst professionelle Hilfe. Du weißt schon. Einen Therapeuten. Ich kann nicht …« Sie bricht ab. Dieses Mal weiß ich, dass sie weint, aber ich sehe sie nicht an. »Ich schaffe das alles nicht mehr.«

Bumm. Das ist alles, was ich nötig habe, um vollkommen die Kontrolle zu verlieren. Die Worte schießen wie Pfeile aus mir heraus: »Vielleicht schaffe ich das alles auch nicht mehr. Denn ganz offensichtlich bin ich dir scheißegal. Ich weiß gar nicht, warum ich mir das überhaupt antue.«

Ich meine es nicht so. Nichts von alledem. Aber die Worte lassen sich nicht aufhalten. Ich brülle, brülle und brülle. Als wäre ich eine Sodaflasche, die jemand geschüttelt und dann geöffnet hat. Meine aufgestaute Wut platzt schwallartig aus mir heraus.

Verity steht mir nur regungslos gegenüber. Sie hat den Mund leicht geöffnet, aber sie sagt kein Wort. Und bevor sie überhaupt die Gelegenheit dazu hat und bevor ich erfahre, ob sie mir vielleicht sagen wird, dass ich ihr sehr wohl etwas bedeute, stürze ich die Treppe hinunter und aus dem Haus. Ich knalle die Tür so fest hinter mir zu, dass es sich anfühlt, als würde das ganze Haus erzittern.

Ich wende mich abrupt ab und beginne zu laufen. Ich gehe in die entgegengesetzte Richtung, in der unser Haus liegt, und einen Hügel hinunter, der so steil ist, dass sich meine Beine verselbstständigen. Erst als ich unten ankomme und die Hände auf meine Oberschenkel presse, um mich ein wenig zu beruhigen, wird mir ansatzweise klar, was gerade passiert ist.

Es ist wie in den Träumen, die mich neuerdings plagen und aus denen ich jedes Mal zitternd erwache, weil ich wieder jemanden angebrüllt habe, der es nicht verdient hat. Vor einigen Tagen habe ich die nette Dame angefahren, die jeden Morgen mein Büro sauber macht. Die unfreundlichen Worte, die ich ihr entgegengeschleudert habe, waren so abscheulich, dass ich es nach dem Aufwachen gar nicht glauben konnte. Ich wusste nicht, dass solche Worte in meinem Kopf existieren.

Ich setze mich auf eine Bank vor einer niedrigen Ziegelmauer. Es regnet noch immer, und ich bin vollkommen durchnässt. Meine Jacke, mein Pullover, selbst das T-Shirt. Trotzdem spüre ich die Kälte nicht. Ich sitze bloß da, lasse den Regen auf mich einprasseln und frage mich, ob es von jetzt an immer so sein wird. Dass meine Wut aus mir herausbricht und sich in meiner Realität einnistet. Dass ich ihr einfach freien Lauf lasse und alles Gute in meinem Leben vergifte.

Ich will das alles nicht. Ich habe nichts von dem, was ich Verity gerade an den Kopf geworfen habe, so gemeint. Trotzdem hat schon der kleinste Auslöser gereicht, um die Worte aus mir heraussprudeln zu lassen.

Ich weiß, dass Verity mich liebt und sich um mich sorgt. Aber ich werde sie jetzt trotzdem erst einmal in Frieden lassen. Meine Probleme waren auch vorher schon eine große Belastung für sie. Ich kann nicht mehr so weitermachen. Ich denke daran, was sie gesagt hat, dass sie das alles nicht mehr schafft, und ich weiß auf einmal, dass ich nur noch eine Last für sie bin. Wie für alle anderen Freunde, die sich langsam aus meinem Leben verabschiedet haben.

Ich scrolle durch meine Kontakte. Mein Handy blinkt, weil ich es nicht sachgemäß vor dem Regen schütze. Die Liste ist voller Namen, die ich früher jederzeit anrufen konnte, wenn mich etwas beschäftigte. Namen von Freunden, mit denen ich mich unter der Woche regelmäßig getroffen und Cocktails getrunken habe oder ins Kino gegangen bin. Doch heute kann ich keinen dieser ehemaligen Freunde anrufen – es ist schon zu lange her. Es gibt nur eine Person, von der ich mit Sicherheit weiß, dass sie meinen Anruf nicht ignorieren wird. Ich drücke auf den grünen Hörer neben dem Namen. Sie antwortet nach dem dritten Klingeln.

»Mum«, sage ich. »Kann ich ein paar Tage zu dir kommen?«

KAPITEL ELF

Ich presse beide Hände gegen die Wohnzimmerwand, stütze meine Stirn darauf ab und schließe die Augen. Sogar jetzt sehe ich die Tapete vor mir. Cremefarben mit reliefartigen Blumen, die seit meiner Kindheit Staub ansammeln. Ich bleibe mit der Stirn an der Wand stehen, bis meine Mutter mich wegzieht und mich auf das Sofa setzt. Ich nestle an einem Riss in einem der Kissen herum, ziehe die Knie hoch und lege die Stirn auf meine Oberschenkel. Radiogeplärr dringt aus der Küche. Die Moderatoren freuen sich mächtig, dass das Wochenende vor der Tür steht.

»Es ist doch erst Mittwoch«, murmle ich. »Die Zeit vergeht so langsam, warum bleibt sie nicht einfach stehen?«

»Was hast du gesagt, Liebes?«

Mum hält mir einen Becher Tee hin, und ich spüre den warmen Dampf auf meiner Wange. Ich umfasse ihn mit beiden Händen. Im Radio trällert Noddy Holder lautstark *It's Christmaaas*.

»Bei dir waren die Feiertage immer etwas ganz Besonderes«, sage ich, doch meine Mutter springt auf, eilt in die Küche und macht das Radio aus. Die Stille erinnert mich an etwas, und mir wird klar, warum es sich so seltsam anfühlt. Ich sehe zur Decke hoch. Sie ist leer. Normalerweise hängen hier unzählige

Girlanden in Pink, Violett, Grün und Rot. Ich stehe auf und folge meiner Mutter in die Küche. Sie starrt in den Ofen. Auf der Arbeitsplatte liegt eine leere Tüte Apple Crumble aus dem Supermarkt. »Wo ist die Weihnachtsdeko, Mum?« Früher stand hier ein Santa herum, der ein Lied sang, wenn jemand an ihm vorbeiging. Und es gab einen Toilettendeckel samt Papierrollenhalter in Form von Rudolph, dem Rentier. Nichts davon ist zu sehen. Mum kehrt ins Wohnzimmer zurück, und ich folge ihr. Sie lässt sich auf das Sofa fallen, öffnet eine Packung Schokokekse und gibt mir einen davon. »Mum? Die Weihnachtsdeko?«

Die Heizung ist so hoch eingestellt, dass mir meine Haut mit einem Mal viel zu eng erscheint.

»Ach, ich dachte, dass ich mir dieses Jahr noch ein bisschen Zeit damit lasse. Wenn ich mich überhaupt dazu aufraffen kann.«

»Lange kannst du nicht mehr warten. Immerhin haben wir mittlerweile Dezember.«

Sie wendet den Blick ab und zupft an einer Strähne ihrer wasserstoffblonden Haare herum. Sie bleicht sie, seit ich denken kann. Ich habe keine Ahnung, wie ihre Naturhaarfarbe aussieht.

»Wenn du willst, dass ich die Deko raushole, dann mache ich das. Ich dachte nur, dass wir es dieses Jahr mal auslassen, das ist alles. Aber egal. Sollen wir den Fernseher anmachen? *Eggheads* geht gleich los.« *Eggheads* ist ihre Lieblingsquizshow. Sie steht auf, um den Einschaltknopf am Fernseher zu drücken. Die Fernbedienung ist seit Jahren verschollen, vermutlich steckt sie in einem Loch dieser armseligen Couch. »Und dann gibt es dein Lieblingsessen. Pasta und zum Nachtisch Apple Crumble.«

Der Fernseher ist winzig und das Bild unscharf. Ich sehe bloß den blauen Hintergrund und habe keine Ahnung, wer die Kandidaten sind. Mum macht den Ton lauter. »Das Bild ist ziemlich verschwommen, deshalb können wir die Fragen nicht mitlesen«, erklärt sie. »Also sei leise. Ich möchte hören, was sie sagen.« Ich lümmle auf dem Sofa und tue so, als würde ich die Antworten auf die Fragen kennen. Mum macht mit. Sie ruft die Antwort hinaus, doch sie liegt jedes Mal falsch. Sobald die richtige Antwort verkündet wird, murmelt sie leise: »Und ich war mir so sicher.«

Ich habe meine Kindheit auf diesem Sofa verbracht, um nach der Schule gemeinsam mit Mum Gameshows zu gucken. Die anderen Kinder spielten draußen auf der Straße, ihr Geschrei war bis ins Wohnzimmer zu hören. Die Mädchen trugen pastellfarbene Fahrradhosen und übten Radschlagen, die Jungen tauschten Fußballkarten. Unaufhörlich krachten Fußbälle gegen die Hausmauer. Manchmal träume ich davon, wieder zur Schule zu gehen. Ich schlurfe den Korridor entlang, einige Mädchen mit glänzenden blonden Pferdeschwänzen kichern hinter meinem Rücken über mich.

Dieses Sofa war schon immer mein Zufluchtsort. Das breite Grinsen der Moderatoren mit ihren gebleichten Zähnen, die Buzzer, die hinausgebrüllten Antworten – das alles hat mich von Anfang an beruhigt. Aber heute funktioniert es nicht. Ich rutsche in einem fort hin und her und versuche, eine angenehme Sitzposition zu finden. Ich will mit Mum reden. Sie fragen, warum die Wände so kahl sind.

»Wo sind deine Karten, Mum?«

»Sshh, ich will die Frage hören«, flüstert sie zurück, dann brüllt sie: »Carol Vorderman!«

Auf dem Bildschirm antwortet der Kandidat: »The Beatles.«

»Verdammt, ich war mir so sicher«, jammert Mum, während ich erneut die Wand betrachte.

Wo ist die rote Schnur, an der sie sämtliche Weihnachtskarten mit Wäscheklammern befestigt?

»Die Karten, Mum. Wo sind sie?«

»Schhh, leise, okay? Sie liegen in der Schublade.«

Ich stehe auf, gehe in die Küche und öffne die Krimskramslade. Ganz oben liegt ein Stapel Weihnachtskarten. Ich blättere sie durch. Ich kenne die Absender, es sind Bekannte aus der Apotheke, Nachbarn, Freunde. Ich suche nach einem Männernamen, doch da steht nur »Sheila« und »Betty« und »Die allerbesten Grüße an Caitlin.« Ich lege die Karten zurück und schließe die Schublade.

»Fang doch gleich mal mit den Nudeln an, wenn du schon in der Küche bist, okay, Liebes? Nimm die Makkaroni«, ruft Mum.

Ich fülle einen Topf mit Wasser und stelle ihn auf den Herd. Dann hole ich den Cheddar aus dem Kühlschrank. Die Fertiggerichte mit der Aufschrift IDEAL FÜR SINGLES, die feinsäuberlich im obersten Fach gestapelt sind, ignoriere ich. Ich nehme den Käse mit ins Wohnzimmer, um ihn zu reiben.

»Triffst du dich mit jemandem?«, frage ich.

»Phh«, macht sie und stößt mir sanft in die Seite. »Das weißt du doch genau.« Sie tippt mir ans Kinn. »Und nein, du darfst mich mit niemandem verkuppeln.«

Der Fernseher rauscht im Hintergrund. Ich versuche eine andere Taktik: »Aber ich könnte dir einen neuen Fernseher besorgen, wenn du willst.«

»Warum das denn? Ich brauche keinen neuen«, erwidert sie, als hätte sie mir nicht erst vorhin erklärt, dass wir uns während der Quizshow nicht unterhalten können, weil sie die Fragen nicht lesen kann.

»Weil er ganz offensichtlich auf dem letzten Loch pfeift!«

Mum hat ihr ganzes Leben lang lieber Dinge repariert, anstatt sich etwas Neues zu kaufen. Als ich klein war, hat sie sogar meine Strumpfhosen gestopft, und auch die Spielzeuge waren secondhand. Meine Barbie hatte die gefärbten Haare ihrer Vorbesitzerin zu verdanken, und das Gesicht meiner Puppe war schmuddelig und abgenutzt. Damals hat das durchaus Sinn gemacht, weil wir uns nicht mehr leisten konnten. Mittlerweile verdiene ich genügend Geld, aber sie lässt nicht zu, dass ich etwas davon für sie ausgebe.

»Und wenn er tatsächlich kaputt geht, dann bekomme ich Ersatz. Eine Kundin aus der Apotheke hat mir ihr altes Gerät angeboten.«

»Wieso nimmst du dir einen gebrauchten, wenn ich dir einen nagelneuen kaufen kann?«

»Weil es egal ist, ob er neu oder gebraucht ist«, erwidert sie. »Ehrlich, du bist wie die ganzen Nachbarn mit ihren protzigen Sechzigzollfernsehern und den Handtaschen von Michael Kors. Ich verstehe nicht, warum jeder in dieser Straße so tun muss, als wären wir nicht arm wie die Kirchenmäuse. Wir sind doch alle mittellos.«

Diese Predigt habe ich sicher schon Hunderte Male gehört, und an jedem anderen Tag hätte ich die Augen verdreht, ihr murmelnd zugestimmt und wäre in die Küche geflohen, um die Nudeln aus dem Wasser zu holen. Doch heute bin ich viel zu wütend. Es ist, als hätte ich einen juckenden Pullover an, der mich zur Weißglut treibt. Ich habe keine Kontrolle über meine Gefühle. Ich würde am liebsten losbrüllen. Stattdessen gehe ich ausnahmsweise auf ihren Vorwurf ein.

»Vielleicht, weil sie das Beste aus ihrem Leben machen möchten? Sich ein paar schöne Dinge leisten?«

»Ein großer Besitz bedeutet nicht, dass man auch glücklich ist.«

Diesen Satz habe ich meine ganze Kindheit über gehört. Jedes Mal, wenn ich eine gefakte Adidas-Hose mit zwei anstatt drei Streifen bekam, oder wenn ich mit meiner neuen Puppe eine Freundin besuchte und sie mir erklärte, dass es keine richtige Barbie sei. Unsere Nachbarn kauften alles auf Kredit, doch Mum weigerte sich. »Das ist doch nur Angeberei«, meinte sie spöttisch, während sie durch das Fenster zusah, wie Lucy von nebenan ihre dreiteilige Ledercouch geliefert bekam.

»Alles Angeberei. Bloß, weil etwas nach außen hin gut aussieht, kann es im Inneren doch schäbig sein«, sagt sie auch jetzt zu mir.

Ich glaube, sie meint mich. Ich denke an mein perfekt eingerichtetes Büro, für das ich sämtliche Details irgendwelchen Instagram-Accounts entnommen habe.

Ich taste nach dem verfilzten Knoten am Hinterkopf. Mein kleines Geheimnis, das jeden Tag größer wird und schwerer zu entwirren ist.

»Mum?«, frage ich leise. »Kannst du mir einen Knoten ausbürsten?«

»Sicher, Liebes.« Sie greift unter das Sofa und zieht einen Korb heraus, in dem sie eine harte Plastikbürste und einen Conditioner aufbewahrt. Ich setze mich zwischen ihre Beine, und sie streicht mit der Hand über meine Haare und umhüllt sie mit einem nach Kokos duftenden Nebel. »Oh«, sagt sie, während sie den Knoten abtastet. »So schlimm war es schon sehr lange nicht mehr, oder?«

Als ich sechs Jahre alt war, lud mich mein Dad zu einem gemeinsamen Wochenende ein. Ich war so aufgeregt, dass ich meine schönsten Kleider in meinen pinkfarbenen Glitzerrucksack packte – dieser Rucksack war mein ganzer Stolz – und meine Haare in der Woche davor jeden Abend hundertmal brüstete. Ich weiß noch, wie ich Mum fragte, ob er mich mögen würde. Diese Frage stellte ich jedes Mal, wenn ich das Haus verließ, um in die Schule zu gehen oder eine Geburtstagsparty zu besuchen, und Mums Antwort war immer dieselbe: »Wie könnte dich jemand nicht mögen, Liebes?«

Doch als mein Dad mich an diesem Wochenende abholte, lächelte sie nicht und fuhr mir auch nicht liebevoll durch die Haare. Sie wandte sich ab, setzte sich ins Wohnzimmer und überließ es mir, an die Tür zu gehen. Später erfuhr ich, warum. Ich sollte meine Halbschwester Louise zum ersten Mal treffen. Sie ist nur ein Jahr jünger als ich. Mein Halbbruder war damals noch ein kleines Baby mit pummeligen Ärmchen und Beinchen, das mich ständig angrinste. Ich wollte ihm in sein winziges Näschen kneifen und ihn dazu bringen, dass er seine kleinen Fingerchen um meine schlang, doch da war dieses untrügliche Gefühl, dass ich es nicht durfte. Es stand mir nicht zu, ihn zu berühren. Was Louise betraf, schluckte ich den Drang hinunter, ich spielte ruhig und gelassen mit ihr.

Als ich nach Hause kam, weigerte ich mich zwei Monate lang, mir die Haare zu bürsten. Am Ende musste Mum eine Kugel herausschneiden, die so groß war wie ein Golfball.

Wir reden nicht oft über Dad.

»Mum?«

»Yep.«

»Beschäftigt dich die Sache mit Dad eigentlich immer noch?«

Sie kichert, doch es klingt leise und rau. »Bist du neuerdings unter die Therapeuten gegangen?«, fragt sie und zieht gleichzeitig ruckartig an dem Knoten in den Haaren. Der vertraute

Schmerz treibt mir die Tränen in die Augen. Ich stöhne schmerzerfüllt. »Tut mir leid«, sagt Mum, bürstet weiter und summt dabei leise vor sich hin.

»Verity hat Jeremiah betrogen.«

Ich wollte ihr eigentlich nicht von dem Streit mit Verity erzählen. Ich wollte hier zur Ruhe kommen und über alles nachdenken. Sie hält inne. Die Bürste schwebt direkt über meinem Hinterkopf.

»Geht es ihr gut?«, fragt sie.

Ich schnelle vor. »Warum fragst du mich, ob es Verity gut geht? Was ist mit Jeremiah?«

Sie zieht meine Schultern wieder zu sich und gleitet erneut mit der Bürste durch meine Haare. »Ich kenne diesen Jeremiah doch gar nicht. Aber Verity schon. Sie ist nicht der Typ, der jemandem absichtlich wehtut. Sie hatte sicher ihre Gründe.«

Vor meinen Füßen liegt ein Stapel Zeitungen, die Ecken werden bereits gelb. In unserem Haus hat immer schon Chaos geherrscht. Schmutzige Teller in der Spüle, verstaubter Nippes, halb leere Teebecher, die überall herumstanden. Mum ist ständig auf liegengebliebene Legosteine getappt und hat dann lautstark gejammert, dass das Haus einfach nicht groß genug sei.

Dads Haus befand sich auf der anderen Seite der Stadt. Es hatte sechs Schlafzimmer und überall flauschige Teppiche. Ab und zu bekam ich einen Brief von Louise, der mit Glitzersti ckern verziert und mit einem nach Himbeeren duftenden Stift geschrieben worden war. Ich zeigte Mum die Briefe und erzählte ihr verbittert von dem neuen Spielzeug, das meine Halbschwester wieder einmal bekommen hatte. »Sie haben, was sie haben, und wir haben, was wir haben«, sagte Mum dann immer. »Und wir alle haben großes Glück.«

Auch jetzt spricht sie in demselben beherrschten Tonfall, und Dunkelheit breitet sich in mir aus. Ich versuche, ihre Stimme zu imitieren. »Bist du denn nicht sauer auf Verity?«, frage ich, und mein Herz klopft wie verrückt.

»Bist *du* denn sauer auf sie?«

»Natürlich«, fauche ich. Ich versuche mit aller Macht, nicht noch einmal so zu explodieren wie Verity gegenüber. Aber ich kann kaum noch einen klaren Gedanken fassen.

»Warum?«, fragt Mum sanft, als könnte allein ihre Stimme mich beruhigen.

Meine Fingernägel graben sich in meine Handflächen. »Ich habe Angst, dass Jeremiah einen dauerhaften Schaden davongetragen hat.«

»Er ist doch ein erwachsener Mann, der allein klarkommt. Du solltest dir nicht so viele Gedanken um ihn machen. Ich glaube, es hat eher damit zu tun, dass …«

Doch ich lasse sie nicht ausreden, sondern zische: »Das ist nicht fair, Mum! Ich habe das selbst schon erlebt. Bei … meinen Klienten. Sie kommen einfach nicht darüber hinweg und haben ständig Angst, erneut verletzt zu werden.«

Sie hat mittlerweile mit dem Bürsten aufgehört. Ich greife nach dem Knoten – er ist noch immer da.

»Ich glaube, wir wissen alle, warum du so reagierst«, sagt sie mit den Händen auf meinen Schultern. »Aber das ist Verity gegenüber nicht fair, und ich hoffe bei Gott, dass du dieselben Dinge nicht auch zu ihr gesagt hast.«

Ich bekomme keine Luft mehr, die Dunkelheit breitet sich immer weiter aus. Ich bin furchtbar müde, aber ich weiß, was ich zu tun habe. Ich dachte, es würde helfen hierherzukommen. Dass Mum mich verstehen würde. Aber es hat keinen Zweck. Ich stemme mich hoch. Sie glaubt, ich würde die Nudeln aus dem Wasser holen, und bittet mich, etwas Margarine unterzurühren.

»Ich kann das jetzt nicht«, erwidere ich kopfschüttelnd.

Ich denke an die Nachricht, die ich vorhin bekommen habe. Wie sie plötzlich auf dem Display aufleuchtete und ich sie ignorierte.

»Vielleicht gehst du besser eine Weile nach oben und ruhst dich aus. Ich kann das Essen ja noch mal aufwärmen, wenn du so weit bist.«

Ich nicke, doch nachdem ich im Flur angekommen bin, greife ich nach meiner Tasche und schlüpfe in meinen Mantel.

»Liebes?«, ruft Mum eine Sekunde, bevor ich die Tür hinter mir zuknalle.

Ich trete aus dem Haus, und eiskalte Luft dringt in meine Lunge. Im nächsten Augenblick breche ich in Tränen aus.

KAPITEL ZWÖLF

Ich laufe die Straße entlang, und der eisige, böige Wind kühlt mein heißes, tränenüberströmtes Gesicht. Ich werde jedes Mal schneller, wenn ich an einem der Nachbarhäuser vorbeikomme, deren Fenster von glitzernden Weihnachtsbäumen beleuchtet sind. Durch ein Fenster sehe ich eine Familie, die im blauen Licht des Fernsehers gemeinsam auf dem Sofa sitzt. Als ich an der Bushaltestelle am Ende der Straße ankomme, ringe ich um Atem. Ich werfe einen Blick auf mein Handy und sehe, dass ich zwei neue Nachrichten bekommen habe. Trotzdem stecke ich es vorerst in meine Tasche zurück und wende mich dem Fahrplan zu. Der nächste Bus in die Stadt kommt erst in fünfzehn Minuten, also lasse ich mich auf die kalte Metallbank sinken und klopfe mit den Stiefeln gegen das Wartehäuschen, das wackelt.

Mein Handy klingelt. *Mum*. Ich will eigentlich nicht rangehen, aber sie wird es immer und immer wieder versuchen, wenn ich es nicht tue.

»Hallo?«, frage ich, als wäre alles wie immer. Als würde ich nicht gerade in einem Bushäuschen ganz in ihrer Nähe sitzen und vor Kälte zittern.

»Caitlin.« Ihre Stimme klingt streng. »Ich mache mir Sorgen um dich. Bitte komm wieder zurück, wir müssen unbedingt reden.«

Mein Handy vibriert an meiner Wange. Eine neue Nachricht. »Mir geht's gut, Mum, ich bin nur …«

Ich breche ab, denn mir fällt nichts ein, das sie davon überzeugen würde, dass ich ganz genau weiß, was ich zu tun habe.

»Ach«, sie seufzt, und ihre Stimme bricht. »Das stimmt doch gar nicht.« Die vorbeifahrenden Autos tauchen mich in gleißendes Licht. Ich schweige und höre Mum am anderen Ende schniefen. »Ich habe mit Verity telefoniert«, erklärt sie, und eine weitere Träne rollt über meine Wange. Ich habe das Weinen so satt. Ich wische sie fort. »Sie hat mir von eurem Streit erzählt. Und dass sie dir vorgeschlagen hat, zu einem Therapeuten zu gehen.« Ich würde am liebsten auflegen, doch sie redet bereits weiter. »Ich denke auch schon eine Weile darüber nach und finde, dass sie recht hat. Suzie aus der Apotheke hat es auch geholfen.«

Jemand hat die Buchstaben J+C in das Bushäuschen geritzt. Ich folge ihnen mit dem Finger. Hätte ich bloß Handschuhe angezogen. Meine Fingerkuppe wird grau vom Staub.

»Suzie aus der Apotheke ist mir aber egal«, erwidere ich und verschmiere den Schmutz auf der Handfläche meiner Hand. »Ich weiß, was ich brauche. Ich brauche ein bisschen Spaß.«

»Spaß?« Es klingt, als hätte sie dieses Wort noch nie gehört.

»Ja, genau. Spaß. Hör mal, ich weiß, dass es so aussieht, als käme ich nicht klar, aber das stimmt nicht. Die Sache mit Verity und Jeremiah hat mich einfach aus der Bahn geworfen.« Ich ringe mir ein Lächeln ab und hoffe, dass sie es an meiner Stimme hört. Ich weiß nicht, was ich mir dabei gedacht habe, nach dem Streit mit Verity zu meiner Mutter zu fahren. Es hat einige Erinnerungen wachgerufen und mich noch mehr durcheinandergebracht. »Ehrlich«, fahre ich fort. »Es ist alles in Ordnung.«

»Und du wirst mit Verity reden?«, fragt sie unsicher.

»Ja«, erwidere ich. »Versprochen. Aber jetzt muss ich wieder zurück in die Stadt. Die Arbeit ruft. Ich komme bald mal wieder vorbei.«

Im Hintergrund höre ich die Titelmelodie der nächsten Quizshow, und ich sehe klar und deutlich vor mir, wie Mum in ihrem Wohnzimmer steht. Sie trägt immer noch ihren Apothekermantel, der nach einem langen Arbeitstag immer etwas mitgenommen aussieht. Mein Magen zieht sich zusammen, und eine leise Stimme drängt mich, zu ihr zurückzugehen, mich um sie zu kümmern, dafür zu sorgen, dass sie nicht mehr einsam ist. Doch dann denke ich an die leere Zimmerdecke, die Weihnachtskarten in der Schublade und den besorgten Blick, den sie in letzter Zeit jedes Mal aufsetzt, wenn sie mich sieht. Ich bin es leid, sie davon zu überzeugen, dass alles in Ordnung ist. Dass ich alles habe, was ich mir vom Leben jemals erträumt habe.

»Mum, hör zu, der Bus kommt gerade. Auf Wiedersehen. Ich liebe dich.«

Ich lege auf, setze mich wieder und starre hinaus auf die Straße. Der Bus kommt eigentlich erst in fünf Minuten, also lese ich Ades Nachrichten. *Mann, es ist etwas TOTAL Tolles passiert. Du musst heute Abend mit mir ausgehen, dann zeige ich es dir.*

Ich öffne Instagram und checke Morwenas Seite. Das letzte Foto zeigt sie im Yogasitz mit zwei rosafarbenen Kristallen auf den Handflächen. *Ich öffne mein Herz für die Liebe. Ich öffne meine ganze Existenz für die Liebe. Ich habe das Gefühl, dass der Richtige bald um die Ecke biegen wird.*

Ich like den Beitrag und schreibe einen Kommentar: *Oh, das tut er ganz sicher*, tippe ich und füge ein Zwinker-Emoji hinzu, was ich aber sofort bereue.

Ich summe vor mich hin. Ich glaube, es ist ein Song von Taylor Swift, den ich vorhin im Radio gehört habe. Die Dunkelheit in meinem Kopf hat sich verflüchtigt. Es war richtig, dass ich nicht länger bei Mum geblieben bin. Ich muss mich um die Arbeit kümmern und das Leben leben, das ich mir selbst erschaffen habe. Ich beschließe, mich nicht schuldig zu fühlen, bloß weil ich ein bisschen Spaß haben möchte, und öffne die beiden ungelesenen Nachrichten.

Sie sind von Stu.

Hey, Ade will heute Abend ausgehen, aber immerhin feiern wir deinen Geschäftserfolg, also wäre es falsch ohne dich … Kommst du mit?

Die zweite Nachricht ist eine Stunde später eingetroffen.

Mein Gott, sie will mich ins Babylon schleifen. Ich verstehe, dass du jetzt nicht mehr kommen willst. Aber wenn du einen Mann Mitte dreißig von den Schrecken einer Retrobar erlösen willst, dann komm bitte trotzdem.

Mein Magen kribbelt, es ist eine Mischung aus Aufregung und Nervosität. So etwas habe ich schon sehr lange nicht mehr gespürt. Ich versuche, das schlechte Gewissen auszublenden, das sich sofort meldet, als ich antworte.

Klar, ein Drink kann nicht schaden.

Wir saßen in unserer Deckenhöhle, und Harrys Wangen glühten, während ich laut auflachte. Ich hatte das Gefühl, als wüsste niemand, wo wir waren, obwohl wir doch eigentlich mitten im Wohnzimmer auf dem Boden saßen. Ich leckte das Salz vom Rand meines Margaritaglases und spürte die groben Körner auf der Zunge.

Die Erinnerung an diesen Abend bricht über mich herein, als ich meine Augen schließe, den Kopf in den Nacken lege und den

Tequila hinunterstürze. Da ist das vertraute Brennen, der vertraute Rausch. Ich lecke den Zitronensaft von meiner Hand und grinse Stu und Ade an. Stu hustet, während Ade so unbeeindruckt wirkt, als hätte sie gerade an einem Wasserglas genippt.

»Gut«, sagt sie und greift nach unseren Händen. »Nachdem wir das hinter uns gebracht haben, muss ich Caitlin jetzt zeigen, warum ich mir ausgerechnet das Babylon ausgesucht habe.« Sie zieht uns in Richtung Ausgang, und wir bahnen uns den Weg an der Bar entlang. Es ist 90er-Abend, und der Raum ist voller Männer, deren oberste drei Hemdknöpfe offenstehen, und Frauen in Paillettenkleidern, deren anfangs sicher makelloses Make-up zu schwarzen Ringen unter den Augen verschmiert ist.

»Ade! Mein Mantel!«, brülle ich über die ersten Takte von Whigfields *Saturday Night* hinweg, während Menschenmassen auf die Tanzfläche strömen.

»Es dauert nur eine Minute!«, ruft sie zurück, und wir traben pflichtschuldig hinter ihr her, bis mich erneut eiskalte Luft umfängt und mir eine Gänsehaut beschert.

»Stu«, befiehlt Ade. »Verbinde ihr die Augen.«

»Womit denn?«, fragt er, während ich die ersten Protestversuche starte.

Er hebt die Hände – er trägt bloß ein rotes T-Shirt und Jeans, und ich kann seine Bauchmuskeln durch den dünnen Stoff hindurch erkennen. Ich senke den Blick.

»Nimm doch die Hände«, meint Ade, und da man ihr nun mal nicht widerspricht, folgt er ihren Anweisungen und bittet mich, zu ihm zu kommen. Ich drehe mich ein wenig unbeholfen um und steige ihm unabsichtlich auf die Zehen, während er seine breiten Hände auf meine Augen legt. Ich spüre seinen Atem in meinem Nacken.

»Hier entlang«, befiehlt Ade und führt uns ein Stück die Straße hinunter. Plötzlich zeigt der Tequila Wirkung, und ich beginne zu kichern. »Siehst du?«, will ich meiner Mum zurufen. »Siehst du, wie gut es mir geht?«

»Hier«, sagt Ade, und ich höre, wie Stu einen leisen Pfiff ausstößt.

»Wow.«

Er zieht seine Hände von meinen Augen. Ich öffne sie und versuche, mich an das gleißende Licht zu gewöhnen, das mir entgegenstrahlt. Dann sehe ich es. Wir stehen an der Bushaltestelle vor dem nächsten Tesco, und von der rechteckigen Anzeigetafel blickt mir mein eigenes Gesicht entgegen. Na ja, zumindest die Hälfte meines Gesichts, denn ich bin von der Seite zu sehen und habe den Blick nach oben gerichtet, um Harry in die Augen zu schauen. Wir lächeln beide auf eine Art, die mir beinahe fremd erscheint. Meine Locken umschmeicheln mein Gesicht, und wir sind von Hunderten Schmetterlingen umgeben, die aussehen wie bunte Farbtupfer. *Finde die Liebe, die dir endlich wieder Schmetterlinge im Bauch beschert*, steht auf dem Plakat. Zusammen mit der Adresse meiner neuen Website.

»O mein Gott«, hauche ich immer und immer wieder. Ich kann mich kaum noch auf den Beinen halten.

»Hey, du bist ja total von den Socken!« Ade lacht, und ich schaffe es irgendwie, mir ein Lächeln abzuringen. »Das ist ein Kompromiss«, erklärt sie. »Eine brillante Werbeaktion, aber ohne ein extra Fotoshooting.« Sie klatscht in die Hände. »Wir hatten allein heute Morgen hundert neue Anfragen!«

Stu erzählt mir von der Website und verspricht, sie mir morgen zu zeigen. Ich höre ihn kaum, sondern starre nur auf Harry, der mich ansieht, als wäre er gerade auf einen wertvollen Edelstein gestoßen.

»Ich konnte ihn leider nicht erreichen«, erklärt Ade gerade und winkt ab. »Also habe ich beschlossen, es trotzdem zu machen. Es gab ein tolles Angebot, und das hebt die Sache auf das nächste Level! Er kann gar nicht böse auf mich sein, wenn ich euch beide damit zu Millionären mache.«

»Nein, das ist eher unwahrscheinlich«, erwidere ich mit eingefrorenem Lächeln.

»Und jetzt«, ruft Ade, »müssen wir feiern!«

Ich folge ihnen leicht benommen die Straße entlang, bis mich die blitzend bunten Lichter in der Bar erneut umfangen und *Spice up Your Life* in meinen Ohren dröhnt.

»Alles okay?«, fragt Stu und berührt sanft meinen Rücken.

Ich nicke. Denn im Grunde gibt es nichts, was ich sonst tun könnte. Außerdem bin ich hergekommen, um Spaß zu haben.

»Ich hole uns eine Flasche Champagner!«, rufe ich und spüre bereits die blubbernden Bläschen auf meiner Zunge.

»Sei nicht albern, Cait. Hier im Babylon bekommst du doch keinen Champagner«, kreischt Ade und wendet sich an den Barkeeper. »Drei Snakebites, bitte. Sie zahlt.«

Im nächsten Moment wendet sie sich abrupt ab und eilt zu einer Frau in einem schwarzen Bleistiftrock, die ein Glas Rotwein auf ihrer weißen Bluse verschüttet hat.

Stu zuckt zusammen. »Kannst du mir noch mal erklären, warum wir ausgerechnet hierherkommen mussten?«

»Ich schätze, weil gleich um die Ecke ein riesiges Plakat von mir hängt«, erwidere ich und mache eine ausladende Handbewegung.

Auf der Tanzfläche hat sich gerade ein Gast übergeben, und ein Barmädchen, das kaum älter als achtzehn ist, versucht, die Schweinerei mit einem gelben Mopp zu beseitigen, der größer ist als sie selbst.

»Hey«, sagt Stu, schnappt sich unsere Gläser und führt mich in eine relativ ruhige Ecke. »Zuerst eine Bushaltestelle in Sheffield, dann ein Billboard am Times Square.« Wir nehmen beide einen Schluck von unseren Drinks. »Ist es wirklich okay für dich? Ich wollte Ade überreden, dich wenigstens vorzuwarnen. Ist mir nicht gelungen.«

»Yep«, erwidere ich und versuche, genauso cool zu wirken wie Ade vorhin. »Es ist toll fürs Geschäft.«

Außerdem hat es mir – auf schräge Art – gefallen, Harry und mich dort zu sehen. Ich hatte das Gefühl, als wäre die Zeit stehen geblieben. Vielleicht wurde ich aber auch in eine vollkommen neue Zeitebene katapultiert, wo alles so perfekt ist wie auf dem Plakat und für immer so bleiben wird. Aber natürlich behalte ich das lieber für mich und nicke bloß.

»So viel dazu, dass sie gern mit uns abhängen möchte, was?« Stu deutet auf die Tanzfläche, wo sich Ade an die mit Wein bekleckerte junge Frau schmiegt.

»Das war vorauszusehen.«

Wir sehen einander schweigend an und sind uns wahrscheinlich gerade beide bewusst geworden, dass nur noch wir zwei übrig sind. Es ist ein seltsames Gefühl, und ich würde am liebsten die Schultern ausschütteln, um die Anspannung durch Bewegung zu lösen. Ich atme tief ein und wieder aus.

Ich schaffe das. Ich kann allein mit einem anderen Mann in einer Bar sein. Ich *darf* das.

»Okay, dann schieß mal los«, fordert Stu mich auf. »Wie ist der Mann so, den die Besitzerin einer Datingagentur für sich selbst ausgesucht hat?«

»Abgesehen davon, dass er unwissentlich Berühmtheit erlangt hat?«, erwidere ich. Ich will nicht mit ihm über Harry reden. Nicht hier, in dieser Bar, in der es so laut ist, dass wir die

Stühle so nah wie möglich zusammenschieben und einander anbrüllen müssen, um uns zu verstehen. »Er ist Zahnarzt. Er ist nett und liebenswürdig – ein guter Mensch.« Ich schüttle den Kopf und versuche, die Gedanken an Harry wieder loszuwerden. Mir ist gerade eingefallen, dass seine Ordination jeden Donnerstag freie Behandlungen für Obdachlose anbietet, und meine Kehle zieht sich zusammen. Ich will hier raus und nach Hause. Stattdessen beschließe ich, Stu demselben Verhör zu unterziehen wie meine zukünftigen Klienten. Ich werde die ganze Sache professionell halten. Ich bin gut darin, meinen Charme spielen zu lassen und anderen Menschen aufmerksame Fragen zu stellen. In ihr Leben einzutauchen, bis ich mein eigenes vergessen habe. »Was machst du in deiner Freizeit? Abgesehen vom Klettern, natürlich.«

»Na ja, ich habe einen Hund. Einen kleinen Dackel namens Jimi. Nach Jimi Hendrix benannt.« Er grinst und hebt eine Augenbraue. »Ja, ich weiß. Ziemlich übereifrig.«

»Jimi. Also ich finde das süß. Bist du ein großer Fan?«

»Nicht so groß wie meine Ex. Der Name stammt von ihr.«

Ich sehe ein Bild seiner Ex vor mir: cool, glatte blonde Haare, schwarz umrandete Augen – die Art Frau, die Schlaghosen tragen kann und nicht gleich aussieht, als wäre sie auf dem Weg zu einer Kostümparty. Mein Magen zieht sich vor Eifersucht zusammen, die da ist, obwohl ich genau weiß, dass ich kein Recht dazu habe. So wie wenn mir eine alte Freundin erfreut von ihrer Schwangerschaft berichtet hätte. Schlechtes Gewissen gepaart mit Neid. Eine zerstörerische Mischung.

»Oh, wann habt ihr euch denn getrennt?« Er sieht aus, als hätte ich ihm eine Ohrfeige verpasst. Mit einem Mal fällt mir ein, wo ich bin, und dass ich solche unverschämten Fragen nicht einfach stellen darf. Ich schlage mir eine Hand vor den

Mund. »Es tut mir leid! Das war schrecklich unhöflich! Ich bin so daran gewöhnt, meinen Klienten alle möglichen Fragen über ihr Privatleben zu stellen, dass ich manchmal vergesse, dass ich das bei einer privaten Begegnung nicht machen kann.«

Er schüttelt den Kopf und grinst, doch es wirkt verhalten. »Schon gut. Es ist jetzt etwa sechs Monate her. Sie wollte nicht mit nach Sheffield. Aber ich habe das Sorgerecht für Jimi bekommen.«

Er zieht sein Handy heraus und zeigt mir ein paar Fotos des schokobraunen Dackels, der auf jedem einzelnen eine gepunktete Krawatte trägt.

»Willst du noch einen Drink?«, fragt er.

Wir haben beide unsere Snakebites hinuntergestürzt. Ich habe ganz vergessen, wie gut die Mischung aus Bier, Cider und Johannisbeersirup schmeckt.

Stu wischt sich über den Mund. »Du hast …«

»Ein Snakebite-Lächeln?«, frage ich.

Verity und ich haben das Zeug jahrelang getrunken, und ich weiß noch, dass danach Zucker auf den Zähnen klebt und man schwarze Johannisbeerstreifen an den Mundwinkel hat, die wie ein Lächeln nach oben zeigen.

»Ich nenne es Siruplächeln … Aber deines gefällt mir.«

Ich habe keine Ahnung, ob er mein Lächeln meint oder den Ausdruck »Snakebite-Lächeln«, also wische ich mir bloß über den Mund und strecke ihm dann das Gesicht entgegen. »Gut so?«

Er schüttelt den Kopf. »Lass mich mal.«

Er streckt die Hand aus, und ich lehne mich atemlos nach vorne. Er wischt mir bestimmt, aber trotzdem sanft über den Mund. Seine grünen Augen funkeln wie ein Weihnachtsbaum.

»Weißwein«, sage ich, um den Zauber zu durchbrechen. »Ich hätte gern ein Glas Weißwein. Egal welchen.«

Drei Stunden später erzählt mir Stu einen Witz, der so komisch ist, dass mir der Wein aus der Nase läuft. Ich weiß gar nicht, warum ich so lache, und habe keine Ahnung, ob es der Witz überhaupt wert ist. Ich weiß nur, dass die Anspannung verschwunden ist. Meine Schultern sind vollkommen locker, was vielleicht auch an den vielen Tequilas liegt, die wir getrunken haben. Zwischendurch ist Ade immer wieder mal mit ihrer neuen Eroberung im Schlepptau vorbeigekommen, hat mit uns angestoßen und ist dann wieder auf der Tanzfläche verschwunden.

Ich denke an den ersten Abend mit Harry zurück. Es lief genau so, wie Verity und ich es geplant hatten: Wir hatten herausgefunden, dass Harrys Schwester bei uns im Haus wohnte, und beschlossen, eine Willkommensparty zu veranstalten. Ich weiß noch, dass ich in einem hauchdünnen weißen Spitzenkleid in meinem Zimmer saß und herumgejammert habe, dass es keine Garantie gebe, dass sie kommen würde. Ganz zu schweigen von ihm. Woraufhin mir Verity mit ihrer besten Lehrerinnenstimme befahl, mit der Jammerei aufzuhören.

Wenn man jemanden kennenlernen will, muss man sich zuallererst amüsieren. Also unterhielt ich mich mit den Nachbarn, tanzte und gab mir große Mühe, nicht ständig zur Tür zu schauen. Als er endlich kam, baute ich gerade für die fünfjährige Tochter einer anderen Hausbewohnerin ein Zelt im Wohnzimmer, indem ich Decken über unseren Wäscheständer drapierte. Ich hörte, wie sich jemand hinter mir räusperte, und als ich herumfuhr, stand Harry mir mit einer Flasche Tequila gegenüber.

»Drink gefällig?«, fragte er und goss die bernsteinfarbene Flüssigkeit in ein Glas in Form eines Totenkopfes.

Aber es ist nicht nur der Geschmack, der mich an diese erste Nacht erinnert. Es ist die Art, wie ich mich fühle. Genauso wie damals.

Ich erinnere mich daran, wie Harry und ich uns unterhielten – die Kinder waren schon längst nach Hause gegangen, und wir waren statt ihnen ins Zelt gekrochen. Ich wusste damals, dass er mir wirklich zuhörte. Ich war von einer wahnsinnigen Energie erfüllt, und wir erzählten einander alles Wichtige aus unserem Leben in einer Geschwindigkeit, als wollten wir es so schnell wie möglich hinter uns bringen. Gleichzeitig wollten wir uns aber auch Zeit lassen und jedes Wort in Ehren halten, bis es ein Teil von uns wurde.

Ich hatte das Gefühl, als würden meine Worte in ihn dringen und ihn ausfüllen. Er erzählte mir von seiner Mutter und wie nah sie sich standen, obwohl sie gleichzeitig eine riesige Wut in ihm auslöste, weil sie sich ständig vom Leben benachteiligt fühlte – einfach nur deshalb, weil sie sich unaufhörlich mit anderen Leuten verglich.

Mit Stu spüre ich dieselbe Energie. Jede Geschichte, die er mir erzählt, fühlt sich wichtig an – mehr als bloß Small Talk. Etwas, woran man sich erinnern, das man in Ehren halten muss.

Trotzdem gibt es eine Sache, die anders ist. Ich wollte Harry damals unbedingt küssen, und die Gewissheit, dass es früher oder später passieren würde, ließ die Luft zwischen uns knistern. Bei Stu lasse ich solche Gefühle nicht zu. Ich lerne ihn kennen, weiche Fragen über mein Leben aus und springe hoch, um mehr Wein zu holen oder mir einen bestimmten Song beim DJ zu wünschen, wenn das Knistern wieder einmal zu intensiv wird.

Als die Lichter dreimal aufblinken und uns an die nahende

Sperrstunde erinnern, wird uns klar, dass Ade verschwunden ist. Die Ecke, in der sie mit der Frau geknutscht hat, ist leer.

»Hat sie sich eigentlich verabschiedet?«, fragt Stu, während ich mich hochkämpfe. Ich versuche es zweimal doch jedes Mal geben meine Beine unter mir nach, sodass ich mich am Ende lachend wieder setze.

Er sieht mich an und lächelt. »Warte, ich helfe dir«, bietet er an und streckt mir seine Hände entgegen, damit ich mich daran festhalten kann.

Er zieht mich hoch und hält mich fest, während ich mich schwankend auf den Ausgang zubewege und dabei immer wieder mit anderen Gästen zusammenstoße. Ich lache jedes Mal und bekomme Schluckauf, sodass er mich schließlich an der Schulter packt und mich an sich zieht. Ich habe vergessen, wie wunderschön es sich anfühlt, von einem Mann schützend in den Arm genommen zu werden und sich bei ihm sicher zu fühlen. Ich atme tief ein. Er riecht nach Aftershave, Bier und noch etwas anderem. Einem süßen Geruch, der sein Innerstes offenbart und dafür sorgt, dass sich mein Kopf noch mehr dreht.

Wir treten hinaus auf die Straße, und das Licht der Laternen ruft mir schließlich in Erinnerung, wer ich bin und warum ich hergekommen bin. Ich löse mich von ihm und halte nach einem Taxi Ausschau, das er für mich heranwinkt.

»Kommst du klar? Kann ich dich wirklich allein nach Hause fahren lassen?«, fragt er, und in meinem Bauch kribbelt es wieder.

Nein, ich komme nicht klar. Bitte komm mit. Nicht, weil ich etwas von dir will, sondern nur, um dich neben mir zu spüren.

Doch ich schlucke die Worte hinunter, nicke und beharre darauf, dass alles in Ordnung ist.

Erst später, als ich bereits im Bett liege und einen Fuß auf dem Boden abstelle, damit es aufhört, sich zu drehen, wird mir klar, dass ich mich an Teile unseres Gesprächs nicht mehr erinnern kann. Ich habe keine Ahnung, was ich ihm alles erzählt habe.

KAPITEL DREIZEHN

Das Handy läutet mittlerweile zum achten Mal, doch ich ignoriere es erneut. Es wandert surrend auf meinem Nachttisch herum, und mein Kopf explodiert beinahe vor Schmerzen. Ich weiß, dass es nicht Verity sein kann, denn die hat einen eigenen Klingelton. Als ich gestern Abend zwischendurch mal einen Blick auf mein Handy geworfen habe, sah ich, dass sie zwölf Mal angerufen hatte. Außerdem war da eine Nachricht von meiner Mutter. Sie fragte, ob alles in Ordnung sei, und ich antwortete pflichtschuldig, auch wenn ich mich sehr konzentrieren musste.

Mein Mund fühlt sich unangenehm pelzig an, aber der Gedanke an den künstlichen, minzigen Geschmack der Zahnpasta ist schlimmer. Schon die Vorstellung, *irgendetwas* zu tun, ist schrecklich. Ich werfe einen Blick auf die Uhr, die gönnerhaft auf dem Nachttisch vor sich hin tickt. Es ist elf Uhr zwanzig.

Warum kann ich nicht einfach weiterschlafen? Als wir noch jünger waren, sind Harry und ich oft den ganzen Tag im Bett geblieben. Wir hatten Sex, haben Pizza bestellt, uns Wiederholungen von *The IT Crowd* und *Black Books* angesehen und sind gestorben vor Lachen, obwohl wir sämtliche Witze auswendig kannten. Manchmal ist Verity zu uns ins Bett geschlüpft, mit wirr abstehenden Haaren. Sie hat dann immer darauf bestanden, eine Hochzeitsrealityshow zu gucken. Harry hat zwar so getan, als würde er es hassen, doch am Ende hat er mit uns gemeinsam über die Kleider der Brautjungfern gelästert.

Plötzlich fällt es mir wieder ein. Ich soll mich später mit Morwena treffen, um sie auf das Date mit Rowen morgen Abend vorzubereiten. Wir treffen uns bei ihr zu Hause, was bedeutet, dass ich meinen Kater in ihrem Hafen der Ruhe, der Dankbarkeit und des Segens ertragen muss. Ich weiß jetzt schon, was mich erwartet. Gerahmte Motivationssprüche, Buddhastatuen und Weihrauchgestank.

Mein Handy klingelt immer noch, es beharrt darauf, dass ich die Augen öffne und ihm meine Aufmerksamkeit schenke.

»Hallo?« Meine Stimme ist rau, und ich räuspere mich. »Hallo?«

»Okay, du Schlafmütze.« Es ist Ade. Sie klingt überhaupt nicht so, als wäre sie bis drei Uhr morgens unterwegs gewesen und hätte »Mandy, Personalbetreuerin aus Doncaster« in Grund und Boden geknutscht. Tatsächlich klingt sie mehr als fröhlich. *Wie kann sie es wagen!* »Ich wollte dich nur an das Treffen mit Morwena erinnern«, erklärt sie, während ich nach einem Glas Wasser Ausschau halte. Es ist keines da, und ich verfluche mich selbst. »Hörst du mir überhaupt zu?«

Nein, das tue ich nicht, aber ich stoße trotzdem ein krächzendes »Ja« aus, das sie offenbar zufriedenstellt, denn sie plappert munter weiter. Über die Plakate und Morwenas Werbewert, und darüber, wie beides zusammen unseren Umsatz um das Dreifache steigern wird. Ich überlege inzwischen, welche Limo ich mir später in dem Laden um die Ecke besorgen werde – Sprite oder Fanta –, bis mir klar wird, dass sie das Wort »Plakate« ungewöhnlich häufig verwendet.

»Moment mal, Ade. Redest du etwa von *mehreren* Plakaten?«

»Yep, habe ich dir das nicht erzählt? Wir plakatieren in ganz Sheffield. Kleinere auf den Straßenbahnen, größere auf den Bussen. Überall.«

Meine Kopfschmerzen – die vermutlich den ganzen Tag andauern werden – werden beinahe unerträglich. Galle steigt meine Kehle hoch. Ich fürchte, ich muss mich übergeben, doch dann sehe ich sie: meine Rettung. Auf dem Nachttisch steht eine Champagnerflöte mit Wasser, die ich offenbar vor dem Schlafengehen dort abgestellt habe. Ich stürze das Wasser hinunter. Es ist nicht annähernd genug, aber es beruhigt mich so weit, dass ich das Gespräch fortführen kann. Ich ziehe mir die Decke über den Kopf.

»Das ist doch in Ordnung für dich, oder, Cait?«, fragt Ade.

Wenn ich ihr die Wahrheit sage, wird sie wutentbrannt losbrüllen.

»Ja, ja, klar. Solange sie mich nicht zu viel kosten. Ähm … ich muss jetzt auflegen und mich auf das Treffen mit Morwena vorbereiten.«

»Warte!«, kreischt sie, und mein Kopf dröhnt. »Hat dir Stu schon die neue Website gezeigt?«

Mein Magen revoltiert erneut. Es ist eine Mischung aus schlechtem Gewissen und Paranoia, die früher immer nur dann aufgetreten ist, wenn ich tatsächlich Mist gebaut habe. Mittlerweile meldet sie sich allerdings jedes Mal, wenn ich es wage, mehr als ein Glas Wein zu trinken.

»Nein, wir sind nicht dazu gekommen«, erwidere ich und sehe Harrys Gesicht vor mir. »Aber ich kann ja morgen vor Morwenas Date im Büro vorbeikommen. Dann können wir sie uns gemeinsam ansehen.«

Sie ist einverstanden, und ich lege auf und mache mich auf den Weg ins Bad. Mein Make-up ist im ganzen Gesicht verschmiert, etwas pinkfarbener Lippenstift hat es sogar bis auf die Stirn geschafft. Während ich mich einseife, stürzen Tausende Fragen auf mich ein.

Was habe ich zu ihm gesagt? Bin ich der Wahrheit zu nahe gekommen? Habe ich mit ihm geflirtet?

Sie drehen sich in meinem Kopf im Kreis, und ich wünschte, ich könnte sie wie den Schaum abwaschen, um Platz für die Aufgabe zu schaffen, die vor mir liegt.

Ich wünschte, ich könnte Verity anrufen. Sie wüsste genau, wie sie mich beruhigt. Ich versuche, ihre Stimme zu hören, und denke an ihre Haare, die jedes Mal in einer anderen Farbe leuchten, wenn sie den Kopf schüttelt. Sie sieht mich an und lacht. »Da hatte wohl jemand zu viel Wein gestern Nacht«, würde sie sagen. Und dann würde sie meinen Arm streicheln, mir Orangensaft besorgen und mir erklären, dass ein kleiner Flirt okay ist. Dass ich das darf.

Harry ist nicht wirklich eifersüchtig. Ich bin eher diejenige, die sofort Verdacht schöpft und nicht nur einmal zugelassen hat, dass die Eifersucht einen ganzen Abend ruiniert hat. So wie damals, als er nebenbei erwähnte, dass lediglich er und ein zweiter Zahnarzt – eigentlich eine *Zahnärztin* – zur jährlichen Konferenz nach Kalifornien fliegen würden. Wir hatten uns die ganze Woche kaum gesehen und wollten ausgehen, am Ende standen wir draußen auf der Straße und haben uns angebrüllt.

Ich bin mir nicht einmal jetzt – nach allem, was passiert ist – sicher, wer damals im Recht war. Es ist schwer zu beurteilen, ob die Paranoia aufgrund meiner Erfahrungen in der Vergangenheit von mir Besitz ergriffen hat oder ob ich tatsächlich gespürt habe, dass etwas nicht stimmte.

Ich gehe in Gedanken versunken die Straße entlang zur Bushaltestelle, und ein leichter Nieselregen überzieht mein Gesicht mit einem feuchten Film. Meine Haare werden ganz wuschelig sein, wenn ich bei Morwena ankomme, und meine Klamotten – schwarze Skinny-Jeans, ein dicker schwarzer Pullover mit Polokragen und ein Kamelhaarmantel – werden nach Regen und Abgasen stinken.

Ich setze mich im zweiten Stock des Busses vorne ans Fenster und schaue auf die Straße hinunter, während der Bus sich wieder in Bewegung setzt. Auf dem Bürgersteig entdecke ich einen Jungen, der sich bewegt wie ein Gangster. Seine Arme und Beine schwingen in alle Richtungen, als würde er von einem unsichtbaren Puppenspieler kontrolliert. Hinter ihm folgt eine Frau in einem violett karierten Mantel. Ihre Schritte sind groß und selbstbewusst. Wie macht sie das bloß? Wie kann sie sich ihres Platzes auf dieser Welt so sicher sein, dass sie mit hoch erhobenem Kopf die Straße entlanggeht? Als Nächstes fällt mein Blick auf einen Mann mit einer gelb-orangefarbenen Warnweste, der sich auf dem Fahrrad durch den Verkehr schlängelt und dabei mit dem Kopf wippt. Offenbar zum Takt der Musik, die aus seinen Kopfhörern dringt. Er wirkt so verletzlich und klein, als er sich vor einem Auto einreiht.

Ich greife in meine Tasche, ziehe mein Handy heraus, stecke mir die Kopfhörer in die Ohren und halte den Blick starr auf das Display gerichtet, anstatt den Radfahrer weiter zu beobachten. Ich rufe Morwenas Instagram-Account auf. Sie hatte heute am frühen Morgen bereits eine Yogastunde und hat sich auf dem Weg dorthin gefilmt, damit ihre Follower an dem goldenen Licht der aufgehenden Sonne teilhaben konnten. Sie steht vor dem Springbrunnen im Stadtzentrum, doch es sieht aus wie auf einem anderen Kontinent – oder vielleicht sogar auf einem anderen Planeten. Denn hier bei mir ist alles grau in grau.

Mein Magen knurrt vor Neid, als ich Morwena beim Frühstücken in einem Innenstadtcafé zusehe. Sie beißt in ein Vollkorncroissant mit Chiakonfitüre, leckt sich die Finger ab und erklärt ihren Followern, dass es beinahe vor Antioxidantien platzt. Ich hatte keine Zeit zum Frühstücken, aber ich nehme mir vor, eine Haltestelle früher auszusteigen, um mich mit ein paar Snacks einzudecken: Chips mit Salz und Essig und Schokolade für den Heimweg. Natürlich kann ich nichts davon vor Morwena essen, weshalb ich mir auch noch zwei hippe Limodosen von San Pellegrino und einen Müsliriegel schnappe. Dagegen hat sie doch sicher nichts einzuwenden, oder?

Sie öffnet die Tür in marineblauen Leggins und einem flauschigen, cremefarbenen Pullover, die Haare zerzaust und das Gesicht ungeschminkt. Ich habe mich immer noch nicht daran gewöhnt, sie so zu sehen. Mit Pickeln am Kinn und einem abgesplitterten Fingernagel. Nicht makellos, aber trotzdem schön. Sie wirkt sehr viel gewöhnlicher, als sie sich online präsentiert, trotzdem bin ich unwillkürlich fasziniert von ihr. Sie besitzt eine unglaubliche, beinahe magnetische Anziehungskraft.

»Caitlin! Hallo! Wie geht es Ihnen?«

Morwena klingt wie ein kleines Mädchen. Als hätte sie eingehend die Sprechweise kalifornischer Promis studiert und sie sich anschließend angeeignet. Sie führt mich ins Wohnzimmer, wo ich mich auf dem Sofa niederlasse. Es ist ziemlich hart – ein tiefes marineblaues Eckmöbelstück, das offenbar aufgrund seines Aussehens und nicht wegen seiner Bequemlichkeit gekauft wurde. Morwena setzt sich neben mich und schiebt einige Klatschzeitschriften mit dem Fuß unter das Sofa. Sie wirft mir einen schnellen Blick zu, ob ich es bemerkt habe, also sehe ich mich eilig im Zimmer um.

Die Wohnung befindet sich im Erdgeschoss, die Erkerfenster führen auf die Straße hinaus. Auf der Ziegelmauer vor dem Fenster sitzt ein Briefträger und raucht eine Zigarette. Seine rote Hose ist nach unten gerutscht, sodass man seine Poritze und die dazugehörigen schwarzen Haare sieht. Morwena verzieht das Gesicht, steht auf und zieht die cremefarbenen Vorhänge zu, bevor sie eine Duftkerze auf dem Kaminsims anzündet. In einer Ecke steht eine abgestorbene Zimmerpflanze, deren Blätter leblos und braun herabhängen. Ihr Blick fällt darauf, und sie schüttelt den Kopf, als wäre die Pflanze ein unartiges Kind, das sie gerade schrecklich enttäuscht hat.

»Also.« Sie setzt sich wieder und reibt sich die Hände. »Zeigen Sie ihn mir jetzt?« Die flapsige Frage im tiefsten Yorkshireakzent ist ihr wohl herausgerutscht, denn sie schlägt sich eilig die Hände vor den Mund. Doch sie findet ihre Fassung schnell wieder und fügt an: »Ich würde meinen Traummann so wahnsinnig gern mit eigenen Augen sehen!«

Ich schlucke, meine Kehle ist staubtrocken. »Normalerweise bekommen meine Klientinnen und Klienten vor dem ersten Date keine Fotos gezeigt.«

Sie sieht mich mit offenem Mund an, dann zieht sie einen Schmollmund und streckt die Unterlippe nach vorne. »Warum nicht?«

»Weil es besser ist, sich persönlich ein Bild zu machen«, erkläre ich. Das ist einer meiner Standardsätze, und er kommt mir mühelos über die Lippen. Ich muss mich ans Drehbuch halten, denn meine Kopfschmerzen sind zwar ein wenig zurückgegangen, aber mein Kopf fühlt sich immer noch an wie in Watte gepackt. Meine Sinne sind nicht ganz so geschärft wie sonst. »Ein Mensch wirkt meistens deshalb anziehend auf uns, weil uns die Art gefällt, wie er sich bewegt, wie freundlich er ist und wie witzig …«

»Und ist er das?«

»Was?«

»Freundlich? Witzig?«

Ich denke an das Telefongespräch mit Rowen zurück. Es ist erst einige Tage her, aber es fühlt sich an, als wären mehrere Monate vergangen. Ich kann mich an kein einziges Detail erinnern.

»Ja, sicher. Klar«, antworte ich.

»Okay.« Sie verschränkt die Arme. »Was können Sie mir sonst noch über ihn sagen?«

Ich hätte gern eine Tasse Tee. Oder eine der Limodosen in meiner Tasche. Wäre es unhöflich, wenn ich eine heraushole? Ich glaube, mir bleibt nichts anderes übrig. Ich kann nur noch an das sprudelnde Nass denken.

»Er hat …« Ich stelle mir vor, wie ich die Dose öffne und das befriedigende Zischen ertönt. Wie die Kohlensäurebläschen zerplatzen und meine Nase kitzeln. »Wangenknochen, ausgeprägte Wangenknochen!«, rufe ich triumphierend, doch sie sieht mich immer noch erwartungsvoll an.

»Ähm … und seine Augen sind …«

Ich sehe mich auf der Suche nach einem Hinweis in ihrem Wohnzimmer um. Doch da sind bloß Stus Augen in dem warmen Waldgrün. Auf dem Couchtisch steht ein Becher, und auf dem Untersetzer liegt ein ausgetrockneter Teebeutel. Ich starre ihn offenbar einen Tick zu lange an, denn Morwena springt auf.

»O mein Gott, ich bin so … unhöflich! Wollen Sie etwas trinken?«

Meine Gebete wurden erhört.

»Eine Tasse Tee wäre wunderbar.«

»Perfekt.« Sie nimmt den Becher und den Teebeutel und

geht in die Küche, die sich in einer kleinen, fensterlosen Nische neben dem Wohnzimmer befindet. »Ich habe einen herrlichen Grüntee. Ist das in Ordnung?«

Nein, das ist es nicht. Aber ich nicke trotzdem und lächle, als sie mich fragend ansieht.

Grüntee ist vermutlich das einzige Getränk der Welt, das dich durstiger macht, je mehr du davon trinkst. Kurze Zeit später nippe ich daran und spüre, wie sich meine Wangen zusammenziehen. Das Jasminaroma lässt den Tee wie verdünntes Parfüm schmecken. Ich versuche, nicht zusammenzuzucken, und taste in meiner Tasche nach einer der kalten Dosen. Ich ziehe sie unauffällig heraus, doch Morwena bemerkt es trotzdem.

»Oh, Caitlin, nein!«, ruft sie, als hätte ich gerade eine Line Kokain auf dem Couchtisch gezogen. »Denken Sie nur an den Zucker! Wenn Sie etwas Kaltes zu trinken wollen, sagen Sie es doch einfach!«

Sie steht erneut auf und nimmt mir die Dose ab. »Auf Zucker zu verzichten war eine der härtesten Herausforderungen in meinem Leben.« Ich kann beinahe Satz für Satz mitsprechen, während sie in die Küche zurückkehrt. Ich habe diese Rede online schon Tausende Male gehört. »Und natürlich Weizen, Milchprodukte und Gluten. Aber ich habe Ersatzstoffe gefunden, die ehrlich gesagt genauso gut schmecken.«

Ich denke an das Pastagericht, das sie bewirbt. Es besteht aus zerhackten Cashewnüssen, die sich geleeartig über Zucchininudeln ergießen. Ich huste, damit sie nicht merkt, dass ich würge.

»Hier«, sagt sie und stellt feierlich ein Glas vor mir ab. Es ist bis zum Rand mit einer Mischung aus Teichwasser und einer Art Schleim gefüllt, den ich noch aus den Neunzigern kenne, als ihn TV-Moderatoren über den Köpfen von Prominenten ausgegossen haben. »Meine Spezialität!«

Mir fällt auf, dass sie für sich selbst nichts mitgebracht hat.

»Was … ähm … was ist da drin?«

Kann man eigentlich gegen Spinat allergisch sein? Ich glaube, ich habe irgendwo gelesen, dass es Nahrungsmittel gibt, gegen die man keine Allergie entwickeln kann. Würde sie merken, wenn ich sie anlöge?

»Sie müssen schon kosten, um das herauszufinden«, erwidert sie.

»Das spiele ich immer mit meinem Ehemann …« Ich lächle und hoffe, sie damit abzulenken. »Zutatenraten. Wenn wir füreinander kochen, muss der andere erraten, welche Zutaten der Koch verwendet hat.«

Sie presst sich eine Hand auf die Brust. »Oh, das ist aber süß! Ich habe ihn neulich in der Stadt gesehen, auf den Plakaten. Er sieht ja umwerfend aus!«, ruft sie, und dann murmelt sie so leise, dass ich es kaum verstehen kann: »Ich wette, *Sie* wussten, wie er aussieht, bevor Sie sich auf ein Date mit ihm eingelassen haben.«

Die Bücher in den Regalen handeln allesamt von Horoskopen und Tarotkarten. Ich betrachte die in Violett- und Rosatönen gehaltenen Buchrücken mit der Goldgravur eingehend, damit mein Blick nicht ungewollt zu dem schleimigen Drink vor mir schweift.

»Rowen hat einige berühmte Kunden«, erkläre ich, denn langsam fallen mir doch ein paar Dinge ein.

Er hat mir erzählt, dass er in einem Van herumfährt, den er mit Weltraumbildern lackiert hat, und Menschen besucht, die sich aus der Hand lesen lassen oder mit verstorbenen Freunden und Verwandten in Kontakt treten wollen. In diesem Moment ist mir die Kälte bis in die Knochen gedrungen, obwohl ich die Heizung im Büro bis zum Anschlag aufgedreht hatte.

»Oh.« Morwena rutscht näher heran. »Wen denn?«

»Das durfte er mir nicht sagen – aber definitiv A-Promis.« Es waren eher ein paar Nebenrollenschauspieler einer alten Seifenoper.

Mein Magen zieht sich zusammen. Morwena legt den Kopf schief und sieht mich an.

»Alles klar? Sie sind ein wenig … blass.«

Wenn ich nicht bald eine Tasse Tee bekomme, sterbe ich. Ich kippe einfach nach vorne und sterbe.

»Sie sollten meinen Drink versuchen – Ihre Haut wirkt feucht. Als wäre Ihr Vitamin-K-Spiegel zu niedrig. Da ist eine Menge Kohl drin.«

Es bleibt mir offenbar nichts anderes übrig. Ich greife nach dem Glas. Die breiartige Flüssigkeit ist ziemlich schwer, und als ich das Glas kippe, rinnt sie mir träge entgegen. Sie riecht moosig und nach Erde. Als wir klein waren, hat Veritys Bruder immer Regenwürmer aus dem Garten hinter dem Haus geholt und uns damit durchs Wohnzimmer gejagt. Die sich windenden Leiber waren mit feuchten Erdklumpen bedeckt, und genauso riecht dieser Drink. Einmal im Mund fühlt er sich körnig an, als würde sich tatsächlich Erde darin befinden.

»Lecker, nicht?«, fragt Morwena lächelnd.

Ich bin mir nicht sicher, ob ich die dickflüssige, breiige Masse in meinem Mund jemals werde schlucken können, doch sie stellt bereits die nächste Frage über ihr Date mit Rowen. Ich schlucke vorsichtig und versuche, an leckere Dinge zu denken: an einen frischgepressten Orangensaft, ein kühles Glas Wein … Ich beginne zu husten, und Übelkeit steigt in mir hoch. Wenn ich diesen Schleim nicht sofort loswerde, muss ich mich sicher auf Morwena übergeben. Sie sieht gerade aus dem Fenster, und ich schaffe es, den Schluck wieder zurück ins Glas zu spucken. Etwas von der grünen Flüssigkeit rinnt mir übers Kinn.

»Ja, ganz toll …« Ich ringe mir ein Lächeln ab und wische sie weg. »Sehr intensiv im Geschmack … Aber zurück zu Rowen. Mich interessiert, wie Sie zu dieser Verabredung gehen werden. Werden Sie offen für Neues sein? Wonach suchen Sie?«

»Na ja, das ist ganz einfach. Nach Perfektion. Ich will den perfekten Partner«, erwidert sie und schiebt das Glas erneut in meine Richtung. Ich versuche, Augenkontakt zu halten, und konzentriere mich auf ihre Brauen. Sie wirken wie aufgemalt.

»Sie wissen aber schon, dass so etwas nicht existiert, oder? Sie werden niemals den perfekten Mann finden.«

Sie greift nach ihrem Handy und ruft mein Instagram-Profil auf. Eines der ersten Fotos zeigt Harry und mich am Tag der königlichen Hochzeit. Niemand, der uns lächeln sieht, ahnt, was damals wirklich passiert ist. »Sie haben ihn gefunden. Und ich weiß, dass ich es auch schaffen werde. Mir wurde gesagt, dass ich einmal das perfekte Haus finden und die perfekte Karriere machen werde. Und sehen Sie sich um.« Sie macht eine ausladende Handbewegung. »Genau so war es.«

Ich betrachte die tote Zimmerpflanze in der Ecke, bevor mein Blick wieder zurück zu dem Bild von Harry und mir wandert, und mir wird klar, wie oft wir uns selbst und anderen etwas vormachen.

»Ich will nur nicht, dass Sie dort hingehen und glauben, dass es von Anfang an perfekt sein wird. Eine gute Beziehung braucht Zeit, und die wenigsten sind beim ersten Date sie selbst. Ich rate meinen Klienten immer, ihrem Gegenüber mindestens eine zweite Chance zu geben, bevor sie eine endgültige Entscheidung treffen.«

Sie macht einen Schmollmund. »Wie bitte? Dann können Sie mir also gar nicht das perfekte Date garantieren? Ich dachte, darum geht es in Ihrem Job.«

»In meinem Job geht es um die Liebe, Morwena. Und ich garantiere Ihnen, dass alles gut gehen wird, wenn Sie offen zu dieser Verabredung gehen und mir vertrauen. Vertrauen Sie mir?«

Sie sieht nach links und dann nach rechts. »Ich vertraue Ihnen«, erklärt sie schließlich und zwinkert mir zu. »Aber mir selbst vertraue ich noch mehr.«

Kapitel Vierzehn

»Mann, da sieht ja heute jemand schick aus!« Elijahs Haare sind top gestylt, er trägt ein mit Herzen bedrucktes Shirt und Jeans, zittert allerdings ein wenig in der Kälte. »Ich pfeife dir schon die ganze Zeit hinterher!«

Wenn ich mich in letzter Zeit selbst im Spiegel sehe, wundere ich mich jedes Mal, dass mir ein normaler Mensch entgegenblickt. Da ist keine verschorfte, gerötete Haut, die zeigt, wie es in meinem Inneren aussieht. Lediglich die kaum merklichen dunklen Ringe unter meinen Augen weisen darauf hin, dass ich ständig an meinen Streit mit Verity denken muss. An die schlimmen Dinge, die ich ihr an den Kopf geworfen habe. Als ich vorhin in den Spiegel geblickt habe, sah ich mich selbst, wenn auch mit Perücke und in einem hautengen Kleid. Mehr nicht.

Ich deute auf mein Outfit. »Ich soll heute wieder mal jemanden verkuppeln.«

»Ich kann es kaum erwarten, dass du mir alles über die beiden erzählst«, meint er und greift nach den blonden Kunsthaaren. »Kommst du bald mal wieder bei mir im Salon vorbei? Du bist eingeladen. Ich kann dir gar nicht genug dafür danken, dass du Tom in mein Leben gebracht hast.«

»Das ist doch mein Job.« Ich werde rot. »Wie läuft es denn mit euch beiden?«

»Fantastisch! Mein Gott, ich liebe ihn so sehr.« Er kramt in seiner Tasche, zieht sein Handy heraus und wischt darauf herum. »Hier, schau mal!«

Er zeigt mir ein Foto von Tom und sich selbst auf zwei Kamelen. Im Hintergrund glitzert silberner Sand.

»Wow!« Ich schnappe nach Luft. »Das ist doch nicht …«

»Doch! Weißt du noch, in dem Coffeeshop? Bei unserem ersten Date? Wir haben noch an Ort und Stelle eine Reise nach Marokko gebucht! Tom meinte, ich muss meine Angst stilvoll überwinden. Wir sind gerade zurückgekommen. Ein bisschen Wintersonne tanken …«

Er ist tatsächlich richtig braun geworden. Aber da ist auch noch etwas anderes. Es ist, als würden die Sonne und das Glück der ersten großen Liebe direkt aus seinem Inneren strahlen.

»Der erste gemeinsame Urlaub«, staune ich. »Ein wenig früh, oder?«

»Wenn du so denkst«, erwidert Elijah, »dann gefällt dir das nächste Bild sicher noch weniger.«

Er wischt zu einem Selfie weiter, das die beiden auf einem belebten marokkanischen Markt zeigt. Sie halten ihre Ringfinger in die Kamera, auf denen jeweils ein goldener Ring glänzt.

»Nein!« Ich schlage mir die Hände vors Gesicht. »Das habt ihr nicht getan!«

»Doch, haben wir!«, kreischt Elijah. »Wir sind verlobt! Wir haben über Silvester geredet, und Tom hat mir tief in die Augen gesehen und gemeint: ›Ich will nicht in ein neues Jahr starten, wenn ich mir nicht sicher sein kann, dass du für immer bei mir bleibst.‹ Ich weiß, es ist früh …«

Ich zähle in Gedanken rückwärts. Im Moment zerrinnt die Zeit zwischen meinen Fingern.

»Es sind jetzt knapp sechs Wochen«, hilft Elijah mir aus.

»Seit wir uns verlobt haben, halten uns alle für verrückt.« Er kichert. »Aber du sagst ja immer, wenn man es weiß, dann weiß man es eben.«

Mein Magen zieht sich zusammen. Ich denke daran, wie sicher ich mir war, als ich Harry zum ersten Mal sah. Ein Gefühl, das noch stärker wurde, als er mir bei unserer Willkommensparty mit der Tequilaflasche gegenüberstand.

»Ihr seid wirklich verrückt.« Ein Lächeln breitet sich auf meinem Gesicht aus. »Aber so ist die Liebe nun mal, stimmt's?«

Er klatscht in die Hände. »Ich habe gehofft, dass du das sagst. Du musst unbedingt zu unserer Hochzeit am 31. Dezember kommen. Und bring deinen hübschen Göttergatten mit! Aber jetzt muss ich los, ich habe gleich eine Kundin … Wir schicken dir eine Einladung. Bitte komm!« Im nächsten Augenblick ist er wieder in seinem Laden verschwunden.

Morwenas Verabredung ist für sieben Uhr angesetzt. Bobby hat mir meine Lieblingsnische reserviert und ist unverständlicherweise total aufgeregt, dass er einen Insta-Star in seinem Restaurant willkommen heißen darf. Er hat mir inzwischen drei Fotos geschickt, wie er die Gläser und das Besteck auf Hochglanz bringt, damit alles perfekt ist.

Ich habe gerade noch genug Zeit, um im Büro vorbeizuschauen und Ade von Elijah und Tom zu erzählen: Es mag eine überstürzte Hochzeit sein, aber es ist meine erste dieser Art, und die Aufregung darüber überdeckt die Nervosität vor dem heutigen Date.

Ich habe Morwena heute Morgen angerufen, um ihr ein paar letzte Tipps zu geben, und unser Telefonat endete mit den Worten: »Ich hoffe bei Gott, dass er perfekt ist.« Ich konnte beinahe vor mir sehen, wie sie das Gesicht verzog. Leider konnte ich Rowen nicht mehr erreichen. Ich wollte ihn noch einmal daran erinnern, wie wichtig es ist, dass er ihr den Stuhl herauszieht und sie den Wein auswählen lässt. All die Dinge, die für Morwena anscheinend entscheidender sind als die Frage, ob er ein netter Mensch ist oder nicht.

Ich steige die Treppe in den ersten Stock hoch und will gerade den Schlüssel ins Schloss stecken, als ich eine Stimme höre. Etwas an Ades Tonfall hält mich davon ab, das Büro zu betreten. Sie spricht leiser und schneller als sonst. Ich halte inne und lausche.

»Wenn ich es dir doch sage, Stu. Irgendetwas stimmt nicht mit ihr. Ich weiß nicht, was es ist, aber es ist seltsam …« Ich halte den Atem an. »Ich habe Harry bis jetzt kein einziges Mal getroffen, findest du das nicht komisch? Und Verity – ihre beste Freundin – hat mir geraten, nicht zu tief zu graben und einfach zu akzeptieren, dass Caitlin manche Dinge lieber für sich behält.«

Ich versuche erneut, mich daran zu erinnern, was ich Stu gestern Abend erzählt habe. Aber der Wein und der Tequila haben alles weggeschwemmt.

»Das ist doch nicht seltsam, Ade. Viele Leute reden nicht gern über ihre Beziehungen«, erklärt er ruhig. »Du steigerst dich ständig in alles hinein, obwohl es absolut keinen Grund dafür gibt. Chill mal.«

Ihre Stimme wird lauter. »Sag mir nicht, dass ich mich beruhigen soll! Wir reden hier von meinem Job. Und von deinem. Von unserem guten Ruf.«

Er lacht auf. »Wie meinst du denn das jetzt? Du reagierst vollkommen überzogen.«

»Ich meine das hier!«, erwidert sie triumphierend, und plötzlich schweigen beide.

Verdammt, was sehen sie sich da gerade an? Ich wusste schon

immer, dass es dort draußen etwas gibt, das mich verraten wird – ich lebe seit ewiger Zeit in ständiger Angst davor –, aber ich dachte, ich würde eine Lösung finden, wenn es so weit ist. Dass mir irgendeine logische Erklärung einfallen würde, die ich anschließend vollkommen gelassen anbringen könnte. Doch jetzt stehe ich wie gelähmt auf der anderen Seite der Tür und bin machtlos.

»Zeig mal her«, sagt Stu.

»Das ist Harry«, erklärt Ade, und ich schließe die Augen. »Ihn kennst du ja von Caits Fotos. Von den Fotos, mit denen wir gerade diese Kampagne gestartet haben. Und das ist … keine Ahnung … irgendeine hübsche junge Frau.«

Ich frage mich, welche junge Frau sie meint. Wer ist das, Harry? Vielleicht Kimberly, die Empfangsdame? Oder eine andere?

»Sie ist wahrscheinlich bloß eine gute Freundin«, Stu klingt ein wenig herablassend und genervt. Als hätte er solche Gespräche mit Ade schon mehr als einmal geführt. »Männer und Frauen können einfach nur Freunde sein, weißt du?«

Ich sehe ihr Gesicht vor mir. Sie runzelt sicher ungehalten die Stirn, weil er so mit ihr redet.

»Dann lies mal den Text«, erwidert sie im selben herablassenden Tonfall. »Ein Jahr. Und dazu ein Herzchen.«

»Oh … vielleicht … keine Ahnung … sie trägt Fahrradklamotten. Ist Fahrradfahren nicht eines seiner Hobbys? Kann es irgendetwas damit zu tun haben?«

Stu klingt mittlerweile weniger überzeugt und leicht verwirrt.

Es muss ein Foto von Julia sein. Julia mit den glänzenden brünetten Haaren, die immer frisch geföhnt aussehen, selbst wenn sie gerade von einer zehn Kilometer langen Radtour zurückkommt. Mit geröteten Wangen und aufgeregt darauf bestehend, dass ich das nächste Mal unbedingt mitkommen muss.

Offenbar hat sie jetzt doch Gefallen an Social Media gefunden. Das war eines der vielen Dinge, die mich so an ihr gestört haben. Harry hat sie immer als Beispiel genommen, wenn wir wieder einmal miteinander gestritten und ich darauf beharrt habe, dass alle Leute in unserem Alter auf Instagram sind: »Also Julia aus meinem Fahrradklub hat damit nichts am Hut.«

Ich habe versucht, mit Harry Fahrrad zu fahren. Einmal habe ich ein Picknick vorbereitet und unsere alte karierte Decke und viele kleine Köstlichkeiten in eine Tasche gepackt. Ich habe mir vorgestellt, dass wir zu einem hübschen Plätzchen fahren würden, um dort die kleine Flasche Cava zu öffnen, uns auf die Decke zu legen und zu den Wolken hochzusehen.

Harry hatte jedoch andere Pläne. Er hatte sich eine Route im Peak District ausgesucht. »Eine einfache, etwa fünfzehn Kilometer lange Strecke«, sagte er, vergaß dabei aber, dass die meisten dieser fünfzehn Kilometer bergauf führten. Außerdem hatte ich bloß ein Leihrad, mein Hintern hat schon kurz nach dem Losfahren furchtbar geschmerzt. »Du musst einfach über den Schmerz hinwegfahren«, rief Harry mir über die Schulter hinweg zu, er fuhr ständig ein Stück vor mir. »Und wie soll ich das anstellen?«, habe ich zurückgebrüllt.

Als wir uns schließlich auf die Decke sinken ließen, war mein Gesicht rot wie eine Tomate, meine Haare waren dank des Helms schweißnass, und mein Blutzucker war so niedrig, dass ich ihn zur Schnecke gemacht habe, als er mir erklärte, dass es Julia am Anfang auch schwergefallen sei, dass sie aber nach ein paar Ausfahrten »total besessen« vom Radfahren gewesen sei.

»Tut mir leid, ich bin eben nicht so perfekt wie deine Julia«, habe ich geblafft, doch Harry hat bloß den Kopf geschüttelt und mir empfohlen, erst einmal etwas zu essen, um mich zu beruhigen. Wir sind mit dem Zug zurück nach Sheffield gefahren und haben die ganze Fahrt über kein Wort miteinander gesprochen.

Ich höre, wie Ade im Büro auf und ab geht. Ihre Absätze klappern. Dann bemerkt sie: »Sie macht uns etwas vor, Stu. Das ist die einzige Erklärung. Sie lügt.«

Aber es gibt eine andere Erklärung, mir fällt ganz sicher eine ein, nur im Moment ist mein Kopf vollkommen leer.

»Würdest du bitte ein bisschen leiser reden?«, ermahnt Stu Ade. »Caitlin kann jeden Moment hier auftauchen, und dann fragen wir sie einfach. Ich schätze sie nicht als Lügnerin ein.«

Mein Herz wird schwer, während ich ihn so reden höre. Ich will die beiden nicht mehr länger belauschen, aber ich will ihnen im Moment auch nicht gegenübertreten. Ades Blick wird sich in mich bohren, während Stu mich voller Mitleid betrachtet. Ich kann ihnen nichts zu diesem Foto sagen, bevor ich mit Julia geredet habe. Ich werde dafür sorgen, dass sie das Bild wieder löscht. Wir mögen einander zwar nicht sonderlich, aber sie hat doch sicher die Plakate gesehen. Sie muss es einfach verstehen. Das ist sie mir schuldig.

Ich eile die Treppe hinunter und stürze in die kalte Luft hinaus, im nächsten Augenblick stoße ich mit jemandem zusammen. Ich trete hastig einen Schritt zurück und setze ein strahlendes Lächeln auf, um mich bei dem Fremden zu entschuldigen.

Der Mann vor mir ist groß. So groß, dass ich meinen Kopf in den Nacken legen muss, um ihn anzusehen. Das Erste, was ich sehe, sind seine Zähne. Strahlend weiße Zähne, die mich wissend anlächeln. Mein Blick wandert über sein kantiges Kinn und den makellosen Anzug.

Es ist Rowen. Panik ergreift von mir Besitz. Ich muss hier weg.

»Tut mir leid, ich habe Sie nicht gesehen.« Er hat eine tiefe Stimme und eine gepflegte Aussprache – wie ein Politiker oder Richter.

Ich halte den Blick gesenkt und konzentriere mich auf den schwarzen Klumpen Kaugummi auf dem Bürgersteig. Hoffentlich reichen die Perücke und die schwarz umrandete Brille als Verkleidung. Ich darf mich nicht zu erkennen geben. Nicht nur, weil er einer meiner Klienten ist – mir wird mit einem Mal klar, dass ich nicht möchte, dass dieser Mann zu viel über mich weiß.

»Schon gut.« Ich will an ihm vorbeitreten, doch er tritt vor mich. Ich will ihn anschreien, sagen, dass er mir aus dem Weg gehen soll, aber ich schlucke nur und sehe ihn erwartungsvoll an.

»Entschuldigen Sie bitte. Ich hoffe, es macht Ihnen nichts aus, aber darf ich Sie etwas fragen?«

Seine Stimme klingt schleimig, doch irgendwie zieht sie mich in den Bann, was mich unwillkürlich nicken lässt.

»Klar, aber ich hab's eilig ...« Ich versuche, möglichst selbstbewusst zu klingen, doch er lässt es nicht zu und hebt gebieterisch die Hand.

»Sie verbergen etwas, nicht?«

Ich greife hastig nach meiner Perücke. Sitzt sie nicht mehr richtig?

»Nein, das meine ich nicht. Wozu auch immer Sie diese Perücke brauchen, es ist mir egal. Ich meine Ihren Verlust. Das, was Sie verloren haben. Sie haben eine tiefe Traurigkeit in sich. Ich sehe sie. Sie sind von einer Aura der Traurigkeit umgeben.«

Offenbar sieht er es tatsächlich. Aber wie?

»Nein. Nein.«

Meine Zunge fühlt sich geschwollen an. Ich habe die Kontrolle über sie verloren. Und auch über meinen Körper, der innerlich unkontrollierbar zu zittern begonnen hat.

»Doch, ich spüre es. Sie umgibt sie. Da ist ein besonderer Mensch und … einen Moment noch …« Er hebt die Hand und hält einige Zentimeter über meinem Kopf inne, als würde ich in einer Glaskugel stecken und seine Hand läge darauf. »Ja. Da ist ein wichtiger Tag. Ein entscheidender Tag. Etwas, vor dem Sie sich fürchten. Schon bald. Sehr bald.«

Früher hätte ich ihn wahrscheinlich ausgelacht. Ihn als Irren abgestempelt, und am Abend hätte ich Harry von ihm erzählt. Aber diese Person bin ich nicht mehr. Sie ist verloren gegangen – unter dem Schorf und dem Grau, das meinen Körper umgibt. Unter der Schicht, die niemand sehen kann. Außer Rowen.

Er lächelt erneut, und seine weißen Zähne blitzen auf. Sie flüstern mir zu: *Wir kennen dich. Wir wissen alles über dich.*

Er drückt mir eine Visitenkarte in die zitternde Hand. »Ich kann Ihnen helfen.«

Im nächsten Augenblick ist er verschwunden.

Ich habe das Gefühl, als hätte er mich gerade unzählige Male im Kreis gedreht. Ich weiß nicht, wie lange ich hier so stehe, ich höre weder das Hupen der Autos noch den Wind, der um meine Ohren pfeift, doch dann holt mich irgendetwas – vielleicht die anderen Fußgänger, die mich ständig anrempeln – aus meiner Starre. Ich werfe einen Blick auf die Karte in meiner Hand.

Rowen Dagg, Medium.

Ich stecke sie vorsichtig in meine hintere Hosentasche und

zwicke mich so lange in den Handrücken, bis sich ein roter Fleck bildet. Jeder Schritt fühlt sich an, als wäre der Boden uneben. Als würde ich nicht über einen Bürgersteig gehen, sondern über weichen Schaum, in dem ich jeden Augenblick versinken könnte.

Der Anblick des Restaurants sollte mich eigentlich beruhigen und mich daran erinnern, dass alles so ist wie immer, aber die Vertrautheit macht es nur noch schlimmer. Ich bin nicht mehr länger die Frau, die ich war, als ich beim letzten Mal durch diese Tür getreten bin.

Bobby, der wie immer eingeweiht ist, begrüßt mich wie immer mit einem strahlenden Lächeln, doch ich kann es nicht erwidern.

»Heute ist der große Tag!« Ich schwanke wohl noch immer, denn er greift nach meinem Ellbogen. »Caitlin? Alles in Ordnung?«

Ich nicke und ringe mir ein: »Danke, nur ein bisschen nervös«, ab.

Ich rede mir ein, dass er nur spürt, wie weich meine Knie sind. Andererseits hat mir Rowen vor ein paar Minuten meine Schutzschicht vom Leib gerissen, und ich frage mich, ob nun alle hinter die Fassade sehen können.

Ich setze mich an meinen Tisch und versuche, mich auf die stabile Holzbank unter mir zu konzentrieren. Die Stimmen, die das Restaurant erfüllen, kommen mir fremd vor, als würden die Gäste Französisch oder Italienisch sprechen. Die Frau am Nebentisch fragt Bobby nach den Tagesspezialitäten. Ich verstehe, was er antwortet – »Tomaten« und »Trüffel« – und spreche die Worte lautlos mit, doch irgendetwas geht schief, und sie irren planlos in meinem Kopf umher.

Ich sehe zu dem Tisch hinüber, an dem Morwena und Rowen Platz nehmen werden. Eben noch habe ich gehofft, dass er pünktlich kommen und aufstehen wird, wenn sie das Lokal betritt. Doch jetzt, da ich weiß, dass er ganz in der Nähe ist, bete ich nur noch, dass er mich nicht sieht. Ich würde es nicht ertragen, wenn er noch einmal so tief in meine Seele blicken würde.

Kurz darauf betritt er das Lokal und zeigt Bobby lächelnd seine blendend weißen Zähne. Er schlängelt sich durch die Tische hindurch und tippt einem Gast auf die Schulter, damit dieser beiseiterückt, obwohl genügend Platz ist, um an ihm vorbeizukommen. Er sieht genauso makellos aus wie auf den Fotos, und ich versuche, mich auf seine glänzend polierten Schuhe und sein markantes Kinn zu konzentrieren. Seine Haare sind sorgfältig frisiert und die Bartstoppeln gerade lang genug, um männlich, aber nicht ungepflegt zu wirken.

Er setzt sich und hält den Kopf dabei so hoch erhoben, als würde er von einem unsichtbaren Marionettenspieler nach oben gezogen. Er zeigt keine der typischen, beim ersten Date üblichen nervösen Ticks. Er liest weder die Speisekarte noch checkt er sein Handy oder sieht andauernd zur Tür. Er sitzt einfach da und scheint überzeugt, dass Morwena auftauchen wird.

Und das tut sie auch. Sie trägt ein hauchdünnes graues Kleid und darüber einen Kunstpelzmantel, den sie elegant von den Schultern und in die Hände eines jungen Kellners gleiten lässt. Sie hat die Haare eigens für diesen Abend in einem Leuchtorange gefärbt, sie fallen ihr in großen Locken über die Schultern. Ihre Augen sind mit Kajal schwarz umrandet. Als sie in ihren schwarzen Plateauschuhen auf den Tisch zustöckelt, starrt ihr beinahe das ganze Lokal hinterher.

Rowen rührt sich nicht, sondern blickt in die entgegengesetzte Richtung. Der Kellner führt Morwena zu ihm, und sie bleibt einen Augenblick lang unschlüssig hinter ihm stehen, bevor sie ihm zaghaft auf die Schulter tippt. Im nächsten Moment springt er auf, dreht sich zu ihr herum und küsst sie auf beide Wangen. Ich sehe, wie er ihr Komplimente über ihr Aussehen macht, und sie kichert, während er ihr den Stuhl herauszieht.

»Morwena Star«, sagt er mit seiner angenehm weich klingenden Stimme, als hätte er es geprobt. »Sie sind eine sehr beeindruckende Frau.«

Ihr glockenhelles Lachen ertönt. »Sie haben Ihre Hausaufgaben gemacht!«

»Natürlich, und selbst wenn es kitschig klingt, werden Sie mir die Bemerkung erlauben, dass Sie im echten Leben noch viel aufsehenerregender sind.«

Mein Herz schlägt bei jedem seiner Worte schneller, bis ich das Gefühl habe, die Kontrolle darüber verloren zu haben. Das laute Pochen dröhnt in meinen Ohren.

Bobby wirft mir einen schnellen Blick zu und streckt beide Daumen in die Höhe. Die unmittelbare Anziehung, die die beiden aufeinander ausüben, lässt die Luft knistern. Ich sollte mich freuen.

Mein Handy vibriert. Es ist eine Nachricht von Ade, die fragt, wie es läuft und warum ich vorher nicht ins Büro gekommen bin. Ich drücke sie weg. *Sie lügt.* Ihre Worte drehen sich endlos in meinem Kopf, auch wenn ich keine Ahnung habe, an wen sie gerichtet sind. Ich versuche, mich auf Morwena zu konzentrieren. Rowen reicht ihr gerade die Weinkarte.

»Ladys first«, sagt er. Alles klingt wie einstudiert, und sie fällt darauf rein, stützt ihr Kinn mit der Hand ab und strahlt ihn an. »Nein, nein. Ich bin mir sicher, dass Sie ein Weinkenner sind.«

Er fährt mit dem Finger die Zeilen entlang. »Mal sehen … Wie wäre es mit einem Château?«, fragt er. Natürlich hat er sich den teuersten Wein ausgesucht.

»Wir haben eine Menge gemeinsam«, sagt sie, und ihre Stimme ist nur noch ein Flüstern. »Sie *glauben* auch.«

Ich *glaube* nicht. Das habe ich noch nie. Meiner Meinung nach sind Hellseher Betrüger. Etwa drei Jahre nachdem mein Vater meine Mutter betrogen hat, hat es einer der Kerle geschafft, sie in seinen Bann zu ziehen. Ich weiß also genau, wie mächtig und überzeugend sie sein können. Ich habe diese Abneigung gespürt, als Rowen mich vorhin ansah. Es war meine ablehnende Haltung gegenüber diesem Berufsfeld.

Trotzdem fühle ich mich nackt, wann immer er den Blick durchs Restaurant wandern lässt und mich dabei streift, aber nie an mir hängen bleibt. Ich sehe auf die Uhr. Morwena hat mich gebeten, eine Stunde zu bleiben, das werde ich wohl schaffen. Es sind ja nur noch fünfzig Minuten. Ich starre auf den schmalen Goldzeiger und versuche, ihn zur Eile anzutreiben.

Rowen erzählt Morwena gerade, wie er in das Geschäft eingestiegen ist. Es gab eine Marktlücke, und er sah die Fähigkeiten, diese zu füllen. Sie hat ihn bereits zweimal gefragt, wann sich seine Gabe zum ersten Mal offenbart hat, doch er antwortete jedes Mal mit einer Gegenfrage. Er will mehr über ihre Instagram-Seite und darüber erfahren, wie sie ihre große Fangemeinde aufgebaut hat.

»Es war der natürliche Lauf der Dinge«, erklärt sie, während er sie ansieht, als wollte er sie in sich aufsaugen. »Ich biete ein authentisches Produkt, und das merken die Leute.«

Er schnippt mit den Fingern und lächelt. »Aber Sie verdienen gutes Geld damit, oder?«

Er greift nach der Flasche und will ihr nachschenken, doch sie zieht das Glas zurück.

»Diese Frage ist ja wohl extrem unangebracht.«

Er hebt lachend die Hände. »Ich komme in Frieden! Ich bin nur neugierig, das ist alles … Jeder kennt doch die Artikel über die sogenannten Influencer, die sehr viel verdienen, ohne einen Finger dafür zu rühren.«

Sie zieht einen Schmollmund. »Das ist ein weitverbreiteter Irrglaube. Ich arbeite sehr hart.«

In diesem Moment tritt Bobby an den Tisch, um die Bestellung aufzunehmen. Ich sehe auf meinen Arm hinunter. Das Kribbeln unter der Haut ist von außen nicht sichtbar, und auch das innerliche Zittern bemerkt niemand außer mir. Ich ertrage das nicht länger. Schnell rutsche ich von meinem Stuhl und mache mich auf den Weg zur Toilette. Bobby folgt mir.

»Wie ist der Plan, Boss?«, fragt er. »Soll ich eingreifen? Ein Glas Wein verschütten?«

Ich will ihm antworten und ihm sagen, was ich vorhabe, aber ich schaffe es nicht. Die Worte bleiben mir im Hals stecken. Ich kann nur noch an Rowen und die Gefühle denken, die er in mir ausgelöst hat. In Wahrheit haben sie schon lange in mir geschlummert, er hat sie nur befreit.

Ich stoße eilig die Toilettentür auf, laufe zur letzten Kabine und verschließe sie von innen.

In der Toilette riecht es nach billiger Handseife. Es ist ein Duft, den man noch lange nach dem Händewaschen wahrnimmt. Auf dem Spülkasten steht ein Plastikbehälter mit einer Art Gelee, das einen künstlichen Pinienduft verströmt. Früher war dieses Restaurant sehr viel nobler. Bei der Eröffnung standen zahllose teure Duftkerzen auf der Toilette, und es gab wohlriechende Handcremes. Ich kann mich deshalb so genau daran erinnern, weil ich mir einmal beide Arme damit eingerieben habe, und als ich zurück in den Gastraum kam, bemerkte Harry, wie gut ich duftete.

Bei der Erinnerung daran bekomme ich plötzlich keine Luft mehr. Ich stand damals mit meiner Agentur noch ganz am Anfang und freute mich wahnsinnig, dass ich zur Eröffnung eines derart schicken Restaurants eingeladen worden war.

»Das bedeutet, dass sie mich für jemand Besonderen halten, Harry! Schau mal, da steht: *Eingeladen sind angesehene Geschäftsleute der Umgebung.*« Ich hielt ihm die dicke, mit Goldschrift bedruckte Einladung vors Gesicht. »Kommst du mit? Bitte?«

Er warf einen Blick auf das Datum und schüttelte den Kopf. An diesem Tag fand das jährliche Treffen seines Fahrradklubs statt. Lauter Männer und Frauen, denen er normalerweise nur zunickte oder die Augen verdrehte, wenn er sie auf einem besonders schweren Hang im Peak District überholte. Trotzdem trafen sie sich einmal im Jahr in Klamotten, die zur Abwechslung nicht aus Lycra bestanden, und sprachen über die besten Routen, Carbonfaserfahrräder und andere Dinge, für die ich nicht einmal Begeisterung vortäuschen konnte. Er freute sich seit Monaten darauf.

Doch dann sagte auch Verity ab, und als ich mich missmutig aufs Sofa sinken ließ, weil ich zu gehemmt war, um allein hinzugehen, setzte er sich neben mich und erklärte, dass er das Treffen sausen lassen und sich stattdessen mit mir einen netten Abend machen würde. Aber dazu kam es nicht. Denn sobald ich durch die Tür trat, wurde ich beiseitegenommen und anderen Geschäftsleuten vorgestellt, die allein gekommen waren. Ich fühlte mich albern, weil ich Harry als Anstandsdame mitgeschleppt hatte, ich kam kaum dazu, mit Harry zu sprechen.

Die Erinnerung daran verdrängt alles andere. Morwena. Rowen. Und auch die Tatsache, dass ich mir selbst versprochen habe, nur ein oder zwei Minuten hierzubleiben, bis ich wieder zu Atem gekommen bin. Mittlerweile bin ich nur noch zu einem erstickten Schluchzen fähig, die roten Plastikwände der Kabine rücken näher und näher.

Ich weiß nicht, wie lange ich in dieser Kabine sitze, die Arme um die Knie geschlungen und den Kopf an die Oberschenkel gepresst, damit niemand hört, wie ich weine. Erst Morwenas Stimme reißt mich aus meiner Starre.

»Wo zum TEUFEL stecken Sie?« Sie trommelt an eine Tür nach der anderen, und ich höre die anderen Frauen schreien.

»Hey, ich hab' nichts damit zu tun!«

»Hauen Sie ab!«

Ich halte die Luft an, als sie schließlich vor meiner Kabine stehen bleibt.

»Ich sehe Ihre grässlichen Schuhe, Caitlin. Ich weiß, dass Sie da drin sind.«

Ich öffne langsam die Tür, und sie beginnt sofort zu toben. »Ich hasse ihn! Wer ist dieses rüpelhafte, unbedeutende Arschloch, mit dem Sie mich verkuppeln wollen?«

Ich weiß, was ich zu ihr sagen sollte. Ich sollte sie dazu bringen, ihm noch eine Chance zu geben. Ihr erklären, dass die Frage nach ihrem Einkommen nicht so schlimm war. Aber ich kann nicht die nötige Energie aufbringen. Ich starre sie an, zucke lediglich mit den Schultern.

»Sagen Sie gar nichts?«, keift sie empört. »Wollen Sie mir nicht erklären, wofür ich Ihnen einen Haufen Kohle gezahlt habe?«

Sie hat mir gar nichts gezahlt. Ade hat ihr die Gebühr erlassen, weil wir gehofft haben, dass sie etwas über uns postet. Doch ich sage nichts. Ich will nur raus aus dieser Toilette, weg von den Erinnerungen, die wie eine Flutwelle auf mich einstürzen. Ich muss den Gedanken an Julia, Harry und an meinen Streit mit Verity entkommen. All den Dingen, die ich so bitter bereue und die sich in meinem Kopf drehen und mich nicht zur Ruhe kommen lassen.

Ich schaffe bloß ein knappes: »Dann gehen Sie eben.«

»Ich soll *gehen?«* Sie stemmt eine Hand in die Hüfte und spricht bemüht langsam wie mit einem kleinen Kind. »Was ist denn das für eine schwachsinnige Idee? Ich werde nicht zulassen, dass der Mann sich weiter mit Frauen trifft und sie wie ein Spielzeug behandelt. Ich bin *Morwena Star.*«

»Ich weiß nicht …« Meine Stimme ist viel zu leise. »Ich weiß nicht, was Sie von mir erwarten.«

»Ich erwarte, dass Sie Ihren Job machen! Gehen Sie raus und sagen Sie ihm, dass er eine Frau wie mich nicht verdient … Egal, wie gut er vielleicht aussieht!«

»Aber …«

Mein Kopf ist leer. Da ist nichts, was ich sagen könnte. Ich kann die Situation nicht retten. Nicht so, wie ich schon so viele andere gerettet habe.

Sie macht auf dem Absatz kehrt. »Wenn du willst, dass etwas erledigt wird, erledige es selbst«, zischt sie noch, dann fällt die Tür hinter ihr ins Schloss.

Ich will mich auf dem Boden zusammenrollen und das Gesicht in den Händen vergraben. Aber ich höre sie durch die Toilettentür hindurch brüllen, gefolgt von dem metallischen Krachen eines Tabletts, das auf dem Boden aufschlägt.

»Okay, jetzt beruhigen sich alle mal wieder«, ruft Bobby.

Mir wird klar, dass ich ihn nicht damit allein lassen kann. Ich atme tief durch, öffne die Tür und kehre ins Restaurant zurück.

Morwena fährt zu mir herum. Sie steht neben dem Tisch und hält ein Weinglas in der Hand. Den Inhalt hat sie Rowen gerade über den Kopf gekippt. Rotwein tropft von seinen Haaren und rinnt über seine Wangen. Doch er bleibt ungerührt sitzen.

»Sie!«, brüllt Morwena und deutet auf mich. Alle Gäste drehen sich gleichzeitig zu mir um. Mein Make-up ist todsicher vom Weinen verschmiert. »Sie haben das doch sicher gewusst!«

Sie marschiert auf mich zu. Rowen ist mittlerweile aufgestanden. Niemand beachtet ihn mehr. Er greift eilig nach seinem Mantel, schüttelt kaum merklich den Kopf und schlüpft zur Tür hinaus, nachdem er sich noch einmal kurz zu uns umgeblickt hat.

»Was denn?«

Bobby steht neben mir, und ich spüre seine Schulter an meiner. Er fühlt sich stark und sicher an.

»Dieser Mann ist ein Lügner. Er ist stolz darauf, dass er unschuldigen, trauernden Menschen das Geld aus der Tasche zieht.«

»Was meinen Sie damit?«, frage ich verwirrt.

»Diesen Schwachsinn, dass er ein Medium ist. Er scheffelt eine Menge Geld, dabei hat er die Gabe gar nicht. Das hat er mir gerade gestanden! Er hat gehofft, dass ich genauso bin. Dass ich meinen – ich zitiere – *Kristallscheiß* nur durchziehe, um auf Instagram aufzufallen. Als ob!«

»Aber …« Ich frage mich, woher er dann wusste, welcher Tag morgen ist. Warum er so viel über mich wusste, obwohl er mich gar nicht kannte.

»Kein Aber, Caitlin. Sie hätten es wissen müssen. Wenn Sie auch nur irgendetwas von Ihrem betrügerischen Geschäft verstehen, dann …«

»Jetzt machen Sie mal halblang!«, unterbricht Bobby sie. »Ich weiß, dass Sie wütend sind, aber Caitlin wusste nichts davon, stimmt's, Cait?«

Natürlich wusste ich es nicht. *Natürlich.* Aber mir kommt kein einziges Wort über die Lippen.

Morwena rastet aus. »Ich habe Ihnen vertraut!«, brüllt sie. Ich schüttle den Kopf und sehe zu Boden. »Sagen Sie denn gar nichts? Sie sind erbärmlich! Ihr Geschäft ist erbärmlich. Und glauben Sie mir, Caitlin, ich werde dafür sorgen, dass alle Welt davon erfährt. Ich mache Sie fertig.«

Und damit marschiert sie wutentbrannt auf die Tür zu.

KAPITEL FÜNFZEHN

Ein Kellner begleitet Morwena vor die Tür, weshalb sie sie nicht hinter sich zuknallen kann. Trotzdem fühlt es sich so an, als würde ihre Wut die Wände erzittern und die Erde unter mir beben lassen. Bobby setzt mich auf einen Stuhl und bedeutet einem Kellner, mir etwas zu trinken zu bringen. Zuerst reicht er mir ein Glas Wasser und danach eine Tasse Tee mit einem großzügigen Schuss Brandy. Ich kann sie kaum halten, so stark zittern meine Hände.

»Bobby, ich …«

Ich sehe zu ihm hoch. Er steht vor mir und umklammert die Rückenlehne meines Stuhls. Die anderen Gäste widmen sich wieder ihren Nudeln, doch immer wieder hört man jemanden flüsternd fragen, was um alles in der Welt gerade passiert ist.

»Schhh, Caitlin, du hattest ja keine Ahnung.«

»Nein, die hatte ich nicht. Das schwöre ich«, erwidere ich, doch mein Magen ist anderer Meinung. »Auch wenn er mir irgendwie unheimlich war. Das sah man schon, als er reinkam«, gebe ich zu.

Ich will Bobby nichts von dem Zusammentreffen auf der Straße erzählen. Je länger es zurückliegt, desto mehr kann ich mir vorstellen, dass ich mir alles nur eingebildet habe und gar nichts passiert ist.

»Das stimmt.« Bobby nickt. »Es ist extrem beunruhigend, wenn ein Mann dermaßen gut aussieht. Aber trotzdem …« Er drückt meine Schulter. »Es gab keinen Grund, so zu reagieren. Diese Dramaqueen.«

Ein hysterisches Kichern entfährt mir. Bobby ist eine der größten Dramaqueens, die ich kenne. Ich habe schon erlebt, dass er wutentbrannt aus der Hintertür gestürzt ist, weil er die Käsereibe nicht finden konnte. Ich nippe an meinem Tee, atme den starken Brandyduft ein, und meine Nerven beruhigen sich langsam.

»Am besten ich gehe nach Hause und bringe das wieder in Ordnung«, sage ich zu Bobby. »Ich werde nicht zulassen, dass du deshalb auch noch schlechte Kritiken bekommst.«

Er macht eine ausladende Handbewegung. »Keine Sorge, den Gästen hat die Show gefallen. Jetzt haben sie wenigstens etwas zum Reden.« Eine Frau in Hörweite nimmt lächelnd noch eine Gabel Spaghetti. »Aber du wirkst noch immer ziemlich durcheinander. Soll ich deinen Mann anrufen? Damit er dich abholt?«

Ich schüttle den Kopf. »Er fährt nicht Auto.«

Doch die Vorstellung, dass Harry mit seinem Fahrrad vorbeikommt und mich auffordert, einfach auf den Gepäckträger zu springen, macht mich glücklich.

»Gut, dann rufe ich dir ein Taxi. Warte kurz.«

Bald darauf hält ein schwarzes Taxi vor der Tür, und Bobby setzt mich mit einem Stück Bananenkuchen für später auf den Rücksitz. Ich lasse mich von der Musik im Auto und dem Licht der Straßenlaternen umhüllen, bis wir vor unserem Haus halten. Es liegt vollkommen im Dunkeln.

Ich trotte langsam von Zimmer zu Zimmer und mache der Reihe nach alle Lampen an. Der Kater streicht um meine Beine und fordert lautstark sein Futter ein, das ich ihm wie in Trance hinstelle. Schließlich lasse ich mich aufs Sofa sinken und greife nach meinem Handy. Morwena hat mich in einem Video markiert.

Sie sitzt bei sich zu Hause im Wohnzimmer vor dem Fenster – die abgestorbene Pflanze ist nicht zu sehen. Offenbar hat sie ihr Make-up aufgefrischt, denn ihre Haut wirkt makellos, abgesehen von der sorgfältig verschmierten Mascara unter dem linken Auge. »Meine lieben Rubine und Saphire«, sagt sie leise und bedächtig, wie die Queen bei einer ihrer Ansprachen. »Heute ist etwas Schreckliches passiert. Eigentlich wollte ich euch gar nicht davon erzählen. Ich will keine unnötige Negativität verbreiten, aber ich will genauso wenig, dass noch jemand auf diese Frau hereinfällt. Ihr kennt mich, ich möchte mich nur mit authentischen, aufrichtigen Dingen und Menschen umgeben.«

Ich mache das Video aus. Es hat keinen Sinn, es sich noch länger anzusehen. Sämtliche Gäste im Restaurant wissen, was passiert ist – und jetzt kommen auch noch Morwenas Follower hinzu. Ich rufe Julias Account auf, und natürlich lächelt mir im nächsten Moment Harry entgegen. Hinter ihm erstreckt sich die grüne kalifornische Hügellandschaft, er trägt schwarze Shorts und ein blaues T-Shirt. Julia steht in einem pflaumenblauen Bodysuit neben ihm, der ihre Figur genau an den richtigen Stellen betont. Sie sieht aus wie Jennifer Lawrence in *X-Men*. Das muss das Foto sein, das Ade Stu gezeigt hat. Ich lese den Text, es gibt acht Kommentare, mehr oder weniger alle mit einem Herzchen oder einem Fahrrad-Emoji versehen.

Ich kann den Blick nicht von Harry wenden. Der Himmel hinter ihm ist so strahlend blau. Er sieht perfekt aus – die beiden sind ein perfektes Paar. Ich sehe mich in dem Zuhause um, das wir uns geschaffen haben. Es sind nur noch wenige Dinge wie früher. Die drei Kakteen in den grauen Blumentöpfen auf dem Bücherregal, in dem mittlerweile nur meine Bücher stehen, und der Flachmann, den er zu seinem fünfundzwanzigsten Geburtstag geschenkt bekommen hat, sind die einzigen Erinnerungen an Harry. Draußen im Flur hängt eine kaum getragene Regenjacke an der Garderobe, und seine Turnschuhe stehen da, alle anderen Sachen habe ich weggegeben.

Das Handy in meiner Hand vibriert in einem fort. Vermutlich Kommentare und Nachrichten von Morwenas Fans. Ich schleudere es mit aller Kraft gegen die weiße Wand. Es fällt genau an der Stelle zu Boden, an der früher Harrys Fahrrad stand.

Ich merke erst nach einigen Sekunden, dass ich zu schreien begonnen habe. »Warum bist du nicht hier, verdammt noch mal?«, brülle ich.

Es ist mir egal, ob mich jemand hört. Ich schreie einfach weiter und weiter, bis mein Hals brennt und die Wut in mir endlich einen Weg nach draußen gefunden hat. Am Ende breche ich zusammen und gleite an der Wand entlang zu Boden.

Als ich aufwache, habe ich wie so oft das Gefühl, von einem dicken schwarzen Nebel umgeben zu sein. Ich habe es irgendwann ins Bett geschafft und liege in meinen blendend weißen Laken, während mich der Nebel nach unten drückt und mir mit heiserer Stimme zubrüllt, welcher besondere Tag heute ist. Ich versuche, die Dunkelheit zu vertreiben und mir einzureden, dass es keine Rolle spielt. Heute ist nur einer von dreihundertfünfundsechzig Tagen im Jahr, und es gibt Dinge in der Gegenwart, um die ich mich kümmern muss. Dinge, die ich nicht hinausschieben kann.

Ich konzentriere mich darauf, und Bilder blitzen vor meinem inneren Auge auf. Morwenas Make-up-verschmiertes, verzerrtes Gesicht, während sie mir entgegenbrüllt, dass sie meine Karriere zerstören wird. Und mich gleich dazu. Die anderen Gäste im Restaurant, die uns tuschelnd beobachten. Rowen, der noch einmal zurückblickt, bevor er zur Tür hinaus verschwindet.

Ich muss ins Büro und die Sache wieder in Ordnung bringen. Oder zumindest Ade darauf ansetzen. Sie ist sich im Moment zwar vielleicht nicht sicher, was mich betrifft, und denkt möglicherweise über eine Kündigung nach, aber sie wird mich nicht mitten in einer Krise im Stich lassen. Ade läuft bei PR-Desastern erst richtig zur Hochform auf.

Ich rolle mich aus dem Bett und habe das Gefühl, Ziegelsteine beiseitezuschieben und nicht bloß den Berg Kissen, in den ich mich eingegraben habe. Ich halte mich nicht mit einer Dusche auf und bürste mir auch nicht die Haare. Ich greife bloß nach einer alten Jeans und einem schon mal getragenen Pullover, fasse meine Locken zu einem Pferdeschwanz zusammen und stülpe mir eine Pudelmütze über den Kopf.

Draußen ist es so kalt, dass mein Atem Wölkchen bildet. Die Luft brennt wie Tausende Nadelstiche auf meinen Wangen. Ich würde mir am liebsten die Haut vom Körper ziehen, damit die Kälte mich umfängt und bestraft.

Die Kioskbesitzer entlang der Straße nicken mir zu und rufen: »Hallo! Eiskalt heute, nicht?«, als wäre es ein ganz normaler Tag.

Ich halte den Kopf gesenkt und winke, ohne jemandem in die Augen zu sehen.

Ich betrete den Eingangsbereich zu unserem Büro, und mein Blick fällt auf ein Post-it. *Ich habe Ihren Gast reingelassen, er wirkte ziemlich traurig*, steht da, gefolgt von einem Smiley.

Im Büro riecht es stark nach Bleiche, und die Böden strahlen. Offenbar war die Reinigungskraft hier. Das Licht ist aus, ich sehe nur den Schatten einer Frau, die auf dem Sofa auf mich wartet. Ich mache die Deckenlampe an, und da ist sie. Morwena Star. Sie hat die Beine hochgezogen, ihr Gesicht ist gerötet und verweint. Sie hebt es kaum merklich, um mich anzusehen. Dann bricht sie in Tränen aus.

Die Morwena von gestern, die mit ihren langen Fingernägeln anklagend auf mich gezeigt hat, ist verschwunden. Ihre langen, gewellten Haare sind zu einem zotteligen Knoten zusammengefasst. Ich bin schockiert, wie jung und verletzlich sie aussieht. Ihre glatte Haut ist weiß wie Milch, die Wangen wirken rundlich wie bei einem kleinen Kind. Ihre Unterlippe zittert.

»Ich habe Ihnen vertraut«, sagt sie. Gestern hat sie mir denselben Satz immer wieder brüllend an den Kopf geworfen, doch heute ist es nur noch ein heiseres Flüstern.

Ich habe keine Zeit, mich zu fangen, sondern bloß, um Ade eine schnelle Nachricht zu schicken, die sie allerdings nicht gleich liest. Ich brauche sie hier bei mir. Ich schicke ihr noch eine Nachricht hinterher, dann stecke ich mein Handy zurück in die Tasche und bemühe mich um ein möglichst mitfühlendes Lächeln.

»Ich habe mein Handy nur schnell lautlos gestellt«, erkläre ich und ziehe einen Hocker neben sie, um mich daraufzusetzen. »Morwena, lassen Sie es mich Ihnen bitte erklären.«

»Gestern war der schlimmste Tag meines Lebens. Was wollen Sie mir da noch erklären?« Das Flüstern wird von einem hysterischen Aufkreischen abgelöst. Ich schlucke und bemühe mich, ihr nicht die Wahrheit an den Kopf zu werfen: Herrgott noch mal, es war bloß *ein* mieses Date. Kein Grund, so theatralisch zu werden!

Immerhin haben wir so etwas alle schon mal erlebt. Ich jedenfalls, bevor Harry in mein Leben trat. Ich habe mich genauso mies wie Morwena gefühlt, doch ich bin danach nach Hause gegangen, wo Verity bereits mit einer Flasche Wein auf dem Sofa wartete, um gemeinsam mit mir über den Abend zu lachen. Eine grauenhafte Verabredung hat sich in eine lustige Geschichte verwandelt, an der wir noch lange Spaß hatten.

Inzwischen weiß ich, dass es Dinge gibt, die man nicht in eine Anekdote verwandeln kann. Dinge, die etwas auf deiner Seele hinterlassen, das niemand sehen oder fühlen kann außer dir selbst. Solche Dinge rechtfertigen einen derartigen Sturm der Gefühle, wie Morwena – die schluchzend auf meinem Sofa hockt – ihn gerade durchlebt. Eigentlich sollte ein einziges mieses Date nicht der Grund sein, doch mir ist auch klar, dass mein Job mich die ganze Zeit aufrechtgehalten hat, und ich will ihn nicht auch noch verlieren. Deshalb werde ich versuchen, mit Morwena zu reden.

»Es tut mir wirklich leid«, erkläre ich und will meine Hand auf ihren Arm legen, doch sie zieht ihn weg. »Ich habe mich vor dem Date mehrmals mit ihm unterhalten, und ehrlich gesagt war er mir ein bisschen unheimlich. Ich hatte allerdings keine Ahnung, dass er ein Betrüger ist.« Ich muss ihr gegenüber so ehrlich wie möglich sein, muss ihr erzählen, welche Gefühle Rowen in mir ausgelöst hat. Es gibt keine andere Erklärung dafür, warum ich nicht da war und sie aus der Sache rausgeholt habe, als ich gemerkt habe, dass die Situation eskaliert. »Er … ähm … er hat etwas in mir gesehen, von dem nicht sehr viele Menschen wissen. Es fühlte sich so real an, als wäre er tatsächlich ein Medium, und es hat mich so durcheinandergebracht, dass ich nicht für Sie da sein konnte, als Sie mich gebraucht haben.«

Ihr Kopf fährt hoch, und ihr Blick bohrt sich in mich. »Hat er Details genannt? Wusste er kleine, unwichtige Einzelheiten darüber, was Ihnen widerfahren ist?« Ich schüttle den Kopf und versuche, mich zu erinnern, was genau er gesagt hat. Doch ich weiß nur noch, wie ich mich gefühlt habe. Als würde er direkt durch mich hindurchsehen. Morwena starrt mich immer noch an, doch ihr Blick ist nicht länger sanft und traurig. Es ist voller Verachtung. »Genau das machen diese Kerle! Mein Gott, wie dumm sind Sie eigentlich, dass Sie ein Cold Reading nicht erkennen?«

Sie verwendet den Begriff Cold Reading wie andere Menschen die Begriffe Matratze oder Computer. Als wüsste jeder, was er bedeutet. Doch ich weiß es nicht.

»Was soll das sein?«, frage ich.

»Wahrsager verwenden bekannte Techniken, um so zu tun, als wüssten sie alles über Sie. Dabei sind es bloß allgemeine Floskeln. Dinge, mit denen sich jeder identifizieren kann«, erklärt sie langsam. »Ein richtiges Medium kennt Details, Orte, Ereignisse.«

Traf das auf Rowen zu? Er wusste auf jeden Fall, wie bedeutsam der heutige Tag für mich ist. Oder hat er bloß ganz allgemein gesagt, dass etwas Besonderes passieren wird? Dass etwas auf mich zukommt, etwas Bedrohliches?

»Er meinte, ich hätte eine Traurigkeit in mir, die niemand sonst sähe. Nur er«, erkläre ich, während sie mich kopfschüttelnd ansieht. »Das ist … das ist ehrlich gesagt wahr, und es hat mich durcheinandergebracht.«

»Mein Gott, Caitlin, gerade Sie hätten das doch einen Kilometer gegen den Wind riechen müssen.«

Rowens Worte schwirren in meinem Kopf herum – »Verlust«, »wichtiger Tag«, »besonderer Mensch« –, und mir wird klar, dass er sie wie Buchstaben beim Scrabble eingesetzt hat. Ich habe sie selbst zusammengefügt und etwas Bedeutsames daraus gemacht. Er hat nicht das Geringste gesehen.

Morwena plappert weiter und verurteilt mich dafür, wie dumm ich war. Ihre Stimme wird ein Teil des Nebels, in dem auch Rowens Worte schweben und mich verhöhnen. Doch dann höre ich einen Satz plötzlich klar und deutlich.

»Sie werben damit, dass Ihr Instinkt unfehlbar ist. Warum haben Sie nicht erkannt, dass Rowen ein Betrüger ist?«

Plötzlich weiß ich wieder, warum ich hier bin und wofür ich kämpfe. Ich war in letzter Zeit vielleicht nicht ganz ich selbst, aber ich hatte wirklich schon immer einen guten Instinkt, was andere Menschen betrifft. Sogar in jungen Jahren wusste ich, ob jemand in meinem weiteren Leben eine wichtige Rolle spielen würde oder nicht – egal ob im guten oder schlechten Sinn.

»Ich habe einen Fehler gemacht«, gestehe ich und hoffe, dass sie das Zögern in meiner Stimme nicht hört. »Aber ich schwöre Ihnen, dass ich weiß, wer der Richtige ist und wer nicht.«

»Aber warum haben Sie gerade bei mir einen Fehler gemacht? Wie kamen Sie auf die Idee, Rowen wäre der Richtige für mich?«

Ich denke an seine Zähne. Gestern Abend erschien mir sein Lächeln wissend, doch jetzt weiß ich, was es tatsächlich war: raubtierhaft. Wie konnte ich das übersehen?

»Es war der Druck«, gestehe ich ihr. »Ich wollte, dass Sie glücklich werden und mich weiterempfehlen, aber ich fand keinen passenden Mann für Sie.« Ich denke daran, wie ich frühmorgens im Büro saß und Bewerbungsbögen durchgegangen bin, während die App, die mir anzeigt, wenn jemand meine Seite nicht mehr abonniert, in einem fort Alarm schlug. »Rowen und Sie hatten auf den ersten Blick sehr viel gemeinsam.

Ich habe gehofft, das Kribbeln zu spüren, wenn ich Sie beide miteinander sehe, aber es kam nicht.«

»Das heißt«, sie schluckte, »… das alles ist nur passiert, weil ich so viele Follower habe?«

»Es ist total einschüchternd«, erwidere ich. »Ich wollte alles richtig machen, und am Ende habe ich alles falsch gemacht.«

»Aber das ist doch alles nur Fake!«, schleudert sie mir entgegen. »Ich bin so verdammt einsam! So UNGLÜCKLICH.«

Ich denke an ihre Fotos. Ich glaube, ich habe sie noch nie mit einem Freund oder einer Freundin gesehen. Abgesehen von ihrem Yogatrainer. Jetzt ergibt alles einen Sinn: Darum ging es bei den vielen Tränen. Sie waren nicht übertrieben. Sie hat keine Verity, um ein Katastrophendate in eine lustige Anekdote zu verwandeln.

»Ich liebe meine Kristalle«, sagt sie, lässt sich auf den Boden sinken und legt Tigeraugen und Mondsteine aus. »Aber sie geben mir nur Hoffnung, mehr nicht. Keine Freunde, keinen Partner, bloß …«, sie streckt die Hand in die Luft und schließt sie zur Faust, »… Follower.«

»Was ist mit den Freunden, die Sie vorher hatten?«

»Die sind alle auf und davon. Es hat sie genervt, dass ich ständig das Handy in der Hand hatte und alles gepostet habe, was wir gerade machten.«

Ich denke zurück an die königliche Hochzeit und die vielen anderen Gelegenheiten, in denen Verity und Harry die Augen verdreht haben, weil ich sie schon wieder filmen wollte. Daran, wie Verity ihre Hände vor die Kamera gehalten und gerufen hat: »Nicht jetzt, Cait. Ich sehe scheiße aus.«

Daran, wie sie bei unserem letzten Treffen vor mir stand, als hätte sie keine Ahnung, wer ich bin.

»Ich dachte, ich würde neue Freunde finden, denn immerhin wuchs meine Anhängerschaft stetig, aber die Leute, die ich auf Bloggertrips oder anderen Events kennenlernte, waren alle so wie ich. Ständig an ihrem verdammten Handy! Alle wollten bloß, dass ich sie dort und da markiere, um ihre eigene Followeranzahl in die Höhe zu treiben.«

Genau wie ich. Ich habe Morwena nicht als eigenständigen Menschen gesehen. Ich habe mir nicht einmal die Zeit genommen, sie besser kennenzulernen, wie ich es bei meinen anderen Klienten immer mache. Ich bin einfach davon ausgegangen, alles über sie zu wissen. Aber das Wissen stammte einzig und allein aus ihrem Instagram-Feed.

»Es tut mir so leid«, sage ich. »Ich hätte Sie nicht nur als bekannte Internetpersönlichkeit wahrnehmen sollen. Ich verspreche Ihnen, dass ich jemanden für Sie finden werde. Können wir bitte noch einmal von vorne anfangen?« Sie nickt zögernd, und ich weiß, dass ich noch einige Überzeugungsarbeit leisten muss. »Trinken wir doch einen Tee und lernen uns erst mal besser kennen, okay?«

Ich mache ihr einen Kamillentee und stelle ihn vor sie auf ein kleines Tischchen.

»Was ist das?«, fragt sie und wirft einen Blick in den Becher, bevor sie erneut in Tränen ausbricht.

»Kamillentee. Das ist Ihr Lieblingstee, oder?«

»Das ist doch alles Schwachsinn! Ich *hasse* Kamillentee.« Sie schluchzt. »Die Firma bezahlt mich dafür, dass ich ihn mag. Könnte ich bitte einen normalen Tee bekommen? Wie Sie?« Mir habe ich einen Schwarztee gemacht. »Mit vier Stück Zucker?«, fügt sie leise hinzu.

Ich lächle, denn Morwenas Feed ist ein Schrein des zuckerfreien Lebens. Es ist das erste Mal an diesem Tag, dass ich eine richtige Emotion zeige. Und es fühlt sich gut an. Aber es erinnert mich auch daran, was ich bis jetzt hinausgeschoben habe. Das, was später passieren wird. Ich werfe einen Blick auf die Uhr. Halb eins. Ich muss die Sache mit Morwena klären und sie spätestens um zwei aus dem Büro schaffen. Was bedeutet, dass ich sie schnell kennenlernen muss.

»Sieht so aus, als müsste ich wirklich noch viel über Sie in Erfahrung bringen. Wie stehen Sie zu Yoga? Ich meine, ehrlich?«

Sie grinst. »Yoga liebe ich wirklich. Meine morgendliche Yogastunde ist die einzige Zeit am Tag, zu der mein Kopf nicht vor lauter Gedanken schwirrt.«

Ich feuere eine Frage nach der anderen auf sie ab.

»Okay, gut. Und was lieben Sie noch, würden es aber unter keinen Umständen auf Instagram posten?«

Die Antwort kommt ohne ein Zögern: »Instantnudeln. Mit Hühnchen- und Pilzgeschmack.«

Wir lachen beide los, doch ich verstumme abrupt, als ich Ade durch die Glaswand entdecke, die den Eingangsbereich vom Büro trennt. Sie hat eine Frau mit einem strengen schwarzen Bob im Schlepptau.

»Oh, das ist Sarah.«

Wir wollten uns doch im Coffeeshop treffen. So stand es jedenfalls gestern in ihrer Nachricht. Keine Fragezeichen, kein Nachfragen, ob ich Zeit habe. Einfach bloß: *Morgen, 15h, Coffeeshop. Du weißt, worum es geht.*

Mein Wunsch, Morwena zu helfen, ist mit einem Mal nicht mehr so wichtig. Ich muss sie von hier fortschaffen. Sofort. Sie darf Sarah nicht sehen oder hören, was sie zu sagen hat. Mein Herz klopft wie verrückt – in meinem Nacken, meinen Ohren, meiner Brust –, und das Blut schießt im Höllentempo durch meine Adern.

Ich sehe, wie Ade mit Sarah spricht. Sarah ist wie immer sehr modisch gekleidet. Sie trägt einen pinkfarbenen Blazer zu einem grauen Rock, ihre Haut ist leicht gebräunt.

»Das ist meine Schwiegermutter. Sie ist zu früh dran. Es tut mir leid, Morwena, aber wir müssen jetzt Schluss machen.«

Morwenas Gesicht sieht mit einem Mal aus wie nach dem missglückten Date. »Aber Sie wollten mich doch besser kennenlernen. Und dieses verfluchte Treffen wiedergutmachen. Die Frau kann doch sicher ein paar Minuten warten.«

Nein, das kann sie auf keinen Fall. Ade und Sarah sind in ein Gespräch vertieft. »Was zum Teufel erzählt sie ihr da?«, murmle ich vor mich hin, während ich die Kristalle zusammensammle, die Morwena auf dem Boden ausgelegt hat. Ich schnappe mir ihre Handtasche und werfe sie hinein.

»Hände weg von meinen Kristallen! Sie zerstören ihre Auren.«

»Verdammt noch mal, Morwena, das sind Steine, keine Menschen«, fauche ich viel zu ungehalten.

Sarah entdeckt mich durch die Glasscheibe und winkt mir zu. Ade hat einen Gesichtsausdruck, den ich nicht deuten kann. Mitleid vielleicht? Mein Gott, ich hoffe, es ist kein Mitleid.

»Wir bringen das in Ordnung, versprochen«, versichere ich Morwena, doch meine Stimme ist kaum zu hören, und sie sieht mich geringschätzig an.

»Ja klar. Sie sind jedenfalls verdammt seltsam.« Sie wendet sich ab, geht in den Vorraum und schiebt sich grußlos an Sarah und Ade vorbei zur Eingangstür. »Und ich werde dafür sorgen, dass das alle wissen.«

Im Gegensatz zu gestern Abend kann ich heute nicht die Kraft aufbringen, mir darüber Gedanken zu machen. Ich schiebe sie bloß hinaus, bitte Sarah herein und ringe mir ein Lächeln ab. Diese Frau konnte mich noch nie leiden.

Ich würde mich am liebsten auf den Boden legen und nie mehr aufstehen. Ich will in einer Badewanne voller Schaum versinken. Ich will überall anders sein, nur nicht hier. Ade sagt, dass sie Tee kochen wird.

»Tut mir leid, Ade, ich muss mit Sarah allein reden«, erkläre ich ihr.

Sie schüttelt ungläubig den Kopf. »Aber wir müssen auch unbedingt etwas besprechen«, erwidert sie.

Ich nicke. »Ja, später, jetzt behältst du erst mal Morwena Stars Instagram-Account im Auge.«

Sie nimmt ihre Tasche und verlässt unser Büro.

»Ihr jungen Leute mit eurem Social-Media-Zeug«, meint Sarah. »Ich könnte mir das nicht vorstellen.« Sie lässt sich auf das Sofa sinken, während ich ihr einen Earl Grey koche und dabei akribisch genau darauf achte, dass alles so ist, wie sie es mag: die Milch in einem kleinen Kännchen, den Beutel exakt zwei Minuten ziehen lassen. Ich werfe einen Blick in den Spiegel. Ich sehe ziemlich furchtbar aus.

Ich bringe Sarah den Tee und entschuldige mich für meinen Aufzug. Doch anstatt mich wie üblich zurechtzuweisen – »Na ja, du solltest eben endlich das Serum benutzen, das ich dir zum Geburtstag geschenkt habe«, oder: »Mach dich zuerst einmal frisch, dann können wir reden« –, sagt sie nur: »Du siehst doch gut aus, Liebes. Mach dir keine Gedanken.«

Ich setze mich neben sie und schlinge die Hände um meinen Teebecher. Die Wärme spendet mir Trost, während die Angst mich vom Kopf bis zu den Zehen durchströmt. Meine linke Hand zittert unaufhörlich. Schnell stelle ich den Becher ab und lege die Hände in den Schoß. Sarah greift danach.

»Ich schätze, du weißt, warum ich hier bin«, sagt sie und sieht mich an.

Ich konzentriere mich auf ihre Augenbrauen und bemühe mich, ihr nicht in die Augen zu sehen, in denen bereits die ersten Tränen schimmern.

Sie will über ihn reden. Aber ich nicht. Ich will nicht einmal an ihn *denken*. Mein ganzer Körper versteift sich. Ich wende den Blick ab, doch sie umfasst sanft mein Kinn und dreht meinen Kopf wieder in ihre Richtung. Sie hält ihr Handy – ein neues iPhone, an dem noch die Schutzhülle haftet – hoch und zeigt mir meinen Instagram-Account mit den unzähligen Fotos von Harry und mir.

»Ich habe auch die Plakate gesehen«, flüstert sie, gefolgt von den drei Worten, die ich auf keinen Fall hören will. Ich habe nie zugelassen, dass sie zu mir durchdringen, doch heute höre ich sie klar und deutlich. Sie kommen aus ihrem Mund und treffen mich direkt ins Herz. »Er ist tot, Caitlin. Harry ist tot. Du musst dich dieser Tatsache endlich stellen.«

KAPITEL SECHZEHN

An jedem anderen Tag hätte ich ihm zugerufen, ob er seinen Schlüssel vergessen hat, und wäre zur Tür gelaufen, um ihn reinzulassen. Doch als ich an jenem Mittwoch im Dezember die Türglocke hörte, tat ich es aus irgendeinem Grund nicht. Stattdessen ging ich von der Küche aus durch das stille Haus, öffnete die Tür und stand zwei Männern gegenüber. Sie trugen lächerliche Uniformen und machten ein ernstes Gesicht. Wir gingen ins Wohnzimmer, ich hatte das Gefühl, durch Treibsand zu waten.

»Vielleicht wäre es besser, wenn Sie sich setzen würden«, meinte einer der beiden, und ich weiß noch, dass ich sie anschreien wollte, sie anflehen, es mir doch endlich zu sagen, doch stattdessen bot ich ihnen einen Tee an, was sie allerdings ablehnten. Ich blieb stehen, obwohl ich spürte, wie meine Knie beim Anblick der beiden Männer auf meinem Sofa zitterten. Sie sahen aus wie Außerirdische, die in meinem Wohnzimmer vollkommen fehl am Platz waren. Schließlich stand einer der beiden auf und führte mich zu unserem Lehnstuhl.

Ich konnte nicht wissen, dass sie wegen Harry gekommen waren. Sie hätten mich ja zu irgendjemandem befragen können, oder? Aber irgendwie wusste ich es tief in meinem Inneren doch, denn es war mir zuwider, hier zu sitzen. Auf diesem Stuhl.

In der Küche ging der Alarm los, er erinnerte mich daran, dass das Abendessen fertig war. Dass Harry um diese Zeit normalerweise schon zu Hause war.

Als sie es mir sagten, hörte ich nicht zu. Es war, als wäre ich plötzlich winzig klein. Kreischende Möwen kreisten um meinen Kopf, und erst als einer der Männer sein freundliches Gesicht zu einem Stirnrunzeln verzog und meinte: »Mrs. Henry, soll ich jemanden für Sie anrufen?«, erkannte ich, dass es keine Möwen waren. Es war ich selbst, die hysterisch lachte.

Als mir klar wurde, wie ich auf die schreckliche Nachricht reagiert hatte, schnappte ich entsetzt nach Luft und begann, mich zusammenzukauern und hin und her zu wiegen. Ich weiß nicht, ob ich weinte. Wenn ja, dann war es ganz anders als alles, was ich bisher erlebt hatte. Es war viel zu extrem, um es als Weinen zu bezeichnen.

Am Ende riefen sie Verity an. Sie stürzte außer Atem durch die Tür, die ich nicht geschlossen hatte, sodass ein kalter Luftschwall ins Wohnzimmer drang. Erst als sie da war, verstand ich, was passiert war.

»Der Fahrer des Vans hat in die falsche Richtung geschaut«, erklärte der Polizist Verity, die einen Bademantel trug. Offenbar hatte sie es sich schon für einen gemütlichen Fernsehabend bequem gemacht. Als ich sie sah, wurde alles grau, auch Jeremiahs Gesicht, der mit dem Autoschlüssel in der Hand hinter ihr stand und den Blick nicht von Harrys Helm auf dem Haken im Flur losreißen konnte.

Sie schleppten mich zu ihrem Auto. Mittlerweile war es dunkel geworden, und die Straßen waren voller Pendler, die nach der Arbeit nach Hause fuhren, den Schlüssel ins Schloss steckten und ihr hell erleuchtetes Heim betraten. Sie legten mich auf die Rückbank, und als Verity die karierte Decke über mich breitete, atmete ich tief ein. Sie roch nach ihm, und ich hielt den Geruch nicht aus. Also schob ich sie beiseite. Ich zitterte die ganze Fahrt über.

Mums Haus sah genauso aus wie zwei Wochen zuvor, als Harry und ich gemeinsam bei ihr gewesen waren, um ihr mit der Weihnachtsdeko zu helfen. Ich hatte die Leiter gehalten, während er zur Dachrinne hochgeklettert war, um die Lichterkette zu befestigen. Ich hatte Angst gehabt, dass er herunterfallen und sich verletzen könnte, doch er hatte mich nur ausgelacht und gemeint, ich solle mir nicht so viele Gedanken machen.

Ich schob mich an meiner Mutter vorbei, die im Flur auf uns wartete. Ich wollte allein sein, also lief ich in mein altes Zimmer und starrte an die Decke, die mit Papiergirlanden und Lametta geschmückt war. Ich riss alles ab, das bunte, glitzernde Papier regnete wie Konfetti auf mich herunter. Wie damals, an unserem Hochzeitstag.

Später erzählte mir Mum, dass sie mich bis nach unten brüllen hörten und zu mir hochgeeilt kamen. Sie gab mir die stärkste Schlaftablette, die sie finden konnte, und half mir ins Bett. Meine Mutter und Verity schliefen in jener Nacht bei mir – genauso wie in den Wochen danach.

Ich sah Sarah erst auf der Beerdigung. Bis dahin musste ich unzählige Formulare ausfüllen und mich für ein Catering und die richtige Musik entscheiden. Ich erinnere mich noch, wie ich wutentbrannt auflegte, als mich der Caterer fragte, ob ich lieber Bagel oder Würstchen im Blätterteig wolle. Ich vergrub mein Gesicht im Kissen und schrie, dass doch nichts von alldem eine Rolle spiele.

Schließlich stand ich um drei Uhr morgens auf, ging zu Harrys Laptop und sah mir seine Musikauswahl auf Spotify an. Als ich nichts Passendes fand, gab ich auf Google *Lieder für Beerdigungen* ein. Verity wachte auf, weil ich laut lachte. Die Suchmaschine hatte tatsächlich Mariah Careys *Bye Bye* als Möglichkeit ausgespuckt. Sie führte mich zurück zum Bett, wo ich ihr panisch erklärte, dass ich mich nicht mehr daran erinnern könne, welches Lied Harry sich zu seiner Beerdigung gewünscht hatte. Wir hatten einmal darüber gesprochen, aber das war zu einer Zeit gewesen, als wir noch auf der Suche nach interessanten Fragen fürs zweite Date gewesen waren.

Am Ende kümmerte sich Jeremiah um die Playlist, und ich glaube, dass die Musik schön war. Ich kann mich kaum noch an diesen Tag erinnern, denn mittlerweile hatte ich erkannt, dass ich mehr zum Überleben brauchte als bloß zwei starke Beine, die nicht unter mir nachgaben. Ich musste meinen Körper so gut es ging anspannen, meine Knochen zu Beton werden lassen.

Es regnete, und Jeremiah hielt einen schwarzen Regenschirm über mich, und Verity, die den Trauergästen an meiner Stelle die Hände schüttelte, erklärte, dass mir das Reden zu große Schwierigkeiten bereite. Ich wusste nicht, was ich zu Sarah sagen sollte. Ihr Gesicht war so anders als die Gesichter der anderen Trauergäste. Es war nicht voller Mitleid, sondern schmerzverzerrt, genau wie meines. Sie anzusehen bedeutete, dass ich zugeben musste, was aus mir geworden war, und das kam nicht infrage.

Ein Jahr später wirkt ihr Gesicht nicht mehr so verzerrt wie damals. Ihre Augen erscheinen weniger gequält, wenn sie auch immer noch voller Trauer sind. Sie tritt wieder in den Fokus, und ich sehe, dass sich ihre Lippen bewegen, auch wenn ich bisher kein Wort verstanden habe. Ich weiß nicht, wie lange sie schon redet.

»Du bist nicht mehr die junge Frau, die ich früher kannte«, sagt sie gerade. »Du bist weit weg, lebst in dieser Welt, in der alles noch so ist wie früher. Aber das ist es nicht.«

Ich habe noch kein Wort gesagt, seit sie Platz genommen hat. Ich denke an die vielen Male, die ich Harry einer neuen Klientin oder einem neuen Klienten gegenüber erwähnt habe. Das erste Mal ist es etwa zwei Wochen nach der Beerdigung passiert. Ich kam ins Büro – wo mir alles allein gehörte. Es war nicht wie zu Hause, wo jedes Möbelstück, jedes Kissen und jedes Geschirrtuch von dem Leben zeugte, das wir uns gemeinsam aufgebaut hatten.

Ich hatte Ade noch nicht engagiert, und es gab zahlreiche neue Anfragen in meinem Postfach. Bewerbungsbögen von Menschen, die mich nicht kannten und nicht wussten, was mir zugestoßen war. Sie kannten mich bloß als *Caitlin, Amors liebste Helferin*. Als einen fiktiven Charakter, der ihnen dabei behilflich sein würde, die große Liebe zu finden. Sie wussten nicht, dass ich inzwischen Witwe war, jeden Tag Beileidsbekundungen in der Post fand und gerade den Kleiderschrank meines Mannes ausräumte.

»Es war irgendwie einfacher, mit allem fertigzuwerden, wenn ich zumindest hier so tun konnte, als ob …«, erkläre ich und halte kurz inne. »Am Anfang hatte es rein geschäftliche Gründe. Ich ertrug die Vorstellung nicht, auch noch meinen Job zu verlieren … Denn wer will schon von einer trauernden Witwe verkuppelt werden?«

Wenn meine Klienten bemerkt hätten, welche Qualen ich durchmachte, hätten sie dasselbe auch in ihrer eigenen Zukunft gesehen. Es hat doch keinen Sinn, in die Liebe zu investieren, wenn es keine Garantie für die Ewigkeit gibt. Aber ich war so gern im Büro, wo ich an meinem Schreibtisch sitzen und Harry anrufen konnte. Wo ich so tun konnte, als hätte er gerade einen Patienten und könnte deshalb nicht rangehen. Wo ich mir mein Instagram-Profil ansehen und mir beim Anblick unserer Fotos weismachen konnte, ich hätte nicht alles verloren. Wo ich den Leuten erzählen konnte, dass er unterwegs sei – um mir später dasselbe einzureden, wenn ich zitternd im Bett lag.

Alles andere brach langsam entzwei. Ich ging eine Straße hinunter und kam an einer Bar vorbei, aus der wir einmal betrunken gestolpert waren. Ich kam nach Hause, und der Kater schnüffelte an Harrys Turnschuhen, weil er nicht verstand, warum Harry nicht mehr nach Hause kam. Er miaute enttäuscht. Meine Freunde versuchten, mit mir zu reden, fragten: »Wie geht es dir?«, und nahmen mich in die Arme. Ich ertrug ihr Mitleid nicht, also schloss ich sie aus, rief nicht mehr zurück. Ich verbrachte Stunden im Büro, machte Pläne und erzählte Fremden, wie wundervoll Harry sei. Irgendwann engagierte ich Ade, und wenn sie mich fröhlich fragte, was denn mein Harry so mache oder wohin wir im Sommer verreisen würden und Ähnliches mehr, antwortete ich immer ausweichend. Ich war erleichtert, der Realität nicht ins Auge blicken zu müssen. Selbst als aus ihr eine geschätzte Kollegin und schließlich eine Freundin wurde, konnte ich es ihr immer noch nicht sagen. Ich hatte die Wände um mich herum viel zu hoch und stabil gebaut.

Doch jetzt ist Sarah hier und erinnert mich daran, dass die Trauer um Harry nicht mir allein gehört und mein Verhalten auch anderen schadet.

»Ich kann nicht weiterziehen, solange du es nicht auch tust«, sagt sie gerade. »Ich weiß natürlich, dass wir beide niemals alles hinter uns lassen können. Aber ich muss einen Schlussstrich ziehen.«

Ich öffne den Mund, doch mir fällt nichts ein. »Ähm … ähm …«, stammle ich unsicher, doch sie hebt die Hand.

»Bitte, lass mich erst weiterreden. Ich habe versucht, dich auf deine Art trauern zu lassen. Immer wieder kamen Leute zu mir und fragten mich, ob ich deinen neuesten Instagram-Post schon gesehen hätte. Ich bat sie jedes Mal, dich deinen eigenen Weg finden zu lassen, um damit klarzukommen, aber dann …« Sie hält inne und umfasst ihre Kehle. »Aber dann …«

»… dann hast du die Plakate gesehen«, helfe ich ihr aus, und meine Schultern sacken in sich zusammen.

Sie nickt mit großen Augen. Sie ist dreiundsechzig, aber in diesem Moment sieht sie aus wie ein kleines Mädchen. Ich sehe sie während der Beerdigung, wie sie neben mir steht und ihre Tochter sich an ihrem Arm festklammert – Harrys jüngere Schwester, die kaugummiblasen-platzen-lassende, mürrische junge Frau, die ich im Laufe der Jahre lieben gelernt hatte. Sie ist wenig später nach London gezogen, weil sie es nicht ertrug, die Straße entlangzugehen, auf der ihr Bruder den Tod gefunden hatte. Ich sagte mich von ihr los, weil ich es hasste, ihr ins Gesicht zu blicken, denn sie sieht ihm so ähnlich. Ich hätte mich um sie kümmern sollen. Um sie und seine ganze Familie. Doch ich habe alles nur noch schlimmer gemacht.

Ich schluchze unkontrolliert, während ich versuche, Sarah zu erklären, wie es so weit kommen konnte. Letztlich bringe ich nur ein ersticktes »Es tut mir leid« heraus.

»Schhh«, flüstert sie mit dem Mund an meinen Haaren. »Ich verstehe es ja. Ich verstehe es.«

Sie riecht nach Lavendel, und ich nehme den Duft tief in mich auf und denke an ihren Garten und das erste Mal zurück, als ich bei ihr zu Hause war und Harrys zahllose Kinderfotos sah. Da war dieser Junge mit den abstehenden Ohren und dem frechen Grinsen. Auf einem Foto trug er ein Garfield-Shirt, und ich sah ihn an und dachte: Ich liebe dich. Ich werde niemals zulassen, dass dir etwas passiert.

Doch am Ende ist es genau so gekommen. Warum habe ich nicht gesehen, dass sein Helm noch am Haken hing, nachdem er zur Tür raus war?

Ich löse mich von meiner Schwiegermutter und wische mir mit den Händen über die Wangen. Ich muss das wieder in Ordnung bringen. »Sarah«, beginne ich und versuche, ihr in die Augen zu sehen. »Ich werde das regeln. Ich werde Harry nicht länger benutzen.«

Sie steht auf und zieht ihren Rock gerade. »Ich gehe jetzt, Caitlin. Aber ab sofort stecken wir da gemeinsam drin, okay? Ich komme wieder und sehe, wie du klarkommst.« Ihre Stimme klingt streng, wie früher, wenn wir mit ihr zusammen gekocht haben und sie mir aufgetragen hat, das Gemüse zu schneiden – mit detaillierten Anweisungen. Sie drückt mir einen Kuss auf die Wangen und macht sich auf den Weg zur Tür, während ich allein zurückbleibe.

Ich fühle mich wie ein nasser Schwamm, so voll von Tränen, dass ich mich kaum bewegen kann. Mein Handy liegt neben mir, und ich sehe Harry. Er lächelt. Er lacht. Er verzieht missmutig das Gesicht. Und ich greife danach, presse es mir an die Brust und fange erneut an zu schluchzen.

KAPITEL SIEBZEHN

Um mich herum herrscht tiefste Dunkelheit. Holz drückt von oben gegen meinen Kopf, ich habe die Arme um die Beine geschlungen. Es ist Nacht geworden, kein natürliches Licht fällt mehr in den Raum. Niemand weiß, dass ich hier bin. Dass ich noch immer unter meinem Schreibtisch hocke, unter den ich vor Stunden gekrochen bin. Doch dann höre ich Schritte auf der Treppe. Und Ades und Stus Lachen.

»Du bist ein verdammter Workaholic«, sagt sie. »Um diese Uhrzeit sitzt man längst im Pub.«

Seine Stimme klingt tief und ein wenig mürrisch. »Ich weiß, aber ich möchte dir trotzdem etwas zeigen«, erwidert er. »Ich glaube, ich kann Caitlin helfen – falls du recht hattest, was sie betrifft. Danach können wir gern auf ein Bier in den Pub gehen.«

Ich höre ihren Schlüssel in der Tür. »Seltsam. Es ist nicht abgeschlossen«, sagt Ade, öffnet die Tür und macht das Licht an. Ich bleibe in meinem Versteck, während sie zum Schreibtisch kommt. »Caitlin lässt ihren Teebecher nie hier herumstehen«, bemerkt sie. »Ist sie vielleicht noch hier?«

Mir entfährt ein leises Schluchzen. Ein erstickter Laut – vielleicht ein Hilfeschrei.

»Caitlin?« Stus Füße sind nur wenige Zentimeter von mir

entfernt. Ich strecke die Hand danach aus und berühre seinen Knöchel. Er geht in die Knie und sieht mich unter dem Schreibtisch hocken. »Mein Gott, was ist denn los?«

Ade ist ebenfalls in die Knie gegangen. Die beiden sehen mich mit leicht geneigtem Kopf an, als wäre ich ein angefahrener Vogel, der vor ihnen auf der Straße liegt, und sie hätten keine Ahnung, was sie mit mir anstellen sollen.

»Was machst du hier unten?« Ade klingt, als würde sie mit einem Kleinkind reden. Sanft, aber streng.

Ich kann es ihr nicht sagen. Ich weiß, dass ich es muss, aber ich schaffe es nicht. Alles, was ich zustande bringe, ist: »Verity. Kannst du bitte Verity anrufen?«

Sie nickt. »Klar. Stu, erledigst du das? Ich habe ihre Nummer auf meinem Handy«, sagt sie, bevor sie die Hand nach mir ausstreckt. Ich greife danach. »Komm erst mal raus da.«

Sie führt mich zum Sofa und wickelt ihren Mantel um meine Schultern. Ich zittere wie ein wildes Tier, das in eine Falle geraten ist. Stu setzt sich vor meinen Füßen auf den Boden und reicht mir ein Glas Wasser, nachdem er telefoniert hat.

»Verity ist auf dem Weg«, erklärt er.

Dann breitet sich Schweigen aus. Es ist, als hätten die beiden Angst zu sprechen.

»Ich habe euch reden hören«, erkläre ich und nippe an meinem Tee. Es ist schwer zu glauben, dass es erst einen Tag her ist, seit ich vor der Tür stand und mir ihre Vermutungen zum Thema Harry angehört habe. »Ihr hattet recht. Ich bin eine Lügnerin. Harry ist … er ist …«

Ade setzt sich neben mich und streichelt meinen Rücken. »Schhh, schon okay. Wir verstehen das. Wir wissen Bescheid.«

Ich habe keine Ahnung, wie sie es herausgefunden haben, es sei denn, Verity hätte es ihnen erzählt. Online finden sich keinerlei Hinweise auf seinen Tod. Harry war nur einer seiner zahlreichen Vornamen. Im Grunde können sie es gar nicht wissen. Trotzdem scheint es so, denn da ist so viel Mitleid in ihren Augen. Ade sitzt neben mir auf dem Sofa, Stu mit überkreuzten Beinen auf dem Boden.

»So etwas passiert nun mal«, meint Ade lapidar. »Aber wir bekommen es wieder hin. Stu hat einen echt guten Plan, deshalb sind wir hier.«

»Und ich dachte schon, du wolltest kündigen«, erwidere ich.

Ade senkt den Blick. »Ich hab tatsächlich drüber nachgedacht, aber dann fiel mir die Sache mit Hannah wieder ein. Wie dich ein gebrochenes Herz verändert und dich dazu bringt, verrückte Dinge zu tun.«

»Genau.« Stu nickt. »Mit meiner Ex war es auch so. Ich habe es dir nicht erzählt, aber sie hat mich auch betrogen, und es war schrecklich. Ich verstehe dich. Wirklich.«

Langsam wird mir klar, dass sie gar nicht Bescheid wissen. Sie haben die naheliegendsten Rückschlüsse gezogen. Und die sind besser als die Wahrheit. Ich betrachte Stu, der mich ernst ansieht, so als würde er mich tatsächlich verstehen.

Mein Körper zieht sich zusammen, als ich schließlich leise erwidere: »Das ist es nicht.«

»Wie bitte?«, fragt Ade. »Tut mir leid, Cait, aber du redest so leise.«

Ich versuche, mich ein wenig aufzurichten und es ihnen klar und deutlich zu sagen. Ich muss es tun. Aber ich bin noch nicht bereit. »Ich wünschte …«, beginne ich ein wenig lauter. Meine Stimme zittert immer noch, ist aber deutlicher zu verstehen. »Ich wünschte, er hätte mich verlassen. Denn dann wäre er …« Ich fange erneut an zu weinen. »Denn dann wäre er noch da.« Ich sehe, wie sich die beiden einen verwirrten Blick zuwerfen.

Im nächsten Moment fällt Ades Gesicht in sich zusammen. Sie hat endlich begriffen, was passiert ist. »Er … ist gestorben.« Ich würge die Worte hervor, und Ades Gesicht wird kalkweiß.

»O Gott«, sagt sie. »O Gott.«

»Verdammt …« Stu senkt den Kopf.

»Wann?«, fragt Ade.

Ich kann ihr nicht in die Augen sehen. Also sehe ich aus dem Fenster. Es sind keine Sterne am Himmel, auf der Straße singen ein paar Betrunkene *Fairytale of New York*. Sie singen furchtbar falsch, klingen aber trotzdem glücklich.

»Heute vor einem Jahr.«

»Ich war … ich war …« Ade ringt um Worte.

Stu steht auf und zwängt sich neben uns aufs Sofa. Sie legt ihren Kopf an seine Brust.

»Schon okay«, flüstert er ihr zu, und ich sage dasselbe und streichle ihr Knie. Weil es tatsächlich okay ist. Sie konnte es unmöglich wissen.

»Ich war so sauer auf dich«, platzt sie heraus. »Es tut mir so leid.«

»Es ist nicht deine Schuld«, beruhige ich sie. Mein Atem hat sich normalisiert, die Panikattacke ist vorüber. »Die Frau auf dem Foto heißt Julia. Sie war eine gute Freundin von Harry. Ich war … ich war immer so eifersüchtig auf sie.«

Ich erinnere mich an die zahllosen Diskussionen zu dem Thema, die mir inzwischen schrecklich sinnlos erscheinen. Wie oft hat Harry mir versichert, dass er nicht hinter ihr her ist, dass sie nur eine gute Freundin ist? Und wie viel Zeit habe ich damit verschwendet, ihm nicht zu glauben? Aber ich will ihnen nicht davon erzählen. Ich will überhaupt nicht mehr reden. Ich lehne meinen Kopf zurück, schließe die Augen und spüre, wie mir warme Hände das Wasserglas abnehmen. Ade legt ihren Kopf jetzt auf meine Schulter, und nach einer Weile wird auch ihr Atem ruhiger. Ich höre, wie Stu durchs Büro wandert, abspült, den Tisch sauberwischt.

Dann klopft es an der Tür, sie wird geöffnet und die anderen begrüßen sich leise. Jemand nimmt den Mantel von meinen Schultern und ersetzt ihn durch eine Decke, die nach Waschmittel riecht. Als ich die Augen öffne, steht Verity vor mir und zieht mich hoch. Stu ist sofort bei mir, als meine Beine unter mir nachgeben. Ich kann kaum laufen.

Sie helfen mir die Treppe hinunter, schieben mich auf die Rückbank von Jeremiahs Auto, und ich lege mich auf den Sitz, der nach Zigarettenrauch riecht.

Jeremiah dreht sich vom Fahrersitz zu mir herum. »Alles klar, Cait? Wir fahren jetzt nach Hause.«

Wir gleiten durch die dunkle Nacht, und ich starre aus dem Fenster, ohne die Straßen zu sehen, durch die wir fahren. Ich liebe diese Stadt, sie sieht so aus wie immer – aber trotzdem ist heute etwas anders.

Ein vertrautes Geräusch weckt mich. Es klingt wie ein zischendes Abflussrohr. Zumindest halte ich es anfangs dafür. Ich liege in meinem alten Zimmer unter einer dicken, geblümten Daunendecke. Die Gardinen sind nicht zugezogen, die Straßenlaternen vor dem Haus tauchen alles in orangefarbenes Licht. Mit einem Mal ist das Geräusch so beruhigend, dass ich tiefer in die Matratze sinken und mich seiner Wirkung hingeben will.

So klingt Verity, wenn sie tief und fest schläft. Ich kenne das Geräusch von den vielen Malen, die wir verkatert auf dem Sofa geschlafen haben. Aus den Zeltlagern auf zahlreichen Musikfestivals, aus den Jugendherbergen während unseres Europatrips.

Ich kenne es aus der Zeit, als wir noch einundzwanzig waren und das ganze Leben vor uns lag. Jetzt, wo ich mit verweintem Gesicht und brennenden Augen neben ihr liege, erinnere ich mich daran. Ich lausche ihrem Atem, und es ist, als hätte jemand die Zeit zurückgedreht. Jeden Moment wird Mum mit einem Korb frischer Wäsche ins Zimmer kommen und uns erklären, dass es bald Zeit für die Schule ist.

Ich sehe mich in meinem Zimmer um. Es sieht noch genauso aus wie in meinen Teenagerjahren. Poster der Spice Girls, von Peter Andre und 911 an den Wänden und zahllose Bilderrahmen auf der Kommode – glitzernde Rahmen, runde Rahmen und Rahmen mit der Aufschrift *BEST FRIENDS*. Auf den meisten Fotos sind nur zwei Leute zu sehen: Verity und ich. Ganz vorne steht ein Bild von uns in unseren Schuluniformen, wir strecken dem Fotografen die Zunge heraus.

Wir waren sieben, als wir uns kennenlernten. Verity war neu in der Schule, und ich sah sie ganz allein auf der niedrigen Ziegelmauer auf dem Schulhof sitzen, während die anderen spielten. Ich setzte mich neben sie und bot ihr etwas Süßes an. Ich wusste sofort, dass ich ihre beste Freundin werden wollte, und bald wurde daraus mehr als bloße Freundschaft. Verity war der Mensch, mit dem ich am allerliebsten meine Zeit verbrachte. Als ich Harry heiratete, stand sie in einem goldenen Paillettenkleid neben mir und drückte meine Hand, bevor ich an seine Seite trat. Ich versprach ihr, dass sich trotz dieses neuen Lebensabschnittes nichts ändern würde, und ging davon aus, dass sie die Patentante meiner Kinder werden und wir schon bald anstatt in den Pub in den Park gehen würden, um dort mit identischen Buggys die Wege entlangzuschlendern.

Ich stemme mich hoch, bemüht, sie nicht zu wecken. Laut meinem uralten Radiowecker ist es acht Uhr abends. Ich habe also die Nacht und den ganzen Tag verschlafen und fühle mich dementsprechend geschlaucht. Meine Lippen und mein Mund sind staubtrocken. Ich höre Mum in der Küche. Teller klappern, der Geruch des Geschirrspülmittels dringt die Treppe hoch.

»Hey.«

Ich drehe mich um. Verity ist wach und hat das Kissen hinter sich gestopft. Unser Streit scheint meilenweit weg, und ich eile auf sie zu, setze mich auf den Bettrand, schlinge die Arme um ihre Mitte und lege meinen Kopf auf ihre Brust. Ich hätte nicht gedacht, noch einmal weinen zu können, doch schon laufen erneut Tränen über meine Wangen.

»Es tut mir so leid«, wiederhole ich immer wieder, während Verity beruhigend vor sich hin murmelt.

»Ist schon okay«, sagt sie schließlich und streichelt meinen Rücken, während wir uns aneinanderklammern. Wir bleiben eine ganze Weile so liegen, bis sich mein Atem wieder beruhigt und sich ihrem anpasst. Ich löse mich von ihr und hole mir ein Taschentuch vom Nachttisch. Jetzt laufen auch über Veritys Wangen dicke Tränen.

»Ich sollte mich bei dir entschuldigen«, sagt sie und schüttelt entschlossen den Kopf. »Ich habe vollkommen falsch reagiert. Ich war nicht für dich da.«

»Nein, du musst dich nicht entschuldigen, sondern ich.« Ich hasse den Gedanken, dass sie sich Vorwürfe macht, und denke daran, wie ich sie angebrüllt habe.

»Nein, ich …«, widerspricht sie.

»Nein, ich!«

Wir sehen einander an, und ich muss grinsen.

»Eine sturer als die andere«, sagt Verity und legt eine Hand auf mein Knie.

»Wie geht es dir? Ich meine, wie geht es dir wirklich?«, fragt sie und sieht mir in die Augen. Dieses Mal weiche ich ihrem Blick nicht aus. »Ich glaube, ich habe mit der Zeit verlernt, ordentlich nachzufragen«, sagt sie, hält inne und kämpft offenbar um die richtigen Worte. »Ich hatte wohl Angst vor der Antwort.«

Wie geht es dir? Vier Worte, die mit der Zeit zur Bedrohung wurden. Es war schlimm genug, wenn mich Bekannte oder Harrys alte Freunde fragten und ihren Kopf dabei immer leicht zur Seite neigten. Ich wusste, was sie von mir erwarteten, also biss ich die Zähne zusammen, kniff mir in die Handflächen und antwortete: »Gut.« Doch wenn Mum oder Verity mich ansprachen, war es wesentlich schwieriger. Die beiden wussten ganz genau, dass es mir nicht gut ging. Ich war nur nicht bereit, es zuzugeben.

Heute versuche ich es. »Wütend. Entsetzt. Erschöpft«, erkläre ich und zucke entschuldigend mit den Schultern.

Ich weiß nicht, wie ich das Gefühl beschreiben soll, das ich jeden Morgen beim Aufwachen habe, wenn meine Brust sich so eng anfühlt, als hätte jemand die gesamte Luft aus mir herausgepumpt. Ich kann es weder meiner besten Freundin noch meiner Mutter erklären. Ich kann ihnen nicht sagen, dass ich ein imaginäres Gerüst um mich herum errichtet habe, während ich im Inneren Stück für Stück zusammenbreche. Ich habe so große Angst, dass nur eine falsche Bewegung – ein Eingeständnis meiner Schwäche – die Konstruktion zum Einstürzen bringt.

Verity zupft an ihrem Kragen herum. »Ich hätte mehr für dich tun sollen. Aber ich wusste nicht, was. So etwas bringt einem niemand bei.«

»Ich wusste es genauso wenig«, gebe ich zu. »Ich dachte immer, wenn so etwas passiert, fühlt man sich einen oder vielleicht zwei Monate lang schlimm, und dann ist alles wieder so wie immer. Albern, oder?«

»Nein, gar nicht«, erwidert sie. »Ich glaube, das dachte ich auch.«

Ich amte tief ein. Ich habe das Gefühl, als könnte mein Brustkorb sich bereits ein Stückchen weiter ausdehnen.

»Es ist, als ob … als ob …« Ich muss die richtigen Worte finden. Es ihr erklären. Dem »Mir geht es gut« entkommen. »Es ist, als ob jemand ein Stück aus mir herausgerissen und eine riesige Lücke hinterlassen hätte. Als ob dieses Stück für immer verloren wäre. Fort. Und es gibt nichts, das die Lücke füllen kann.«

Sie nickt. Stille senkt sich über uns, und ich frage mich, was sie wohl denkt. Was passiert, wenn sie erkennt, dass sie nichts erlebt hat, was sich damit vergleichen lässt. Denn darauf basiert unsere Freundschaft. Wenn Verity mir etwas erzählt, erwidere ich: »Das ist wie damals, als ich …«, oder ich gestehe ihr meine größte Angst, und sie sieht mich mit großen Augen an und ruft: »Genauso geht es mir AUCH!«

Doch nun ist da diese Kluft zwischen uns, und sie kann nicht in mich hineintauchen und erleben, wie ich fühle. Ich habe ihr nie die Chance dazu gegeben.

»Verkackte Scheiße noch mal!«, flucht sie und durchbricht damit die Stille.

Sie sagt es mit starkem schottischem Akzent und ahmt damit einen Kerl nach, der sie vor Jahren einmal angebaggert hat. Wir haben diesen Mann danach nie wiedergesehen, aber sein Verhalten und seine Aussprüche verwenden wir seitdem immer gern, wenn etwas »Schlimmes« passiert. Wobei die Sprüche bis jetzt vor allem zum Einsatz kamen, wenn es nach einem heftigen Kater unsere bevorzugte Limo nicht mehr im Laden um die Ecke gab. Oder wenn unsere Lieblingsserie unbefriedigend endete. Verity hat diesen Ausspruch im letzten Jahr kein einziges Mal gebraucht. Er ist vollkommen unangebracht, aber er funktioniert. Ich beginne zu lachen.

»Ach, drauf geschissen!«, erwidere ich.

Wir lachen, bis uns der Bauch wehtut und wir ineinander verkeilt auf dem Bett liegen. Als Mum hochkommt, findet sie uns so vor. Sie bleibt kopfschüttelnd in der Tür stehen.

»Was ist denn so witzig?

»Nichts«, sage ich und schüttle ebenfalls den Kopf. Denn im Grunde ist es nicht witzig. Es ist eine *verkackte Scheiße*. Aber es fühlte sich gut an, Dampf abzulassen. »Könntest du uns vielleicht etwas zu essen machen, Mum?«

Sie geht wieder nach unten, während ich aufstehe und an mir hinuntersehe. Ich trage einen flauschigen roten Weihnachtspyjama mit Schneeflocken am Hinterteil, den ich heute zum ersten Mal sehe – allerdings kauft meine Mutter mir jedes Jahr einen neuen. Ich taste im Bett nach meinem Handy, keine Ahnung, wo ich es gestern Abend liegengelassen habe.

»Gehen wir runter?«

Verity nickt, steht ebenfalls auf, schnappt sich die Decke und zieht sie hinter sich her. Wir setzen uns im Wohnzimmer aufs Sofa und wickeln uns darin ein. Mum bringt das Essen – Nudeln mit Ketchup und Mayo –, und Verity lacht. Sie bittet meine Mutter, immer so zu bleiben, wie sie ist.

Später sitzen wir mit vollen Bäuchen nebeneinander auf dem Sofa, Mum und Verity schweigen erwartungsvoll.

»Und?«, meint Mum schließlich. »Sind wir jetzt endlich ehrlich zueinander?«

Sie sagt es in demselben Tonfall, den sie früher benutzt hat, wenn sie ganz genau wusste, dass ich mir, ohne zu fragen, Schokokekse genommen oder eine schlechte Note in der Schule geschrieben hatte.

Ich weiß noch, wie gut es sich damals anfühlte, die Wahrheit zu sagen. Ich atme tief durch. »Das wird nicht einfach. Es tut mir leid …«

Doch Verity unterbricht mich: »Hey! Du darfst dich nicht ständig für deine Gefühle entschuldigen. Du hast getan, was du tun musstest.«

Mum tätschelt ihr freundlich das Knie. »Sei nicht so streng!« Dann wendet sie sich an mich. »Aber sie hat recht. Wir haben dir nie Vorwürfe gemacht oder dich verurteilt, wir wollten es einfach nur verstehen. Aber jetzt wird es Zeit, dass du mit uns redest.«

»Ja, das ist wahr«, erwidere ich. Ich habe mich im letzten Jahr oft wie ein ferngesteuerter Roboter gefühlt. »Ich wusste nicht, was ich tat. Ich tat es einfach. Am Anfang war es einfacher, niemandem zu sagen, was passiert war. Ich wollte unbedingt wieder funktionieren. Und es half, so zu tun, als wäre alles in Ordnung.« Ich lächle reumütig. »Ihr wisst ja: Wenn man sich etwas lange genug einredet, ist es am Ende auch so.«

»Aber warum hast du nicht wenigstens mit *uns* geredet?«, fragt Verity. »Ich kam eines Tages ins Büro, das war kurz nachdem du Ade engagiert hattest, und du hast mir eilig zugeflüstert, dass ich ihr nichts von Harry erzählen soll. Als ich dich später fragen wollte warum, hast du …«

»Ich habe sofort zugemacht«, erwidere ich. »Ich schämte mich.«

»Du warst jedes Mal so aufgebracht, wenn wir mit dir über seinen Tod sprechen wollten«, meint Mum. »Deshalb haben wir irgendwann beschlossen, dass es einfacher ist, es gar nicht mehr zu versuchen.«

Die beiden haben mich so oft sanft dazu gedrängt, mich zu öffnen, doch ich habe nicht reagiert. »Jaja. Schon klar«, habe ich bloß gezischt. »Ich versuche es ja.« Oder ich bin in Tränen ausgebrochen und habe gesagt: »Ich kann heute echt nicht darüber reden.«

»Ich war noch nicht bereit«, erkläre ich. »Ich musste meinem eigenen Tempo folgen.«

»Und bist du jetzt bereit?«, fragt Verity.

»Keine Ahnung. Vielleicht werde ich es nie wirklich sein. Ich weiß, dass ich nie ganz darüber hinwegkommen werde.« Mum keucht und schlägt sich die Hand vor den Mund. »Ist schon okay, Mum«, beruhige ich sie. »Genau deshalb hatte ich so große Angst, über Harry zu sprechen. Weil es schrecklich ist. Die Trauer wird immer ein Teil von mir sein, denke ich, aber ich hoffe, dass sie eines Tages nicht mehr so groß ist. Oder vielleicht bleibt sie so groß, rückt aber in den Hintergrund. Als würde sie sich in einem anderen Raum befinden. Ergibt das einen Sinn?« Ich lächle. »Ich bin verdammt schlecht, was Metaphern angeht.«

»Nein, bist du nicht«, erwidert Verity. »Das ergibt durchaus Sinn. Aber wir wollen den Schmerz mit dir teilen! Das alles ist echt schlimm, und ich will nicht …«, sie sieht Mum an, die zustimmend nickt, »… ich will dir deinen Schmerz nicht wegnehmen. Aber er ist so riesig, und er betrifft uns alle. Du musst uns daran teilhaben lassen, denn nur so können wir einander helfen, damit umzugehen.«

»Das verstehe ich.« Ich nicke. »Ich habe den Schmerz vereinnahmt, ihn festgehalten. Aber … aber …«

»Aber was?«, hakt Verity nach. »Wir stecken alle unter einer

Decke.« Sie deutet auf die Decke, unter der wir uns verkrochen haben. »Du kannst uns alles sagen. Wir werden es verstehen.«

»Ich bin in dieser falschen Welt gefangen.« Ich seufze. »Ich koche sogar für ihn. Ich starre zur Tür und versuche mir vorzustellen, dass er jeden Moment nach Hause kommt.« Es ist erbärmlich, es laut auszusprechen, doch die beiden sehen mich an und warten schweigend darauf, dass ich weiterrede. »Ich kann gar nicht sagen, wie schlimm es ist, ins Wohnzimmer zu kommen, und die Decke auf dem Sofa liegt noch immer genauso da, wie ich sie am Abend zuvor gefaltet habe. Oder den einsamen Teebecher in der Küchenspüle zu sehen.«

»Deshalb bist du ständig im Büro«, vermutet Verity.

»Ja, dort ist es sicherer.«

»Ich war genauso«, erklärt Verity. »Ich habe Wein in mich hineingeschüttet und gehofft, dass es hilft. Ich habe dich eingeladen und so getan, als wäre unsere Freundschaft noch genauso wie früher.«

»Ihr wolltet nicht, dass ich von ihm rede«, fahre ich fort. »Ihr habt gefragt, wie es mir geht, aber ich konnte meine Erinnerungen nicht mit euch teilen. Verity hat ständig das Thema gewechselt, wenn die Sprache auf Harry kam.«

Sie sehen einander an. »Wir wollten dich nicht darin bestärken, dein Leben in der Vergangenheit zu leben«, erklärt Mum zögerlich.

»Das verstehe ich, ich habe mich ja wirklich seltsam verhalten. Aber es fühlte sich gut an, den Leuten im Büro von ihm zu erzählen. Sie sahen mich nicht an, als hätte ich gerade einen Nervenzusammenbruch. Ich war … wütend. Auf euch beide.«

»Ich musste dich praktisch zwingen, bei mir vorbeizukommen und Zeit mit mir zu verbringen«, erinnert sich Verity. »Ich habe mich mit aller Kraft an unsere Freundschaft geklammert, aber dich dadurch erst recht vertrieben.«

»Du bist so selten hergekommen, und wenn du da warst, bist du gleich wieder weg«, fügt Mum hinzu.

Sie klingen nicht reumütig, sondern eher so, als hätten sie endlich ein kompliziertes Rätsel gelöst.

»Es war schrecklich, euch dabei zuzusehen, wie ihr mich unbedingt glücklich machen oder zumindest ablenken wolltet«, erwidere ich. »Die aufgeräumte Wohnung und das selbst gekochte Essen«, sage ich in Richtung Verity und wende mich dann an Mum. »Die kahlen Wände und die Weihnachtskarten in der Schublade. Keine von euch beiden hat sich mir gegenüber normal verhalten. Ihr wart nicht mehr ihr selbst.«

»Sollen wir einen Pakt schließen?«, fragt Verity. »Uns versprechen, dass wir von jetzt an immer ehrlich zueinander sind? Dass wir uns nicht mehr verstellen?«

Sie greift nach unseren Händen. Ich will gerade antworten, dass ich das für eine gute Idee halte, doch stattdessen entfährt mir ein ersticktes Schluchzen.

»Ich vermisse Harry so, so sehr«, gestehe ich.

KAPITEL ACHTZEHN

Als ich aufwache, riecht es nach Zimt, und Mariah Careys Stimme hallt durchs Haus. Ich sehe auf die Uhr. Es ist halb neun. Wir sind gestern gleich nach unserer Aussprache erschöpft ins Bett gefallen. Es ist, als ob ich den Schlaf eines ganzen Jahres nachholen müsste.

Ich tappe die Treppe hinunter, und mein Blick fällt auf einen roten Weihnachtsmann neben der Tür. Er hockt auf dem Boden und hält sich kichernd den Finger vor den Mund. Im Wohnzimmer steht ein von oben bis unten in Lametta gehüllter Weihnachtsbaum. Die bunten Lichter blinken und spiegeln sich im Christbaumschmuck, der an viele besondere Momente in unserem Leben erinnert. Da ist die große, silbern glitzernde Eins von meiner ersten Geburtstagsparty, und auch die Spitzenschuhe aus der Zeit, in der ich vergeblich versucht habe, eine Ballerina zu werden. Auf dem Sofa liegt eine flauschige eisblaue Decke mit Schneeflocken, und um den Fernseher versammeln sich zahllose, als Santa Claus verkleidete Zwerge.

In der Küche steht Mum mit wackeligen Beinen auf einem Stuhl, ein Stück rote Schnur hängt aus ihrem Mund.

»Hilf mir mal«, murmelt sie mit gespitzten Lippen.

Ich reiße etwas Klebeband mit den Zähnen ab und reiche es ihr. Sie befestigt die Schnur an der Wand und bedeutet mir, ihr die Weihnachtskarten, die auf der Arbeitsplatte liegen, zu geben. Ich reiche ihr eine nach der anderen und je eine kleine Wäscheklammer dazu. Ich weiß genau, was von mir erwartet wird. Diese Handgriffe habe ich so oft erledigt, dass sie mir in Fleisch und Blut übergegangen sind.

Wir brauchen etwa eine Stunde, bis alle Dekoartikel an Ort und Stelle und die Weihnachtskartons leer wieder im Keller leer sind. Die Zimmerdecke ist mit Lametta und silbernen Girlanden geschmückt, und all unsere Freunde sind wieder da: der singende Santa und der Toilettensitz mit Rudolph, dem Rentier. Es gibt sogar Müslischalen mit goldenen Sternen verziert. Verity kommt herunter und reibt sich ungläubig die Augen.

»Was ist denn hier los, Susan?«, fragt sie.

Mum setzt sich an den Tisch. Sie trägt dieselben Klamotten wie gestern Abend und hat dunkle Ringe unter den Augen. »Es wurde langsam Zeit.«

»Gut«, meint Verity mit einem Lächeln und setzt sich ebenfalls. »Kann ich die Duftstecker nachher vielleicht wieder ausschalten? Dieses Zimtaroma bringt mich um den Verstand.«

Wir lachen und essen schweigend unser Schokomüsli. Verity schlürft gerade die Schokomilch aus ihrer Schale, als ich entsetzt feststelle, dass Mum weint. Wir springen auf, und ich trete hinter Mum und schlinge die Arme um ihren bebenden Körper.

»Mum? Was ist denn los?«

»Tut mir leid, ich meinte das mit dem Zimt echt nicht böse«, scherzt Verity, um die Stimmung aufzulockern.

Doch Mum schluchzt weiter leise vor sich hin. Tränen tropfen in ihre Müslischüssel.

»Schhh, schhh«, murmle ich in ihre Haare, wie sie es als Kind immer bei mir gemacht hat.

Sie braucht einige Anläufe, bis sie die richtigen Worte findet. »Ich habe es einfach nicht ertragen. Es fühlte sich so falsch an, das Haus ohne Harry zu dekorieren. Es tut mir leid, ich sollte nicht weinen. Nicht vor dir, Cait. Es tut mir wirklich leid«, erklärt sie erstickt. »Es ist nur … Er war wie ein Sohn für mich. Ich vermisse ihn so sehr.«

Mein Magen zieht sich zusammen. Es ist wie bei Sarah, die mich mit ihrem müden Gesicht und den Sorgenfalten um die Augen daran erinnert hat, dass es nicht nur um mich und meinen Verlust geht. Dass ich hätte versuchen sollen, meinen Schmerz zu teilen.

»Oh, Mum. Natürlich darfst du um ihn trauern«, erkläre ich, meine Stimme bricht beinahe. Ich will nicht weinen. Ich will nicht, dass sie glaubt, sie wäre schuld an allem. »Er hat deine Weihnachtsdeko geliebt, er fand es toll, dass du immer so viel Aufheben darum gemacht hast. ›Es ist immer so weihnachtlich bei deiner Mum.‹ Genau das hat er jedes Jahr gesagt.«

Sie ringt sich ein erschöpftes Lächeln ab. »Ich habe auch immer etwas für seinen Strumpf am Kamin besorgt. Ich wollte sogar dieses Jahr etwas für ihn kaufen.« Sie nickt gedankenverloren. »Ein Duschgel und Deodorant von Lynx. *Africa* war seine Lieblingssorte.«

Das war das erste Weihnachtsgeschenk, das sie für ihn besorgt hat. Wir waren ein paar Monate zusammen, und ich kam eines Tages vorbei, um ihr mit der Weihnachtsdeko zu helfen. Da meinte sie: »Ich habe auch etwas für deinen Harry. Ist das okay? Oder fühlt er sich womöglich überrumpelt?«

Als Harry das Geschenk schließlich auspackte, gestand er ihr mit einem breiten Grinsen, dass sie genau seine Lieblingsmarke erwischt hatte. Seit damals hat sie ihm jedes Jahr dasselbe gekauft, und er hat es nie über sich gebracht, ihr zu sagen, dass er es gar nicht verwendete.

Mum löst sich von uns, steht auf und wischt sich die Tränen vom Gesicht. »Wo soll das mit uns dreien nur hinführen?« Sie breitet seufzend die Arme aus, damit Verity und ich uns an sie schmiegen können.

»Danke, dass du die Deko herausgeholt hast, Mum«, murmle ich in ihren Kragen hinein. »Es ist wichtig, die alten Traditionen aufrechtzuerhalten.«

»Vielleicht ist es albern, so zu übertreiben.« Sie macht eine ausladende Handbewegung. »Aber nachdem uns dein Dad verlassen hat, wollte ich mich auf keinen Fall gehen lassen. Ich wollte unser Leben für dich beibehalten. Ich wollte wenigstens den Anschein eines normalen Lebens erwecken. Ich …« Sie bläst die Luft aus und seufzt. »Ich wollte dir zeigen, dass man ein glückliches Leben führen kann. Auch ohne Mann …«

»Das ist dir definitiv gelungen, Susan«, erklärt Verity. »Du warst uns beiden immer ein tolles Vorbild.«

Doch ich bin verunsichert. Ich setze mich wieder, damit niemand sieht, wie weich meine Knie sind. Ich habe mir ein Jahr lang etwas vorgemacht, weil ich so tun wollte, als wäre alles wie immer, weil ich die Erinnerung an Harry nicht verlieren wollte. Doch es geschah aus einer bestimmten Angst heraus. Ich glaubte, es nicht zu schaffen, einfach weiterzumachen. Mein Leben zu leben, ein Unternehmen zu leiten, auf mich selbst zu achten … Es war, als hätte mir jemand einen Arm oder ein Bein amputiert.

Ich ringe mir ein Lächeln ab und sehe meine Mutter an. »Das hast du wirklich. Wir haben als Kinder einige unglaublich schöne Weihnachtsfeiertage erlebt.«

»Erinnert ihr euch an das Jahr, in dem es geschneit hatte?«, fragt Verity.

»Ja, du bist mit dem Schlitten hergefahren!«, ruft Mum und drückt Veritys Hand.

Verity wohnte ein Stück die Straße hinauf und stand plötzlich in einem triefend nassen neongelben Trainingsanzug vor unserer Tür. Mum ließ ihr ein Bad ein, wickelte sie in ein Badetuch und kochte uns heiße Schokolade.

»Ich fand es am schönsten, als wir beide Rollschuhe bekamen«, erkläre ich. »Wir sind sofort raus und damit herumgefahren, obwohl es eiskalt war.«

»Und dann bist du schwer gestürzt«, erinnert sich Mum.

Ich denke an das klaffende Loch in meinem Knie, nachdem ich auf den Asphalt gekracht war. Ich war davon überzeugt, dass es nie wieder heilen würde, doch irgendwann tat es das doch. Allerdings hatte ich mich so stark gekratzt und an der Wunde herumgepult, dass eine Narbe zurückgeblieben ist. Ich rolle mein Hosenbein hoch.

»Die Narbe ist noch immer da«, erkläre ich und streiche darüber.

»Seht euch das an«, meint Mum. »Verheilt, aber unvergessen.«

Verity trägt das Geschirr in die Küche, während Mum und ich an unsere schönsten Weihnachtsmomente zurückdenken. Wie ich am Weihnachtsmorgen zu ihr ins Bett gekrabbelt bin und ihr zeigte, was Santa in meinen Strumpf gesteckt hatte – und wie ich die Scharade sogar noch aufrechterhielt, als ich definitiv schon zu alt war, um noch an den Weihnachtsmann zu glauben.

Danach gingen wir zu Verity, um mit ihr und ihren Eltern zu frühstücken, anschließend kam sie zur Bescherung mit uns.

Sie blieb immer viel zu lange. Wir aßen uns durch unseren neuen Schokovorrat, bis schließlich das Telefon klingelte. Wir sahen einander an und hörten Mum sagen: »Ja, sie ist gerade gegangen.« Verity schlüpfte eilig in ihre Schuhe. Nachdem sie fort war, aßen Mum und ich das Weihnachtsessen und sahen uns einen Weihnachtsfilm an.

Wir überlegen gerade, welchen Film wir am liebsten haben, und Mum diskutiert mit Verity, ob *Stirb langsam* eigentlich in diese Kategorie fällt oder nicht, als ich ein vertrautes Piepen höre. Und noch eines. Und noch eines.

»Ist das mein Handy?«, frage ich.

Mum und Verity sehen einander wissend an.

»Es liegt in der Schublade«, erklärt Mum resolut. »Du kannst es haben. Aber nur für zehn Minuten, okay?«

Sie reicht mir das Handy, als würde sie einem Kleinkind ein scharfes Messer in die Hand drücken. Die Verlockung, Instagram zu öffnen, ist groß, aber ich bin mir nicht sicher, ob ich jetzt schon sehen will, was Morwena wieder über mich gepostet hat. Also checke ich meine E-Mails, das ist sicherer. Auch wenn ich Angst vor den Folgen habe, die ihr Post womöglich bereits hatte. Ich habe hundertachtzehn ungelesene Nachrichten. Der Großteil sind neue Anfragen – die nächsten Tage und Wochen sind die geschäftigste Zeit des Jahres für den Datingmarkt. Die Leute suchen entweder nach einer neuen Liebe für Silvester und Neujahr, oder sie verbringen über die Weihnachtsfeiertage zu viel Zeit mit ihrem Partner und erkennen, dass sie ihn nicht mehr ertragen. Ich ignoriere die Anfragen und widme mich stattdessen den Mails meiner Buchhalterin. Die Schlichtheit der Zahlen ist beruhigend.

Verity und Mum tun so, als würden sie mich nicht die ganze Zeit beobachten. Verity blättert in einer alten Klatschzeitschrift, während Mum hinter mir herumwandert, den Tisch abwischt und immer wieder einen versuchsweise unauffälligen Blick auf mein Display wirft.

»Hör auf damit«, murmle ich. »Ich weiß, dass du guckst.«

Sie hebt lächelnd die Hände. »Schuldig im Sinne der Anklage. Ich wollte nur sichergehen, dass alles in Ordnung ist. Ich mag es nicht, wenn du ständig auf Instagram bist. Deshalb habe ich das Handy in die Schublade gelegt.«

Ich halte es hoch. »Hier! Nur Mails. Also lass mich in Frieden.«

Doch sie nimmt mir mein Smartphone trotzdem aus der Hand und deutet auf das Display. »Und was ist das?«

Die Mail hat den Betreff: *Einladung zum Influencer-Trip auf die Malediven*. Ich habe sie offenbar übersehen, weil ich so peinlich genau darauf geachtet habe, keine Anfrage zu öffnen. Ich klicke auf die Mail und stoße einen leisen Schrei aus. Verity hebt den Kopf.

»Was ist? Lies vor!«

»Liebe Caitlin, wir verfolgen die Entwicklung Ihres Unternehmens schon lange mit Begeisterung. Wir haben uns auf Luxus …«

»LUXUS!«, ruft Mum.

»… auf Luxushochzeitsreisen spezialisiert und würden Sie sehr gern einladen, eines unserer Resorts zu testen, um danach einen Bericht auf Ihrer Website zu posten. Es ist uns bewusst, dass es unglaublich kurzfristig ist, aber es gibt ein freies Zimmer über die Weihnachtsfeiertage. Wir kommen für sämtliche Kosten auf. Bitte um kurze Rückmeldung, dann teilen wir Ihnen die genauen Flugdaten mit.«

Mum und Verity sehen mich mit offenem Mund an, dann reißt Verity die Arme in die Höhe. »Und? Was hältst du davon?«

Ich schüttle den Kopf und sage nichts. Ich habe ihnen nicht die ganze Mail vorgelesen. Ich weiß nicht, ob ich es über mich bringe. Also erwidere ich: »Ich kann nicht glauben, dass sie mir so etwas anbieten. Ich bin doch keine Influencerin.«

»Ich weiß zwar nicht wirklich, was das bedeutet, aber ich kann mir gut vorstellen, dass du so etwas bist«, erklärt Mum und massiert mir seltsam stolzerfüllt die Schultern.

»Außerdem ist das Timing zum Vergessen. Ich würde echt gern auf die Malediven fliegen, aber es ist über Weihnachten, und Weihnachten muss man zu Hause verbringen.«

»Wer sagt das?«, fragt Verity. »Ehrlich, wer sagt, dass es an Weihnachten immer kalt sein muss? Außerdem schneit es sowieso so gut wie nie hier bei uns.«

»*Wir* sagen das«, erwidere ich. »Das ist Tradition, weißt du noch? Und ich könnte Mum nie an Weihnachten allein lassen.«

»Ach du meine Güte, ich bin doch nicht allein. Lucy von nebenan hat mich eingeladen«, erwidert Mum und winkt ab. »Sie weiß, dass ich es dieses Jahr nicht schaffen werde, so lange wie sonst in der Küche zu stehen, um alles vorzubereiten.«

Verity und ich grinsen hinter ihrem Rücken. Mum kauft an Weihnachten immer nur Fertiggerichte. Den Yorkshire Pudding, die Bratkartoffeln, den Braten, sogar die Bratensoße. Sie schiebt alles zusammen in den Ofen und wartet mit einer Schachtel Pralinen vor dem Fernseher, bis das Essen fertig ist.

»Etwas Sonne und Zeit für dich würden dir guttun, Cait«, meint Verity. »Oooh, und ich wette, es gibt Yogastunden am Strand. Wie heißt das Resort?«

»Maruba«, antworte ich, und sie holt ihr Handy heraus und beginnt, eifrig zu tippen.

»Mein Gott, das ist unglaublich! Eine Woche kostet sechstausend Pfund! Minimum«, ruft sie. »Caitlin, du musst dort hinfliegen! Ich passe inzwischen auf deine Mum auf. Ehrlich, wann passieren Leuten wie uns schon solche Sachen?«

Ich muss ihr zustimmen. Als wir noch jünger waren, hat Veritys Mum mich immer mit in den Familienurlaub genommen. Meistens ging es im Wohnwagen an einen Campingplatz am Meer. Aber natürlich nicht irgendwohin, wo es sonnig und warm war. Dennoch schüttle ich den Kopf.

»Nein, ich will das nicht«, erkläre ich. »Es wäre zu seltsam, Weihnachten am Strand zu verbringen.«

Mum nickt. »Schneeregen und grauer Himmel sind viel besser.« Sie streckt ihren blassen Arm aus. »Wir sind nicht für zu viel Sonne gemacht. Aber ich glaube trotzdem, dass du einen großen Fehler machst. Vitamin D ist genau das, was du jetzt brauchst.«

»Eher Vitamin Meer«, meint Verity, schleicht sich von hinten an mich heran und reißt mir das Handy aus der Hand.

Ich springe auf. »Gib es wieder her! Verity, das ist meine Entscheidung!«, kreische ich, während sie eine Antwort tippt und laut mitliest:

»Ich danke Ihnen vielmals, ich würde liebend gern kommen und …«

Sie hält inne und sieht mich an. Dann richtet sie den Blick wieder auf das Display. »Oh, Caitlin … jetzt ist mir alles klar.« Sie starrt noch einen Augenblick auf die Mail, dann meint sie leise: »Sie haben nicht nur dich, sondern auch Harry eingeladen.«

Ich sinke auf meinem Stuhl zusammen. »Ich kann ihnen nicht die Wahrheit sagen. Sie würden mich für verrückt erklären.«

Mum steht immer noch hinter mir und massiert mir wieder die Schultern. »Nein, werden sie nicht. Versuch es doch. Vielleicht verstehen sie es.«

»Aber sie wollen *diese* Caitlin.« Ich deute auf mein Handy. »Die Caitlin mit der perfekten Ehe und dem unerschütterlichen Lächeln. Nicht die hier. Nicht mich.«

»Du weißt doch gar nicht, was sie wollen«, erwidert Verity. »Hier steht, dass sie dein Unternehmen toll finden. Nicht Harry. Und auch nicht deinen Instagram-Account. Schau mal.« Sie hält mir die Mail vors Gesicht. »Nur dich.«

Ich lese alles noch einmal und dann noch einmal. Sie hat recht. Da steht wirklich, dass ihnen mein Unternehmen gefällt. Harry wird nur ganz am Ende erwähnt. Da steht lediglich: *Natürlich können Sie gern Ihren Mann mitbringen.*

»Vielleicht kann ich ihnen schreiben, dass er auf Dienstreise ist?«, überlege ich, obwohl ich ihre Antwort bereits kenne.

»Nein, Liebes«, entgegnet Mum. »Erinnerst du dich an gestern Abend? Schonungslose Ehrlichkeit. Von uns allen. Immer nur nach vorne schauen.«

»Sogar gegenüber Fremden?«, frage ich leise und flehend – wie ein Kind, das um eine Extraportion Süßigkeiten bettelt.

»Ja, sogar gegenüber Fremden«, erwidert sie bestimmt.

Ich schlucke, spanne meine Muskeln an und versuche mich zu erinnern, wie es war, als ich zu Beginn meiner Karriere auf fremde Menschen zugehen und sie um finanzielle Unterstützung bitten musste. Ich merkte damals, dass es eigentlich ganz gut klappte, wenn ich genug Selbstbewusstsein vortäuschte und freundlich, aber bestimmt nachfragte. Ich brachte die Leute sogar während der ernstesten Meetings zum Lachen, und wenn ich nach Hause ging, war ich wahnsinnig stolz.

Ich balle meine Hände zu Fäusten und strecke sie in die Höhe – das ist meine Powerpose, mit der ich mir kurz vor einem großen Auftritt immer auf der Toilette Mut zugesprochen habe. Als Verity es sieht, lächelt sie. Sie erinnert sich noch gut an diese Zeit.

»Du hast das alles ganz allein geschafft«, erinnert sie mich. »Also schaffst du es jetzt auch.«

Ich tippe eine Antwort, halte den Atem an und drücke auf *Senden*.

Die Reaktion kommt bereits fünf Minuten später. Wir vertreiben uns inzwischen die Zeit auf der Website der *Daily Mail*, um das Handy nicht aus der Hand legen zu müssen. Mum tut so, als wäre sie nicht einverstanden, ist aber trotzdem fasziniert.

Als mein Handy piept, lege ich eine Hand über das Display.

»Lasst mich das bitte erst mal allein lesen, okay?«, bitte ich. Sie treten schweigend einen Schritt zurück und geben sich Mühe, mich nicht anzustarren.

Der Tod Ihres Mannes erfüllt uns mit tiefer Bestürzung, und wir senden Ihnen unser aufrichtiges Beileid. Wir wollen die Einladung allerdings trotzdem gern noch einmal aussprechen. Sie sind eine der wichtigsten Influencerinnen in Sachen Liebe in Großbritannien – und Sie können gern eine Begleitung Ihrer Wahl mitbringen. Wir bitten um kurze Rückmeldung.

Ich wende mich an Verity, die ganz offensichtlich nur so tut, als würde sie erneut in der Klatschzeitschrift blättern.

»Verity, hast du Lust, mit mir auf die Malediven zu fliegen?«

KAPITEL NEUNZEHN

Das Meer unter mir schaukelt sanft, die Luft fühlt sich anders an als zu Hause. Sauberer, leichter, frischer. Immer wieder spritzt mir Salzwasser in die Augen, aber das ist mir egal. Rundherum ist alles blau. Ich hätte nie gedacht, dass es diese Art Blau im echten Leben überhaupt gibt. Ich kannte eine solche Farbe bisher nur von digital aufgepeppten Postkarten oder Bildschirmschonern. Doch es ist echt, und ich befinde mich mittendrin. Zusammen mit meiner besten Freundin, die jedes Mal kreischt, wenn das Boot über eine Welle springt.

Ich versuche, die leise Stimme in meinem Kopf zu ignorieren, die mir in einem fort zuflüstert, wie gut es Harry hier gefallen hätte, und betrachte stattdessen das Pärchen, das uns gegenübersitzt. Die Haut der Frau ist stark gebräunt. Entweder macht sie sehr häufig Urlaub, benutzt nur Sonnenöl oder ist ein großer Solariumfan. Ihre gelblich blonden Haare sind kurz geschnitten, sie trägt eine riesige Sonnenbrille von Gucci, einen türkisfarbenen Kaftan und Flip-Flops mit Absätzen. Sie umklammert den Arm ihres dunkelhäutigen Begleiters, der einen wild wuchernden Bart hat und ein Hawaiihemd trägt. Die beiden sind etwa Mitte fünfzig und lächeln glücklich vor sich hin. Ganz anders als Verity und ich, die wie verrückt grinsen und aufs Meer hinausstarren, als könnten wir es gar nicht glauben. Als wäre alles nur ein unglaublich realistischer Traum.

Kurz nachdem ich die Reisebestätigung erhalten hatte, habe ich Ade gebeten, das Unternehmen zu checken, das mich eingeladen hat. Wir wollten sichergehen, dass wir nicht auf eine ausgefeilte Phishingattacke hereingefallen waren. Und auch als die Flugbestätigung schließlich eintraf, versuchte ich, Ruhe zu bewahren, und beschloss, es erst zu glauben, wenn wir im Flugzeug saßen.

Verity hatte für den Flug einen bordeauxroten Trainingsanzug von *Juicy Couture* bei eBay ergattert. Sie hat sich sofort, nachdem ich ihre Reisepasskopie weitergeleitet hatte, auf die Suche danach gemacht. »Paris Hilton in den Nullerjahren – genau so will ich auf diesem Flug aussehen«, meinte sie. Inzwischen hat sie ihn gegen ein schwarzes, mit Palmen bedrucktes Kleid getauscht, das sie mit einer riesigen verspiegelten Sonnenbrille kombiniert. Jedes Mal, wenn ich mich darin sehe, bin ich überrascht, wie entspannt ich wirke.

»Ist es zu glauben, dass heute der 24. Dezember ist?«, ruft mir Verity über die Motorengeräusche hinweg zu, die aus dem Rumpf des Bootes dringen. »Und wir sind auf dem Weg in ein Fünfsterneresort auf den verdammten Malediven. Es ist so krass. Echt krass.«

»Es ist wohl Ihr erstes Mal hier, was?«, fragt die Frau mit den kurz geschnittenen Haaren. Sie hat einen weichen amerikanischen Akzent, der gut in einen Wildwestfilm gepasst hätte. Wir nicken eifrig wie zwei kleine Mädchen auf einem Schulausflug, denen gerade jemand Süßigkeiten angeboten hat. »Ich warne Sie, man wird total verdorben. Wir waren vor fünf Jahren zum ersten Mal hier, und danach konnte kein anderer Urlaub mehr mithalten! Seitdem kommen wir jedes Jahr an Weihnachten her. Es ist weitaus besser als Texas und meine fragwürdigen Kochkünste.«

Ihr Mann lächelt und sieht sie auf dieselbe Weise an, wie Harry mich früher einmal angesehen hat. Es versetzt meinem Herzen einen Stich. »Ihre Spezialität ist ein Salat aus Instantnudeln. Ist das zu glauben?« Man hört deutlich, dass er aus der New Yorker Bronx stammt.

Seine Frau schlägt ihm spielerisch auf die Brust. »Hey, du magst den Salat doch!«

»Ich mag die Unmengen an Mayo, die du hineinrührst.«

Sie lehnt sich nach vorne und streckt uns die Hand entgegen. »Ich bin Jane.«

Ihr Mann winkt uns zu. »Usman.«

Wir stellen uns ebenfalls vor, und Usman zieht eine Kühlbox unter seinem Sitz hervor. »Mag jemand eine Flasche Bier? Damit der Urlaub gleich mal gut anfängt?«

»Also, was führt euch junge Dinger an Weihnachten hierher?«, fragt Jane, während wir anstoßen.

Wir haben uns natürlich auf eine solche Situation vorbereitet. Verity hat als Siebzehnjährige einen Sommer lang in einem All-inclusive-Resort in Alicante gearbeitet und mich davor gewarnt, dass wir auf zahllose Menschen treffen würden, die leidenschaftlich gern Urlaubsbekanntschaften schließen, die sie danach nie wiedersehen. Wir durften nicht davon ausgehen, dass wir die ganze Zeit nur unter uns bleiben würden.

»Es ist okay, wenn du nicht über Harry reden willst«, hat meine Freundin mir zu Beginn der Reise erklärt. »Aber die Leute werden dich trotzdem über dein Leben ausfragen. Ehrlich. Damals hat mich jeden Tag mindestens einer nach meinem bisher schlimmsten Erlebnis gefragt. Und nach meinem schönsten. Es ist, als hätten diese Leute Kommunikationskärtchen mitgebracht und keine Scheu davor, sie zu benutzen.«

Verity macht den Anfang und greift auf unsere vorher besprochene Antwort zurück. »Ein Freundinnentrip. Mir wurde der Liebeskummer zu Hause zu viel, und da dachten wir, wir lassen mal alles hinter uns …«

»Und es gibt wohl keinen besseren Ort dafür als diesen«, stimme ich mit ein.

Das ist zumindest keine Lüge, nur eben nicht die ganze Wahrheit. Mum und Verity waren damit einverstanden. Ich wüsste gern, ob Jane gerade überlegt, wie wir uns den Urlaub leisten können. Ich würde es an ihrer Stelle tun.

»Armes Kind«, meint Jane und tätschelt Veritys Knie. »Aber das klingt auf jeden Fall nach einem sehr guten Plan. Das Resort ist unglaublich. Sie werden keinen Gedanken mehr an diesen Kerl verschwenden, wenn wir erst mal da sind.«

»Ich kann immer noch nicht glauben, dass wir in einem Boot unterwegs sind«, bemerke ich staunend. »Ich hätte eher einen Bus oder so etwas erwartet.«

Janes Lachen ist laut und volltönend. »So ist das hier nun mal. Es gibt keine Straßen, nur das unendliche Meer. Wohnen Sie in einer der Luftvillen oder einer der Wasservillen?«

Verity und ich wissen alles über das Resort. In den Tagen vor der Abreise waren wir ständig gemeinsam auf der Website unterwegs, haben Videotouren durch die Zimmer gemacht und die Speisekarten der acht Restaurants auswendig gelernt.

»Erde«, antwortet Verity.

Wir waren enttäuscht, dass wir nicht in einem der kleinen Bungalows untergebracht waren, die auf Pfeilern direkt im Meer standen, doch dann haben wir uns in Erinnerung gerufen, dass hier alles gratis sein wird. Ich frage mich, ob viele Promis deshalb so schräg drauf sind. Man wird sehr schnell habgierig.

»Oh, die sind herrlich. Wir waren im Vorjahr dort, nicht wahr, Usman?« Sie stößt ihm mit dem Ellbogen in die Seite.

Er nickt. »Ja, es war unglaublich. Der Strand beginnt direkt vor der Verandatür.«

»Wir haben dieses Jahr zur Abwechslung einmal einen Bungalow auf dem Wasser gebucht. Hey – Sie müssen unbedingt einmal auf einen Drink vorbeikommen und es sich ansehen.«

Verity drückt mein Knie. *Ich hab's dir ja gleich gesagt*. Ich lächle. Mir macht es nichts aus, wenn Jane den ganzen Urlaub hindurch auf mich einplappert.

»Sehen Sie nur, da drüben ist es!«

Wir haben schon viele kleine Inseln mit braunen Hütten gesehen, die sich wie eine Straße durch das Meer ziehen. Das Boot ist daran vorbeigezogen, doch dieses Mal steht Jane auf und winkt wie verrückt, während Usman sie an der Taille fest umklammert.

Das Motorboot hält an einem Holzsteg, und wir steigen mit wackeligen Beinen aus. Wir werden von etwa dreißig lächelnden Angestellten in makellos weißen Uniformen begrüßt. Ein seltsames Pfeifen erklingt und verwandelt sich im nächsten Augenblick in eine fröhliche Melodie. Mein Blick fällt auf einen Mann zu meiner Rechten, der tatsächlich in eine Muschelschale bläst.

»Willkommen, neue und alte Freunde!«, sagt einer der Männer und tritt vor. Ich sehe zwei Reihen großer, leuchtend weißer Zähne, die mich angrinsen. Mir wird beim Anblick der vielen gut aussehenden Menschen schwindelig. Der Mann ist groß und kräftig und trägt mehrere Ketten um den Hals, die er abnimmt und sie den neu angekommenen Gästen der Reihe nach über den Kopf stülpt. An meiner Kette hängt ein Anhänger in Herzform, der aus einem Palmenblatt geschnitten wurde.

»Mein Name ist Charles, und ich bin der Resortleiter. Sie sind nach dem langen Flug sicher müde, also würde ich vorschlagen, ich zeige Ihnen zunächst Ihre Unterkünfte, und später erweisen Sie mir vielleicht die Ehre, einen Willkommensdrink mit mir einzunehmen, ja?«

Er legt mir sanft eine Hand an den Rücken, und wir gehen den Holzsteg entlang. Am Strand befinden sich zahllose kleine Hütten, die alle über einen eigenen Swimmingpool verfügen.

»Wow«, murmelt Verity. »Einfach nur wow.«

Ich muss sie nicht ansehen, um zu wissen, dass sie bis über beide Ohren grinst.

Wir betreten den Empfangsbereich und werden zu einer Bank geführt, wo bereits vier Frauen auf uns warten. Sie drücken uns ein Glas Champagner in die Hand und bedeuten uns, Platz zu nehmen.

»Während wir den Check-in erledigen«, erklärt Charles, »genießen Sie doch bitte eine entspannende Fußmassage.«

Es ist beinahe zu viel. Meine Gedanken fahren Achterbahn. Da ist der Teil, der mich auffordert, den Augenblick zu genießen, während ein anderer Teil es viel zu seltsam findet und nichts mit der unterwürfigen Art der Frauen anfangen kann, die mir hier gerade die Füße massieren. Und ein dritter Teil wünscht sich sehnlich, diesen Moment auf Instagram zu posten.

Verity hat mir das Handy abgenommen und versprochen, Fotos zu machen, die ich zu Hause online stellen darf. Solange wir hier sind, darf ich weder mit der Reise angeben noch andauernd Mails und SMS checken oder mir Sorgen über Morwena machen. Mein iPhone ist tabu. Das ist zwar durchaus verständlich, aber ich habe trotzdem das Gefühl, als würde etwas fehlen. Es ist, als hätte ich nach langer Zeit einen Ring abgenommen, würde ihn aber immer noch an meinem Finger spüren.

Schließlich beenden die Frauen die Massage, und Charles kommt zu uns, um uns zu unserer Unterkunft zu begleiten.

»Hier im Resort tragen die Gäste keine Schuhe«, bemerkt er. »So kann man den Sand zwischen den Zehen viel besser spüren, meinen Sie nicht auch?«

Verity leert ihr Champagnerglas, und wir springen auf ein Golfmobil, das unter üppigen Palmen hindurch einen sich windenden Weg entlangfährt.

Wir halten vor einem blauen Holztor. Charles öffnet es, und dahinter offenbart sich eine herrliche Postkartenidylle. Ein saphirblauer Pool erstreckt sich über den Strand hinweg in Richtung Meer, er wird von Palmen umrahmt, die ihre typischen Schatten auf den Sand werfen. Wir schnappen beide hörbar nach Luft – und das genau zur selben Zeit.

Charles lacht. »Hier ist der Schlüssel für die Eingangstür.« Er deutet auf eine Tür an einer Seite des Gebäudes. »Sie können das Haus aber auch einfach über die Veranda betreten.«

Die Villa verfügt über eine Glasfront, und auf der Veranda stehen ein Ecksofa aus Bambus mit weißen Kissen und ein Tisch mit einer Flasche Champagner in einem silbernen Weinkühler.

Charles führt uns ins Haus. Wir haben ein Wohnzimmer, eine Küchenzeile und zwei Schlafzimmer, wovon eines über Fensterläden aus Holz verfügt, die man nachts schließen kann. Wenn sie geöffnet sind, kann man vom Bett aus den Blick auf den Strand genießen.

»Das ist ja riesig!«, ruft Verity und macht eine ausladende

Handbewegung. »Ehrlich, Charles, Sie sollten mal mein Heim sehen. Mein Wohnzimmer passt in das Badezimmer dort.«

Er lacht erneut, es ist ein tiefes, väterliches Geräusch, als wären wir seine Töchter. »Dann wird Ihnen das hier auch gefallen: Die Minibar wird zweimal täglich von Ihrem persönlichen Butler Joseph neu befüllt. Wenn Sie etwas von ihm brauchen – egal was –, wählen Sie einfach die Null am Zimmertelefon. Ich lasse Sie jetzt allein, damit Sie sich einrichten können. Ihr Gepäck ist bereits hier.« Er deutet auf den Kleiderschrank. »Ich hoffe, wir sehen uns zum Willkommensdrink um sechs Uhr?«

Wir nicken gehorsam, und sobald er aus der Tür getreten ist, kreischen wir los, halten uns an den Händen und hüpfen auf und ab. Verity lässt sich aufs Bett fallen, und ich öffne den Champagner und schenke ihr ein Glas ein.

Sie reißt es mir aus der Hand und nimmt einen großen Schluck. »Wir sind wirklich da, Cait! Wir haben es geschafft!«

Ich nippe ebenfalls an dem Champagner, blicke hinaus auf den weißen Sandstrand und denke: *Ja, vielleicht schaffe ich es tatsächlich.*

Ich stehe auf, öffne die Verandatür und laufe mit dem Glas in der Hand hinunter zum Meer. Verity folgt mir jubelnd. Das türkisfarbene Wasser schwappt über meine Füße, und ich schließe die Augen und spüre die Sonne auf meinem Gesicht. Verity setzt sich und lässt das Wasser über ihr Kleid rinnen, sodass es innerhalb kurzer Zeit patschnass ist.

»Was soll's!«, rufe ich und setze mich neben sie. Ich schnappe nach Luft, als mich das kühle Wasser umfängt. Verity legt einen Arm um mich und zieht mich an sich.

»Du kannst so oft von ihm reden, wie du willst, weißt du?«, sagt sie.

Ich lege meinen Kopf auf ihre Schulter. Ihre Haut ist warm.

»Danke, das werde ich … aber nicht jetzt.« Wir beobachten ein Motorboot am Horizont und halten die Gesichter der hinter zartem Dunst verborgenen Sonne entgegen. Ich habe keine Ahnung, wie spät es ist, es ist mir auch egal. »Und für dich gilt dasselbe, okay?«, meine ich. »Du kannst jederzeit mit mir reden.«

»Über Harry?«, fragt sie. »Das wäre schön. Ich vermisse ihn.«

»Ja«, erwidere ich. »Aber auch über Jeremiah. Mir ist klar, wie schwer die Situation für dich sein muss.«

Sie drückt meine Schulter. »Danke. Das werde ich … aber nicht jetzt. Dein Gesicht rötet sich schon. Komm, wir packen die Koffer aus.«

Sie geht den Strand hinauf. An meinen nassen Füßen haftet Sand, als ich ihr folge. Meine Arme sind tatsächlich schon ein wenig rot, aber ich habe trotzdem keine Lust auszupacken.

Es ist, als hätte Verity meine Gedanken gelesen. »Du kannst dich gern in den Schatten setzen und ein wenig lesen. Ich erledige inzwischen alles andere.«

»Bist du sicher?«, erwidere ich und lasse mich schon mal in den Korbstuhl auf der Veranda sinken.

»Du faltest deine Klamotten ohnehin falsch«, entgegnet sie. »Du weißt ja, wie empfindlich ich bei diesen Dingen bin.«

Bevor ich etwas darauf erwidern kann, ist sie bereits durch die Tür verschwunden, kommt allerdings kurz darauf mit meinem Buch wieder.

»Du hast mindestens drei Bücher zu viel eingepackt.«

»Und du hast fünfzehn Paar Schuhe dabei … an einem Ort, an dem niemand Schuhe trägt«, erwidere ich leise, und mein Kopf sackt nach vorne. Ich bin furchtbar müde. Sie pikt mich in die Seite.

»Schlaf ja nicht ein«, befiehlt sie streng. »Es gibt nur eine wirksame Methode gegen den Jetlag. Man muss sich der Zeitzone anpassen, in der man sich gerade befindet. Das heißt, es ist jetzt fünf Uhr nachmittags.«

Ich versuche, mich auf mein Buch zu konzentrieren, doch die Buchstaben verschwimmen vor meinen Augen, während Verity leise vor sich hinsingt.

Irgendwann muss ich wohl eingeschlafen sein, denn als sie mich sanft schüttelt, ist der Himmel kornblumenblau.

»Es wird Zeit für den Willkommensdrink, Caitlin«, flüstert sie. Ich sehe verwirrt an mir hinunter. Ich trage immer noch das orangefarbene Kleid, das ich auf der Reise getragen habe.

»Du hast mich schlafen lassen«, beschwere ich mich.

»Stimmt«, erwidert sie lächelnd. »Du hast so süß ausgesehen. Dafür habe ich dir ein Outfit zurechtgelegt.«

Sie riecht nach Kokosshampoo und sieht frisch und munter aus in ihrem türkisblauen, bodenlangen Halterneckkleid. Auf dem Bett liegt ein pinkfarbenes Trägerkleid, das ich nach einer Blitzdusche über den Kopf ziehe. Die aufgenähten Fransen schwingen in der sanften Brise hin und her. Ich gähne.

»Wir müssen ja nicht lange bleiben«, sagt Verity. »Ein Drink, dann Abendessen und ab ins Bett, würde ich vorschlagen. Was meinst du?«

»Klingt gut«, erwidere ich, auch wenn die Erwartungen an den bevorstehenden Abend groß sind. Es gibt so vieles zu erkunden.

»Hast du den Schlüssel?«, frage ich, und Verity nickt. Sie winkt ihren Schuhen zu, die sie entlang der Wand aufgereiht hat.

»Auf Wiedersehen, meine Hübschen, ich liebe euch – auch wenn ich gerade keine Verwendung für euch habe.« Sie wirft ihnen seufzend eine Kusshand zu.

»Irgendwie fühle ich mich ohne Schuhe ziemlich frei«, erkläre ich, während wir zur Bar schlendern. »Man muss sich keine Sorgen darüber machen, dass man ein tolles Outfit durch die falsche Schuhauswahl ruiniert.«

»Stimmt. Aber man verliert gleichzeitig die Möglichkeit, den Look noch aufzupeppen, und außerdem«, sie streckt die Unterlippe vor wie ein kleines Kind, »fühle ich mich ohne Schuhe schrecklich klein.«

»Dafür tun die Füße nicht weh. Mein Gott, erinnerst du dich an die Zeit, als wir noch jeden Abend unterwegs waren? Du hast andauernd deine Schuhe verloren, weil du sie beim Tanzen mal wieder ausgezogen hast. Und am Ende bist du mit nur einem Schuh nach Hause gekommen.«

»Aber es kam leider nie ein Prinz vorbei und hat ihn mir wiedergebracht.«

Wir haken uns unter, während andere Gäste an uns vorbeischlendern. Es ist seltsam, einmal nicht das allgegenwärtige Brummen der Autos, das Klirren der Flaschen in den Mülleimern und das Dröhnen der Hupen zu hören. Die Geräusche der Stadt. Es fühlt sich an, als wären wir auf einem anderen Planeten gelandet. An einem Ort, an dem niemand verletzt werden kann und nichts Böses passiert. Und auch wenn ich immer noch denke, wie gern Harry das alles erlebt hätte, hilft es, dass er nie hier war. Ich kann mich frei bewegen und muss keine Angst haben, um die Ecke zu biegen und plötzlich vor einer Bar zu stehen, in der wir einen tollen Abend verbracht haben. Oder vor einem Restaurant, in dem ein dummer Streit eskaliert ist. Die Erinnerungen an Harry sind in Sheffield allgegenwärtig und jagen mich selbst an normalen Tagen über eine Achterbahn der Gefühle.

Die Bar ist weihnachtlich geschmückt. Die Überdachung ist

mit bunter Folie verziert, die Luftmatratzen auf dem Pool sind mit Lametta umwickelt, neben dem Tresen steht ein zwei Meter hoher Weihnachtsbaum mit einem silbernen Stern an der Spitze. Die Farben übertrumpfen sich gegenseitig und glitzern in der Abendsonne. Es ist, als wäre Mums Haus irgendwie hierhertransportiert worden. Aus den Lautsprechern dröhnt *White Christmas.* Jane und Usman stehen bereits an der Bar und unterhalten sich mit dem Barkeeper, dessen Haare so glänzend schwarz sind, dass sie die Lichter reflektieren. Seine Wangenknochen sind gestochen scharf, und er sieht aus, als stammte er direkt aus einem Bollywood-Film.

»Ladys, kommt doch herüber.« Jane winkt uns erfreut zu. Sie trägt ein weißes, schulterfreies Kleid, ihre gebräunte Haut glänzt im Licht. Usman trägt wieder ein Hawaiihemd und lächelt zurückhaltend.

»Das ist Willem«, erklärt Jane und deutet auf den Barkeeper, der gerade vier kleine Gläser auf die Theke stellt. »Er ist unser Liebling, nicht wahr, Willy?«

»Und Sie sind die wunderbarste Frau der Insel, Jane. Obwohl es so aussieht, als hätten Sie Konkurrenz bekommen.« Er winkt uns zu.

Verity stellt sich vor und streckt die Hand aus, die er galant küsst.

»Caitlin«, erkläre ich, behalte die Hände allerdings bei mir und winke ihm bloß zu.

»Lust auf einen kleinen Trick?«

»Ach, seine Tricks sind wirklich die besten!« Jane presst sich aufgeregt die Hände auf die Brust.

Willems Akzent ist eine herrliche Mischung aus Indisch und Amerikanisch, seine Stimme klingt samtweich. Er zieht einen Satz Spielkarten aus seiner Schürzentasche und mischt sie, als würde er Akkordeon spielen. Dann fächert er sie mit der Vorderseite nach unten auf und bittet Verity, sich eine auszusuchen.

»Irgendeine Karte?«, fragt sie, als wollte sie mit ihm flirten. Allerdings kommt es selten vor, dass Verity *nicht* mit ihrem Gegenüber flirtet – egal ob Mann oder Frau. »Ich flirte nicht, ich schmeichle meinem Gesprächspartner nur«, meint sie jedes Mal, wenn ich sie darauf anspreche. »Es ist doch nicht falsch, dem Gegenüber ein gutes Gefühl und mehr Selbstwert zu verschaffen.«

»Irgendeine Karte«, erwidert Willem und hebt eine Augenbraue.

Verity zieht eine heraus, wirft einen verstohlenen Blick darauf und legt sie wieder ab. Willem nickt, und im nächsten Moment hat er alle Karten wieder zu einem Stapel zusammengefasst, den er fein säuberlich in der Hand hält. Er mischt sie noch einmal.

»Ich wette, ich finde Ihre Karte in diesem Stapel, und zwar mit geschlossenen Augen«, erklärt er. »Wenn ich es nicht schaffe, gehen die Getränke heute auf mich.«

»Netter Versuch, Kumpel, aber die Getränke sind hier sowieso gratis«, erwidert Verity lachend.

»Na gut.« Er grinst. »Dann spendiere ich Ihnen ein Glas des teuersten Brandys, den wir hier haben. Es kostet zweihundertfünfzig Pfund und ist normalerweise nur für ganz besondere Gäste gedacht.«

»Abgemacht«, stimmt Verity zu und schüttelt kräftig seine Hand.

Ich habe sie immer darum beneidet, wie schnell sie sich in einer neuen Situation zurechtfindet, schlagfertige Antworten findet und entspannt lachen kann. Ich selbst wirke immer gehemmt, wenn ich mit jemandem allein an einem Tisch sitze und mich mit ihm unterhalte.

Willem schließt die Augen.

»Nicht schummeln«, kreischt Jane und murmelt Usman leise zu: »Mein Gott, ich liebe seine Tricks!«

Willem hält Verity eine Karte entgegen. Herz 3. »Das ist Ihre.«

Sie schüttelt den Kopf. »Tut mir leid, mein Freund. Das ist sie nicht.«

Sein Gesicht fällt in sich zusammen, mit seinen schokobraunen Augen sieht er sie so traurig an wie ein sitzengelassener Hund. »Sicher?«

»Ja, ganz sicher«, erwidert sie. Ich an ihrer Stelle würde lügen, damit er mich nicht mehr so ansieht.

»Aber … Willem macht sonst nie Fehler«, meint Jane. »Ehrlich, wir kommen seit Jahren hierher, und bis jetzt hat er sich kein einziges Mal geirrt.«

Er schüttelt den Kopf. »Es ist ein neuer Trick, Jane, und ich bin wohl ein wenig … eingerostet. Ich muss mehr üben. Die hübschen Damen haben mich zu sehr abgelenkt.«

»Versuchen Sie jetzt ja nicht, sich mit Charme vor dem Einlösen Ihrer Schulden zu drücken.«

Er nickt, dreht sich um und holt eine quadratische Bleiglasflasche vom obersten Regalboden. Dabei segelt eine Spielkarte zu Boden.

»Nein, das darf nicht wahr sein!«, ruft Jane und schlägt sich die Hände vor den Mund.

Willem bückt sich und hebt die Karte auf. Erneut breitet sich ein Grinsen auf seinem Gesicht aus. »Moment mal … Was ist denn das?«

Er gibt Verity die Karte. Kreuz 4. Sie betrachtet sie mit offenem Mund. »Das ist meine Karte.«

Wir jubeln, und Usman klopft Willem auf die Schulter. »Sie hätten mich fast reingelegt.«

»Er ist der hübscheste Mann auf der ganzen Insel, das sage ich Ihnen«, flüstert Jane mir ins Ohr.

»Usman?«, flüstere ich zurück.

Sie gibt mir einen Klaps aufs Knie und lacht schallend. »Nein, Sie Dummchen. Willem.«

Der zwinkert mir gerade zu, und die Schmetterlinge in meinem Bauch beginnen zu tanzen. Ein Pfeifen ertönt, und mittlerweile kann ich es der Muschel zuordnen. Charles betritt die Bar. Die Gespräche verstummen, alle drehen sich zu ihm um, als wäre er der König höchstpersönlich.

»Hallo, zusammen, willkommen auf meiner Insel!«, ruft er und bringt seine Stimme dabei sehr bewusst zum Einsatz. »Hier ist unser Zuhause – und wir würden uns freuen, wenn Sie sich auch wie zu Hause fühlen würden.« Er berichtet von den zahllosen Freizeitaktivitäten, und Jane flüstert mir ihre ganz persönliche Einschätzung ins Ohr. »Sie müssen unbedingt zum Tauchen. Die Schildkröten muss man gesehen haben«, bemerkt sie. Und dann: »Kajakfahren ist nichts für mich. Da trinke ich lieber eine Margarita am Pool.«

Charles tritt hinter die Bar und klopft Willem auf die Schulter. »Und wenn Sie Lust auf einen Cocktail bekommen, dann ist dieser Mann hier genau der Richtige.«

Willem verbeugt sich lächelnd. »Soweit ich weiß, trinken einige Gäste ganz gern Margaritas«, meint er, und Jane hebt ihr Glas und prostet ihm zu.

Charles wandert durch die Bar und schüttelt jedem Gast die Hand.

»Er ist so nett«, schwärmt Usman. »Wussten Sie, dass er einer der erfolgreichsten Hoteliers auf den Malediven ist?« Ich schüttle den Kopf. »Weil er sich wirklich um seine Gäste sorgt«, fährt Usman fort. »Er behandelt uns, als gehörten wir zur Familie. Nicht wahr, Schatz?«

»Na ja, wie eine Familie, die ihn stinkreich gemacht hat.« Jane kichert, bevor sie wieder ernst wird. Dann nickt sie. »Er tut alles für seine Gäste.«

»Hey«, fährt sie fort. »Wo werden Sie heute zu Abend essen?«

Verity wirft mir einen warnenden Blick zu. »Wir haben einen Tisch im japanischen Restaurant reserviert. Wollen Sie vielleicht mitkommen?« Ich ignoriere Verity. »Das wäre wunderbar.«

Ich sage es nicht aus Höflichkeit, sondern weil dieses Paar etwas an sich hat. Ich fühle mich zufrieden und willkommen in ihrer Gegenwart. Als könnte ich so sein, wie ich wirklich bin.

Usman sieht auf seine Uhr – ein riesiger Goldklunker, der an seinem Handgelenk baumelt. »Dann machen wir uns besser auf den Weg.«

Wir schieben uns an den anderen Gästen vorbei und schütteln im Vorbeigehen Charles' Hand.

»Nehmen Sie etwas mit Teriyaki-Soße«, rät er Verity. »Sie werden es nicht bereuen.«

Den ganzen Weg aus der Bar spüre ich Willems Blick in meinem Rücken, und ein Glühen macht sich in mir breit.

Wir setzen uns an den reservierten Tisch mit Blick aufs Meer, das sich schwarz wie die Nacht vor uns ausbreitet. Jane bestellt Martinis für alle.

»Okay, jetzt schießt mal los, was macht ihr beide so?«, fragt sie und geht ganz selbstverständlich zum Du über.

Ich lasse Verity den Vortritt. »Ich bin Stylistin«, erklärt sie, woraufhin Jane nach Luft schnappt und an ihrem Kleid herumzupft.

»Nein! Wenn ich das gewusst hätte, hätte ich mehr auf mein Outfit geachtet. Hast du gehört, Usman? Eine Stylistin! Arbeitest du mit Promis?«

»Ja, schon, aber ihr habt wahrscheinlich noch nie von ihnen gehört. Sie sind so etwas wie Realitystars – in Großbritannien …«

»Oooh! Wie die Kardashians?«

»Wie die Kardashians, wenn sie sich volllaufen lassen und sich dabei in die Hose machen«, erwidere ich, und Usman lacht schallend.

»Und du, Liebes?«, fragt Jane.

Ich schlucke und ringe mir ein Lächeln ab. »Ich betreibe eine Datingagentur.«

»Du bringst also Liebespaare zusammen?«, fragt Usman.

»Ja, genau das tut sie«, erklärt Verity stolz. »Sie hat schon viele Menschen sehr glücklich gemacht.«

Ich werde rot. »Ich versuche es zumindest. Aber egal. Was ist mit euch? Wie lange seid ihr bereits verheiratet?«

Die beiden brechen in Gelächter aus.

»Geschieden«, erklärt Usman, und deutet auf sich selbst.

»Als Heiratsvermittlerin willst du das sicher nicht hören«, meint Jane. »Aber das Geheimnis einer glücklichen Ehe ist … gar nicht erst zu heiraten!«

Verity hebt ihr Glas, und die Lychee, die auf dem Rand gesteckt hat, fällt aufs Tischtuch. »Cheers!«, meint sie fröhlich.

Ich hebe mein Glas ebenfalls und stoße mit den anderen an. »Na gut, aber sagt das bitte nicht meinen Klienten!«

Ich sehe Harrys Gesicht vor mir, wie ich an unserem Hochzeitstag zwischen den Stuhlreihen hindurch auf ihn zuging. Hätten wir es geschafft, wenn er nicht gestorben wäre? Ich wollte immer eine Ehe, die allen beweist, wie falsch sie liegen.

Ich wollte, dass wir zusammen in Rente gehen und mit grauen Haaren langsam übers Tanzparkett schweben, sodass alle uns neidisch zusehen. Jetzt werde ich nie erfahren, ob wir tatsächlich so lange verheiratet geblieben wären.

Ich schlucke meine Traurigkeit hinunter und konzentriere mich wieder auf das Gespräch. Verity erzählt gerade von ihrer Trennung von Jeremiah.

»Am Ende waren wir eher wie zwei gute Freunde«, erklärt sie. »Aber es ist trotzdem hart. Ich vermisse es, mit ihm zu lachen und ihm von meinem Tag zu erzählen.« Sie wirft mir einen schnellen Blick zu, als wollte sie mein Einverständnis, dass sie fortfahren kann. Ich lächle. Könnte ich unseren Streit und die schlimmen Dinge, die ich zu ihr gesagt habe, doch nur aus meinem Gedächtnis löschen. Oder noch besser: Die Uhr zurückdrehen, damit nichts von alldem passiert wäre. »Glaubt ihr, es ist möglich, mit seinem Expartner befreundet zu sein?«

Jane und Usman sehen einander an.

»Ich bin mir nicht sicher«, meint Usman schließlich. »Ich treffe mich ein paar Mal im Jahr mit meiner Exfrau zum Kaffeetrinken. Aber wir haben lange gebraucht, bis es so weit war. Ich glaube nicht, dass es so kurz nach der Trennung möglich ist.«

»Wann hast du deinen Freund denn das letzte Mal gesehen?«, fragt Jane.

»Ist noch gar nicht lange her«, antwortet Verity. »Er … er hat mir da bei einer wichtigen Sache geholfen.«

Sie hat mir erzählt, dass sie nach Stus Anruf instinktiv Jeremiah angerufen und ihn gebeten hat, mit dem Auto vorbeizukommen.

»Aber das ist viel zu früh!«, ruft Jane entsetzt. »Du musst erst herausfinden, wer du ohne ihn bist, bevor ihr Freunde sein könnt.«

»Dieser Urlaub ist sicher eine große Hilfe«, stimmt Verity nickend zu. »Es ist, als wäre Jeremiah – und alles andere – eine Million Kilometer weit weg.«

»Außerdem gibt es hier jede Menge heiße Kellner«, fügt Jane kichernd hinzu. »Was hältst du eigentlich von Willem?«

Bitte sei nicht scharf auf ihn, denke ich spontan, und es kommt auch nicht von ungefähr, wenn ich daran denke, wie heiß mir vorhin unter seinen Blicken wurde. Andererseits will ich es auch nicht zulassen – genauso wie ich mich jedes Mal vor Stu zurückgezogen habe, wenn es zu persönlich wurde.

»Er ist nicht mein Typ«, erwidert Verity. »Zu schöne Männer gefallen mir im Allgemeinen nicht. Ich mag sie eher … wie sage ich das am besten? Ein wenig verrückt.«

Jane lacht und nimmt einen Schluck von ihrem Cocktail. »Also mein Typ ist er auf jeden Fall«, meint sie, und Usman tätschelt liebevoll ihre Hand.

»Das ist nichts Neues, Schatz.«

Ein paar Stunden später liegen Verity und ich Fußsohlen an Fußsohlen in einer Hängematte mit Blick aufs Meer und schauen in den Himmel hoch, in dem die Sterne wie Glassplitter glitzern. Wir nippen beide an einer Miniflasche Champagner, Jane tanzt zu einem ABBA-Song um ihre Villa. Wir sind nach dem Essen hierhergekommen, und ich bin beinahe high vor Entspannung. Ich habe keine Ahnung, ob das Schaukeln der Hängematte, das Rauschen der Wellen oder der Champagner schuld daran ist, aber es fühlt sich herrlich an.

Jane und Usman tanzen zu *Dancing Queen* und schwingen die Hüften im Takt.

»Kannst du dich noch erinnern, als wir siebzehn waren und sie im Klub dieses Lied gespielt haben?«, fragt Verity.

Ich nicke. »Das war das beste Alter überhaupt. Es war so aufregend, weil wir eigentlich noch zu jung für den Klub waren. Und einen Kater bekamen wir mit einer Packung Chips und einer Dose Limo wieder in den Griff«, erwidere ich.

Jane kommt zu uns und schubst die Hängematte wie eine Schaukel an.

»Kommt schon, Ladys!«, ruft sie. »Ihr seid doch noch so jung. Raus aus dem Ding – tanzt lieber mit mir.«

Usman wirbelt mich herum, während Verity und Jane einander umklammern und sanft hin und her schunkeln. Jetzt, wo ich wieder aufrecht stehe, merke ich erst, wie der Boden unter mir schwankt. Und ich schwanke mit ihm.

»Okay, noch ein Song, und dann ab ins Bett«, verkündet Jane und wischt auf ihrem Handy herum, um das passende Lied auszuwählen. »Morgen ist Weihnachten!«

»Krass«, meint Verity. »Wird im Resort eigentlich gefeiert?«

»Hast du es denn nicht gelesen?«, fragt Usman. »Es gibt ein richtiges Festmahl, man sitzt unten am Strand an langen Holztischen.«

»Ihr könnt so viel essen, wie ihr wollt. Es ist zauberhaft. Ah, da ist es ja!«, ruft Jane.

Im nächsten Moment erklingt ein Klavier. Die Melodie hat einen so hohen Wiedererkennungswert, dass ich sofort zu tanzen beginne. Als hätte jeder Muskel meines Körpers dieses Lied verinnerlicht.

»Now I've had the time of my life.« Usmans Stimme ist so tief wie Bill Medleys, und Verity und ich mustern ihn erstaunt. Jane lächelt stolz, bevor sie ihren Part übernimmt: *»... and I owe it all to you.«*

Das Lied nimmt Fahrt auf, und bald schon werfen wir sämtliche melodiösen Ansprüche über Bord und rufen aus voller Kehle: »*THIS COULD BE LOVE.*«

Ich denke wie so oft an unseren Hochzeitstag zurück. Violettes und blaues Licht hat die Tanzfläche und alle Gäste in ein wunderschönes Farbenspiel getaucht. Ich hatte silberne Folienherzen in den Haaren, die wir am Ende des ersten Tanzes mit einer Kanone ins Publikum haben schießen lassen. Überall rannten Kinder herum, sammelten sie auf und bewarfen einander damit. Als *Time of my life* erklang, bildeten unsere betrunkenen Freunde einen Kreis um uns und schwankten im Takt, während ich Harry die Arme um die Mitte schlang und ihn fest an mich drückte. »Wir haben solches Glück«, flüsterte er mir ins Ohr. »Wir haben solches Glück.«

Ich frage mich, ob sich Verity noch daran erinnert. Sie hält meine Hand und schwingt sie im Takt hin und her. Ich darf mich nicht zu sehr an Lieder wie dieses klammern, die man jeden Tag im Radio hört und die in jedem von uns besondere Erinnerungen wecken. Trotzdem kann ich nichts dagegen tun, dass ich jedes Mal in die Vergangenheit zurückreise, wenn eines davon gespielt wird. Genauso wie wenn ich sein Aftershave an anderen Männern rieche oder wenn ich einen Mann in einem Pullover sehe, den Harry ebenfalls besaß. Sogar die Mundwasserflasche erinnert mich an ihn, und ich sehe vor mir, wie er es in seinen aufgeblähten Wangen hin und her fließen ließ und sich bemühte, nicht laut loszulachen, wenn ich ihn wieder einmal aufzog.

Mit der Zeit habe ich es geschafft, die Erinnerungen wie einen Kurzfilm in meinem Gehirn ablaufen zu lassen, während mein Körper weiter funktioniert. Als das Lied vorbei ist und ich abrupt wieder in die Gegenwart zurückkehre, versichere ich mich kurz, dass Usman und Jane nichts bemerkt haben. Sie verabschieden sich herzlich – »Gute Nacht, Ladys, wir sehen uns morgen früh« –, und wir gehen schweigend zu unserer Villa zurück und genießen die Aussicht. Wir müssen über eine große, hell beleuchtete Brücke, die direkt zur Bar führt, um in unser Feriendomizil zu gelangen. Um die Steine am Fuß der Brücke schwimmen mehrere kleine Katzenhaie.

Wir bleiben stehen und sehen ihnen eine Weile zu, da höre ich leise Britneys *One More Time* in der Ferne, begleitet vom Gesang einiger Gäste. Meine Melancholie hat dem Verlangen Platz gemacht, den Abend noch nicht enden zu lassen und noch etwas Spaß zu haben.

»Kann ich die Damen vielleicht zu einem letzten Drink überreden?«

Willem. Seine Schürze ist mit grünen Spritzern übersät, seine Haare sind zerzaust.

Verity sieht mich an. »Das hängt von dir ab.«

Mein Blick fällt auf ein Muttermal unter der linken Augenbraue und ein Grübchen in der rechten Wange. Ich nicke. »Klar doch.«

KAPITEL ZWANZIG

Die kleinen Gläser sind mit einer blassrosa, sanft prickelnden Flüssigkeit gefüllt. Außer Verity und mir sind bereits alle Gäste gegangen. Wir balancieren unsicher auf unseren Barhockern, während Willem eine Himbeere in unsere Drinks plumpsen lässt.

»Wodka mit zerstoßenen Himbeeren und einem Schuss Champagner.« Er grinst. »Ein Willem-Special. Bereit?« Er hebt sein Glas, und wir stoßen an. Der Drink fließt samtweich meine Kehle hinunter.

»Schmeckt echt gut, Willem. Wo bist du denn auf die Idee gekommen?«, fragt Verity.

»Auf jeden Fall besser als der billige Tequila, den wir sonst immer trinken«, füge ich hinzu.

Willem lacht laut und sieht mir in die Augen. »In Mumbai«, antwortet er, das Lachen ist noch immer in seiner Stimme zu hören. »Ich habe dort in einigen Bars gearbeitet und mehrere Preise gewonnen. Dann hat mich ein Headhunter entdeckt und mich hierher eingeladen. Eine Reise ins Paradies lehnt man nicht ab.«

Wir sitzen jetzt seit einer Stunde hier. Am Anfang hat Willem darauf bestanden, uns – und den wenigen anderen Gästen – noch mehr Zaubertricks zu zeigen. Mittlerweile sind die anderen gegangen, und Veritys Kopf wird immer schwerer. Vermutlich spürt sie jetzt ebenfalls den Jetlag. Wir sollten eigentlich zu Bett gehen, aber ich empfinde eine nervöse Anspannung in mir. Mein Magen macht jedes Mal einen Überschlag, wenn Willem mich ansieht. Es ist, als gäbe es eine unsichtbare Verbindung zwischen uns. Wir fühlen es beide, können es aber nicht in Worte fassen.

»Und du bist das ganze Jahr über hier?« Verity lallt, aber es ist schwer zu sagen, ob der Alkohol oder die Müdigkeit daran schuld ist.

»Yep. Es gibt eine Personalinsel auf der anderen Seite der Brücke.« Er deutet in die Richtung, in der auch unsere Villa liegt.

Ich versuche mich an einem aufreizenden Kichern, doch es klingt eher wie plötzlicher Schluckauf. »O mein Gott, eine Personalinsel! Das ist ja unglaublich. Ihr habt dort sicher jede Menge Spaß.«

Er fährt sich mit der Hand durch die Haare, und eine Strähne fällt ihm in die Augen. »Ja, klar. Wir haben einen Kickertisch und trinken ab und zu ein paar Bierchen – ihr wisst schon, ganz normale Sachen eben.«

»Tischfußball! Ich liebe Tischfußball. Ich habe es früher ständig mit meinem Mann gespielt. Mit Harry.«

Ich hatte nicht vor, ihn zu erwähnen. Ich wollte Harry nicht hierherbringen, seinen Namen in der sanften Brise treiben lassen. Ich wollte alles so einfach wie möglich halten. Aber jetzt ist es raus, und Willem hat den Blick auf die Theke gesenkt, die er mit einem blauen Tuch sauberwischt.

»Du hast einen Mann?«

Verity lässt mich nicht aus den Augen. Sie sieht mich an wie eine kostbare Vase, die viel zu nah an der Tischkante steht.

»Nein, ähm … nicht mehr.« Ich versuche mit aller Macht, normal zu klingen und nicht zu zittern. »Früher mal.«

Damit ist der Zauber gebrochen. Ich spüre, wie die Müdigkeit von mir Besitz ergreift, und habe das Gefühl, als wäre es mindestens drei Wochen her, seit wir ins Flugzeug gestiegen sind. Dabei hat uns das Taxi erst heute am frühen Morgen abgeholt.

Ich lausche dem Wind, der durch die Palmen weht. Willem hat die Veränderung wohl bemerkt, denn er wischt weiter die Theke sauber. Verity sieht mich an.

»Noch ein letzter Drink?«, fragt sie. Es ist deutlich zu hören, wie müde sie ist.

Ich schüttle den Kopf. »Du bist hundemüde«, erwiderte ich. »Es ist doch erst unser erster Abend. Und morgen ist Weihnachten.«

Willem hat sich das blaue Tuch über die Schulter geworfen und dreht sich zu uns um. Er wirft einen Blick auf die Uhr. »Nein, Ladys, *heute* ist Weihnachten. Es ist schon nach Mitternacht.«

Als Kind habe ich immer mit aller Kraft versucht, bis nach Mitternacht wach zu bleiben, um den Weihnachtsmann zu sehen. Ich lag auf dem Sofa und bemühte mich, die Augen offenzuhalten. Ich glaubte oft bis zum Schluss, dass ich es schaffen würde, doch irgendwann schlief ich doch ein und wachte erst am Weihnachtsmorgen wieder auf.

»Fröhliche Weihnachten!«, wünscht Verity uns beiden.

»Noch ein Drink«, meint Willem. »Zum Anstoßen.« Er holt eine Flasche Champagner aus dem Kühlschrank und schenkt uns beiden ein Glas ein. Es fühlt sich so zart in meiner Hand an, als würde es zerbrechen, wenn ich nur ein wenig zu fest zusammendrücke. Willem nimmt sich ebenfalls ein Glas und legt sich den Finger an die Lippen. »Aber niemandem verraten.«

»Weihnachten ist die Zeit der Geheimnisse«, erwidere ich,

und er zwinkert mir zu, als wir anstoßen. Ich wende den Blick ab und schaue zu Verity, zum Meer, zum beleuchteten Pool, bevor ich ein letztes Mal in seine Augen blicke und mein Glas mit einem großen Schluck austrinke. »Okay, ab ins Bett«, sage ich zu Verity.

»Bist du dir sicher?«, fragt sie, und ihr Blick wandert zwischen Willem und mir hin und her. »Ich kann auch allein zurückgehen. Du siehst noch nicht müde aus.«

»Kann ich dich vielleicht doch noch überreden?«, fragt Willem.

Ich bleibe hart. »Nein, es wird wirklich Zeit. Wir sind heute Morgen sehr früh raus!« Ich gähne und strecke übertrieben die Arme in die Höhe.

Veritys Glas ist erst halb leer. Sie sieht mich zweifelnd an, doch dann zuckt sie mit den Schultern. »Ich schätze, das war's dann. Gute Nacht, Willem«, sagt sie.

»Gute Nacht, Verity«, erwidert er. »Und Caitlin?«

Ich stehe bereits am Strand und drehe mich noch einmal zu ihm um. »Ja?«

»Fröhliche Weihnachten«, meint er lächelnd, als die erste Welle meine Beine umspült.

Letztes Jahr habe ich an Weihnachten den ganzen Tag im Bett gelegen.

Ich hatte die Vorhänge geschlossen, sodass nicht der kleinste Sonnenstrahl ins Zimmer drang, lauschte der Stille vor dem Fenster und starrte an die Wand. Mum kam ab und zu vorbei und stellte etwas zu essen oder zu trinken ab, doch ich ignorierte sie.

An Weihnachten ist es immer seltsam still, als würde die Welt aufhören, sich zu drehen. Die Menschen bleiben in ihren

Häusern. In unserer Straße sind Autolärm und Kinderlachen sonst allgegenwärtig, doch an Weihnachten ist sie menschenleer. Kein Basketball knallt gegen die Hauswand, und auch das Auto unseres betagten Nachbarn stottert und hustet beim Starten nicht vor sich hin. Ich hatte an diesem Tag das Gefühl, in der Stille zu ertrinken. Als wäre das Zimmer voller Treibsand, an dem ich langsam erstickte.

Ein Jahr später wache ich vom Klimpern des Windspiels auf der Veranda auf. Ich spüre einen warmen Körper neben mir und höre das Rascheln einer Zeitung. Ich will mich zu ihm rollen, mich an ihn schmiegen, meine Nase in die weichen Haare an seinem Nacken stecken, seinen minzigen Duft einatmen.

Doch neben mir liegt Verity. Sie reicht mir ein Glas Soda und wünscht mir frohe Weihnachten.

»Harry«, presse ich hervor. »Mein Gott, ich vermisse ihn so sehr.«

Sie zieht mich an sich und streichelt meine Haare. »Ich weiß, Liebes, ich weiß.«

Ich bleibe nicht lange in ihrer Umarmung, sondern rolle zur Seite und hole mir ein Badetuch. »Ich kann nicht den ganzen Tag weinen, Verity. Es ist Weihnachten.«

»Du kannst tun, was immer du willst, Cait«, erwidert sie.

»Wir sind hier im Paradies«, erinnere ich sie und mache mich auf den Weg unter die Dusche.

Auch wenn das hier anders ist als alles, was ich bisher kannte, spüre ich trotzdem die weihnachtliche Stille, es liegt etwas in der Luft, das diesen Tag besonders macht. Obwohl ich es im Grunde gar nicht will. Ich will, dass es ein normaler Tag wird, den wir faul am Strand verbringen, doch als ich aus dem Badezimmer komme, sitzt Verity in einem roten Badeanzug und mit einer Weihnachtsmannmütze auf dem Kopf im Wohnzimmer.

»Du bekommst auch eine«, erklärt sie und deutete aufs Bett.

»Du willst mich wohl zwingen, in Stimmung zu kommen, was?«, frage ich und befühle den weichen roten Samt zwischen meinen Fingern.

»Ja, sieht so aus«, erwidert sie. »Falls du überhaupt rausgehen willst. Denn wenn nicht, dann bestellen wir uns einfach etwas beim Zimmerservice und verstecken uns hier drin.«

»Nein.« Ich schüttle den Kopf. Wenn wir das tun, versinke ich bloß in Erinnerungen und Trauer. »Ich glaube, Abwechslung ist das Beste – wenn es sich um den kitschigsten Weihnachtstrubel aller Zeiten handelt.«

»Da hast du wahrscheinlich recht. Aber wie wäre es mit einem Kompromiss? Wir bestellen uns das Frühstück aufs Zimmer, chillen ein wenig und gehen um eins zum Mittagessen. Mein Buch ist gerade megaspannend.«

»Du und deine Krimis!«

Ich lache und greife nach der Sonnencreme, lege mich auf eine der Sonnenliegen, während Verity das Frühstück bestellt. Ich schließe die Augen und denke an das vorletzte Weihnachtsfest – das letzte mit Harry. Wir hatten beschlossen, allein zu Hause zu feiern. Normalerweise verbrachten wir den Tag abwechselnd entweder bei seiner Familie oder bei meiner Mum, wobei beides mit Abschlägen verbunden war. Mir gefiel es nicht, dass seine Mum keinen Nachschlag anbot und ich jedes Mal ein schlechtes Gewissen hatte, wenn ich noch einen Löffel mehr auf meinen Teller lud, während sich ihre grauen Augen in mich bohrten. Harry vermisste das selbst gekochte Essen seiner Mutter, und das machte mich ebenfalls sauer. Es waren im Grunde alberne Streitereien, doch sie waren nun mal da, und am Ende gehörten sie genauso zu Weihnachten dazu wie das Essen und der Baum.

In diesem Jahr stritten wir nicht. Wir hatten uns ein paar Wochen zuvor zusammengesetzt und einen genauen Plan ausgearbeitet. Das Motto war: »Wir machen nur, was uns gefällt!« Ich wollte den ganzen Tag im Schlafanzug herumlaufen – was ich bei seiner Mutter unter keinen Umständen tun durfte –, und Harry wollte drei vollständige Mahlzeiten. Er hasste es, dass es am Weihnachtstag nur Frühstück und ein üppiges Mittagessen gab. »Ich weiß, ich sollte mich schämen, aber ich habe trotzdem um sechs schon wieder Hunger!«

Also standen wir auf, aßen Croissants mit Erdbeerkonfitüre und Zitronencreme zum Frühstück und öffneten die Strümpfe, die wir füreinander an den Kamin gehängt und laut Abmachung nur mit nützlichen Geschenken gefüllt hatten. Ich neckte Harry damit, dass mein Strumpf drei verschiedene Tuben Zahnpasta enthielt. »Du bekommst das Zeug doch umsonst!«, rief ich und warf eine Tube nach ihm.

»Das stimmt doch gar nicht!«, protestierte er. »Es ist ein liebevolles, aufmerksames Geschenk.«

Wir sahen uns zwei *Wallace-&-Gromit*-Filme hintereinander an, und ich trank Champagner aus einem alten Teebecher, während Harry sich ein Bier und Cracker mit Schimmelkäse gönnte.

»Die perfekte Geschmackskombination.« Er lächelte, etwas Käse klebte in seinen Bartstoppeln.

Zum Mittagessen gab es Makkaroni mit Käse und Pommes frites, auf denen wir großzügig Ketchup verteilten und dabei lautstark sangen: »Wir machen heute, was wir wollen!«

Als es Zeit zum Abendessen wurde, trug ich bereits den dritten Schlafanzug. Auf dem ersten hatte ich Wein verschüttet, und mit dem zweiten hatte ich mich in ein Stück geschmolzene Schokolade gesetzt. Wir waren beide ziemlich betrunken und wollten die Kartoffeln eigentlich schon in den Backofen geschoben haben. Ich erinnere mich, wie wir uns ansahen und beide gleichzeitig »Etwas vom Chinesen?« sagten. Gegen acht schliefen wir eng umschlungen ein. Es war ein perfekter Tag.

Ich rufe mir in Erinnerung, dass ich auch damals mit der Tradition gebrochen habe und es ein anderes, aber trotzdem wunderschönes Weihnachtfest war. Also kann es das heute auch werden.

Auf dem Weg ins Restaurant wünschen uns alle Gäste und Angestellten, denen wir begegnen, frohe Weihnachten. Als wir an Willems Bar vorbeikommen, sehe ich mich suchend nach ihm um, doch er ist nicht da. Er wurde von einem anderen Barkeeper abgelöst, der gerade zwei Frauen in goldenen Bikinis Cocktails mixt.

Verity stößt mir den Ellbogen in die Seite. »Ich weiß genau, wen du suchst«, zwitschert sie, doch ich tue so, als wüsste ich nicht, wovon sie redet.

»Ich habe mich nur gefragt, ob Charles da ist«, erkläre ich und vermeide jeglichen Augenkontakt.

»Ja, klar. Du magst ihn, das sehe ich doch. Du kannst mir nichts vormachen.«

»Er ist süß«, erwidere ich und versuche dann doch, ihr etwas vorzumachen. »Aber auch ein bisschen schmierig, oder nicht?«

»Ja, ich finde ihn wirklich etwas schmierig. Aber du nicht. Komm schon, es ist offensichtlich. Und er mag dich auch.«

Ich muss mich bemühen, dass ich nicht überrascht den Kopf hochreiße und auf einer geraden Linie weitergehe. Meine Mundwinkel zucken verräterisch.

»Aha!«, ruft Verity triumphierend. »Du grinst!«

Als wir uns dem Restaurant nähern, winkt Charles uns freudig zu.

»Du könntest ohne Weiteres mit ihm ins Bett, weißt du?«, sagt Verity, doch ich zische ihr nur zu, ruhig zu sein.

»Da vorne ist Charles!«, flüstere ich. »Abgesehen davon ist das unmöglich.«

»Nein, ist es nicht«, zischt sie zurück, gerade als Charles mit ausgebreiteten Armen auf uns zutritt. »Frohe Weihnachten!« Das Restaurant hinter ihm ist menschenleer.

»Oh«, staune ich. »Sind wir hier falsch?«

»Nein, nein! Aber unser Weihnachtsessen findet an einem noch bezaubernderen Ort statt«, erwidert Charles und deutet auf ein Golfmobil, dessen Lenkrad mit Lametta umwickelt ist. »Ihre Kutsche wartet bereits, meine Damen.«

Das Golfmobil bringt uns bis ans Ende der Insel, wo Charles uns auf einen Strandabschnitt führt, auf dem fünf lange Tische stehen. Alle Gäste tragen Weihnachtsmannmützen. Wir entdecken Jane und Usman, die uns zuwinken und auf die beiden Plätze gegenüber von ihnen deuten.

»Wir haben für euch reserviert!«, ruft Jane und umarmt uns.

Usman hat sich einen Mistelzweig an die Mütze gesteckt und drückt uns einen Kuss auf die Wangen. »Auch wenn ihr nicht allzu lange sitzen bleiben werdet«, erklärt er. »Zuerst könnt ihr euch dort oben etwas zu essen holen, und danach wird weitergerückt, um mehr über die Weihnachtstraditionen der anderen Gäste zu erfahren. Charles läutet die Glocke, wenn es Zeit wird, Plätze zu tauschen.«

»Das ist doch ein Scherz, oder?«, fragt Verity. »Wie Weihnachtsspeeddating?« Sie sieht sich um. »Das ist mein schlimmster Albtraum«, fügt sie nur halb im Scherz hinzu.

»Das dachte ich am Anfang auch, Schätzchen, aber ehrlich gesagt ist es eine riesige Fressorgie und total witzig«, meint Jane. »Ich wusste, dass ihr nicht gekommen wärt, wenn ich euch erzählt hätte, was hier wirklich abgeht.«

»Sie kann ganz schön hinterlistig sein.« Usman kichert.

Wir gehen zum Büfett und stapeln Bratkartoffeln, Kartoffelbrei, Truthahnfilets und gratinierten Blumenkohl auf unsere Teller.

»Glaubst du, wir können abhauen?«, flüstert Verity.

»Vielleicht macht es ja Spaß«, erwidere ich. »Versuchen wir es doch erst mal.«

Es fühlt sich seltsam an, sich wieder an den Tisch zu setzen. Die warme Luft umfängt mich, und ich spüre den Sand zwischen meinen Zehen, während ich eine kleine Kartoffel aufspieße und sie mir in den Mund stecke.

»Also«, wage ich mich vor. »Was würdet ihr beide denn essen, wenn ihr jetzt zu Hause wärt?«

»Tamales«, erwidert Jane und erklärt, dass Texas durch seine Nähe zu Mexiko ein multikultureller Ort geworden ist und viele Städte den Kulturmix gern zelebrieren. »Usman fällt sogar den Baum selbst«, fügt sie stolz hinzu.

»Und an der Tür hängt ein Kranz aus Stacheldraht – ein Tribut an unsere Cowboywurzeln. Auch wenn es ziemlich offensichtlich ist, dass ich nicht viel Cowboyblut in meinen Adern habe.« Er lacht, während Jane in ein Bananenblatt gewickeltes Fleisch auf unsere Teller legt.

»Hier, probiert das mal. Es ist lecker. Charles lässt alles einfliegen, damit sich jeder wie zu Hause fühlt.«

Verity und ich betrachten ratlos die Tamales auf unseren Tellern.

»Ich müsst die Blätter auswickeln und als Unterlage verwenden«, erklärt Usman, und wir folgen ihm gehorsam. Das Fleisch ist köstlich. Ich lächle mit vollem Mund.

»Und jetzt noch ein Stück Früchtekuchen«, erklärt Jane und drückt mir ein großes Stück Kuchen mit roten Beeren in die Hand.

»Ah, bei uns sieht der ein wenig anders aus«, meint Verity. »Dunkler. Wir nennen ihn *Christmas Pudding*. Aber ich schätze, die Zutaten sind dieselben.«

»Wir geben einen Penny in den Teig, bevor er gebacken wird«, füge ich hinzu und erinnere mich, dass Harrys Mum immer darauf bestanden hat. Sie bereitete den Teig vor dem Fest zu und lud uns ein, den Penny zu versenken. »Derjenige, der ihn findet, hat das ganze Jahr Glück.«

»Außer man erstickt daran«, entgegnet Jane und bricht aus irgendeinem Grund in hysterisches Gelächter aus.

Ich weiß mittlerweile, dass sie immer so ist. Jane lacht lautstark, selbst wenn es sich um etwas vollkommen Harmloses handelt. Ihre Freude daran, andere Leute auszufragen, ist ansteckend.

Eine Glocke ertönt, und mein Blick fällt auf Charles, der am Kopfende des Tisches steht. »Plätze tauschen!«, ruft er.

Verity und ich beschließen, weiterzurücken, aber zusammenzubleiben. Wir lassen uns gegenüber einer hübschen jungen Frau aus Japan in einem rosafarbenen Kleid nieder.

Sie hebt grüßend die Hand. »Hallo, ich bin Aiko aus Osaka.«

Wir winken ebenfalls, stellen uns vor und fragen, was man an Weihnachten in ihrer Heimat isst.

»Oh, KFC«, antwortet sie ohne die geringste Gefühlsregung.

Verity lehnt sich vor. Sie hat sich gerade ein schwedisches Orangenplätzchen in den Mund gesteckt. »Meinst du Kentucky Fried Chicken?«

»Ja.« Aiko nickt. »Wir sind kein sonderlich religiöses Land, also sind auch die Traditionen anders. Es ist so beliebt, dass man vorab bestellen muss! Und man bekommt sogar einen Weihnachtskuchen dazu.«

Wir beide lachen überrascht. »Hat das Resort auch KFC für dich bestellt?«

»Na ja, nicht wirklich, das wäre zu aufwendig, aber sie haben frittiertes Hühnchen, seht mal.« Sie deutet auf den Tisch. »Und mit der Hand bemalte Eimer mit dem KFC-Logo.«

»Das ist unsere allerliebste Zeit im Jahr«, erklärt Charles, der zu uns an den Tisch gekommen ist. »Die Köche lieben die Abwechslung und probieren gern neue Dinge aus. Also glauben Sie ja nicht, dass Sie hier davonkommen, ohne ein paar Informationen mit uns zu teilen. Wie ich hörte, ist Ihre Heimat bekannt für Pudding?«

»Ja!«, ruft Verity, während ich ihn nur ratlos ansehe. »Sie meinen den Yorkshire Pudding! Das stimmt, aber der ist nicht süß, sondern pikant. Und man muss den Teig sehr sorgfältig zubereiten, denn da läuft gern etwas schief.«

»Das müssen Sie unbedingt unseren Köchen zeigen!«, erklärt Charles. »Und Caitlin, können Sie uns ein Familienrezept für diese seltsame Soße besorgen? Brotsoße, richtig?«

Ich nicke und bitte Verity um mein Handy, damit ich meiner Mutter eine Nachricht schreiben kann. Sie muss unsere Nachbarin so schnell wie möglich um ein geeignetes Rezept bitten.

Wir bleiben noch eine Weile sitzen, während Aiko mit der schwedischen Familie auf der gegenüberliegenden Seite redet. Alle unterhalten sich und teilen nicht nur die Traditionen ihrer Heimatländer, sondern auch die Familientraditionen, die sich darüber hinaus entwickelt haben.

Eine Frau in einem schwarzen Kaftan kommt auf mich zu. Sie hat die Haare zu einem lockeren Knoten zusammengefasst, und mir ist vom ersten Moment an klar, dass sie aus Frankreich kommt.

»Manon«, stellt sie sich vor und erzählt uns von ihrem Weihnachtsabend. »Die Kinder veranstalten eine Ballettaufführung, und wir Erwachsenen schminken uns als Nussknacker, sehen ihnen zu, trinken Champagner und essen Käse.«

Sie gestikuliert beim Sprechen, jede Bewegung wirkt präzise und elegant. Im nächsten Augenblick drückt uns Jane spanische Butterkekse in die Hand. »Die hier müsst ihr unbedingt probieren. Echt lecker!«, ruft sie begeistert, und Krümel fliegen aus ihrem Mund.

Manon lacht und nimmt ein Stück zwischen die Lippen, als wollte sie eine Zigarette rauchen.

»Was ist denn bei euch Tradition?«, fragt Manon Verity, die gerade mit einem Teller vom Büfett zurückkommt. Sie hat das Essen so hoch gestapelt, dass es beinahe hinuntergerutscht wäre.

»Wir öffnen die Geschenke immer nacheinander«, antwortet sie. »Das jüngste Familienmitglied teilt sie aus, und alle sehen zu.«

Manon erschaudert übertrieben. »Das ist ja schrecklich! Was machst du, wenn dir ein Geschenk nicht gefällt?«

»Das ist schon okay. Wir sind Meister darin, anderen etwas vorzumachen«, erwidert Verity.

»Ich schätze, das ist typisch für uns Briten«, erkläre ich. »Gutes Benehmen ist mehr wert als Ehrlichkeit.«

Harry hatte kein großes Talent, wenn es darum ging, mir Geschenke zu machen. An Weihnachten waren die Instagram-Profile anderer Frauen voll mit Bildern, auf denen sie zum Beispiel eine Mulberry-Tasche auspackten und sich über das weiche Leder freuten. Und der Schmuck erst! Goldene Steckringe oder Armbänder mit hübschen Anhängern.

Ich hingegen bekam praktische Dinge wie einen Handstaubsauger. (»Du hast im Sommer mal gesagt, dass du einen möchtest, weil der Kater so gern etwas zerreißt«, erklärte Harry stolz.) Oder seltsame Dinge wie die DVD-Box einer Serie, die ich eigentlich gar nicht sehen wollte. Oder einen Füllfederhalter, der am Ende in Harrys Sammlung landete.

Wenn ich mich bei Verity darüber beklagte, erinnerte sie mich stets daran, wie aufmerksam Harry das ganze Jahr über war. Wenn ich krank war, wusste er genau, dass ich nur Reis mit Hüttenkäse aß, und er brachte mir jeden Morgen eine Tasse Tee an den Frühstückstisch.

»Ja, bei uns gab es oft ein aufgesetztes Lächeln«, bestätige ich.

Manon zieht ablehnend die Nase kraus. »Ihr Briten!« Sie lacht. »Ich würde einfach sagen: Danke für den netten Gedanken, aber ich werde es umtauschen.«

»Das geht gar nicht«, erwidert Verity. »Meine Mum wäre furchtbar enttäuscht gewesen, wenn ich so etwas gesagt hätte. Sie hätte es als undankbar empfunden.«

Und tatsächlich bin ich im Nachhinein dankbar, dass ich mir so oft ein Lächeln abgerungen habe. Denn am Ende gefiel mir *The Walking Dead* echt gut, und der alberne Füllfederhalter – der viel zu schwer ist, um damit zu schreiben – steht immer noch auf meinem Schreibtisch und bringt mich zum Lächeln.

»Ich besorge uns noch etwas Champagner.« Manon rutscht von ihrem Stuhl. »Dann kannst du uns auch noch von euren Traditionen erzählen, Cait.«

Verity nutzt die kurze Zeit, die uns allein bleibt, um nachzufragen, wie es mir geht. »Schaffst du es?«, fragt sie und drückt meinen Ellbogen.

Ich nicke. »Ja, mir geht es gut, es macht sogar Spaß.«

Und das stimmt. Letztes Jahr, unter meiner stickigen Decke und umgeben von zusammengeknüllten Taschentüchern, hätte ich nie gedacht, dass ich Weihnachten irgendwann wieder einmal genießen würde. Ich habe den ganzen Tag – eigentlich war es die ganze Woche – zusammengerollt im Bett gelegen und in die Dunkelheit gestarrt. Es war, als hätte jemand mein Inneres entfernt und nur eine leere Hülle zurückgelassen. Ab und zu kam jemand ins Zimmer, und ich spürte Mum oder Verity neben mir, die meinen Rücken streichelten und leise flüsternd auf mich einredeten. Ich weiß nicht mehr, was sie sagten. Ich wollte nur, dass sie verschwanden. Ihnen sagen, dass sie sich keine Mühe machen mussten, denn ich würde mich nie wieder besser fühlen. Doch ich fand nicht die richtigen Worte, also blieben sie, und der leise Klang ihrer Stimmen und der sanfte Druck ihrer Hände beruhigten mich so sehr, dass ich irgendwann einschlief.

»Also … was gefällt dir an Weihnachten am besten?«, fragt Manon, die gerade mit drei Gläsern zurückgekehrt ist. Wir greifen nach unserem Champagner, und ich merke, dass auch Aiko, Jane und Usman aufmerksam zuhören.

»Wenn wir … wenn ich bei meiner Mutter bin …«, antworte ich zögernd.

»Und das ist wo?«, fragte Aiko.

»Kennst du eine Stadt namens Sheffield?«, frage ich, und sie schüttelt den Kopf. »Das ist in England.«

»Ah, London!«, meint sie nickend, und ich mache mir nicht die Mühe, sie zu verbessern.

»Unsere Familien wohnen in einem kleinen Vorort.« Ich deute mit dem Kopf in Richtung Verity. »Wir kennen uns schon ewig. Meine Mum und ich sind am Weihnachtsmorgen immer bei Veritys Eltern zum Frühstück eingeladen gewesen. Ihre Mum kocht herrlich. Kochbananen und Callaloo … dieses karibische Eintopfgericht …«

»… das du immer Callalaaaalooo genannt hast«, merkt Verity an.

»Hey, es ist ja auch ein schwieriges Wort! Okay, und danach ging es zurück zu uns zum Mittagessen.«

»Da war ich dann aber nicht dabei«, erklärt Verity. »Ihre Mum ist eine schreckliche Köchin.«

Ich stoße ihr freundschaftlich in die Seite und fahre fort. »Mum und ich genießen ihr *köstliches* Weihnachtsmenü vor dem Fernseher und sehen uns Filme an, am liebsten *Wallace & Gromit.*«

»Gromit?«, fragt Manon, und selbst das klingt aus ihrem Mund irgendwie nobel.

»Er ist ein Hund, und Wallace ist sein Besitzer, und gemeinsam erfinden sie Dinge und essen Käse«, erkläre ich. Manon sieht mich verwirrt an.

»Es ist echt witzig, weil sie dauernd alles falsch machen«, springt Verity ein.

»Dann feiern du und deine Mum also allein?«, fragt Aiko.

Verity will erneut eingreifen – ich sehe, wie sie den Mund wie ein Fisch öffnet und ihn anschließend wieder schließt.

»Nein, manchmal war auch Harry dabei«, sage ich und versuche mich probeweise an der Vergangenheit. »Mein Mann.«

So nahe bin ich der Wahrheit schon lange nicht mehr gekommen. Ich habe keine Ahnung, was ich sagen soll, wenn sie fragen, wo er ist oder was er so macht, aber das Gespräch geht bereits weiter, und plötzlich fällt Aiko ein, dass sie *Wallace & Gromit* doch schon mal gesehen hat.

»Shaun!«, ruft sie. »Das ist doch der von Shaun, das Schaf!«

Sie zieht ihr Handy heraus und zeigt uns, dass Shaun, das Schaf, in Japan unglaublich beliebt ist.

»Seht mal!«, ruft sie, und mein Blick fällt auf einen Reis-Gromit und einen Pfannkuchen-Shaun.

»Wo ist Wallace?«, fragt Verity.

Aiko zuckt mit den Schultern. »Der ist nicht so süß.«

»Armer Wallace …« Verity und ich seufzen gleichzeitig und beginnen zu lachen.

Die Sonne geht langsam unter und taucht uns in goldenes Licht.

»Das ist besser als jede Weihnachtsdeko«, meint Charles und legt Verity eine Hand auf die Schulter.

Die anderen haben sich um Jane versammelt, die ihnen Fotos eines Katzencafés zeigt, das sie einmal in New York besucht hat.

»Seht euch nur das kleine Gesichtchen an!«, quietscht sie gerade entzückt.

»Was machen Sie an Weihnachten, Charles?«, frage ich.

»Na, das hier!«, antwortet er und lässt den Blick über den Tisch wandern. »Das ist mein ganzer Stolz und macht mir unheimliche Freude.«

»Was ist mit Ihrer Familie?«

»Ach.« Er senkt den Blick. »Ich habe vor ein paar Jahren meine Frau verloren. Sie hat hier als Barmanagerin gearbeitet.«

»Das tut mir leid.«

Es ist seltsam, denn obwohl man diese Floskel selbst nicht mehr hören kann, sagt man sie trotzdem zu anderen Leuten. Andererseits wird mir in dem Moment klar, dass es mir tatsächlich leidtut. Es tut mir leid, dass dieser sanfte, fürsorgliche Mann, der mit seiner roten Fliege und dem Lametta um den Hals so fröhlich aussieht, jemanden verloren hat.

»Sie war eine wunderbare Frau. Das hier war ihre Idee. Sie sagte eines Tages: ›Charlie, es gibt so viel Wut auf dieser Welt. Die Menschen hassen andere Kulturen, andere Lebenseinstellungen. Warum lernen wir nicht voneinander? Behandeln uns gegenseitig mit Respekt? Selbst wenn es nur für einen Tag ist, wäre ich schon glücklich.‹«

»Das klingt schön.«

»Ich weiß, das hier ist lediglich ein Luxusresort, und es gibt noch immer so viel Traurigkeit auf dieser Welt, aber ich habe trotzdem das Gefühl, dass es einen kleinen Unterschied macht.«

Ich spüre beinahe, wie die Welt zur Seite kippt. Als würde ich ihr dabei zusehen, wie sie sich dreht, und wir alle wären nur noch winzige Punkte auf unserem großen, runden Planeten. Ich habe nie wirklich an den Himmel oder an Geister geglaubt, und ich hasse es, wenn mir jemand sagt, dass Harry vom Himmel auf mich herabschaut. Aber jetzt, in diesem Moment, sehe ich einen Schwarm schwarzer Vögel über den Himmel fliegen, der sich langsam rosarot färbt, während das blaue Meer beinahe violett schimmert – und ich glaube es.

Ich glaube, er sieht den langen Tisch und Verity, die den Kopf in den Nacken legt, um ihr Champagnerglas zu leeren. Er sieht Jane, die von einem zum anderen wandert, und Usman, der sich zurückgelehnt hat und ihr dabei zusieht. Er sieht Manon und Aiko, die sich Fotos ihrer Familien zeigen, und den eleganten, großen Charles, der den Gästen nachschenkt.

Und mich: Er sieht mich, wie ich hier sitze und an uns und unsere gemeinsamen Weihnachtsfeste denke. Tränen stehen in meinen Augen, doch ich lächle, denn ich weiß jetzt, dass da noch so viel mehr kommt. Das Leben ist neu, aufregend und wunderschön, und auch wenn man entzweibricht, wächst man irgendwann langsam wieder zusammen.

KAPITEL EINUNDZWANZIG

Ich wache auf, weil Verity mir *Under the Sea* ins Ohr trällert. Ich stöhne und öffne mühsam die Augen. Sie hat die Vorhänge zurückgezogen, und warmes goldenes Licht durchflutet den Raum. Ich drehe mich zur Seite und presse mir ein Kissen auf die Ohren, während sie den Refrain anstimmt.

»Nein«, jammere ich. »Ich will nicht aufstehen.«

Verity rollt mich wieder auf den Rücken und sieht lächelnd auf mich herunter. Sie trägt einen mit Tukanen bedruckten Kaftan. »Aber Schätzchen, wo wäre das Wasser besser und nasser als hier?«, fragt sie mit ausdruckslosem Gesicht.

»Am Tag nach Weihnachten sicher nicht!«, protestiere ich. »Am zweiten Weihnachtsfeiertag sitzt man vor dem Fernseher und isst kalte Bratkartoffeln mit Brotsoße.«

»Aber doch nicht im Paradies!«, erwidert sie. »Hier werfen wir alte Gewohnheiten über Bord und widmen uns neuen Erfahrungen. Genau das haben wir doch gestern gelernt, oder?«

»Du wolltest gestern gleich wieder abhauen«, erinnere ich sie.

»Aber du hast mich überredet, und du hattest recht«, meint sie. »Also bin ich heute an der Reihe mit dem Rechthaben. Komm, ich habe gefüllte Brötchen zum Frühstück bestellt.«

Wir waren am Vorabend am Strand, bis es stockdunkel war und uns nur noch die Papierlampions Licht spendeten. Die anderen Gäste sind nacheinander verschwunden, und am Ende waren nur noch Charles, Verity, Jane, Usman und ich übrig. Jane hat von dem Tauchausflug geschwärmt, den sie letztes Jahr unternommen haben. Sie haben sogar Schildkröten gesehen. Verity war sofort Feuer und Flamme und hat gleich zwei Plätze reserviert.

Ich mustere das Frühstück, das gerade auf einem Servierwagen in unsere Villa gerollt wird. Sie geht selten derart organisiert an eine Sache heran. Offenbar ist sie fest entschlossen, es durchzuziehen.

»Na gut«, sage ich seufzend. »Aber nur, weil du es bist.«

Ich krabble ans Fußende des Bettes und stecke mir ein Stück von dem mit geschmolzenem Käse gefüllten Brötchen in den Mund.

Unser Tauchlehrer ist ein glatzköpfiger Mann, auf dessen gebräunter Schädeldecke sich die Sonne spiegelt. Als er lächelt, fällt mein Blick auf drei Narben, die quer über seine Wange verlaufen. Es sieht aus, als hätte ihn ein Tiger angegriffen.

»Vlad«, erklärt er und deutet sich auf die breite Brust. »Seid ihr schon mal getaucht?«

Wir schütteln den Kopf, und Verity zeigt auf mich. »Sie ist nervös.«

Ich nicke ängstlich.

Vlad legt seine schwere Hand auf meine Schulter.

»Bei mir bist du sicher«, grunzt er. »Ich war Militärtaucher. In Russland. Wir gehen nicht weit runter, nur etwa dreißig Fuß.«

»Was war dein tiefster Tauchgang?«, fragt Verity.

»Tausend Fuß«, erwidert er schulterzuckend. Verity schnappt nach Luft, doch ich sehe ihn verständnislos an.

Während wir in die engen Neoprenanzüge schlüpfen, frage ich Verity, wie tief das ist. »Aber in Buslängen, bitte«, füge ich hinzu. »Du weißt ja, Mathe ist nicht meine Stärke.«

»Okay«, meint sie und schlüpft mit dem ersten Fuß in die Flosse. »Lass mich mal überlegen. Also ich würde sagen, wir tauchen etwa die Länge eines Shuttlebusses hinunter, und Vlad war schon mal so tief unten, wie der Eiffelturm hoch ist.«

»Wow«, erwidere ich. »Das ist echt tief.«

»Ja, und deshalb wird dir auch nichts passieren.«

Wir watscheln wie Pinguine zum Meer.

»Ich mache mir vor Angst fast in die Hose, Verity«, flüstere ich. »Eine Freundin hat so einen Kurs schon mal gemacht, und sie hat erzählt, dass alle möglichen Unterwassernotfälle simuliert werden. Sie reißen dir während des Tauchens einfach die Maske weg!«

»Die besten Dinge im Leben sind die, vor denen man Angst hat. Weißt du noch?«, beruhigt sie mich.

Doch ich kann nur an Harry denken. Er hat sofort gemerkt, wenn ich vor etwas Angst hatte. Dann ist er zu mir gekommen, hat meine Hand gedrückt, und ich habe mich mit einem Mal wieder sicher gefühlt. Es gibt da unser Hochzeitsvideo: Wir betreten den Saal und sehen unsere Gäste, die alle aufstehen und uns zujubeln. Ich weiß noch, dass ich vollkommen überwältigt war. Auf dem Video sieht man, wie mein Blick zu Harry huscht. Er greift nach meiner Hand, und schon breitet sich ein Grinsen auf meinem Gesicht aus.

»Die besten Dinge im Leben sind die, vor denen man Angst hat«, wiederhole ich und hoffe, dass mein pochendes Herz es ebenfalls hört.

Wir setzen eine Flosse vor die andere, bis wir hüfthoch im Wasser stehen. Vlad schnallt uns die Sauerstoffflaschen auf den Rücken. Sie sind extrem schwer.

»Vlad, ich bin nicht stark genug für die Flasche«, jammere ich. Meine Schultern tun bereits weh.

»Im Wasser ist sie federleicht«, erwidert er, legt mir seine Pranke auf die Schulter und drückt mich nach unten. Tatsächlich fühlt es sich so an, als wäre die Flasche von meinem Rücken gerutscht und verschwunden.

Vlad erklärt Verity und mir alles, was wir wissen müssen. Zuerst lernen wir die Handzeichen, die ich allerdings ständig verwechsle.

»Was heißt OKAY?«, fragt er, und ich recke einen Daumen in die Höhe.

»Aber nein, das heißt, dass du zurück zum Boot willst. OKAY sieht so aus.« Er bildet mit dem Zeigefinger und dem Daumen einen Kreis, wie man ihn ständig in amerikanischen Fernsehserien sieht.

»Ach ja! Tut mir leid, Vlad. Das nächste Mal bekomme ich es hin.«

Verity hat alles beim ersten Mal begriffen und übt bereits allein. Sie schwimmt zu uns und nimmt die Maske ab. »Du machst das absichtlich! Vlad, sie macht das absichtlich.«

»Was? Nein, mache ich nicht. Es ist wirklich schwer zu verstehen.«

»Das OKAY-Zeichen ist nicht schwer zu verstehen, Cait.« Sie wendet sich an Vlad. »Sie hat Angst davor, dass du ihr die Maske vom Gesicht ziehst. Das ist reinste Verzögerungstaktik.«

»Ah«, meint Vlad und nickt. »Ja, davor fürchten sich viele. Aber es ist okay. Du kannst trotzdem atmen. Mit dem Atemregler.« Er deutet auf das Mundstück, das an der Sauerstoffflasche hängt. »Du darfst nur nicht in Panik geraten und auf keinen Fall durch die Nase atmen. Dann ist alles gut.«

»Ich soll nicht in Panik geraten, wenn mir das Wasser in die Nase, die Ohren und die Augen rinnt? Das ist echt viel verlangt, Vlad.«

Er lacht tief und volltönend. »Wir schaffen das. Ich mache das seit vierzig Jahren. Du bist bei mir sicher.«

Mein Verstand glaubt ihm, doch mein Körper ist anderer Meinung. Jedes Mal, wenn wir untertauchen und er mir das Zeichen gibt, meine Maske abzunehmen, bringe ich es einfach nicht über mich. Wir kehren an die Oberfläche zurück, und Verity schwimmt zu uns.

»Erinnerst du dich an den Hochseilgarten?«, fragt sie.

Ich nicke. »Das war ein total furchteinflößender Hochseilgarten, Vlad. Der würde dir sicher gefallen.«

»Hast du gerade einem russischen Exsoldaten einen Hochseilgarten als ›furchteinflößend‹ beschrieben?«, fragt Verity.

Ich hebe die Hände. »Stimmt doch.« Ich wende mich noch einmal an Vlad. »Wirklich«, beharre ich. »Du musst dich selbst um die Sicherung kümmern, und du bist hoch oben in den Bäumen. Wenn du hinunterfällst und der Gurt hält nicht, bist du selbst schuld, weil du ihn nicht richtig angelegt hast.«

»Aber erinnerst du dich auch, wer noch mehr Angst davor hatte als du?«, fragt Verity.

Ich sehe es vor mir: Harrys kalkweißes Gesicht, als wir das Sichern auf einem sehr viel niedrigeren Trainingsparcours übten. Wie er meine Hand umklammerte, während der Guide uns die Grundlagen erklärte.

»Harry!«, rufe ich.

»Genau«, stimmt Verity mir zu. »Und du warst diejenige, die

ihn damals überredet hat. Bei dir sah alles so einfach aus, während er immer der Letzte war.«

Ich erinnere mich, wie ich ihm zeigen wollte, wie man sich wie ein Affe an einem Seil entlanghangelt, was mir im Gegensatz zu ihm echt leichtfiel. Das letzte Hindernis war der sogenannte Tarzan-Sprung, bei dem man sich an einem Seil über einen Abgrund schwingen und danach in ein riesiges Netz springen musste. Ich schaffte es problemlos, sogar inklusive Tarzan-Heulen. Harry hingegen entschied sich nach einigen Überredungsversuchen, das Hindernis auszulassen, und kehrte mit zitternden Knien auf den Boden zurück.

Ich habe das komplett vergessen. Nur an die Pints, mit denen Jeremiah, Verity, Harry und ich auf unseren »Sieg« über den Parcours angestoßen haben, habe ich oft gedacht.

Mit wiedererwachten Erinnerungen im Kopf tauche ich erneut unter und ziehe mir die Maske ohne zu zögern vom Gesicht. Als wir auftauchen, klopft Vlad mir anerkennend auf den Rücken.

»Gut gemacht«, lobt er. »Dann versuchen wir es jetzt weiter draußen.«

Auf der Fahrt zu unserer Ankerstelle bin ich wie in Trance. Verity redet auf Vlad und mich ein, doch ich höre nichts. Der Wind weht mir um die Ohren, und ich versuche, mich an alle wichtigen Informationen zu erinnern, die Vlad uns mitgegeben hat. Ich wiederhole sie immer und immer wieder, damit ich nichts vergesse. Trotzdem bin ich inzwischen eher aufgeregt als nervös, und als Vlad den Anker setzt, mich ansieht und das OKAY-Zeichen macht, erwidere ich es, ohne zu zögern, watschle zum Rand des Bootes und springe ins Wasser.

Es fühlt sich unglaublich an. Ich drehe mich auf den Rücken und sehe in den blauen Himmel hinauf.

»Wir gehen langsam runter«, erklärt Vlad. »Es wird sich anfühlen, als wären wir ziemlich tief unten, aber das sind wir nicht. Ihr könnt jederzeit wiederauftauchen. Bereit?«

Er zählt bis drei, und ich tauche unter. Zuerst sehe ich überhaupt nichts. Ich konzentriere mich nur auf meine Atmung und versuche, den Gedanken daran, was alles passieren könnte, zu verdrängen. Ich vertraue Vlad.

Die Geräusche hier unten sind so seltsam. Ich höre mich atmen, aber da ist auch noch etwas anderes – ein Zischen und Klicken, dessen Ursprung sich nicht bestimmen lässt. Es ist fast so, als würden die kleinen Fische, die uns mittlerweile umkreisen, miteinander reden.

Es sind so viele in allen möglichen Farben und Formen. Eine Gruppe blau-gelber Fische mit einem schwarzen Punkt am Rücken zischt an uns vorbei, und ich entdecke einen kleinen orange-weißen Fisch, der aussieht wie Nemo. Ich will lächeln, doch dann fällt mir wieder ein, dass dadurch die Maske verrutschen könnte, also schnappe ich nur erfreut nach Luft und deute auf den Fisch. Vielleicht sieht Verity ihn auch.

Es ist seltsam, dass sie direkt neben mir schwimmt, ich aber kein Wort zu ihr sagen kann. Gerade so, als wären wir in zwei verschiedenen Blasen gefangen, und jede würde ihr eigenes Abenteuer erleben. Ich konzentriere mich auf die Fische, die durch die Korallen flitzen, und überlege mir kleine Geschichten dazu. Der dort bringt gerade das Essen für seine Frau nach Hause, diese beiden verlieben sich … Vlad deutet mit dem Daumen nach unten. Das Signal, dass wir tiefer tauchen können.

Wir gelangen zu einigen bedrohlichen, dunklen Felsen, doch Vlad schwimmt direkt darauf zu und winkt uns mit sich. Er bildet mit der Hand ein Maul, das er öffnet und schließt.

Ich richte den Blick auf die Felsen und entdecke einen Aal, der zu mir hochsieht, als wollte er Hallo sagen.

Immer wieder kommt mir der Gedanke, was für ein tolles Foto diese Kulisse abgeben würde. Dass ich ein Bild von Nemo mit dem Titel »Gefunden!« auf Instagram posten könnte. Doch dann schwimmt ein weiterer Fisch vorbei, und ich denke nicht mehr weiter darüber nach. Hier unten ist das Leben so einfach: Die Fische scheinen glücklich damit zu sein, durchs Wasser zu huschen, es wirkt, als würden sie miteinander spielen, während sie ihre Kreise durch das Korallenriff ziehen. Einmal geraten wir in einen riesigen Schwarm schwarzer Fische, die uns einhüllen, im nächsten Augenblick sind sie auch schon wieder verschwunden, und die Sicht ist frei.

Da kommt mir ein weiterer Gedanke, der alle anderen in den Hintergrund drängt. An einem solchen Ort ist er jetzt – nicht genau hier und vermutlich auch nicht unter Wasser, aber es ist dort genauso wie hier: friedlich und unkompliziert.

Vlad führt uns langsam wieder an die Oberfläche, doch jedes Mal, wenn er mit dem Daumen nach oben deutet, schüttle ich den Kopf. Ich will diese wunderschöne, ungekünstelte Welt nicht verlassen.

Irgendwann durchbrechen wir dann doch die Oberfläche, drehen uns auf den Rücken und sehen in den blauen Himmel hinauf. Ich fühle mich unglaublich leicht, und selbst als Vlad mir über die Leiter ins Boot hilft, merke ich das Gewicht der Sauerstoffflasche nicht.

Wir setzen uns auf die Holzbank, nehmen vorsichtig die Flaschen ab und werfen die Flossen in einen Eimer. Vlad drückt uns väterlich eine Dose Limonade und ein Stück Bananenbrot in die Hand und breitet Handtücher über unsere Schultern.

»Du bist ein Naturtalent«, lobt er Verity. »Und du …« Er dreht sich zu mir und macht das OKAY-Zeichen. »Ich wusste, dass du es schaffen würdest, und du hast es gut gemacht. Wir drei könnten zusammen zu den Marines gehen.«

»Aber klar doch.«

Verity lacht, während ich hinaus aufs Meer starre. Die leicht gekräuselte Oberfläche verrät nicht, welche Magie sich darunter verbirgt. Meine Freundin scheint zu spüren, dass ich gerade an Harry denke, denn sie nimmt meine Hand und drückt sie.

KAPITEL ZWEIUNDZWANZIG

Zurück an Land sind unsere Beine wie Gummi. Es fühlt sich an, als wären wir immer noch unter Wasser, und wir haben Schwierigkeiten, den Strand hinaufzustapfen. Wir schwanken und stolpern immer wieder kichernd gegeneinander, als wären wir betrunken.

»Hast du Nemo gesehen?«, frage ich Verity, und sie nickt und meint: »Und den Aal!«

Wir verfallen in angenehmes Schweigen, es ist nur das Quietschen der Neoprenanzüge zu hören, die wir uns von den Körpern schälen und auf den Boden fallen lassen, während wir an die unglaublichen Kreaturen denken, die wir dort unten kennenlernen durften.

Vlad wartet vor der Hütte und überreicht uns unsere Anfängerzertifikate, die wir stolz entgegennehmen und vor die Brust halten, damit er ein Foto machen kann, das ich nach dem Urlaub posten werde. Gerade als er ruft: »Sagt mal: ›Unter dem Meeeer!‹«, und den Auslöser drückt, spüre ich Blicke auf mir. Ich sehe mich um. Am Eingang der Tauchschule steht Willem. Er trägt ein legeres blaues Shirt und Chinos und kommt auf uns zu, während ich verzweifelt versuche, ihn nicht zu beachten.

»Hallo, Ladys. Hallo, Vlad.« Er tippt sich an seinen imaginären Hut, Vlad grüßt zurück und stapft in die Hütte.

»Auf Wiedersehen, Vlad! Danke!«, ruft Verity ihm hinterher. »Hey, Willem«, meint sie dann und lächelt sehr viel natürlicher, als ich es im Moment zustande bringe. Mein Lächeln ist wie eingefroren.

»Sehen wir uns später an der Bar? Meine Schicht beginnt gleich«, meint er, und seine unterschiedlich farbigen Augen ruhen auf mir.

»Ja, klar«, erwidert Verity, doch dann sieht sie mich an. »Ich meine, vielleicht. Also kann schon sein. Wir werden sehen.«

Ich schweige. Ich bin mir nicht sicher, was ich will, und wenn ich jetzt etwas sage, kommt möglicherweise nur Blödsinn dabei raus.

»Es wäre jedenfalls schön, euch zu sehen … euch beide«, erwidert er, wendet sich ab und geht winkend auf eine Gruppe junger Männer zu, die mit Bierflaschen in der Hand am Strand sitzen.

»Er steht auf dich!«, meint Verity und stößt mir mit dem Ellbogen in die Seite. »Man spürt das Knistern zwischen euch!«

»Ach, sei still!«, zische ich, und Hitze breitet sich in meinem Oberkörper aus. »Das stimmt doch gar nicht.«

»Andere Leute kommen vielleicht mit so lächerlichen Aussagen durch«, meint sie und hakt sich bei mir unter. »Aber wenn man bedenkt, was du beruflich machst, nimmt dir das doch niemand ab, Cait!«

Das ist ein schlagendes Argument. Ich hebe ergeben die Hände. »Na gut. Er ist super, okay?«, gestehe ich, während wir immer noch schwankend zu unserer Villa zurückkehren.

»Dann nichts wie ran an den Mann«, erwidert Verity, als wäre es so einfach. Der unebene Sand fühlt sich herrlich zwischen den Zehen an, doch es ist auch sehr anstrengend, darauf zu gehen. Ich habe das Gefühl, ein riesiges Gewicht mit mir herumzuschleppen. Ich jogge zum Wasser hinunter, wo der Sand feucht und somit fester ist. Verity folgt mir und greift erneut nach meinem Arm. »Du darfst das, das weißt du doch, oder?«, sagt sie, dieses Mal sanfter.

»Ja, das weiß ich«, antworte ich, obwohl es nicht stimmt.

Nicht wirklich.

Es gibt in einem solchen Fall kein Handbuch, und es gab auch kein langes Abschiedsgespräch, in dem Harry seine letzten Wünsche äußern, in dem er mir sagen konnte, dass ich glücklich werden soll. Also habe ich bisher versucht, sämtliche Gefühle, die ich für andere Männer entwickelt habe, beiseitezuschieben und zu ignorieren. Doch in letzter Zeit fühlt es sich an, als wäre mein Körper wieder zum Leben erwacht, und wenn Männer wie Willem oder Stu mich ansehen, setzen ihre Blicke mich in Flammen, als hätte mir jemand einen Stromschlag verpasst.

Ich lasse mich in den Sand fallen. »Glaubst du wirklich, dass ich es darf?«, frage ich Verity.

»Natürlich, Cait«, erwidert sie und hockt sich neben mich. »Er würde wollen, dass du glücklich bist.«

»Deshalb war ich so wütend auf dich, weißt du?«, gebe ich zu. »Wegen Jeremiah.«

»Ich dachte, es hätte mit deinem Dad zu tun.«

»Zum Teil«, erwidere ich. »Aber ich habe einfach nicht verstanden, wie du eine so perfekte Beziehung einfach zum Fenster …«

»Sie war nicht perfekt, Cait. Und ich habe sie nicht zum Fenster hinausgeworfen. Es ist mit der Zeit irgendwie passiert …«

»Entschuldige, ich glaube, ich kann es nicht so gut in Worte fassen. Vielleicht war ich eifersüchtig. Weil du einfach so weiterziehen konntest.«

»Es war nicht leicht«, erinnert sie mich ernst.

Ich schüttle den Kopf. »Es tut mir leid. Ich habe alles falsch interpretiert. Ich weiß nicht, woher diese Gedanken kamen. Ich dachte daran, wie sehr ich mir selbst verbot weiterzuziehen. Und auch daran, dass ich Harry niemals betrogen hätte. Es fühlte sich falsch an, dass du die Möglichkeit dazu hattest. Ich weiß nicht, ergibt das Sinn? Oder verhalte ich mich schon wieder wie der größte Mistkerl?«

Sie drückt meine Schulter. »Du bist kein Mistkerl. Du redest endlich – das ist alles, was zählt. Aber …«, sie hält kurz inne, »… aber Jeremiah und ich sind nicht Harry und du«, fährt sie dann fort. »Du kannst eure Zukunft nicht durch uns weiterleben.«

»Genau das ist es.« Ich schüttle langsam den Kopf. »Das wollte ich.« Ich würde am liebsten schreien, brüllen, auf und ab springen und alles abschütteln. Es ist eine seltsame Erleichterung, dass Verity meine innersten Gefühle endlich in Worte gefasst hat. »Es gibt so vieles, das ich bereue«, gestehe ich. »Es lässt mich nicht los. Auseinandersetzungen, die wir hatten. Momente, in denen ich wütend auf ihn war, weil er nicht dem Bild entsprach, das ich mir ausgemalt hatte. Die ständigen Vergleiche zum Leben anderer Leute …« Ich seufze. »Doch als er dann starb, kam die schreckliche Gewissheit. Wir waren glücklich … Und mir ist es nicht einmal aufgefallen.«

»Aber ihm schon.«

Ich sehe sie an. Sie hat einen Schokoriegel aus ihrer Tasche geholt und kaut langsam. Ein Stück Karamell klebt an ihren Zähnen.

»Was meinst du damit?«

»Das war deutlich zu sehen, wenn man mit euch zusammen war. An der Art, wie Harry dich ansah. Wie er über deine Witze lachte, selbst wenn sie noch so blöde waren …«, erklärt sie, und ich sehe Harry vor mir, als wäre er tatsächlich hier. »Es war offensichtlich, dass er furchtbar glücklich mit dir war. Er hat sein Leben genossen, Cait. Er hat es wirklich genossen.«

Ich nehme eine Handvoll Sand und streue sie über meine Füße. Begrabe sie unter dem goldenen Staub. »Warum musste es dann so früh enden?«, frage ich, auch wenn ich weiß, dass mir diese Frage niemand beantworten kann.

Verity greift ebenfalls in den Sand und hilft mir, bis meine Schienbeine kaum noch zu sehen sind.

Ich erinnere mich, wie ich in den Wochen nach dem Unfall nachts schweißgebadet aufwachte und mich an die Laken auf seiner Seite des Bettes klammerte. Ich brauchte immer eine Minute, bis ich wieder wusste, warum er nicht da war und warum ich weinte. Als ich Verity davon erzählte, packte sie einen Koffer und zog zu mir. Ich klammerte mich an sie, wenn ich aufwachte. Dann wurde ich hellhörig. Warum war ich so kindisch und verlangte von meiner besten Freundin, dass sie ihr Leben und ihren Freund allein ließ, um für mich da zu sein? Eines Morgens erklärte ich ihr, dass es mir wieder gut gehe und sie nach Hause zurückkehren könne. In der darauffolgenden Nacht wachte ich wieder schreiend auf, und das Bett war leer. Ich wollte sie anrufen, doch ich schaffte es nicht. Ich wollte sie nicht mit meinen Problemen belasten, wollte meine strahlende, mutige Freundin nicht mit mir in den Abgrund reißen.

»Ich weiß, ich muss mit dem Lügen aufhören, Verity. Aber wie soll ich dann weitermachen? Wie kann ich meinen Klienten Liebe verkaufen, wenn sie sehen, dass sie in Schmerz enden kann?«

Sie zieht mich in ihre Arme, während eine Träne über meine Wange rollt. Ihr Gesicht ist ebenfalls feucht, die Augen tränenverschleiert. »Ich würde sagen, dass das, was er für dich war, und das, was euer gemeinsames Leben ausgemacht hat, es doch wert war, oder?«

»Wert? Verity, meine Trauer lässt sich doch nicht mit einem teuren Essen vergleichen!«

»Ich meine, wenn du zurückreisen könntest … wenn ihr euch nie näher kennengelernt hättet, sodass eine andere Frau deinen Schmerz ertragen muss. Würdest du das tun?«

Ich sehe Harrys Hände vor mir. Sie waren seltsam weich, auf der rechten Hand hatte er direkt am kleinen Finger drei Muttermale. Seine Nägel waren rechteckig. Ich erinnere mich, wie ich nach unserer Hochzeit manchmal nach seiner Hand griff und den einfachen Goldring bewunderte. Wie stolz ich war, und wie glücklich und sicher ich mich fühlte.

Ich überlege, ob das, was Verity mich gerade gefragt hat, überhaupt möglich ist. Wenn wir uns nie kennengelernt hätten, würde dann eine andere Frau meinen Schmerz erleben? Oder wäre Harry noch am Leben? Hat die Beziehung zu mir eine Kettenreaktion ausgelöst, die dazu geführt hat, dass er an diesem Tag von einem Van überfahren wurde? Ich glaube, dass er irgendwo wäre und auf mich warten würde. Ich kann mir kein Universum vorstellen, in dem wir beide uns nicht kennengelernt haben.

»Nein, das würde ich nicht. Was passiert ist, ist schrecklich, aber noch schrecklicher wäre es, wenn ich ihn niemals gekannt hätte.«

Sie nimmt eine Muschel und gibt sie mir. Sie fühlt sich samtweich an. Ich drehe sie auf meiner Handfläche unaufhörlich im Kreis.

»Na, da hast du es. Da ist die Antwort.«

Sie hat recht: Die Liebe ist jeden Schmerz wert, trotzdem kann ich unmöglich wieder die sein, die ich früher war. Eine junge Frau, die die Liebe durch die rosarote Brille betrachtet.

»Ich kann nur nicht zurück zu meinem alten Ich.«

»Das erwartet auch niemand«, erwidert Verity. »Du kannst dich verändern, du kannst dadurch wachsen, und ich werde dich immer noch so lieben wie zuvor. Du kannst dich aus dem Schmerz heraus neu erschaffen.«

Ich versuche, mir vorzustellen, dass ich ein neuer Mensch werde. Dass ich weiterwachse, dass ich noch nicht am Ende angekommen bin.

»Hmmm. Ich frage mich, wie diese Frau wohl sein würde.«

»Wunderbar. Fantastisch«, erwidert Verity, steht auf und klopft sich den Sand vom Hintern. »Es wird langsam kühler. Ich gehe lieber rein, kommst du mit?«

Ich schüttle den Kopf. Ich will noch eine Weile zum Himmel hinaufschauen, die Muschel in meiner Hand und den Sand zwischen meinen Zehen spüren.

Aber es gibt noch etwas, das ich tun will. Und wenn ich erst den Mut gefunden habe, aufzustehen und es zu tun, werde ich es hoffentlich nicht bereuen.

KAPITEL DREIUNDZWANZIG

Als ich ankomme, sitzt er an der Bar und zeichnet. Er hebt immer wieder den Blick und sieht aufs Meer hinaus, bevor er den Bleistift wieder fest und entschlossen aufs Papier setzt. Ich sehe ihm eine Weile aus der Ferne zu und überlege, ob ich das hier wirklich will. In der Bar ist es ruhig. Nur ein Pärchen sitzt da, zwei randvolle rosarote Cosmopolitans vor sich auf dem Tisch. Der Mann hat den Arm um die Frau gelegt, die ein Buch liest. Ab und zu senkt er den Kopf und gibt ihr einen Kuss.

Es ist den Schmerz wert, denke ich und gehe mit hocherhobenem Kopf auf die Bar zu.

Als er mich sieht, legt er seinen Skizzenblock beiseite und formt mit den Lippen das Wort »Drink«. Ich mag, wie er seinen Mund bewegt, als würden mich seine Lippen bereits berühren.

Ich nicke. »Champagner, bitte.«

Er dreht sich um und bückt sich, um die Flasche hochzuholen. Seine Hose ist ziemlich eng, wie ich nach einem schnellen Blick feststelle. Er wendet sich wieder mir zu und öffnet die Flasche, sieht mir dabei direkt in die Augen.

»Du magst Champagner, das ist mir schon aufgefallen.«

»Es ist ein tolles Gefühl, das Glas in der Hand zu halten«, erkläre ich. »Ich fühle mich dann immer wie Beyoncé. Aber egal …« Ich lehne mich vor und stütze mich mit den Unterarmen auf der Theke ab. »Was magst du an deiner Arbeit hier am liebsten, Willem?«

Er beugt sich zu mir herüber. So nah, dass ich die Hitze spüre, die von seinem Körper ausgeht. Er lehnt sich gegen die Bar. Wenn die Theke nicht wäre, würden wir uns berühren.

»Neue Leute kennenzulernen«, antwortet er und hält kurz inne, bevor er fortfährt. »Leute wie dich.«

Ich bemühe mich, den Augenkontakt aufrechtzuerhalten, den er mit seinem intensiven Blick einfordert. Das Paar küsst sich innig, die Drinks sind immer noch unberührt. Ich will bereits losplappern und Willem erzählen, dass ich auch gern neue Leute kennenlerne, doch ich zögere den Moment hinaus und lasse mich darauf ein.

»Du warst heute tauchen, oder?«, fragt er. »Erzähl mir davon.«

Und das mache ich. Ich schwärme davon, eine neue Welt entdeckt zu haben, spreche von dem Gefühl, tatsächlich in ein anderes Universum eingetaucht zu sein, wo meine Probleme nicht existieren. Offenbar geht es ihm beim Tauchen genauso, und deshalb versucht er, jeden Morgen aufs Meer hinauszufahren. Das Gespräch läuft. Wir reden über unsere Lieblingstiere und die schönsten Dinge und Orte, die wir in unserem bisherigen Leben gesehen haben. Ich schnappe nach Luft, als er mir erzählt, dass er einmal mit fünf Schildkröten zusammen geschwommen ist.

Mein Champagnerglas wird nie leer, er füllt es immer wieder auf, während die Blubberblasen in meinen Kopf steigen und sich bis zu meinen Zehen ausbreiten, sodass mein ganzer Körper kribbelt.

Irgendwann macht sich das Paar auf den Weg und schlendert kichernd über den Strand davon. Willem sammelt ihre Gläser ein, zieht einen Barhocker heran und setzt sich mir gegenüber. Die Theke ist noch immer zwischen uns, wenn ich könnte, würde ich sie eigenhändig niederreißen. Eine dunkle, glänzende Haarsträhne fällt Willem ins Gesicht, ich strecke instinktiv die Hand aus und schiebe sie zur Seite. Er greift nach meiner Hand und hält sie zwischen seinen Handflächen.

Mein Atem stockt. Die Welt hat sich in Nebel verwandelt, der uns einhüllt.

Ich weiß, was ich will, und ich will nicht mehr länger darauf warten. Ich habe es satt, die Zeit mit Small Talk und Gelächter über Witze zu füllen, die ich gar nicht so komisch finde.

»Wann machst du Schluss?«

Ich lasse mich von den Worten leiten, vertraue meinem klopfenden Herzen und der Spannung in der Luft. Er wirft einen Blick auf die Uhr. Die Haut an seinem Hals ist so braun und glatt. Ich stelle mir vor, das Grübchen zwischen seinen Schlüsselbeinen mit Küssen zu bedecken. Sein Blick wandert wieder zu mir. Meine Haare kräuseln sich nach dem Tauchgang, und ich habe bloß ein altes orangefarbenes Baumwollkleid an, dessen Träger ständig hinunterrutschen. Ich trage kein Make-up, und meine Wangen und die Nase sind leicht gerötet, weil ich nicht genug Sonnencreme aufgetragen habe. Doch Willems Blick verwandelt mich in etwas anderes. In seinen Augen bin ich eine beeindruckende Frau, die alles schafft.

»Ich kann …« Er räuspert sich. »Eigentlich gleich Schluss machen.«

»Zeigst du mir die Personalinsel?«, frage ich und schüttle die Haare aus, sodass sie mir über die Schultern fallen.

Ein verschmitztes Grinsen breitet sich auf seinem Gesicht aus. Es ist nicht das kundenorientierte Lächeln, das ich sonst von ihm kenne, es fühlt sich an, als würde es nur mir allein gehören.

Er lässt nacheinander die Rollläden vor den Getränkeregalen herunter. »Gib mir fünf Minuten«, meint er schließlich und verschwindet hinter der Bar. Ich drehe meinen Hocker herum, schaue aufs Meer hinaus und konzentriere mich auf die Wellen, die an den Strand schwappen. Die Zeit vergeht quälend langsam. Mein Blick wandert hinauf zum Himmel. Er ist tiefschwarz und mit Sternen übersät. Die Luft ist warm, aber ich habe trotzdem eine Gänsehaut. Ich reibe meine Arme und schwinge die Beine hin und her – alles, um mich abzulenken und die Wartezeit zu verkürzen.

Ein Klingeln ertönt, und ich drehe mich um. Es ist Willem auf einem weißen Fahrrad.

»Ihre Kutsche, Mylady«, erklärt er und deutet hinter sich.

»Du nimmst mich auf dem Fahrrad mit? So was habe ich seit Jahren nicht mehr gemacht«, rufe ich glücklich und springe auf den Gepäckträger. Wir kurven die dunklen Wege entlang, vorbei an unzähligen Villen mit glitzernden türkisblauen Swimmingpools. Das Blätterdach der Bäume breitet sich wie eine Decke über uns aus, ich höre nur das Geräusch der Reifen auf dem Sand und ein leises Heulen in der Ferne. Wir überqueren eine schmale Holzbrücke, und ich umklammere Willems Mitte und wage es nicht, nach unten ins Wasser zu sehen. Als wir abspringen, ist mir schwindelig, und ich stolpere über meine eigenen Füße, doch Willem fängt mich auf, seine breiten Hände umfassen meine Schultern.

Der Kickertisch steht direkt am Strand neben ein paar weißen Sofas und einer Kühlbox.

»Das Personalzimmer«, erklärt Willem mit einer ausladenden Handbewegung. Ich laufe zum Tisch, greife nach dem kleinen weißen Ball und drehe ihn zwischen den Fingern.

»Worum spielen wir?«

»Wenn ich gewinne, bekomme ich einen Kuss von dir«, antwortet er ungerührt.

Ich schlucke und rufe mir in Erinnerung, welche Rolle ich hier spiele.

»Und wenn ich gewinne, küsst du mich.«

Im nächsten Augenblick tritt er auf mich zu. Seine Hände gleiten über meine Haare, meinen Oberkörper entlang und halten an meinen Hüften inne. Ich hätte nicht gedacht, dass sich seine Lippen so anders anfühlen. Er küsst mich zärtlich, und ich versuche, nicht daran zu denken, wie ruppig Harrys Küsse waren. Willem schmeckt nach Meer, als er langsam die Träger meines Kleides nach unten schiebt, die Haut darunter küsst und mich sanft in den Sand gleiten lässt.

Als ich am nächsten Morgen aufwache, habe ich zuerst das Gefühl, noch am Strand zu liegen. Ich spüre den Sand unter mir, Sonnenlicht dringt durch meine geschlossenen Lider. Doch als ich die Augen öffne, sehe ich, dass ich mich in meinem Bett befinde. Die Matratze ist voller Sand, meine Haare haben sich am Hinterkopf zu einem juckenden Nest verknotet. Jemand hat die Fensterläden geöffnet, und als ich mich aufsetze, kann ich das türkisfarbene Meer sehen. Es sieht so anders aus als in der Nacht zuvor, als es sich tiefschwarz vor mir erstreckte.

Ich presse die Augen zusammen. Meine Lippen sind geschwollen, und ich rieche – zweifellos – nach Sex. Ich denke daran, wie sich Willem letzte Nacht auf mir angefühlt hat. Wie sein Gewicht mich nach unten gedrückt und wie ich nach Luft geschnappt habe, als ich erkannte, wie sehr ich dieses Gefühl vermisst hatte. Wie unglaublich es sich anfühlte.

Zumindest in der Nacht.

Mein Magen knurrt. Ich habe gestern nicht zu Abend gegessen, und jetzt fordert er seinen Tribut. Auf dem Nachttisch steht eine Dose Cola, daneben liegt eine Nachricht von Verity.

Ich dachte, die brauchst du vielleicht. Bin am Frühstücksbüfett. Kann es nicht erwarten, dass du mir alles erzählst.

Dazu hat sie einen augenzwinkernden Smiley und ein Daumenhoch gemalt.

Ich rolle mich auf die Seite, öffne die Dose und leere sie in einem Zug. Dann schlage ich die Decke zurück, greife nach meiner Sonnenbrille und öffne die Verandatür, um die Sonne und die Wärme in das klimatisierte Zimmer zu lassen. Neben dem Fenster steht eine Obstschale. Ich nehme eine Banane, gehe an den Strand und lasse mich in den Sand sinken. Ich beiße in die Banane, doch ich bekomme nichts hinunter. Sie formt einen riesigen Klumpen in meinem Mund. Ich kaue einige Male, dann spucke ich sie in den Sand.

Warum fühle ich mich so mies? Das ist nicht fair. Meine Gefühle überrollen mich wie eine Flutwelle, dabei will ich das doch gar nicht. Ich setze meine Sonnenbrille auf, um die Tränen zu verstecken, doch sie ist voller Sand. Sand von den Stränden in Mexiko, auf denen wir so glücklich waren. Und nun spüre ich den Schweiß eines anderen Mannes auf meiner Haut.

Ich merke, dass sich jemand neben mich in den Sand sinken lässt. Es riecht nach Kokosnüssen und Sonnenöl. Ich ziehe die Beine an und lege den Kopf auf die Knie.

»Caitlin, ist alles okay?« Jane streichelt meinen Arm.

Normalerweise würde ich mir jetzt ein schwaches Lächeln abringen und ihr erklären, dass es mir gut geht. Deshalb haben mir viele alte Freunde nach Harrys Tod vorgeworfen, ich würde sie ausschließen – ich wollte mich nicht von ihnen trösten lassen. Aber da ist irgendetwas in Janes Stimme, und außerdem weiß ich, dass ich sie nach diesem Urlaub nie mehr wiedersehen werde.

»Nein, eigentlich nicht.« Ich seufze.

»Du sitzt weinend mitten im Paradies, das habe ich mir also fast gedacht. Was ist denn los?«

Ich will, dass sie mich *Liebes* nennt, wie es meine Mum immer tut. Ich will, dass sie mich festhält, mir Nudeln kocht und mir zuflüstert, dass alles gut werden wird. Ich schluchze, meine Nase rinnt. Jane greift in ihren Korb und zieht ein Taschentuch heraus. Ich will ihr die Wahrheit sagen. Über Harry, über meine Agentur, über alles. Aber ich schaffe es nicht.

»Willem«, platze ich heraus. »Ich habe mit Willem geschlafen.«

»Okay, aber was ist schon dabei, Schätzchen? Er ist heiß.« Sie streichelt meinen Rücken und lächelt mich aufmunternd an.

»Ich bin verheiratet.« Ich drehe meinen Ehering. Ich habe ihn erst vor Kurzem an die andere Hand gesteckt, damit er mich nicht ständig daran erinnert, dass ich keine Ehefrau mehr bin. »Aber er ist … er ist …«

Ich schnappe panisch nach Luft, und Jane springt auf und kommt mit einem Glas Wasser zurück, das sie mir eilig reicht. »Trink das hier, Schätzchen. Aber langsam. Lass dir Zeit, ich gehe nirgendwohin. Ich gehe nirgendwohin«, flüstert sie.

Ich versuche, mich auf das Meer zu konzentrieren und meinen Herzschlag dem Plätschern der Wellen anzupassen.

»Atme ruhig durch die Nase. Einatmen. Eins, zwei, drei. Ausatmen. Eins, zwei, drei …«

Ihre Cowgirlstimme hat sich in das Murmeln einer Yogatrainerin verwandelt, sie atmet mit mir und hebt und senkt die Hände im Takt.

»Mein Mann, Harry … Er ist … gestorben.«

Die meisten Menschen schnappen nach Luft, wenn sie es hören. Sie schnappen nach Luft, und dann ringen sie um die richtigen Worte. Doch Jane tut nichts dergleichen. Sie nickt nur.

»Ich verstehe. Ach, Schätzchen, ich verstehe. Ich wusste, dass etwas nicht stimmt. Ich wusste es.«

»Wirklich?« Die Tränen sind versiegt, aber ich klinge immer noch wie ein kleines Kind.

»Aber ja. Deine Freundin – sie ist wirklich ein nettes junges Ding –, sie und du, ihr habt behauptet, sie wäre vor dem Liebeskummer hierher geflüchtet, aber sie wirkt so fröhlich, lacht den ganzen Tag, beantwortet Fragen für dich, sieht dich an, als wärst du in Watte gewickelt …«

So sehen mich alle an, die Bescheid wissen. Nur Jane betrachtet mich neugierig, als hätte sie gerade herausgefunden, dass ich eine berühmte Schauspielerin bin, die bald einen Oscar bekommen wird.

»Mein erster Mann ist auch gestorben«, erklärt sie so sachlich, als hätte sie mir gerade erzählt, dass es morgen regnen wird.

»Wann?«

»Es ist jetzt zehn Jahre her. Seit wann ist dein Harry tot?«

Die meisten Menschen haben Angst vor diesem Wort, und mit der Zeit ging es mir genauso. Ich sage, ich hätte ihn »verloren« oder dass er »einfach nicht mehr da ist«. Es tut beinahe körperlich weh, dass sie es so unverblümt ausspricht. Obwohl es eine gute Art von Schmerz ist. Wie wenn man den Finger in eine Wunde legt, um sich daran zu erinnern, dass man noch lebt und etwas fühlt.

»Seit ziemlich genau einem Jahr«, antworte ich.

»Dann bist du sicher noch schrecklich wütend.«

Es ist, als hätte sie mir die Haut abgezogen und würde durch mich hindurchsehen. Als sähe sie das Blut, das durch meine Adern pumpt.

»Manchmal ist die Wut so groß, dass sie mir Angst macht. Dann will ich nicht, dass irgendjemand auf dieser Welt glücklich ist.«

»Mir ging es genauso, Schätzchen. Ich habe viel zu viel getrunken und geriet grundlos mit irgendwelchen Frauen in irgendwelchen Bars in Streit. Ich tat alles, um diese unheimliche Wut rauslassen zu können.«

»Geht es vorüber?«, frage ich.

Ich habe die Wut nicht rausgelassen, sondern sie in mir verschlossen und mich darin gesuhlt.

Sie überlegt. »Ja, das tut es. Aber du musst dich darauf einlassen. Du musst sämtliche Gefühle durchleben und nicht so tun, als ginge es dir gut, obwohl es nicht stimmt. Du kannst der Trauer nicht entkommen, sie holt dich immer wieder ein. Hast du mit irgendjemandem darüber gesprochen, Schätzchen? Weiß Verity, wie du dich fühlst?«

»Am Anfang habe ich mit ihr gesprochen. Sie war unglaublich. Aber je mehr Zeit verging, desto schwerer fiel es mir, ihr zu erklären, dass es mir immer noch nicht gut geht. Denn ich glaube, sie erwarten, dass es mir endlich wieder gut geht …«

»Wer?«

»Alle. Sie fragen nach, doch sie sind nicht bereit für die Antwort. Es gab nun mal nichts, womit Verity mich trösten konnte. Ich wurde es leid, ihr zuzuhören. Und ich konnte mich selbst nicht mehr hören. Also tat ich so, als wäre wieder alles in Ordnung …«

»Das machen viele Leute. Es ist einfacher. Ich habe es auch getan.«

Ich atme tief ein. »Aber du bist sicher nicht so weit gegangen wie ich …«

»Keine Ahnung. Ich habe getrunken, bis sich das Lachen real anfühlte, das ist schon ziemlich heftig.«

»Aber du hast gegenüber Fremden nicht so getan, als wäre dein Mann noch am Leben, oder?«

»Wie bitte?«

»Ich nämlich schon. Ich habe so getan. Mein Gott, das klingt total verrückt, aber ich habe meinen Klienten vorgelogen, dass Harry noch da wäre. Ich habe ihnen von ihm erzählt. Ich habe Fotos von uns gepostet. Mein Job ist es, Liebespaare zusammenzubringen. Ich helfe Menschen dabei, sich zu verlieben. Aber es fiel mir mit der Zeit zu schwer ohne ihn.«

»Du hast das ganze letzte Jahr Fremden dabei geholfen, sich zu verlieben?«

Ich nicke, und ein ersticktes Lachen entfährt mir. »Ja, es ist verrückt, ich weiß.«

»Kennst du die Serie *Black Mirror?«,* fragt sie, und ich schüttle den Kopf. »Es gab da eine Episode, in der eine Frau ihren Mann verliert und ihn digital wieder zum Leben erwecken lässt. Meine Freundin aus England hat sie mir geschickt, und ich weiß noch, wie ich dachte: Mein Gott, wenn ich das tun könnte, würde ich es sofort machen. Ich würde alles dafür geben, ihn zurückzubekommen. Es kommt mir vor, als hättest du genau das versucht. Du wolltest ihn auf deine eigene Art am Leben erhalten.«

»Ja, vermutlich. Aber ich habe damit aufgehört. Und jetzt will ich mehr als alles andere, dass ich mich endlich wieder normal fühle. Deshalb die Sache mit Willem – ich wollte mich wieder normal fühlen.«

Sie drückt mein Knie. »Schätzchen, ich sage es dir nur ungern, aber du wirst dich nie wieder normal fühlen. Trotzdem gibt es auch eine gute Nachricht: Du wirst dich nicht für den Rest deines Lebens so fühlen wie jetzt. So zerrissen.«

»Es ist, als hätte ich ihn betrogen. Als hätte ich mich volllaufen lassen und meinen Mann betrogen. Du wirst jetzt sicher sagen, dass ich nichts Verbotenes getan habe. Dass ich mich nicht schuldig fühlen soll. Dass Harry gewollt hätte, dass ich mich amüsiere. Aber das macht es irgendwie noch schlimmer.« Die Worte sprudeln aus mir heraus, als hätte Jane sie aus meinem Inneren befreit.

»Nein, das wollte ich nicht sagen. Das ist doch alles Blödsinn. Du fühlst dich, wie du dich fühlst«, erklärt sie. »Natürlich kommt es dir falsch vor, mit einem anderen Mann zusammen zu sein. Und die Sache, dass Harry gewollt hätte, dass du dich amüsierst? Ich bezweifle, dass er gewollt hätte, dass du es mit einem Kellner am Strand treibst.«

»Hey, du solltest mich doch aufheitern!«, rufe ich, doch gleichzeitig breitet sich ein Lächeln auf meinem Gesicht aus. »Und woher weißt du von dem Strand?«

Sie zieht mich in eine Umarmung. »Ach, Schätzchen, das ist Willems Masche. Die Personalinsel?« Ich nicke mit dem Kopf an ihrer Schulter. »Das dachte ich mir. Aber hey, er ist ein netter Typ. Ein kleiner Casanova, das ist alles.«

Der Gedanke, dass ich für Willem nichts weiter als eine beliebige Touristin war, bringt mich erneut zum Weinen.

»Nein, hey.« Sie drückt mich von sich und hält mich an den Schultern fest. »Sieh mich an. Caitlin, sieh mich an. Du darfst keine einzige Träne für diesen Frauenhelden vergießen. Hörst du mich?«

»Aber sollte der erste Mann nach Harry nicht etwas Besonderes sein? Jemand, der sich am Ende vielleicht in mich verliebt?«

»Wie hat es sich denn letzte Nacht angefühlt?«

Ich denke zurück an den Sand unter meinem Rücken und die funkelnden Sterne über mir. An Willems Atem an meinem Ohr. Ich wusste in diesem Moment, dass ich betrunken bin und es am nächsten Tag bereuen würde, wenn die Schuldgefühle meine Beweggründe und die Erinnerungen verdrehen würden. Doch in diesem Moment fühlte es sich richtig an.

»Wie etwas, das ich tun muss«, antworte ich.

»Genau. Sex ist kompliziert, und die Liebe noch mehr. Du kannst dein Tun nicht immer infrage stellen, manchmal musst du es einfach geschehen lassen. Das Wichtige dabei ist, dass du niemanden verletzt hast. Sprich mir nach: Ich habe niemanden verletzt.«

»Ich habe niemanden verletzt.«

Ich will es in den blauen Himmel hinausschreien, die Postkartenidylle mit meiner Stimme entzweireißen. Ich stelle mir vor, wie der Himmel auseinanderbricht, wie die Palmen umstürzen, wie tosende Wellen über das Meer peitschen.

»So ist es gut.« Sie klopft mir auf die Schulter. »Ich lasse dich jetzt allein, wir sehen uns ja später beim Mittagessen. Vergiss nicht: So, wie du dich fühlst, ist es normal. Du darfst dich nicht für das bestrafen, was du empfindest.«

Ich lehne mich zurück und lasse ihre Worte auf mich wirken. Ich will sie tief in mich aufsaugen und wünsche mir so sehr, sie tatsächlich zu fühlen. Fähig zu sein, danach zu handeln. Doch stattdessen schlafe ich ein.

KAPITEL VIERUNDZWANZIG

Verity sitzt an dem Frühstückstisch, der uns zugewiesen wurde. Er biegt sich unter Unmengen an Obst, Toast und Muffins. Sogar ein Teller Maisnudeln ist da, die allerdings schon kalt sind.

»Die Küche hat vor einiger Zeit geschlossen«, erklärt sie und deutet auf das Minibüfett, das sie für mich aufgebaut hat. »Ich wusste nicht, worauf du Lust hast.«

Ich greife nach einer harten, kalten Toastscheibe und kleckse etwas Himbeerkonfitüre darauf. »Schwer vorstellbar, dass wir schon heute zu unseren leeren Kühlschränken zurückkehren, oder?«

Ich werfe einen Blick auf die Uhr. Das Motorboot, das uns zum Flughafen bringen soll, kommt um vier Uhr nachmittags, anschließend geht es mit einem Nachtflug nach Hause.

Verity hebt abwehrend die Hand. »Sei still!«, ruft sie. »Ich lebe in einer glücklichen Scheinwelt und verleugne es einfach.« Sie legt ihr Buch beiseite und nimmt einen großen, begeisterten Schluck von ihrem Drink. Er ist grün wie Klee. »Da ist Rum drin«, erklärt sie lachend. »Ich schätze, das ist für einige Zeit das letzte Mal, dass ich schon beim Frühstück trinken darf.«

»Gute Idee.« Ich winke dem Kellner und deute auf Veritys

Drink. »Noch zwei davon, bitte!«, erkläre ich, als er an den Tisch tritt und unsere Wassergläser auffüllt.

Er hebt eine Augenbraue. »Natürlich«, antwortet er und schlendert davon.

»War das ein abschätziger Blick?«, flüstert Verity. »Verurteilt er uns etwa?« Sie lacht erneut auf. »Mir egal. Mir geht es gut damit. Okay …« Sie reibt sich die Hände und sieht mich vergnügt an. »Ich will alles über die letzte Nacht erfahren.« Sie senkt die Stimme. »Mit Willem.«

Ich lächle. Ihr schmutziger Blick erinnert mich an die Zeit, als wir noch zusammengewohnt haben. Wenn ich einen Typen mit nach Hause brachte, den sie nicht kannte, zog sie ihren Sitzsack in den Flur und ließ sich mit einer Decke und einem Stapel Klatschmagazinen darauf nieder. Wenn der Typ sich schließlich mit den Schuhen in der Hand aus der Wohnung schleichen wollte, saß sie vor der Tür auf dem Boden, aß Chips und winkte ihm zu. Dann schlüpfte sie in mein Zimmer und fragte mich aus.

»Na ja, wir haben miteinander geschlafen«, erkläre ich jetzt und sehe mich um, ob auch keiner von Willems Vorgesetzten zuhört.

»Was denn sonst? Alles andere wäre hirnrissig. Willem ist scharf.«

»Ich dachte, er wäre nicht dein Typ!«

»Ist er ja auch nicht. Keine Tattoos und so. Aber trotzdem …« Sie pfeift leise durch die Zähne. »Also, wie war er?«

»Gut«, antworte ich und werde rot.

»Du weißt, dass ich mehr von dir erwarte! Erzähl mir von seinem Pe…«

Sie grinst, denn der Kellner stellt in diesem Moment unsere Drinks vor uns ab. Er schnaubt hörbar.

»Also *jetzt* verurteilt er uns ganz sicher«, flüstere ich und warte, bis er außer Hörweite ist, bevor ich weiterspreche. »Und ich werde dir ganz sicher keine Details erzählen.«

Sie streckt die Unterlippe nach vorne. »Na gut, du Spielverderberin. Was kannst du mir sonst bieten?«

Ich denke an Willems Lippen an meinem Hals, die langsam über meinen Körper gewandert sind, während ich hinauf in den Sternenhimmel sah.

»Wir waren am Strand. Auf der Personalinsel.«

»Heiß. Und ungezogen«, meint sie und nickt anerkennend.

»Und er war …« Ich halte inne. *Anders* ist das Wort, das ich verwenden will. Anders als Harry. »Zärtlich, sanft und … aufmerksam.«

Das ist viel schwieriger als früher. Damals hat mir Verity alle möglichen intimen Fragen gestellt, und ich habe gekichert und ihr alles genau beschrieben, bis sie rief: »Bäh, das ist ja ekelhaft. Hör auf!« Danach haben wir Pizza bestellt und uns über die anderen Dinge unterhalten, die an diesem Abend noch so passiert waren.

Plötzlich wird mir klar, was sich verändert hat: Diese Männer waren allesamt Stationen auf meinem Weg zur großen Liebe. Es spielte keine Rolle, ob der Sex mies war oder sie sich als Arschlöcher entpuppten. Ich tröstete mich damit, dass ich etwas von ihnen gelernt hatte und die Erfahrungen mich zum Richtigen führen würden. Willem hingegen ist die erste Station eines neuen Weges. Eines Weges, der mich von Harry fortführt.

»Und bist du …« Verity nimmt noch einen großen Schluck. Ihr Glas ist beinahe leer. Ich mache es ihr nach, trinke fast das ganze Glas leer, greife nach der Kiwi am Rand und beiße nachdenklich hinein. »Jetzt komm schon! Las mich nicht so zappeln!«, ruft Verity, also nicke ich lächelnd, und sie wirft die Arme hoch und klatscht jubelnd in die Hände. Das Paar am Nebentisch wirft uns einen Blick zu und lächelt. »Gut gemacht, Willem«, erklärt Verity. »Ich meine, ich hätte von ihm auch nichts anderes erwartet. Du weißt ja, dass das meine Spezialität ist …«

»Du meinst, du weißt immer schon im Vorhinein, ob ein Mann es schafft, einer Frau zum Orgasmus zu verhelfen«, sage ich.

Sie faltet die Hände wie zum Gebet. »Und ich danke Gott dafür.« Sie lacht. Im nächsten Moment mustert sie mich eindringlich. Das Lächeln ist nicht ganz verblasst, und ihre Augen blitzen noch, doch sie verzieht den Mund, und ich weiß, dass sie mir gleich eine wichtige Frage stellen wird. »Und wie geht es dir heute?«, will sie prompt wissen.

Sie sucht in meinem Gesicht nach Antworten. Ich verstecke meine geschwollenen Augen nach wie vor hinter meiner Sonnenbrille. Ich wollte nicht, dass sie das Erste sind, was Verity zu Gesicht bekommt.

»Heute Morgen ging es mir echt dreckig.« Ich zucke mit den Schultern. »Also bin ich an den Strand und habe geweint.«

»Oh, Caitlin, es tut mir leid.«

»Ist schon gut. Ich wollte allein sein … Aber dann kam Jane vorbei.«

»O nein!« Verity schüttelt den Kopf. »Der Fluch einer Urlaubsbekanntschaft.«

»Nein, sie war toll«, erwidere ich und denke daran, wie liebenswürdig, aufbauend und echt Jane war. »Sie hat auch ihren Mann verloren – vor einigen Jahren. Es war schön, sich mit jemandem zu unterhalten, der die Situation nachvollziehen kann.«

Verity nickt. Ich hoffe, ich habe sie nicht verletzt, doch sie redet bereits weiter. »Was hat sie gesagt?«

»Dass ich mir keine Vorwürfe machen darf, weil ich mich fühle, wie ich mich eben fühle. Dass es okay ist, wütend auf die ganze Welt zu sein, sogar auf meine Freunde und Freundinnen …«

Ich nehme einen Bissen von den Nudeln, kaue darauf herum, lege die Gabel wieder beiseite. Ich schaue Verity in die Augen. Sie lächelt.

»Sie ist eine weise Frau«, erklärt sie. »Denn diese Freundin hier wird immer für dich da sein, egal was passiert. Egal wie mies du dich benimmst.«

»Selbst wenn ich dir nicht verrate, wie groß Willems Penis ist?«

Sie nickt ernst. »Selbst dann.«

Wir grinsen beide so breit, dass die Kiefer bald zu schmerzen beginnen werden. Ich spüre das Band zwischen uns – warm, golden, unzertrennlich. Ich wünsche, ich könnte mich darin einwickeln, und ziehe die Nase kraus.

»Jane hat gesagt, dass Willem ein Casanova ist, der ständig mit weiblichen Gästen rummacht«, gestehe ich.

Verity winkt dem Kellner und bestellt noch eine Runde.

»Ja, klar«, erwidert sie vollkommen unbeeindruckt.

»Du wusstest Bescheid?«

Sie sieht mich überrascht an. »Du doch auch!«, ruft sie.

Ich denke daran, wie Willem mich angesehen hat. An die Komplimente, die er mir gemacht hat. Ich schüttle den Kopf. »Nein, ich glaube nicht, dass ich es wusste.«

Der Kellner stellt unsere Drinks vor uns ab, tritt einen Schritt zurück und betrachtet den Tisch. »Darf ich das hier abservieren, bitte?«

In der Nudelsoße schwimmen Toaststücke, ein halber Muffin liegt in der Obstschale, und an den braunen Bananenspalten kleben Krümel. Verity schüttelt den Kopf.

»Nein, wir essen noch«, sagt sie. »Oh, aber wenn Sie schon da sind: Ein paar Pommes frites wären gut. Zum Tunken.«

Sein Blick wandert von Verity zum Tisch und wieder zurück. Sie sieht grinsend zu ihm hoch.

»Worein denn?«, fragt er.

Sie deutet auf die Nudeln. »In die Soße. Wäre doch schade darum.«

»Wie Sie wünschen«, meint er mit zusammengebissenen Zähnen. »Eine Portion Pommes frites, kommt sofort.«

»Aber jetzt zurück zu Willem«, sagt Verity, während ich an der Soßenkruste knibble und mir ein Stück in den Mund stecke. »Du willst mir echt weismachen, dass Caitlin – Amors liebste Helferin – nicht wusste, dass er ein Aufreißer ist? Meine spezielle Gabe ist es, orgasmusspendende Männer zu finden, aber du … du hast die Fähigkeit, die guten auszumustern. Deine gesamte berufliche Laufbahn baut darauf auf.«

»Ha!«, erwidere ich. »So habe ich das noch gar nicht betrachtet. Ich schätze, du hast recht. Vielleicht wusste ich es tief im Inneren doch.«

»Dein erster Mann nach Harry durfte kein netter Kerl sein«, erklärt sie. »Einer, der sich womöglich in dich verliebt. Denn seien wir ehrlich: Das tun sie doch alle früher oder später.«

»Nein, tun sie nicht«, widerspreche ich.

»Da sind wir wohl unterschiedlicher Meinung.«

»Danke, sehr nett«, erwidere ich kopfschüttelnd. »Dann meinst du also, ich hätte die Gabe, einen perfekten One-Night-Stand zu erkennen?«

»Das hört sich an, als wolltest du nach meiner Krone greifen.

Ich warne dich, so hoch oben ist das Leben nicht gerade einfach. Aber ernsthaft: Ich glaube, dass du genau das gebraucht hast. Auch wenn es seltsam klingt …«

»Ja, du hast recht. Mein Gott, wie verantwortungslos! Meine Trauer brauchte einen Barkeeper, mit dem sie ins Bett springen konnte.«

Sie lacht dröhnend. »Ja, sieht so aus. Ich meine, natürlich ist es in Wahrheit sehr viel komplizierter, aber du hättest auch hierherkommen können, Yogaklassen besuchen, meditieren und weiß Gott was noch, und du wärst trotzdem zu keiner Lösung gelangt. Du wärst mit zart gebräunter Haut, aber nach wie vor mit einem zerrütteten Inneren nach Hause gefahren. Doch wenn ich mir dich jetzt so ansehe, wirkst du so gefestigt wie schon sehr lange nicht mehr.«

Ich werfe einen Blick auf die Uhr. Es ist beinahe Mittag. »Wir müssen bald los«, sage ich, als die Pommes frites serviert werden. »Wir müssen noch packen, unser Schrank sieht aus, als hätte eine Bombe eingeschlagen.«

»Versuch nicht, mich abzulenken«, erwidert sie und fängt an zu essen.

»Das tue ich nicht, ich bin ja deiner Meinung. Zu Hause wartet ein riesiger Brocken auf mich, aber ich bin trotzdem froh, dass ich hergekommen bin. Und genauso froh, dass du bei mir bist.«

Sie streckt die Hand aus und drückt meine. »Ich auch«, sagt sie, Tränen glänzen in ihren Augen. Sie lässt meine Hand los und wischt sie fort. »Aber ich meinte eigentlich, du sollst mich von den Pommes frites nicht ablenken.«

Wir beginnen beide zu lachen. Der Kellner wirft uns erneut einen missbilligenden Blick zu, das Paar neben uns hat offenbar genug von dem Lärm, rückt die Stühle zurück und verschwindet. Aber es ist mir egal. Das Lachen sprudelt aus mir heraus, und ich habe zum ersten Mal das starke Gefühl, dass Verity recht behält. Ich werde es schaffen.

Wir ziehen unsere Koffer den Steg entlang zu dem Motorboot, und Verity raunt mir zu: »Wir könnten auch einfach hierbleiben. Wir besetzen unsere Villa. Was könnten sie schon dagegen tun?«

Charles wartet bereits auf uns und eilt auf uns zu, um uns das Gepäck abzunehmen. »Meine Damen! Warum haben Sie mich nicht angerufen? Ich hätte Ihnen jemanden für die Koffer geschickt!«, schimpft er.

»Wir müssen uns langsam wieder an die Realität gewöhnen, Charles«, erwidere ich. »Sie haben uns zu sehr verwöhnt.«

»Ich werde es echt vermissen, mich wie Beyoncé zu fühlen«, erklärt Verity.

»Das dachte ich mir schon«, meint Charles und greift grinsend nach den beiden beigen Beuteln, die an seinem Arm baumeln. »Das sind Ihre Abschiedsgeschenke, werfen Sie mal einen Blick rein.«

Wir öffnen sie, und neben einer Baseballkappe und einem Kühlschrankmagnet in Form einer Palme befindet sich eine kleine Flasche Champagner in den Beuteln. »Für die Reise«, erklärt er nickend. »Kommen Sie, ich helfe Ihnen ins Boot.«

Er streckt die Hand aus, und ich will bereits danach greifen, als ich jemanden kreischen höre. Schritte klappern eilig den Steg entlang. »Warten Sie! Lassen Sie sie noch nicht gehen!«

Jane und Usman hasten auf uns zu und winken hektisch.

»Puh, da haben wir euch ja gerade noch erwischt!«, meint Jane keuchend. »Der verdammte Usman musste unbedingt noch eine zweite Runde Cocktails bestellen.«

»Du wolltest doch auch!«, protestiert Usman, und sie verpasst ihm einen spielerischen Klaps auf die Schulter. »Schhh!« Dann zieht sie uns in eine innige Umarmung. »Können die beiden nicht noch eine Weile bleiben?«, fragt sie Charles, der daraufhin den Kopf schüttelt.

»Nur, wenn Sie ihre Rechnung bezahlen.«

»Eines Tages werde ich das verdammt noch mal tun.«

Charles lächelt nur milde. »Halten Sie die zwei nicht auf, sonst verpassen sie ihren Flug.«

Doch Jane hält uns weiter fest und flüstert mir leise ins Ohr: »Du fühlst, was du fühlst, okay? Du hast meine Erlaubnis dazu.« Dann lässt sie uns los und sagt zu Verity: »Und du brichst nicht noch mehr Männerherzen, versprochen?«

Verity lacht, zuckt mit den Schultern und verspricht, es zumindest zu versuchen.

Wir klettern ins Boot. Seit unserer Ankunft sind nur knapp vier Tage vergangen, doch es fühlt sich an, als hätten wir erst vor ein paar Stunden hier gesessen. Andererseits ist es, als wären Jahre vergangen, so sehr haben wir uns in dieser Zeit verändert. Es ist ein seltsames Gefühl, aber es gefällt mir. Wir winken den anderen zu, nachdem der Steg eingezogen worden ist. Charles bläst in seine Muschel, während das Boot wendet und davonzieht. Als meine Arme zu schmerzen beginnen, lege ich sie in den Schoß. Verity winkt mit Tränen in den Augen weiter. Sie hält so lange durch, bis Charles, Usman und Jane nur noch als winzige Punkte in der Ferne zu erkennen sind.

»Caitlin?«, fragt sie, während ich die Hand nach der Kühlbox ausstrecke.

»Hmm?« Ich sehe nicht auf, sondern taste unter der Bank weiter. Sie müsste doch hier irgendwo sein?

»Wenn wir nach Hause kommen, ziehe ich eine Zeit lang bei dir ein.«

Es ist keine Frage, sondern eine Feststellung. Ich finde die Kühlbox und gebe ihr eine Flasche Bier, die sie fachmännisch öffnet.

»Das musst du nicht«, sage ich. »Mir geht es …«

Sie hebt die Hand. »Sag jetzt nicht, dass es dir gut geht. Außerdem geht es dabei nicht nur um dich.« Sie sieht aufs Meer hinaus. Das Boot wird immer schneller und fliegt mittlerweile über die Wellen. Wasser spritzt uns ins Gesicht. »Ich brauche es genauso, okay? Sonst gehe ich vielleicht aus lauter Langeweile wieder zu Jeremiah zurück. Und das geht doch nicht, oder?«

»Nein«, erwidere ich und drücke ihre Hand. »Das geht nicht.«

Ich sehe zu, wie die Insel langsam verschwindet, als wäre sie nie da gewesen. Ich umarme Verity, und mir wird auf einmal klar, dass ich mich gar nicht mehr davor fürchte, nach Hause zurückzukehren. Ich freue mich vielmehr darauf.

Es ist beinahe Mitternacht, als wir zitternd durch meine Eingangstür treten. Unsere warme, gebräunte Haut ist die eisigen Temperaturen nicht mehr gewöhnt, und meine Heizung war die ganze Zeit nicht an.

»Wo ist Joseph, wenn man ihn mal braucht?«, fragt Verity und zerrt ihren gigantischen Koffer ins Haus. »Ich hätte jetzt gern ein heißes Bad.«

»Ich lasse dir eins ein«, rufe ich ihr aus der Küche zu, wo ich gerade die Heizung wieder anmache. »Dann kannst du dich noch ein bisschen länger wie Beyoncé fühlen. In der Kommode oben ist ein frischer Schlafanzug.«

»Ich könnte meinen Champagner öffnen«, sagt sie. »Den Geschmack der Malediven nach Sheffield bringen.«

»Genau«, erwidere ich und trete mit zwei Bechern Tee aus der Küche. »Dort ist es jetzt fünf Uhr morgens. Seltsam, oder?«

»Ich will gar nicht darüber nachdenken«, erwidert sie stöhnend.

Ich nehme einen Schluck Tee. Das habe ich tatsächlich vermisst. In unserer Villa gab es bloß eine Auswahl an Kräutertees – wir haben den Wasserkocher kein einziges Mal verwendet. Wozu hat man eine Minibar voller Champagner?

»Ich treffe mich morgen mit Ade«, sage ich. »Sie meinte, es wäre gut, den Krisenmodus so schnell wie möglich zu aktivieren.«

»Sie kann ziemlich herrisch sein – denk daran, dass du genauso das Kommando übernehmen kannst. Du bist immerhin ihr Boss.«

»Ich weiß, aber ich vertraue ihr. Sie will nur mein Bestes.«

»Ja, das tut sie«, stimmt Verity mir zu. »Und dann ist da auch noch die Hochzeit von Tom und Elijah. Mann, die beiden haben es in Rekordzeit geschafft.«

»Ja. Sicher denken viele, es wäre zu früh, aber ich finde es irgendwie süß, wie schnell sie sich ihrer Gefühle sicher waren.«

»Und zwar jeder für sich«, sinniert Verity.

Mein Magen zieht sich zusammen, ich versuche, die aufsteigende Panik zu ignorieren, doch es gelingt mir nicht.

»Ich sagte, Harry werde mitkommen«, erkläre ich und denke daran, wie ich unsere Namen auf der Antwortkarte vermerkt und sie mit zusammengepressten Augen in den Briefkasten geworfen habe.

»Sie werden es verstehen, Caitlin«, erwidert Verity. »Morgen früh schreibst du ihnen eine kurze Mail und erklärst alles. Ich kann dir ja dabei helfen. Denk daran …«

»Ab jetzt sind wir schonungslos ehrlich. Glaubst du nicht, dass sie mich für verrückt erklären werden?«

»Du hast doch gesagt, dass sie nett sind, oder?«, fragt sie. Ich nicke und umklammere meinen Tee. »Dann werden sie es auch verstehen. Nur Schwachköpfe würden das nicht tun. Und du würdest sicher nicht auf die Hochzeit von zwei Schwachköpfen gehen wollen.«

»Sie sind keine Schwachköpfe«, erwidere ich und denke an Elijahs Gesicht, als ich mit der orangefarbenen Fischkappe um die Ecke kam. An das warmherzige Lächeln. Sie hat recht, ich muss ihnen nichts verheimlichen.

»Danke, Verity«, sage ich gähnend. »Aber jetzt lasse ich dir dein Bad ein.«

KAPITEL FÜNFUNDZWANZIG

Ich war nicht mehr im Büro, seit Stu und Ade mich unter dem Schreibtisch gefunden haben, und als ich die Tür öffne, fühlt es sich an wie auf einem Filmset zu sein. Alles ist so vertraut, von den Motivationsplakaten über das graue Sofa … Der Becher, der auf dem Schreibtisch stand, wurde ausgewaschen und steht umgedreht neben der Spüle wie eine geisterhafte Erinnerung an eine andere Zeit.

Heute ist der dreißigste Dezember – einer dieser stillen Tage zwischen Weihnachten und Neujahr, in denen es sogar auf den Straßen ruhig ist. Am Wochenende haben Verity und ich es uns gemütlich gemacht, wir haben ausgeschlafen und gefaulenzt. Jetzt werde ich mich langsam wieder an den Arbeitsalltag herantasten. Mir gefällt der Gedanke, dass niemand auf eine Mail antworten würde, selbst wenn ich Lust hätte, eine zu schreiben. Sogar Morwenas Follower haben sich beruhigt. Ich habe seit Weihnachten keine abfälligen Kommentare mehr bekommen.

Ich gehe durchs Büro und sehe mich um. Die Pflanzen wurden gegossen, und auch sonst ist es sauber und aufgeräumt, sodass mir nicht viel zu tun bleibt, bis Ade und Stu eintreffen. Ich setze mich an meinen Schreibtisch, öffne meinen Laptop und sehe mir die neue Homepage an, an der Stu so hart gearbeitet hat. Der Hintergrund ist in mattem Millennial-Pink gehalten, er hat die Fotos von Harry und mir bearbeitet, sodass sie aussehen, als wären sie in einer altmodischen Fotobox entstanden. Sie sind wahllos über die Seite verteilt wie in einem Sticker-Album. *Ich habe die große Liebe gefunden*, lautet die Überschrift. *Jetzt will ich Ihnen helfen, genauso glücklich zu werden wie ich.*

Ich erinnere mich daran, wie sie es mir zum ersten Mal gezeigt haben. Mein Blick fiel auf die Fotos, ich las die Überschrift, und plötzlich hatte ich das Gefühl, als würde mein Herz zerspringen. Als hätte jemand die Hände um meinen Brustkorb gelegt und so fest zusammengedrückt, dass alle Luft entweichen würde. »Schön«, stieß ich aus. »Sehr schön.«

Stu sah so stolz aus. Er blickte zu Boden, sodass ihm die Haare in die Augen fielen, seine Wangen glühten. Und jetzt muss ich ihm sagen, dass er alles ändern muss. Hoffentlich versteht er, warum.

Ich öffne Instagram. Ich habe die App auf dem Heimweg von den Malediven von meinem Handy gelöscht. Nachdem ich endlich wieder mit meinem iPhone vereint war, wurde mir klar, dass ich die Fotos von der Reise noch gar nicht posten wollte. Ich dachte an die Menschen, die mir folgen, und wie die Bilder aus dem Fünfsterneresort ihr schönes Weihnachtsfest vielleicht in den Schatten gestellt hätten. Ich wollte nicht, dass sie sich in ihren Wohnzimmern umsahen und sich beim Anblick ihrer betrunkenen, auf dem Sofa schlafenden Tante plötzlich mies fühlten.

Natürlich muss ich die Fotos irgendwann veröffentlichen, denn das gehörte immerhin zu den Bedingungen der Reise – genau wie ein Blogbeitrag auf meiner Website –, aber ich werde mit Ade gemeinsam den besten Zeitpunkt bestimmen. Obwohl meine Gönner möglicherweise nicht mit dem zufrieden sind, was ich ihnen derzeit anbieten kann. Seit Morwenas abfälligem Post habe ich etwa dreitausend Follower verloren.

Ade und Stu platzen zur Tür herein und blasen lautstark in zwei Plastiktröten. »Frohe Weihnachten!«, ruft Ade, und ich lächle und klatsche, auch wenn es ziemlich platt wirkt. Ich kann mir gut vorstellen, wie Ade Stu draußen im Flur zugeflüstert hat: »Wir machen am besten einen Riesenradau, das wird sie aufmuntern.«

Die Spannung lässt nach, sobald sie die Tröten beiseitegelegt und sich auf dem Sofa niedergelassen haben.

Stu sieht mir in die Augen. »Wie geht es dir?«

Ich zögere und überlege, wie es mir wirklich geht. »Ich schäme mich, ich bin traurig … aber es geht mir besser, nachdem jetzt alles ans Tageslicht gekommen ist.«

»Du musst dich nicht schämen.«

»Ade, ich habe Tausenden Menschen vorgelogen, ich hätte noch einen Ehemann. Was am Ende zu einem Nervenzusammenbruch führte, bei dem ich mich unter meinem Schreibtisch versteckt habe.«

»Hey, er war zumindest mal real«, erwidert sie, doch im nächsten Moment schlägt sie sich die Hände vor den Mund. »Verdammt, tut mir leid. Habe ich etwas Falsches gesagt?«

Aber ich lache bereits, und Stu stimmt mit ein.

»Sie hat eine Zeit lang echt geglaubt, du hättest Harry erfunden. Sie dachte, du hättest ein Model engagiert oder so …«

»Als meinen imaginären Freund? Mann, Ade, für wie erbärmlich hältst du mich?«

»Keine Ahnung, wir wussten, dass du uns etwas verheimlichst, und manchmal schieße ich mit meinen Theorien etwas übers Ziel hinaus.«

Ich weiß, was Harry gesagt hätte, wenn er hier gewesen wäre: »Wenn sie tatsächlich ein Model engagiert hätte, hätte sie sich dann nicht einen attraktiveren Mann ausgesucht?« Ich überlege, den Scherz anzubringen, doch es fühlt sich irgendwie unfair an. Als würde man hinter seinem Rücken über ihn lachen.

Ich zucke mit den Schultern und bemerke: »Ich glaube, er ist tatsächlich so etwas wie ein imaginärer Freund … Manchmal rede ich sogar noch mit ihm.«

Stu nickt. »Es ist zwar nicht dasselbe, aber ich rede auch ab und zu mit meiner Oma. Ich erzähle ihr, was ich so mache. Damals zum Beispiel, als ich mit meiner Ex Schluss gemacht habe …« Er schüttelt den Kopf. »Granny mochte Kim von Anfang an nicht.«

»Ein Hoch auf Granny«, ruft Ade und hebt die Hand.

Stu schlägt pflichtschuldig ein, sieht mich an und verdreht die Augen. »Ich hole mir Kaffee. Mag sonst noch jemand eine Tasse?«

Ich deute auf meinen Becher. »Ja, bitte.«

Er steht auf und geht in die winzige Küche. Ade sieht ihm hinterher.

»Stu ist echt nett«, sagt sie, nachdem sie sicher ist, dass er sie nicht mehr hören kann, weil die Espressomaschine rauscht. Ich weiß, worauf sie hinauswill, doch ich gehe nicht darauf ein, sondern gebe lediglich ein zustimmendes Hmm von mir. Also bohrt sie weiter. »Und er ist Single …«

»Willst du ihn in die Kartei aufnehmen?«

Sie lacht. »Touché, Cait.«

Stu kommt zurück und reicht mir meinen Becher. »Worüber redet ihr gerade?«

»Über gar nichts.« Ich schüttle den Kopf. »Über … die Reise. Wie auch immer …« Ich räuspere mich und hoffe, dass es geschäftsmäßig klingt. »Offenbar habe ich meine Agentur ganz schön an die Wand gefahren …«

»Aber nein«, protestiert Ade.

Ich lege den Kopf schief und sehe sie an. »Ade, komm schon …«

»Okay, na gut, es ist ein wenig verkorkst.« Sie zuckt mit den Schultern. »Aber ich habe schon schlimmere Situationen gerettet.«

»Wir brauchen genau das, was ihr beide schon mal gemacht habt … Aber dieses Mal muss alles wahr sein. Und dabei können wir dir auf jeden Fall helfen«, meint Stu.

Eine Erinnerung an Harry steigt in mir hoch. Er saß an einem Samstagabend mit einer löchrigen Jogginghose im Bad und sah mir zu, wie ich Eyeliner auftrug. Ich beschwerte mich, weil ich keine Lust zum Ausgehen hatte, und er meinte: »Du musst nicht immer funktionieren, Cait, nicht ständig so viel investieren.« Er deutete auf seine Bierdose, und ich grollte. Er verstand nicht, aus welchem Grund ich so hart arbeitete und weshalb ich das Gefühl hatte, ich müsste mich mit anderen Unternehmern aus der Gegend treffen. Er verstand nicht, dass ich die Beste sein wollte. Nur Leute, die ihr Ziel nicht aus den Augen verlieren, haben am Ende Erfolg. Wenn ich doch zu diesem Abend zurückkehren, Harry umarmen und mich an ihn schmiegen könnte. Als ich ging, zog er seine Jogginghose hoch und meinte: »Das würde ein ziemlich aufreizendes Instagram-Foto abgeben.« Er machte ein paar Hashtag-Witze, und ich lachte und dachte: Ich kann es nicht erwarten, dass du Vater wirst.

»Ich will ihn in Ehren halten, und ich will, dass er ein Teil des Ganzen bleibt …«

»Ja, natürlich«, unterbricht mich Ade. »Ich …«

Ich hebe lächelnd die Hand. Ich bin noch nicht fertig. »Aber hier ging es nie nur um ihn. Mein größter beruflicher Erfolg kann nicht sein, dass ich einen Ehemann gefunden habe und meinen Klienten dasselbe verspreche. Ich habe das hier aufgebaut.« Ich mache eine ausladende Handbewegung, die das ganze Büro miteinschließt. »Ich will den Menschen nicht einreden, dass sie das haben müssen, was ich habe, um glücklich zu sein.« Ich schüttle den Kopf. »Das ist nicht das, was ich verkaufen will. Nicht mehr.«

Ich verstumme und sehe zu den beiden hinüber. Ade macht sich hektisch Notizen, ihr Block ist voll mit unleserlichem Gekritzel. Stu sieht mir erneut in die Augen.

»Genau das habe ich auch gesagt, nicht wahr, Ade?«

Sie hebt den Blick. »Ja, das hast du.«

»Bevor du … du weißt schon …« Er senkt den Blick auf seine Hände. »Ich sagte zu Ade: ›Warum muss es immer nur um ihn gehen? Caitlin ist diejenige, die diese Agentur aufgebaut hat. Sie hat dieses tolle Talent, sie weiß genau, wann zwei Menschen zueinander passen. *Darum* sollte es auf der Website gehen.‹ Aber Ade …«

»Ich habe ihm gesagt, dass er Blödsinn redet«, erklärt sie und macht ein schuldbewusstes Gesicht. »Ich dachte, er wäre eifersüchtig …« Sie bricht ab und schlägt sich erneut die Hand vor den Mund.

Stu wirft ihr einen vernichtenden Blick zu. »Egal, machen wir weiter. Woran hast du gedacht, Caitlin?«

Ich greife in meine Tasche und ziehe einen Ringordner heraus. »Natürlich könnt ihr beide das sehr viel besser, und ich vertraue euch voll und ganz«, erkläre ich, während ich ihnen die Skizzen zeige, die ich am Wochenende gezeichnet habe. Mein Entwurf ähnelt dem, den die beiden entwickelt haben.

Da sind Bilder von unserer Hochzeit, von unserer Hochzeitsreise und all den anderen unglaublichen Reisen, aber es gibt auch Fotos von uns im Supermarkt, wie wir lachend Gemüse vergleichen, oder misslungene Selfies mit dem Kater. Von manchen führen kleine Pfeile zu kurzen Erklärungen, wie: *Fünf Minuten später stritten wir darüber, wie wir am besten nach Hause kommen*, oder: *Ich ging ihm schrecklich auf die Nerven, weil ich so viele Fotos schoss.* »Ich will ein neues Konzept, will den Beziehungsalltag zeigen«, erkläre ich und deute auf die einzelnen Bilder. »Ich will zeigen, dass erste Dates manchmal der totale Reinfall sein können und dass man vielleicht nicht für immer und ewig mit seinem Partner zusammen sein wird. Aber das bedeutet nicht, dass man es nicht versuchen sollte … Außerdem will ich nicht, dass nur Fotos von mir und Harry auf die Homepage kommen. Ich möchte auch Bilder von anderen Paaren, und ich bin mir sicher, dass sie nichts dagegen haben.«

Ich bin so aufgeregt, dass ich viel zu schnell rede, mich ständig wiederhole und kein einziges Mal aufsehe. Ich will ihre Gesichter nicht sehen. Als ich schließlich doch den Blick hebe, lächelt Stu mich an, Ade runzelt die Stirn und schüttelt den Kopf.

»Es tut mir leid, Caitlin, das ist süß, und ich verstehe, was du meinst, aber es wird nicht funktionieren. Die Leute wollen Perfektion, dafür bezahlen sie. Sie haben kein Interesse an der Realität. Das Gemüsebild hier«, sie deutet auf meine alberne Skizze, »hat von allen Fotos, die wir von dir und Harry online gestellt haben, am schlechtesten abgeschnitten. Die Postkartenidylle eurer Hochzeitsreise hat dir hingegen die meisten Reaktionen eingebracht.«

»Vielleicht sollten wir die Zahlen mal einen Moment lang außer Acht lassen? Vielleicht sollten wir ausnahmsweise nicht daran denken, was wir erreichen wollen«, bemerke ich so bestimmt wie möglich.

»Die … die Zahlen außer Acht lassen?«, stammelt Ade. »Wir sollen außer Acht lassen, womit wir unser Geld verdienen?« Sie hebt spöttisch die Hände. »Wenn du willst, Boss …«

»Das Problem ist, dass ich nicht auf Perfektion aus bin. Ich dachte, ich wäre es, aber als ich Morwena Star nicht mehr gefolgt bin und mir vorgenommen habe, nach Menschen zu suchen, die authentischer sind, fühlte ich mich um einiges freier. Es muss dort draußen doch auch Leute wie mich geben, die sich meinen Instagram-Account oder meine Homepage ansehen und denken: Das ist viel zu perfekt. Das ist nichts für mich.«

»Da ist was Wahres dran«, meint Stu. »Ich bin so, und einige meiner Freunde und Freundinnen sind es auch. Wir wollen keine kitschige Romantik mit rosarotem Filter. Wir wollen einfach mit jemandem zusammen sein, mit dem wir glücklich sein können, auch wenn uns der Alltag manchmal auf den Boden der Tatsachen zurückholt.«

Ade kaut auf ihrer Unterlippe herum, und ihr Blick huscht zwischen Stu und mir hin und her. »Aber die Zahlen … Du wirst Follower verlieren.«

»Ich habe durch Morwena doch schon massenweise verloren«, entgegne ich. »Und wenn ich nicht mehr so viele Anfragen bekomme wie früher, dann ist das okay. Es hat mich ohnehin überfordert. Ich will sichergehen, dass ich den richtigen Partner für jeden Einzelnen finde.«

»Du hast mich engagiert, weil du deine Follower verdoppeln wolltest. Du wolltest deine Agentur in ungeahnte Höhen treiben. Ich … ich habe doch schon versagt! Und wenn ich das jetzt auch noch zulasse, wird alles noch schlimmer.«

»Du hast nicht versagt.« Ich greife nach Ades Hand. »Ich habe nur meine Meinung geändert. Ich bin Geschäftsführerin einer Datingagentur, die ihr persönliches Happy End nicht bekommen hat. Ich bin Witwe. Ich kann meinen Klienten nicht mehr die ewige Liebe verkaufen. Es würde sich nicht richtig anfühlen.«

Sie nickt. »Wenn es das ist, was du willst, und du akzeptierst, dass es – finanziell gesehen – wahrscheinlich nicht die beste Entscheidung ist, dann werde ich dir natürlich helfen. Stu?«

»Ich halte die Idee für brillant. Die Liebe ist nicht perfekt, aber sie ist es wert.«

»Das ist unglaublich, Stu!«, rufe ich. »Ich habe mir solche Gedanken darüber gemacht, was wir statt des Satzes *Keine miesen Dates mehr … Nur noch der perfekte Abend* auf die Website setzen können, doch mir fiel nichts ein. Aber der Satz ist super!«

»Und darunter erklären wir, wer du bist und warum du dich zu einem Relaunch entschlossen hast …« Er nimmt einen Bleistift und fertigt einen professionellen Entwurf dessen an, was ich bereits skizziert habe.

»Wir bekommen sicher ein paar lobende Worte von der Lokalpresse«, fügt Ade hinzu. Man hört deutlich, dass sie bereits die Aufregung packt. »Außerdem setzen wir deinen Instagram-Account noch einmal neu auf, löschen alle alten Fotos und beginnen mit einem hübschen Foto von dir und Harry – du kannst dir selbst eines aussuchen – unter dem wir erklären, wie sehr du ihn geliebt hast, aber dass du ihn verloren hast. Wir werden die Wahrheit nicht verschweigen …«

»Das gefällt mir sehr gut«, erkläre ich, nicke und schlucke.

Mein Blick wandert von Stu zu Ade und erneut zu Stu, bevor ich ihn über mein Notizbuch und durch das Büro schweifen lasse. Das ist meine Agentur, die ich selbst aufgebaut habe.

Das hier ist die Wirklichkeit, sage ich mir. Und es ist gut.

KAPITEL SECHSUNDZWANZIG

Harry hielt nichts von Hochzeiten an Silvester. Ich weiß genau, was er angesichts Toms und Elijahs Einladung gesagt hätte: »Das ist total egoistisch. Sie bringen die Gäste um die beste Party des Jahres.« Denn im Gegensatz zu den meisten anderen Engländern liebte Harry Silvester. »Verity, selbst schuld, wenn du zulässt, dass es kein schöner Abend wird«, hat er einmal zu meiner Freundin gesagt, die versuchte, ihm zu erklären, dass Silvester doch immer mit hohen Erwartungen verbunden sei, die sich niemals erfüllten. »Du hast ihn eben noch nie mit mir verbracht. Dieses Jahr wird das beste Silvester, das du bisher hattest.«

Und genauso war es. Wir hatten den Abend bis jetzt immer im Pub mit den Druncles und Julia verbracht, doch in diesem Jahr mietete Harry eine Wohnung im Zentrum von Edinburgh, und wir vier verbrachten eine ganze Woche im Norden. Silvester – oder *Hogmanay*, wie es die Schotten nennen – war mit nichts vergleichbar, was wir bis jetzt erlebt hatten. Um Mitternacht verschwand die ganze Stadt unter einem Feuerwerk, während Tausende Menschen auf den Straßen tanzten, sangen und literweise Bier verspritzten. Wir streiften stundenlang durch die Straßen und waren erstaunt, wie viele Leute stehen blieben, um mit uns zu reden oder uns ein gutes neues Jahr zu wünschen.

Nach diesem Abend kümmerte sich Harry jedes Jahr um die Planung und fand immer etwas Neues. Wir veranstalteten eine große Party bei uns zu Hause, einmal fuhren wir auch in eine kleine Stadt in Cornwall, wo sich entlang der Hauptstraße ein Pub ans andere reihte und die Leute hübsch herausgeputzt von einem Lokal ins nächste zogen. Es klappte gut mit uns – Harry liebte Silvester, und ich war verrückt nach Weihnachten. Die Feiertage waren jedes Jahr etwas Besonderes. Es begann damit, dass wir am 1. Dezember auf der Suche nach der schönsten Weihnachtsbeleuchtung durch die Straßen fuhren, und endete am 1. Januar mit Harrys berühmten Katerfrühstück, zu dem jeder herzlich eingeladen war und von dem vergangenen Abend erzählen konnte.

Ich wollte Silvester dieses Jahr eigentlich ignorieren, doch nachdem Tom und Elijah mich eingeladen hatten, habe ich keine Wahl. Verity hat mir ein Kleid aus weißem Plissee mit großen Blüten besorgt, meine Lippen in einem leuchtenden Pink geschminkt und mir ein Paar Stöckelschuhe mit breiten Absätzen in Roségold geliehen, die den Look komplettieren.

Sie winkt mir wie eine stolze Mutter hinterher, als mein Taxi losfährt. Der Taxifahrer mustert mich besorgt durch den Rückspiegel, als wäre ich ein kleines Kind im Körper einer erwachsenen Frau.

Ich beobachte die Leute auf der Straße – es ist erst zwei Uhr nachmittags, doch überall stehen Gruppen von rauchenden Gästen mit Biergläsern vor den Pubs. Es ist einer dieser tiefblauen, eisigen Wintertage, an denen die Sonne so stark scheint, dass die Augen schmerzen, wenn man in den Himmel hochsieht, und an denen die kalte Luft auf den Wangen brennt. Nach dem Aussteigen wickle ich mich fest in meinen Mantel – ein altes Stück aus rosarotem Kunstpelz, das nicht einmal geliehen ist – und mache mich auf den Weg zum Eingang der Location, wobei ich mich schüchtern nach einem bekannten Gesicht umsehe. Tom und Elijah haben sich für das Crucible als Veranstaltungsort entschieden – Sheffields Theater, das vor allem aufgrund der jährlichen Snookermeisterschaften Bekanntheit erlangt hat. Elijah hat mir erst vor ein paar Tagen begeistert geschrieben, dass sie auf derselben Bühne stehen werden wie einst Maggie Smith. Mein Geschenk ist das alte Plakat des damaligen Theaterstücks, das ich bereits gerahmt zu ihnen nach Hause habe liefern lassen.

Ich war noch nie allein auf einer Hochzeit. Vor der Zeit mit Harry war ich nur auf einer einzigen Hochzeit eingeladen. Das Paar war einundzwanzig und heiratete vor allem als Protest gegen seine Eltern. Verity kannte die beiden ebenfalls, also gingen wir gemeinsam hin und sahen die Sache – wie der Rest unserer Freunde – als Anlass, uns hemmungslos zu betrinken. Am Ende schlief Verity mit dem Trauzeugen, und ich führte die gesamte Hochzeitsgesellschaft zu *Macarena* durch den Saal.

Danach ist immer Harry an meiner Seite gewesen, und auch wenn wir mit der Zeit älter wurden, tanzten wir kurz vor dem Nachhausegehen jedes Mal betrunken durch den Saal. Ich liebte sein Gesicht, das er verwirrt verzog, wenn er sich, von den Scheinwerfern in blaues, violettes und grünes Licht getaucht, auf die Tanzschritte konzentrieren musste.

Ich habe beschlossen, Elijah und Tom nicht zu erzählen, was mit Harry passiert ist. Ich will sie vor ihrer Hochzeit nicht damit belasten. Also habe ich ihn lediglich entschuldigt und versprochen, ihnen bei unserem nächsten Treffen zu erzählen, warum er nicht kommen konnte.

Ich nehme im Zuschauerraum Platz, klammere mich Hilfe suchend an die Einladungskarte und spiele mit der Goldkette um meinen Hals, während ich auf den Beginn der Zeremonie warte. Sie wird auf der Bühne stattfinden, die Gäste sehen vom Parkett aus zu. Als das Licht langsam ausgeht, rutscht jemand auf den Stuhl neben mir. Ich werfe einen Blick hinüber, doch ich kann lediglich sehen, dass es sich um einen Mann handelt. Er ist groß, hat ein scharf geschnittenes Kinn und etwas längere Haare. Er lächelt mir im Dunkeln zu.

Die Zeremonie beginnt, und die Stimmen der beiden hallen durch das Theater. Tom trägt einen roten Anzug im Schottenkaro, seine langen Haare, die er zu einem Pferdeschwanz zusammengefasst hat, sind frisch gewaschen. Sogar seine schwarzen Converse sind blitzsauber. Elijah hat sich für einen eleganten, schmal geschnittenen grauen Anzug mit einer gelben Blume am Revers entschieden. Zwei glatzköpfige Rugby-Spieler helfen einer älteren Dame auf die Bühne, wo sie dem Brautpaar einen Kuss auf die Wangen drückt und nach dem Mikrofon greift.

»Ich habe Elijah das hier immer vorgelesen, als er noch ein kleiner Junge war«, erklärt sie den Zuschauern und räuspert sich.

»Der Samthase«, flüstert der Mann neben mir.

Ich habe den Text bereits auf mindestens drei Hochzeiten gehört, aber heute höre ich zum ersten Mal wirklich zu.

»›Tut es weh?‹, fragte der Hase. ›Manchmal‹, sagte das Fellpferd, denn es war immer ehrlich. ›Wenn man echt ist, macht es einem nichts aus, verletzt zu werden‹«, liest die alte Frau. Sie spricht leise und mit zitternder Stimme ins Mikrofon.

Ich werfe einen Blick auf den Mann neben mir. Ich dachte, er würde sich lustig machen, als er den Titel der Geschichte erriet, doch jetzt sehe ich, dass er Wort für Wort mitredet und dabei lächelt.

»›Ich schätze, du bist echt‹, sagte der Hase. Und dann wünschte er, er hätte es nicht gesagt, denn er dachte, das Fellpferd könnte beleidigt sein. Aber es lächelte nur. ›Jemand hat mich echt werden lassen‹, sagte es. ›Das war vor vielen Jahren, aber wenn man einmal echt geworden ist, kann man nicht wieder unecht werden. Es ist für immer.‹«

Die alte Dame verbeugt sich, und alle klatschen. Tom und Elijah treten nach vorne, Tränen steigen in meine Augen. Ich spüre sie bereits auf meinen Wangen und bin froh, dass es so dunkel ist. Ich wühle in meiner Tasche nach einer Packung Taschentücher, doch ich habe wohl vergessen, welche einzupacken. Mittlerweile schniefe ich und wünschte, ich hätte ein anderes Kleid angezogen. Bei dem hier kann ich mir nicht einmal mit dem Ärmel behelfen. In diesem Moment landet etwas Weiches in meinem Schoß. Es ist eine Minipackung Kleenex. Ich drehe mich zu dem Mann neben mir herum, der den Blick nach vorne gerichtet hat und sich auf die letzten Worte des Standesbeamten konzentriert.

»Gern geschehen«, murmelt er, ohne die Bühne aus den Augen zu lassen.

Als die Lichter wieder angehen und alle langsam aus dem Zuschauerraum drängen, wende ich mich lächelnd zu ihm um. »Danke für die Taschentücher.«

»Kein Problem, diese kleinen Geschichten treffen oft mitten ins Herz.«

Seinem Akzent nach zu urteilen, stammt er aus der Gegend um Newcastle, ein rauer Dreitagebart ziert sein Kinn. Er hält ein quadratisches, in silberfarbenes Papier gewickeltes Päckchen in einer Hand, mit der anderen greift er zwei Champagnerflöten vom Tablett eines vorbeieilenden Kellners und reicht mir eine davon.

»Was haben Sie dem glücklichen Paar mitgebracht?«, frage ich und deute auf das Päckchen.

»Eine Metallica-LP.«

Ich lache. »Dann muss ich wohl nicht fragen, wessen Einladung Sie gefolgt sind?«

»Na, Elijahs natürlich«, erklärt er, ohne mit der Wimper zu zucken. »Aber jetzt im Ernst. Tom und ich sind seit der Uni befreundet. Wir waren oft gemeinsam auf Konzerten.«

»In diesem Aufzug?«

Ich deute auf seinen Anzug. Abgesehen von dem Dreitagebart wirkt er unglaublich gepflegt. Sein Hemd ist akkurat gebügelt, und seine Schuhe glänzen.

Er legt die Schallplatte auf einen Stehtisch und drückt mir sein Glas in die Hand. »Warten Sie, ich zeige es Ihnen«, erklärt er, zieht sein Handy heraus und scrollt durch seine Fotos. Ich suche nach Hinweisen auf eine Freundin oder einen Freund, entdecke aber nichts dergleichen und lege die Information für später zu den Akten. »Hier ist es.«

Offenbar hat er ein altes Foto mit dem Handy abfotografiert. Toms Haare sind länger und fettiger denn je, und er hat einen riesigen Ring in der Nase – wie ein Bulle. Neben ihm steht ein Mann mit einem Irokesenschnitt. Die Haare sind neongrün gefärbt, der Rest seines Kopfes ist kahl rasiert.

»O mein Gott, das sind ja Sie!«, rufe ich staunend, und mein Blick wandert zwischen dem Mann und dem Foto hin und her.

»Schuldig im Sinne der Anklage.«

»Das ist unglaublich! Stimmt es, dass das Haar durch Eiweiß so steif wird?«

»Ja, das ist wahr. Mein Geruch ließ damals etwas zu wünschen übrig. Aber daran war vermutlich auch das Gehopse auf den Konzerten schuld.«

»Das sind aber große Piercings.« Ich deute auf die riesigen, mit einem schwarzen Ring verstärkten Löcher in seinen Ohrläppchen.

»Die Tunnel? Ja, *die* bereue ich wirklich.« Er steckt sich die Haare hinter die Ohren, um mir die Folgen zu zeigen.

»Mein Gott, wächst das jemals wieder zu?«

»Nein. Deshalb die zottelige Frisur.«

»Na ja, der Look kommt wenigstens an. Harry Styles lässt grüßen.«

Er presst sich die Hand auf die Brust, als hätte ihn eine Kugel mitten ins Herz getroffen. »Haben Sie gerade einen Exrocker mit Harry Styles verglichen? Sie machen mich fertig.«

Seine Augen sind braun wie die eines Labradors, und er trägt keinen Ring, wie mir sofort auffällt, als er mir die Hand entgegenstreckt.

»Ich bin übrigens Ian.«

»Caitlin«, erwidere ich und schüttle seine Hand. Er hat einen festen Händedruck.

Wir bahnen uns den Weg durch das gläserne Foyer, das auf den Hauptplatz hinausführt. Der Springbrunnen wurde aufgrund der Kälte abgestellt, die Glasflächen sind vereist. Kellner schweben durch den Raum und balancieren Tabletts mit Canapés. Ian lässt mir den Vortritt.

»Ich liebe diese Dinger«, erkläre ich und schiebe mir ein winziges Vol-au-vent in den Mund.

In Ians Wangen stecken zwei Wachteleier, er sieht aus wie ein Hamster. Ich sehe ihn an, und etwas in mir zieht sich zusammen. Ich will ihn gerade etwas fragen, als eine Frau in einem gelben Kleid auf uns zukommt.

»Ian!«, ruft sie. Ihr kleiner Sohn – stilecht in Miniaturconverse – klammert sich an ihre Beine.

»Sally! O mein Gott! Seit wann hast du keine Dreadlocks mehr?«, keucht Ian.

»Seit dem zweiten Kind.« Sie lächelt verschmitzt. »Ich hab mich viel zu lange daran geklammert.«

Sie stellt sich vor, und wir beschließen, uns zu duzen. Die beiden beginnen, in Erinnerungen an ihre frühen Zwanziger zu schwelgen, und ich genieße es sehr. Sie erzählen, wie sie einmal in einem Tourbus landeten, weil Tom etwas mit dem Drummer angefangen hatte, und am Ende in Glasgow aufwachten. Oder wie sie auf einem Festival in Prag plötzlich ohne Geld dastanden und ihre Habseligkeiten gegen Essen tauschen mussten.

»Vermisst ihr die Zeit manchmal?«, frage ich.

Sally legt den Kopf schief. »Manchmal, wenn ich um drei Uhr morgens aufwache, weil ein Kind ins Bett gemacht hat und das andere brüllt, dann denke ich mir: Mein Gott, wie gern würde ich jetzt in Toms Wohnung hocken und einen Joint rauchen. Aber dann beruhigt sich alles wieder, und mir wird klar, dass es nur deshalb so gut war, weil es nicht für immer so weiterging. Wir haben diese Zeit voll und ganz ausgekostet.«

»Ja, das haben wir«, stimmt Ian ihr zu. »Also, ein Hoch auf die Zeit, die ausgekostet werden muss!«

»Hört, hört«, bemerken Sally und ich gleichzeitig. Wir lachen und stoßen darauf an.

Sally blickt zu ihrem Sohn hinunter, der am Hosenbein eines Kellners zieht und nach etwas zu trinken verlangt. »Ich mache mich auf die Suche nach meinem Mann. Aber ich habe gehört, dass sie später unsere alte Musik spielen werden. Sehen wir uns dann auf dem Parkett, Ian?«

»Darauf kannst du wetten«, erwidert er, und im nächsten Augenblick sind wir wieder allein.

»Sie ist nett«, erkläre ich, um das Schweigen zu durchbrechen.

»Sally? Ja, sie ist toll. Du hättest sie damals sehen sollen. Bunt gefärbte Dreads bis zum Hintern und jede Menge Piercings.« Er sieht ihr nach, doch da ist vor allem freundschaftliche Bewunderung in seinem Blick. »Aber ihrem Mann gehe ich aus dem Weg.«

»Warum?«

»Ich hatte mal was mit ihr, und er ist ziemlich eifersüchtig.«

Der Mann ist schonungslos ehrlich, denke ich und lege auch diese Information zu den Akten. Ich will das Gespräch gerade fortführen, als eine dröhnende Stimme aus den Lautsprechern dringt.

»Bitte nehmt an euren Tischen Platz. Das Essen wird gleich serviert.«

»Sehen wir uns später auf der Tanzfläche?«, fragt Ian.

Ich nicke, obwohl ich bis dahin wahrscheinlich bereits die Fliege gemacht habe. »Ja, auf jeden Fall.«

Der Sitzplan befindet sich auf einer Anschlagtafel voller leuchtender Postkarten mit handgeschriebenen Anmerkungen. Ich suche nach meinem Namen. Ich sitze am »Palma«-Tisch. Unsere Postkarte zeigt einen Esel, auf dem eine nackte Frau mit langen blonden Haaren reitet.

»Das ist Elijahs Werk, er sammelt die Dinger«, erkläre ich Ian. »An welchem Tisch sitzt du?«

»Palma.«

»Ha! Oh, tut mir leid. Aber ich glaube, du wirst mich so schnell nicht los.«

»Muss wohl Schicksal sein«, erwidert er.

An unserem Tisch sitzt auch ein Mann namens Mike, um dessen Kopf sich eine tätowierte, offenbar schlafende Schlange windet. Ian begrüßt ihn mit einem freundschaftlichen Schulterklopfen und fragt, was er so macht.

»Ich bin Schulleiter«, erwidert Mike verlegen.

Dann ist da noch ein hageres schottisches Paar. Es sind Verwandte von Tom, sie arbeiten beide als Kriminalbeamte. Ich frage mich, ob sie Mike wohl misstrauisch beäugt haben, bevor sie sich gesetzt haben.

Wir verfallen in den üblichen Small Talk. Mike hat Englisch unterrichtet, bevor er die Karriereleiter emporgeklettert ist. Die Kids haben wegen des Tattoos ein wenig Angst vor ihm, aber das findet er eigentlich ganz gut. Das Polizistenpaar ist aus Inverness, es war eine lange Fahrt hierher, und Ian war gerade auf Dienstreise in Kenia, wo er tatsächlich an einer Safari teilgenommen hat …

Das lockere Gespräch setzt sich die Vorspeise und auch die Hauptspeise hindurch fort, und Ian schenkt regelmäßig Weißwein nach, den ich bereitwillig trinke. Das Gefühl in meinem Bauch wird mit jedem Stückchen Information, das er über sich preisgibt, stärker, bis ich es schließlich nicht mehr aushalte.

»Glaubst du an die heilende Kraft von Kristallen?«, platze ich heraus.

Er wirkt amüsiert, denn er hat gerade mit Mike über die Vor- und Nachteile der Leistungstests nach der Grundschule diskutiert. Sein alter Freund unterhält sich mittlerweile mit den anderen über den Schaden, den Privatschulen im Bildungssystem anrichten.

»Nein, gar nicht, aber du doch auch nicht, oder? Versteckst du etwa einen Quarz in deiner Handtasche?« Er wirft einen Blick auf die Tasche neben meinem Stuhl.

»Nein, aber eine Freundin hält sehr viel davon«, erkläre ich verlegen. Es ist eine Weile her, seit ich einen Mann für meine Zwecke akquirieren wollte. »Seltsame Frage, ich weiß.«

»Eigentlich hattest du gar keinen schlechten Riecher«, erwidert er und klopft mit dem Löffel auf seine Crème brûlée, bis sie bricht. »Ich bin Geologe, also weiß ich eine Menge über Steine und ihre Eigenschaften. Aber heilende Kräfte? Ich verurteile niemanden, der daran glaubt, halte mich allerdings lieber an die Fakten.«

Jemand klopft leise an das Mikrofon, und wir wenden uns zum Tisch des Brautpaares herum. Tom ist aufgestanden und sieht sich um. Er nestelt nervös am Saum seines Hemdes. Die Gäste unterhalten sich ungerührt weiter und nehmen keine Notiz von ihm. Ian greift nach seinem Messer und schlägt es gegen sein Glas.

»Eine Rede!«, dröhnt er.

Tom sieht ihn an und formt mit den Lippen ein »Danke«, bevor er zu sprechen beginnt.

»Okay. Allen, die denken, dass Elijah und ich uns in einer Bar kennengelernt haben, muss ich hier und jetzt die Wahrheit sagen: Wir hatten professionelle Hilfe. Von einer Datingexpertin.«

Der ganze Saal schnappt übertrieben entsetzt nach Luft, jemand aus den hinteren Tischreihen ruft: »Das ist doch kein Geheimnis!«

Elijah lacht laut auf und schnappt sich einen Moment lang das Mikrofon. »Tut mir leid, mein Schatz, ich habe es wohl einigen … na ja, eigentlich ziemlich *vielen* Leuten erzählt …«

Tom stößt ihm sanft gegen den Arm. »Das war's dann also mit der humorigen Einleitung. Wie auch immer …«

Er erzählt die Geschichte von Anfang an. »Elijah hat die Expertin gebeten, das Date aus nächster Nähe zu beobachten, falls er den Kerl nicht ausstehen konnte. Und das tat er übrigens auch nicht. Was allerdings auf Gegenseitigkeit beruhte.« Meine Wangen beginnen zu glühen.

»Ganz deiner Meinung, Schätzchen!«, ruft Elijah. »Diese Haare …«

Die Gäste an einem Tisch zu meiner Linken johlen. Ihre Haare sind makellos geschnitten und frisiert.

»Wenn ihr schon der Meinung seid, *meine* Haare wären damals eine Katastrophe gewesen, dann hättet ihr mal die Frisur unserer Expertin sehen sollen«, sagt Tom. »Versteht mich nicht falsch, sie hat eigentlich echt tolles Haar. Lange blonde Locken …« Ian wirft mir einen Blick zu, und ich lächle verlegen. Er deutet auf mich, und ich wende mich schnell wieder zu Tom herum. »Aber an diesem Tag hatte sie eine Perücke auf, damit ich sie nicht erkannte. Sie sah aus wie Annie, der Lockenkopf.«

Der ganze Saal lacht, und ich werde rot. Die Hitze steigt wie Lava in mir auf.

»Sie schlug vor, dass wir uns im Zoo treffen, hatte dabei aber Elijahs schräge Angst vor Keimen vergessen …«

»Ich wasche meinen Kunden nicht einmal selbst die Haare!«, ruft Elijah.

Die Freunde mit den tollen Haarschnitten johlen.

»Um uns aus dem Zoo rauszubekommen, hat sie eine Zoowärteruniform gemopst, einen Gorillaausbruch vorgetäuscht und das ganze Gelände evakuieren lassen«, fährt Tom fort. Die schottischen Gäste an meinem Tisch lachen so sehr, dass sie sich die Arme um die Mitte schlingen. »Ziel der Scharade war, dass ich nicht merkte, dass sie überhaupt da war. Aber ich bin kein Dummkopf, ich erkannte sie sofort. Trotzdem haben Elijah und ich mitgemacht. Wir sind gemeinsam in den Coffeeshop, den die ›Zoowärterin‹«, er malt mit den Fingern Anführungszeichen in die Luft, »uns empfohlen hat.«

Ich trage meine Haare heute offen, sie fallen über meinen Rücken und schreien geradezu: »Das ist sie! Das ist die Expertin, von der er redet!« Ich werde unglaublich verlegen, als sich mehr und mehr Leute im Saal umsehen und mich schließlich entdecken – rot wie eine Tomate. Ich sinke so tief es geht in meinen Stuhl und versuche, mich auf Toms restliche Rede zu konzentrieren.

»Es ist zwar vollkommen verrückt, doch als wir schließlich im Coffeeshop saßen, waren wir unglaublich gerührt darüber, wie viel sie auf sich genommen hat, damit wir einander doch noch kennenlernen«, erklärt er gerade, und mit einem Mal schäme ich mich nicht mehr, ich sehe stolz zu den beiden hoch. »Zuerst kamen wir einander näher, weil wir gemeinsam über die absurde Situation lachen konnten, und dann wurde uns bewusst, wie wundervoll es ist, eine Frau zu kennen, die noch so unerschütterlich an die Liebe glaubt, dass sie einen Ausflugsort vollständig räumen lässt, nur damit wir zusammenkommen.«

Genau das ist meine Absicht gewesen. Tom und Elijah sehen zu mir herüber, und ein strahlendes Lächeln breitet sich auf meinem Gesicht aus.

»Jeder von uns beiden wurde in der Vergangenheit zu oft verletzt«, erklärt Elijah, der das Mikrofon übernommen hat. »Sie hat uns neue Hoffnung gegeben und den Anstoß, es noch einmal zu versuchen. Und dafür – und für vieles andere – können wir ihr gar nicht genug danken. Und sosehr ich jetzt mit euch auf meinen Mann trinken will …«, die Menge johlt, »… möchte ich zuerst das Glas auf sie erheben. Auf Caitlin.«

»Auf Caitlin!«

Die Gäste an meinem Tisch drängen mich aufzustehen, ich folge ihnen pflichtschuldig und verbeuge mich sogar, als Elijah »Ein Hoch auf Caitlin!« ruft.

»Ich wusste sofort, dass sie von dir reden«, flüstert Ian mir zu, als Tom und Elijah auf die Tanzfläche treten und die ersten

Takte von Aerosmiths *I Don't Wanna Miss a Thing* aus den Boxen dröhnen.

»Schuldig im Sinne der Anklage«, erwidere ich.

Ich beobachte stolz, wie Tom und Elijah inmitten Tausender kleiner Lichter miteinander tanzen, und ich wiege mich im Takt und singe gemeinsam mit dem ganzen Saal voller fremder Menschen mit. Ians Schulter berührt mich. Er riecht nach frischen Zitronen.

»Und als Nächstes machen wir auf Heavy-Metal-Konzert!« Er lacht.

»Ja, das gehört zu dieser Hochzeit einfach dazu«, sagt Sally, die auf einmal neben uns steht. Ihre Kinder rutschen auf den Knien über die Tanzfläche, Tom zeigt ihnen gerade, wie man Luftgitarre spielt.

»Ich habe das aber noch nie gemacht«, gestehe ich. »Ich bin nur gut im Tanz zu *Macarena*.«

»Das kannst du uns ja später noch zeigen«, erwidert Sally, als ein metallisch klirrendes, kreischendes Geräusch ertönt. Mike, Ian und Sally laufen auf die Tanzfläche und beginnen, den Kopf beängstigend schnell auf und nieder zu bewegen. Die Gruppe mit den tollen Frisuren winkt Elijah zu sich, und er springt zu ihnen und schließt sie alle in eine innige Umarmung. Ian bedeutet mir, zu ihm zu kommen, und ich tanze zögernd auf ihn zu. »Lass einfach alles los!«, ruft Sally.

Sie bewegt ihren Kopf, als hätte sie immer noch Dreadlocks, und stampft mit den Füßen. Ich beschließe, es zu versuchen. Nichts, was ich tue, passt zur Musik, aber das spielt offenbar keine Rolle. Als das Lied zu Ende ist, halte ich keuchend inne, und ein Lächeln breitet sich auf meinem Gesicht aus.

»Ich brauche etwas zu trinken!«, erkläre ich und mache mich auf den Weg zur Bar, während der nächste Song beginnt. Er hört sich mehr oder weniger so an wie der vorherige. »Soll ich euch etwas mitbringen?«

Die anderen nicken und rufen »Bier« und »Wein« durcheinander. Ich dränge mich zur Bar durch und winke Elijah zu, der seinen lachenden Freunden gerade wild gestikulierend eine Geschichte erzählt. Der Kellner gibt mir ein Tablett für die Getränke, und gerade, als ich es hochstemmen will, taucht Ian neben mir auf.

»Ich dachte, ich helfe dir«, meint er und nimmt drei Pint auf einmal. »Ich habe jahrelang in Bars gearbeitet.«

Ich trage das Pint für Sally und ein Glas Weißwein für mich zu unserem Tisch und sehe zufrieden zu, wie die anderen auf und ab hüpfen und noch einmal in ihre Teenagerzeit zurückkehren. Irgendwann winkt Sally mich zu sich, ich muss ihr zeigen, wie man *Macarena* tanzt. Sie macht es mir pflichtschuldig nach, während Metallicas *Whiplash* aus den Boxen dröhnt.

»Das war mal was Neues«, erklärt sie am Ende und wischt sich den Schweiß von der Stirn.

Elijah stolziert auf mich zu. »Caitlin, ich glaube, du hast meine Gedanken gelesen, es wird Zeit für etwas kitschigere Musik. *Darling?*«, ruft er Tom zu. »Du hast versprochen, dass wir nach elf kein Metal mehr spielen.«

»Natürlich«, erwidert Tom und eilt zum DJ, der auf Metallica Kylies *Can't Get You Out Of My Head* folgen lässt. Die Friseure eilen geschlossen auf die Tanzfläche, die Lichter blinken grün, violett und rot, und ich merke erst jetzt, wie müde ich bin. Es ist eine angenehme Müdigkeit, wie nach einem langen Spaziergang am Land oder einem Tag im Schwimmbad. Ich ziehe mein Handy heraus und bestelle mir heimlich ein Taxi.

Als der Wagen schließlich vorfährt und mich in weißes Scheinwerferlicht hüllt, spüre ich plötzlich eine Schulter an meiner und nehme Zitronenduft wahr.

»Hey«, meint Ian, sein heißer Atem streicht über mein Ohr. »Bevor du gehst: Hast du jemanden für mich?«

»Weißt du, das habe ich tatsächlich …«, erwidere ich, drücke ihm meine Karte in die Hand und steige ins Auto. »Schreib mir eine Mail.«

Ich hätte nicht erwartet, dass Verity zu Hause ist. Sie war wie immer zu zahlreichen Partys eingeladen. Doch im Haus brennt Licht, und durchs Fenster sehe ich sie in einem karierten Schlafanzug im Wohnzimmer sitzen. Ich winke ihr zu, und sie springt auf, lässt mich rein und umarmt mich innig.

»Du hast es geschafft!«, flüstert sie mir ins Ohr. »Wie war es?«

Ich gehe ins Wohnzimmer und lasse mich aufs Sofa sinken. »Es hat wirklich Spaß gemacht!«, erwidere ich. »Ich habe Headbangen gelernt und zu Metallica getanzt.«

»Nein, hast du nicht!« Sie lacht und schenkt Champagner in meinen Teebecher.

»Klar«, erwidere ich und hüpfe auf dem Sofa auf und ab, um es ihr zu beweisen.

»Du kleine Rockerbraut.« Sie lacht wieder und wirft einen Blick auf den lautlosen Fernseher. »Hey, es ist fast Mitternacht!«

Ich nehme die Fernbedienung, mache den Ton wieder an und kuschle mich unter der karierten Decke an sie, während wir uns die vielen Feuerwerke auf der ganzen Welt ansehen.

»Frohes neues Jahr, Caitlin«, sagt sie und drückt mir einen Kuss auf die Stirn.

»Frohes neues Jahr, Verity«, antworte ich. »Es wird ein gutes Jahr werden.«

KAPITEL SIEBENUNDZWANZIG

Als wir am Neujahrstag in den Pub kommen, jubeln die Druncles uns zu. Julia lädt uns auf ein Pint Cider ein. Wir setzen uns auf unseren Lieblingsplatz in einer Ecke mit Blick auf die Straße, wo gerade mehrere junge Männer rauchend zusammenstehen, lachen und sich auf die Schultern klopfen.

Verity nimmt schlürfend einen Schluck Cider, wobei sie das Glas nicht hochhebt, sondern sich lediglich nach vorne lehnt. Sie hat die Haare mit einem Seidentuch nach hinten gebunden.

»Wie läuft es eigentlich mit Jeremiah?«, frage ich.

Wir haben seit unserer Rückkehr noch nicht darüber gesprochen, ob sie ihm mittlerweile geschrieben hat oder nicht.

»Wir haben weiterhin kaum Kontakt«, antwortet sie. »Ich will Usmans Ratschlag beherzigen und ihm nicht zu viel Druck machen.« Sie senkt den Blick und greift nach hinten, um das Tuch fester zu ziehen. »Es wird seltsam werden. Das erste Mal mit einem anderen … na ja, eigentlich das zweite Mal …«, meint sie und sieht hinaus zu den Männern auf der Straße. Sie deutet auf einen Mann mit rasiertem Kopf und einem tätowierten Hals. »Der Typ da ist heiß«, sagt sie.

Ich mustere ihn und wende mich rasch ab, als er sich umdreht.

»Hör auf abzulenken, Verity.« Ich schnippe mit den Fingern vor ihrem Gesicht. »Aber ja, er ist heiß.« Mir kommt das letzte Mal in den Sinn, als wir an diesem Tisch saßen. »Der Typ, mit dem du zusammen warst, war doch nicht … Oder etwa doch?«

Sie sieht mich verwirrt an. »Worauf willst du hinaus?«

»Na, du weißt schon …« Ich deute mit dem Kopf in Richtung Bar. »War er's?«

»Ich habe echt keine Ahnung, wovon du redest.«

»Jack«, erkläre ich lauter, als beabsichtigt, und Jack dreht sich zu uns herum.

»Was ist denn, Cait, Schätzchen?«

Verity schlägt sich die Hand vors Gesicht, um nicht laut aufzulachen. »Caitlin, nein!« Sie schüttelt den Kopf und sieht mich durch die gespreizten Finger hindurch an.

»Was denn?«, frage ich und gebe Jack zu verstehen, dass ich nicht ihn gemeint habe. »Du hast neulich mit ihm geflirtet.«

»Jack ist ein sechzigjähriger Alkoholiker«, erinnert sie mich und schüttelt sich immer noch vor Lachen. »Natürlich war er es nicht.«

»Du hast nun mal einen seltsamen Geschmack!«, wende ich ein und lasse den Blick erneut zu Jack wandern. Seine Haare werden bereits weiß, sein Bauch ist so dick, als würde er bald ein Kind bekommen, doch er hat ein gewisses Funkeln in den Augen. »Und so schlecht ist er auch wieder nicht …«

»Dann nimm ihn doch in deine Kartei auf. Ich will ihm jedenfalls nicht näherkommen.« Verity lacht. »Es war ein Kollege. Er war ganz okay.«

»Könnte etwas daraus werden?«

»Nein, sicher nicht. Ich will mich dieses Jahr mit niemandem verabreden.« Sie wirft einen Blick auf den tätowierten Kerl vor dem Fenster. »Ich will nur Spaß haben. Ich muss mich erst wieder daran erinnern, wie das geht. Es ist seltsam. Sobald du den Leuten sagst, dass du Single bist, wollen sie dich sofort verkuppeln.«

»Ich geb's zu«, erwidere ich grinsend.

»Aber Single zu sein macht Spaß. Bis jetzt finde ich es auf jeden Fall noch toll.«

»Darauf trinken wir.« Ich hebe mein Glas, um mit ihr anzustoßen.

In diesem Moment kommt Julia mit unseren Burgern an den Tisch. »Worauf trinkt ihr denn, Ladys?«, fragt sie und legt eine Handvoll Ketchup- und Mayonnaisebeutelchen zwischen unsere Teller.

»Auf den Spaß!«, antwortet Verity.

»Und auf den Typ da draußen«, füge ich hinzu und deute unauffällig auf den tätowierten Mann, der sich gerade eine zweite Zigarette an seiner ersten angezündet hat. »Auf das Singleleben.«

»Da schließe ich mich gern an. Am besten, wir trinken nachher noch etwas zusammen. Es ist schön, dich wieder lächeln zu sehen, Cait.«

»Danke, Julia. Es braucht sicher noch etwas Zeit, aber ich fühle mich schon besser.« Ich wende mich Verity zu, während Julia am Nebentisch die Bestellungen aufnimmt. »Und da ist dieser …«, sage ich.

Sie hebt den Blick. »Wen meinst du?«, fragt sie.

Ich bin noch nicht bereit, es ihr zu sagen. Ich muss erst noch meine Gedanken sammeln. »Er arbeitet mit Ade an der Website.«

»Ach, du meinst Stu, oder?«, fragt sie. »Ade hat ihn ein paarmal erwähnt. Was ist mit ihm?«

»Gar nichts«, erwidere ich und schnappe mir eine Fritte von ihrem Teller.

»Hey!«, ruft sie und schlägt meine Hand weg. »Du hast doch selbst noch genug.«

»Ich weiß, aber deine schmecken besser … Stu hat ein paar tolle Pläne für den Relaunch. Ich schätze, wenn alles glattläuft, kriegen wir es wieder hin.«

Wir haben vor, das neue Konzept am Valentinstag zu präsentieren. Stu und Ade arbeiten sehr hart, sie haben sogar an Silvester bis zehn Uhr abends vor den Rechnern gesessen.

»Es fühlt sich gut an, auf etwas hinzuarbeiten, an das ich tatsächlich glaube.«

»Es gibt doch eine Party, oder?«, fragt sie. Ihr Blick huscht durch die Bar. Der tätowierte Typ ist gerade hereingekommen und macht sich auf den Weg zur Theke.

»Ja, sicher«, antworte ich. »Am Valentinstag. Bobby überlässt uns das Restaurant.«

Ade hält mich ständig auf dem Laufenden und schreibt mir in einem fort Nachrichten. Ich werde morgen wieder ins Büro gehen und ihr und Stu die Fotos von Elijahs und Toms Hochzeit zeigen. Die beiden waren einverstanden, dass ich sie für meine Homepage verwende.

»Das ist super«, erwidert Verity mit vollem Mund. »Ich arbeite nämlich auch an einer Sache …«

»Woran denn?«

»Das kann ich dir noch nicht sagen.« Sie zwinkert mir zu. »Sonst glaubst du, ich bin verrückt geworden. Aber die Party wäre der perfekte Rahmen, es zu Ende zu bringen.«

Ich schnappe übertrieben nach Luft. »Sag mir, worum es geht!«

»Das werde ich … wenn die Zeit reif ist. Bis dahin wirst du Geduld haben müssen.«

Wie essen schweigend unsere Burger, und ich zerbreche mir den Kopf darüber, was sie wohl geplant hat. Ich versuche zu raten.

»Hat es etwas mit Jane zu tun?«, frage ich, doch sie schüttelt den Kopf. »Mum? Hast du jemanden für sie gefunden?« Aber das ist es auch nicht, denn sie lacht laut los.

»Das hättest du wohl gern.«

»Ich weiß es!«, rufe ich und halte triumphierend eine Fritte in die Höhe. »Du hast einen zweiten Urlaub auf den Malediven gebucht. Wir fliegen am Tag nach der Party.«

»Das hätte *ich* sehr gern!«, erwidert sie. »Aber im Ernst, ich glaube wirklich, dass wir bald wieder in Urlaub fahren sollten. Es gibt tolle Angebote. Du weißt schon, damit der Spaß nicht zu kurz kommt.«

»Abgemacht«, erwidere ich, und wir stoßen an. Mein Glas ist fast leer. Sie wirft einen Blick darauf und dann zur Bar, um nachzusehen, ob der Tätowierte noch da ist. »Noch einen?«

»Tut mir leid. Ich würde wirklich gern, aber ich muss heute Nachmittag noch etwas erledigen.«

»Ach ja.« Sie leert ihr Glas und wischt sich mit der Hand über den Mund. »Wie geht es dir damit?«

»Ich habe Angst«, gebe ich zu. »Aber es ist das Richtige.«

»Es ist wie bei einem Pflaster, Cait. Je schneller du es herunterreißt, desto besser«, sagt sie, während mein Blick zur Bar wandert. Veritys Schwarm bestellt gerade eine Runde Tequila für seine Freunde. »Der erste Kurze in diesem Jahr!«, ruft er, und Verity wirft ihm unter ihren langen Wimpern ein Lächeln zu.

»Weißt du was?«, sage ich. »Geh rüber und hol dir noch ein Pint. Und bestell ein halbes für mich.«

»Hast du denn noch genug Zeit?«, fragt sie und sieht auf die Uhr hinter der Bar.

»Ich unterhalte mich noch ein wenig mit Julia, dann mache ich mich auf den Weg. Und jetzt geh schon und sprich ihn an. Ich platze vor Aufregung. Du weißt, wie sehr ich Romanzen liebe.«

Sie schüttelt den Kopf. »Ach Caitlin, an dieser Begegnung wird absolut nichts romantisch sein.«

KAPITEL ACHTUNDZWANZIG

Harrys Elternhaus ist der prachtvollste Wohnsitz, den ich jemals betreten habe. Ich erinnere mich noch an meinen ersten Besuch. Wir waren etwa sechs Monate zusammen und gingen zu Fuß eine Straße hoch, in der jedes Grundstück ein großes schwarzes Tor und eine breite Auffahrt hatte. Ich musste mich auf die Zehenspitzen stellen, um die Häuser und die Autos am Ende der Auffahrten überhaupt sehen zu können, und ich deutete immer wieder aufgeregt auf Dinge, die ich gerade entdeckt hatte. »Sieh mal, da steht ein grüner Jaguar«, oder: »Wow, die Haustür dort ist von Rosen umrankt!«

Harry stieg in das Spiel ein, fragte mich: »Wenn du dir irgendeines dieser Häuser aussuchen könntest, welches wäre es?«, und lachte, wenn ich bei jedem Haus, an dem wir vorbeikamen, meine Meinung änderte.

Ich hatte keine Ahnung, dass er in einem dieser Häuser seine Kindheit verbracht hatte. Weiter die Straße hoch gab es ein auf Fisch spezialisiertes Fast-Food-Restaurant, in das Verity und ich manchmal gingen. Ich kannte die Gegend also ein bisschen und dachte, Harrys Familie würde in der Neubausiedlung des Viertels wohnen. Als er schließlich vor einem gusseisernen Tor hielt und meinte: »Das ist es«, war ich also dementsprechend sprachlos – vermutlich aus Verlegenheit.

»Ich kann nicht glauben, dass du dieses Spiel mitgespielt hast, obwohl du tatsächlich hier wohnst!«, zischte ich, als wir die kiesbestreute Auffahrt hochgingen. Doch er lächelte nur und meinte, es hätte gerade deshalb Spaß gemacht.

Das Haus am Ende des gewundenen Weges war mit Efeu überwuchert, die Buntglasfenster neben der Eingangstür zeigten ein hübsches Blumenmuster. Harry benutzte einen Türklopfer aus Messing anstatt einer Glocke, um unsere Ankunft anzukündigen. Hundegebell drang aus dem Haus, es kam immer näher. Dann hörte ich die schneidende Stimme einer Frau: »Gerty, schhh. Das ist doch nur Harry. Es ist nur Harry.«

Als ich Sarah zum ersten Mal sah, erinnerte sie mich an ein Ölgemälde oder eine Statue in einem Museum. Sie war so anders als alles, was ich bis dahin kannte. Als wäre sie direkt aus einem Märchenbuch in mein Leben getreten. Ihre schwarzen Haare waren makellos geföhnt, an ihren Ohren glitzerten zwei große Diamanten. Sie trug eine weite schwarze Samthose, ein rubinrotes Top und einen golden schimmernden Schal, während ich zu einer Jeans, einem flauschigen blauen Mohairpullover und leuchtend gelben Ballerinas gegriffen hatte. »Diese Schuhe machen glücklich«, hatte ich Harry erklärt, als ich hineingeschlüpft war. »Das findet jeder, der sie sieht.«

Sarah lächelte, wobei ihre Mundwinkel sich kaum merklich hoben, und küsste mich auf beide Wangen. Als ich mich von ihr löste, sah ich, dass ein paar Flusen von meinem Pullover an ihrem Schal hafteten. Wir waren erst zwei Minuten dort, aber mein Gesicht war bereits rot wie eine Tomate.

Seit damals hat sie diese Wirkung auf mich nie ganz verloren. Genauso wenig wie das Haus. Und deshalb beginnen meine Wangen auch jetzt, als ich den Türklopfer betätige, zu glühen. Ich habe das Gefühl, ihrer Familie nicht würdig zu sein, was ich mir im Grunde aber nur selbst einrede, denn Sarah hat mich – zumindest nach außen hin – von Anfang an herzlich willkommen geheißen. Ich wurde zu jeder Feierlichkeit eingeladen und genauso wie die anderen Familienmitglieder behandelt.

Trotzdem hat sie eine Art, mich anzusehen, die mich nervös macht, und ich habe mich in ihrer Gegenwart stets schrecklich unbeholfen verhalten. Ich verschüttete Wasser, wenn sie mich bat, den Krug weiterzureichen, Rezepte, die ich schon tausendmal ausprobiert hatte, gelangen nicht, wenn sie sich zum Essen ankündigte. Und wenn wir ausnahmsweise über Nacht blieben, stand ich morgens um neun auf – für meine Begriffe früh –, doch sie sah auf mich herab und bemerkte nur: »Na, konntest du mal ausschlafen?«

Das letzte Mal, als wir uns trafen, wirkte sie allerdings verändert. Ihre Augen waren voller Tränen, ihr Blick war voller Mitleid, aber ich sah auch Entschlossenheit. Als wüsste sie, was am besten für mich ist. Wie eine Mutter.

Ich höre Gertys Krallen auf dem Fliesenboden, gefolgt von klappernden Stöckelschuhen und dem Drehen des Schlüssels im Schloss. Ich halte den Atem an und versuche, mich zu beruhigen.

»Caitlin.«

»Sarah.«

Meine Schwiegermutter zieht mich an sich und drückt mir einen Kuss auf die Wange. Sie riecht nach Kaschmir und Chanel No.5, ich fühle die weiche Wolle ihrer leuchtend gelben Strickjacke an meinem Hals. Sie bittet mich ins Haus und führt mich ins Wohnzimmer im ersten Stock – es gibt zwei Wohnzimmer, das im Erdgeschoss ist für gesellschaftliche Anlässe und unerwartete Gäste, das zweite nur für die Familie und enge Freunde, wie Sarah mir bei meinem ersten Besuch erklärte. Es ist heimeliger als das andere. Es gibt klobige, mit senffarbenem Samt bezogene Sofas, in die man gemütlich versinken kann, drei der vier Wände werden von Bücherregalen eingenommen. Ich lasse mich auf eines der Sofas sinken, und sie reicht mir, ohne zu fragen, ein Glas Rotwein.

»Ich bin so froh, dass du angerufen hast.« Sie mustert mich von oben bis unten. Ich habe meinen bunt gestreiften Pullover in den rotgold glänzenden Faltenrock gesteckt und trage klobige Schnürstiefel dazu. Mir wird mit einem Mal bewusst, dass ich sie unten im Flur hätte ausziehen sollen. »Du siehst … du siehst gut aus.«

»Ich war in Urlaub. Ähm … auf den Malediven. Die Reise wurde mir angeboten. Gratis. Ich bin ein Glückspilz. Ich konnte nicht ablehnen. Verity ist mitgekommen. Das war gut. Gut für mich.« Ich könnte vermutlich endlos über die Reise reden und mich dafür entschuldigen, dass ich gefahren bin. Dass ich auch nur ein kleines bisschen Spaß hatte. »Ich habe darüber nachgedacht, was du gesagt hast.« Ich breche ab, streiche meinen Rock glatt, versuche mich an die Worte zu erinnern, die ich mir auf dem Weg hierher zurechtgelegt habe. »Und … zuerst möchte ich mich noch einmal entschuldigen. Ich weiß jetzt, dass ich nach Harrys Tod unglaublich egoistisch war …«

Sie hebt die Hand, und ich halte pflichtschuldig inne. »Nein, du warst nicht egoistisch, Liebes. Du hast darauf reagiert, wie du nun mal reagiert hast. Jeder trauert anders.«

Das habe ich in den letzten vierzehn Tagen oft gehört. Von Mum, Verity, Ade, Stu … Ich weiß, dass ich nicht aus reiner Boshaftigkeit so gehandelt habe, sondern eher wie ein Roboter im Überlebensmodus. Trotzdem habe ich Sarah Kummer bereitet, und dafür möchte ich mich entschuldigen.

»Okay, vielleicht nicht egoistisch, aber ich habe Dinge getan, die dir wehgetan haben. Zum Beispiel habe ich die Plakate nicht verhindert. Und das tut mir leid.« Sie nickt knapp, also fahre ich fort. »Das wird jetzt aufhören. Die Plakate werden noch diese Woche entfernt, ich habe mit meinen Mitarbeitern gesprochen. Sie gestalten die Homepage um, sodass sie der Realität entspricht. Ich will es so – zumindest glaube ich, dass ich es so will. Aber der Grund, aus dem ich heute hier bin …«

Das ist der schwierigste Teil. Ich muss die Sorge in Worte fassen, die ich ständig mit mir herumschleppe. Die Wahrheit einzugestehen, ist so heftig, dass ich sie tief in meinem Inneren begraben habe. Versteckt unter allem Möglichen, nur damit sie nicht an die Oberfläche gelangen kann. In meinen Augen stehen Tränen, sie kullern über meine Wangen.

»Hier, Liebes.«

Sarah, die perfekte Gastgeberin, zieht ein handbesticktes Taschentuch mit Monogramm aus ihrem Ärmel und gibt es mir. Ich schnäuze mich.

»Hatte … hatte Harry das Gefühl, ich würde ihn wegen meines Berufes vernachlässigen? Dachte er, er würde nur an zweiter Stelle stehen?«

Ich sehe ständig vor mir, wie ich spätabends inmitten Hunderter Bewerbungsbögen im Büro saß. Wie wir miteinander ausgingen und ich so beschäftigt damit war, andere Leute glücklich zu machen, dass ich nicht zuhörte, wenn er mir von seinem Tag erzählte. Die Erinnerungen schwirren in meinem Kopf herum und verhöhnen mich, weil ich alles, was unsere Beziehung betraf, für selbstverständlich hielt und dachte, es würde ewig andauern.

Ich schaffe es nicht, Sarah anzusehen. Ich knibble an einem Stückchen Haut an meinem Daumen herum, und alles andere tritt in den Hintergrund. Sie ist der einzige Mensch, der weiß, wie Harry sich tatsächlich gefühlt hat. Sie standen sich sehr nah, haben beinahe jeden Abend miteinander telefoniert. Er kam fast jedes Wochenende zu ihr, und egal, ob ich dabei war oder nicht, sie haben sich immer die Zeit genommen, spazieren zu gehen und miteinander zu reden. Wenn sie nur ein Stück durch den Garten gingen, sah ich ihnen manchmal vom Fenster aus zu, und mir fiel auf, dass das Gesicht dieser nach außen so kühl erscheinenden Frau sehr viel wärmer wirkte, wenn sie mit ihrem Sohn zusammen war. Als ließen die Rosen im Garten ihr Gesicht erstrahlen.

Sarah nimmt meine Hand. »Sieh mich an, Caitlin«, sagt sie, und ich hebe den Blick. Sie schüttelt den Kopf. »Nein, dieses Gefühl hatte er nie. Er war stolz auf dich, erzählte auch meinen Freundinnen immer, was du tust und wie vielen Menschen du bereits geholfen hast. Er hat mir jedes Mal geschrieben, wenn du wieder einen Erfolg verbuchen konntest.«

Ich lächle trotz der Tränen, auch wenn ich spüre, dass ein »Aber« in der Luft hängt. Sarah erzählt einem nie nur das, was man hören will. Es ist schrecklich, hier zu sitzen, dem Ticken der Standuhr im Flur zuzuhören und darauf zu warten, wie es weitergeht. Wäre ich bloß nicht gekommen.

»Aber …« Ich lasse die Luft entweichen. Jetzt ist es so weit. »Er machte sich Sorgen, dass du den Grund vergisst, aus dem du deine Agentur eröffnet hast. Er hat erzählt, dass du dich total in diese Instagram-Sache hineinhängst. Und dass du Leute aufgrund ihrer Follower verkuppelst, anstatt an dein eigentliches Ziel zu denken.«

»Nämlich Leuten zu helfen.«

Sie nickt. »Nämlich Leuten zu helfen.«

Ich wische mir die Tränen von den Wangen. »Darum geht es

bei meinem Relaunch. Ich will den Menschen zeigen, dass die Liebe harte Arbeit sein kann und dass sie nicht perfekt ist. Ich will mehr Zeit mit jedem einzelnen Klienten verbringen, anstatt das nächste Tinder zu werden.«

»Das nächste was?«

Ich schüttle den Kopf. »Nicht so wichtig. Ich werde nur aufhören, etwas zu sein, das ich nicht mehr bin.«

»Und Harry?«

»Er bleibt ein Teil des Ganzen. Das muss er. Ich kann ihn nicht einfach löschen und eine dieser typischen Homepages mit Herzchen und einem Cartoon-Amor programmieren lassen. Ich muss den Leuten von ihm erzählen. Von dem, was mit mir passiert ist. Damit sie es verstehen.«

In Sarahs Augen glänzen Tränen. Sie greift nach der Taschentuchbox auf dem Couchtisch, tupft sie sich trocken und verschmiert dabei ein wenig Mascara.

»Dann werde ich ihn also immer noch sehen? Auf deiner Homepage? Als Verkaufsargument?« Sie speit mir das letzte Wort entgegen, und mir wird klar, dass ich auf ihre Einwände nicht vorbereitet bin.

»Er ist kein Marketinginstrument«, erwidere ich ruppiger als beabsichtigt. Genau diese Befürchtung hatte ich auch, als Ade und Stu mit dem Relaunch begannen. »Ich kann den Leuten aber nicht mehr vormachen, dass die Liebe keine Schmerzen bereitet und ewig hält.«

»Die Liebe hält ewig. Ich werde meinen Mann immer lieben, und du wirst Harry immer lieben.«

Harrys Dad ist, ein paar Jahre bevor wir uns kennengelernt haben, an einem Herzinfarkt gestorben. Überall im Haus hängen Fotos von ihm. Er sah aus wie Harry, hatte dasselbe breite Grinsen und dieselben freundlichen Augen. Ich frage mich manchmal, wie es gelaufen wäre, wenn wir uns kennengelernt hätten.

»Natürlich werde ich ihn immer lieben. Natürlich. Aber die Leute werden mich nach meinem Liebesleben fragen, das ist unumgänglich. Sie wollen wissen, ob sie mir vertrauen können. Und ich will ihnen die Wahrheit sagen können.«

»Warum wartest du dann nicht, bis sie dich fragen? Warum musst du die Website mit Fotos zupflastern, als wäre Harry eine Art Model?«

»Sarah, wenn du nicht willst, dass ich es mache, dann lasse ich mir etwas anderes einfallen.« Es ist zwar nicht das, was ich will, aber es muss sein. Ich kann nicht mehr weiterlügen und will meinen Klienten meine Geschichte erzählen, aber ich werde Sarah nicht noch mehr verletzen. »Es war dumm, dass ich ständig Fotos von ihm auf diese Weise präsentiert habe«, fahre ich fort. »Aber es gab viele Gründe dafür, und keiner davon hat etwas mit dem Wunsch nach mehr Aufmerksamkeit zu tun. Es ging um mich und meine Gefühle. Ich habe ein temporäres Pflaster auf meine Wunden geklebt, und jetzt kann ich leider nicht mehr zurück und sämtliche Spuren auslöschen.«

Meine Schwiegermutter schnappt nach Luft und schlägt sich die Hand vor den Mund. »Nein! Du darfst auf keinen Fall so tun, als hätte er nie existiert.«

Ich hole mein Handy heraus, um ihr den Link zu zeigen, den Stu mir vor einer Stunde geschickt hat. Es ist eine grobe Skizze dessen, wie die neue Homepage aussehen wird.

»Deshalb denke ich, dass dieser Relaunch ein guter Kompromiss ist. Für mich ist es eine Möglichkeit, den Mann miteinzubeziehen, der mir so oft zur Seite stand, ohne jemandem etwas vorzuspielen.«

Sarah scrollt nach unten, und ich halte den Atem an. Sie hebt den Blick. »Und was ist mit den anderen Dingen? Diesem Social Media?«

»Dort werde ich vorwiegend Fotos aus dem Leben realer Liebespaare posten. Mit liebenswürdigen, komischen und authentischen Texten. Ich werde darüber schreiben, was diese Menschen aneinander mögen … und was nicht. In etwa wie bei *Humans of New York*.«

»Humans of …?«

»Nicht so wichtig. Es geht jedenfalls primär um andere Paare. Es wird zwar eine Geschichte über Harry und mich geben – aber wirklich nur eine.«

Sie nickt. Ich habe keine Ahnung, was sie denkt. »Es ist jedenfalls eine sehr schöne Website mit einer netten Botschaft.«

Ich lächle als Zeichen des Dankes, warte allerdings gleichzeitig auf das unvermeidliche »Aber«.

»Aber ich muss darüber nachdenken.«

»Klar, ich verstehe. Dann komme ich noch einmal wieder.«

Ich will meine Tasche aufheben, die vor meinen Füßen auf dem Boden steht, doch sie legt eine Hand auf meinen Oberschenkel und hält mich zurück.

»Nein, geh nicht. Warte hier, in Ordnung? Dort steht der Wein, schenk dir nach, wenn du möchtest.« Sie deutet auf einen Dekanter aus Kristallglas, der so schwer aussieht, dass ich ihn sicher nicht hochheben kann.

Ich bin verwirrt, aber wie immer mache ich, was Sarah mir aufträgt. »Okay«, murmle ich.

Im nächsten Moment hat sie das Zimmer bereits verlassen. Nur ihr Parfüm hängt noch in der Luft. Ich knibble wieder an meinen Händen herum, konzentriere mich auf meine Atmung. Durch die Nase einatmen, durch den Mund ausatmen.

Mein Handy liegt noch auf dem Stuhl, wo Sarah es liegen gelassen hat. Ich könnte schnell einen Blick darauf werfen, um mich abzulenken, doch ich habe keine Lust. Ich will über unser Gespräch nachdenken. Und über die Zukunft.

Ich stehe auf, gehe zum Dekanter und öffne den Kristallverschluss. Wie erwartet kann ich die Flasche kaum hoch genug heben, um mein Glas zu füllen. Also trete ich stattdessen ans Fenster und sehe in den riesigen Garten hinunter. Ein kiesbestreuter Weg schlängelt sich über Sarahs Rasen bis zu dem Gewächshaus im hinteren Bereich. Selbst jetzt, im tiefsten Winter, gibt es blühende Blumen, und die Büsche tragen saftig grüne Blätter. Auf dem Nachbargrundstück steht ein großes Trampolin, auf dem sich im Laufe des Winters braune Blätter gesammelt haben, die mittlerweile von einer dünnen Eisschicht überzogen sind. Der Garten selbst ist ein wenig aus der Form geraten. Es ist nicht tragisch, aber er ist nicht annähernd so gepflegt wie Sarahs makelloses Refugium. Ich weiß, dass sie sich bereits bei den Nachbarn beschwert und verlangt hat, ihn in Ordnung zu bringen, was mir allerdings ziemlich übertrieben erscheint. Der unordentliche Zustand des Nachbargartens hat doch keinen Einfluss auf die Schönheit ihres eigenen. Trotzdem habe ich immer gelächelt und zustimmend genickt, wenn sie sich bei Harry und mir über die Nachbarn beschwert hat.

Drei Gärten weiter sitzt ein Mann mit einem karierten Schal und einem Becher Kaffee auf einer Bank. Er starrt ins Leere. Ich frage mich, was er wohl dort draußen macht. Vielleicht hat er früher geraucht und nimmt sich stattdessen eine Auszeit an der frischen Luft. Vielleicht laufen seine Kinder aber auch gerade Amok im Wohnzimmer und er brauchte eine Pause von dem Wahnsinn der Weihnachtsferien und der Tatsache, dass die ganze Familie tagelang zusammen im Haus eingesperrt ist.

Ich bin so damit beschäftigt, mich abzulenken, dass ich nicht bemerke, wie Sarah auf den Rasen tritt. Zumindest nicht sofort. Doch dann zieht eine Bewegung meinen Blick auf sich. Ich sehe, wie sie ihre Kreise durch den Garten zieht und dabei immer wieder an einem abgeblühten Rosenstrauch stehen bleibt und sanft über die Blätter streicht. Ihr Atem bildet kleine weiße Wölkchen, sie hat sich die Arme fest um die Mitte geschlungen. Meine Schwiegermutter hat keinen Mantel übergeworfen. Es fühlt sich falsch an, ihr zuzusehen, als würde ich sie bei etwas Verbotenem ertappen, doch als ich sehe, dass sie die Lippen bewegt, weiß ich, woher das Gefühl kommt. Ich werde gerade Zeuge eines ihrer intimsten Momente, denn sie redet … sie dreht ihre Runden durch den Garten und redet mit sich selbst.

»Bist du da?«, frage ich flüsternd. »Hörst du ihr zu?«

Doch als Antwort höre ich nur Gertys sanftes Schnarchen.

Ich schließe die Augen und denke daran, wie ich vor ein paar Jahren genau an derselben Stelle stand und Sarah und Harry im Garten beobachtete. Es war Sommer, und die Rosen standen in voller Blüte. Es war ein herrliches Farbenmeer aus Rot, Fuchsia und leuchtendem Pink. Sarah zeigte Harry stolz jede einzelne Blume, seiner gerunzelten Stirn nach zu urteilen, hörte er ihr aufmerksam zu. Eine Wespe surrte um seinen Kopf, doch er scheuchte sie nicht fort, damit sie ihn nicht mehr belästigte. Er stand einfach neben dem Strauch und konzentrierte sich auf seine Mutter.

Im Moment ist der Garten mehr oder weniger kahl. Etwas Schnee hat sich in den Beeten gesammelt, nur ein paar winzige weiße Blüten sind zu sehen. Ich frage mich, was Sarah gepflanzt hat, welche Blumen in den nächsten Monaten dort draußen erblühen werden. Sie hat sie in dem Wissen gepflanzt, dass Harry sie nie zu Gesicht bekommen wird. Sie hat mir einmal erzählt, dass sie Harry als kleinen Jungen im Frühling immer mit in den Garten nahm und in eines der Blumenbeete setzte. Dort saß er stundenlang, ließ die Erde durch die Finger rieseln oder fuhr mit seinem Spielzeugbagger die Begrenzungen entlang, während sie den Boden lockerte, Unkraut jätete und Blumen pflanzte. Woher hat sie die Kraft genommen, im Frühling hinauszugehen und wie jedes Jahr ihre Liste abzuarbeiten? Denkt sie an ihn? Oder tut sie so, als wäre alles beim Alten? Redet sie sich ein, dass er am Sonntag kommen wird und sie ihm aufgeregt zeigen kann, was sie aus ihren zahllosen Gartenkatalogen bestellt hat?

Ich kann mich nicht erinnern, was ich letzten Frühling getan habe. Nachdem Harry gestorben ist, sind die Jahreszeiten ineinander verschwommen. Ich habe kein einziges Mal innegehalten, um die Wärme auf meiner Haut zu spüren, und auch nicht den Tag gewürdigt, an dem es zum ersten Mal warm genug war, um ohne Strickjacke das Haus zu verlassen. Mir ist nicht aufgefallen, wie die Blätter im Herbst langsam von den Bäumen gesegelt sind, und ich habe auch am 5. November nicht in den Himmel gesehen und das Feuerwerk genossen. Ich war nur wütend über den Lärm und habe mir Sorgen um den Kater gemacht, der sich unter einem Mantel im Flur versteckt hat.

Doch jetzt, wo ich hier stehe und Sarah zusehe, wie sie leise vor sich hinmurmelt, weiß ich plötzlich, wo ich hätte sein sollen. Hier. Er hätte gewollt, dass ich mich um sie kümmere, er hat sich ständig Sorgen darum gemacht, dass sie nach dem Tod seines Vaters vereinsamen könnte.

»Es gibt so viele Dinge, die ich im letzten Jahr falsch gemacht habe, Harry.« Ich spreche leise, doch der Raum ist ziemlich hoch, und so hallen meine Worte durchs Zimmer. »Aber ich hatte mich selbst verloren. Ich hoffe, das verstehst du. Ich werde es ab jetzt besser machen, du kannst wieder stolz auf mich sein, versprochen.«

»Er *ist* doch stolz auf dich. Er war immer stolz auf dich.« Sarahs Stimme lässt mich zusammenzucken. Ich habe keine Ahnung, warum ich nicht bemerkt habe, dass sie den Garten wieder verlassen hat. Ich fahre herum und sehe sie im Türrahmen stehen. Sie lächelt, obwohl Tränen über ihre Wangen laufen. Sie hat einen Bund Schneeglöckchen mitgebracht, die scheinbar betrübt die Köpfe hängen lassen.

»Ich rede auch mit ihm. Es hilft, und ich glaube daran, dass er mich hört. Ich glaube nicht, dass er hier ist, aber ich weiß, dass er mich dort, wo er ist, hören kann. Und er hört auch dich.«

Sie reicht mir die Schneeglöckchen, im nächsten Moment schließt sie mich in eine Umarmung und zerdrückt sie an meiner Brust. Ich spüre ihren Atem an meinem Ohr, als sie flüstert: »Tu, was du tun musst. Ich glaube an dich.«

Und dann beginnen wir beide zu weinen.

KAPITEL NEUNUNDZWANZIG

Der Februar zieht schneller ins Land, als ich es erwartet hätte, und während der Relaunch immer näher rückt, denke ich oft an die Eröffnung meiner Agentur zurück. Harry achtete damals darauf, dass ich mit meinen Wünschen so gut es ging am Boden blieb. Ich wollte die Party elegant gestalten – mit Kerzenschein und weißen Tischtüchern – und hatte dafür bereits bei drei Fünfsternehotels angefragt, als er Wind von meinen Plänen bekam.

Er stellte sich mir gegenüber und legte die Hände auf meine Schultern. »Denk an unser erstes Date.«

Ich gab mich geschlagen, schloss die Augen und dachte nach. »Es ist schon so lange her … Ich muss weit in die Vergangenheit reisen … Okay, ich sitze dir gegenüber, sehe dich zum ersten Mal richtig an und bin …«, ich machte eine Pause, um die Spannung zu steigern, »… angewidert, gelangweilt. Ich will so schnell wie möglich weg.«

Er begann zu lachen, denn er war mit Bomben und Granaten auf meinen Scherz hereingefallen, doch dann wurde er schnell wieder sachlich.

»Ich meine es ernst, Cait. Ich war schrecklich nervös. Ich wollte unbedingt, dass du mich magst. Wenn wir uns in einem megaschicken Restaurant getroffen hätten, wo ich nicht ich selbst hätte sein können, hätte ich es mit Sicherheit vermasselt.«

»Manche Leute fühlen sich auch an megaschicken Orten wohl. Denk an deine Mutter«, wandte ich ein.

»Meine Mutter gehört aber nicht zur Zielgruppe«, erwiderte er. »Du solltest es in Bobbys Restaurant machen. Dort fanden alle bisherigen Dates statt, und er liebt dich.«

Ich wollte als offiziellen Startschuss alle bisher angemeldeten Singles in einem Raum zusammenbringen, wie beim Speeddating, aber ohne Druck. Ich wollte ihnen zeigen, dass es Spaß macht, neue Leute kennenzulernen.

»Wenn ich es dir doch sage«, meinte er. »Es ist der einzige Ort, an dem es funktionieren wird.«

Er hatte recht, der Abend wurde ein voller Erfolg. Ich genoss es, durchs Lokal zu schlendern und immer wieder einen Blick auf Harry zu werfen, der mit einem nie leer werdenden Pint in der Hand dastand und sich mit den Gästen unterhielt.

Dieses Mal habe ich nirgendwo angefragt, denn ich wusste von Anfang an, wo die Party stattfinden sollte. Ich habe einen Abend damit verbracht, gemeinsam mit Verity jede einzelne Einladung mit der Hand zu schreiben, am Ende mussten wir lachend unsere schmerzenden Hände massieren.

Ade hat die Augen verdreht, als ich ihr das Datum des Relaunches verraten habe, doch jetzt ist sie hier, füllt pinkfarbene Luftballone in Herzform mit Helium und singt zu Elton John. Sie liebt die Gefühlsduselei offenbar.

»Es soll richtig kitschig werden«, habe ich während der Planungsphase angekündigt. »So wie sich jeder den Valentinstag vorstellt. Sträuße mit roten Rosen auf den Tischen, Scheinwerferlicht auf dem Boden, Kellner, die mit Pralinen und Champagner durchs Restaurant wandern. Aber alles mit einem

Augenzwinkern, denn eigentlich wollen wir ja sagen, dass diese Art der Liebe nicht real ist. Mein Gott, ich wünschte, wir können uns irgendwo ein paar Welpen ausleihen!«

Wir haben keine Welpen bekommen, doch Stu hat seinen Dackel Jimi mitgebracht, dessen Beine so kurz sind, dass sein Bauch beinahe über den Boden schleift. Statt des Halsbands trägt er eine pinkfarbene Schleife.

Wir sind ziemlich nervös, eilen durchs Restaurant und suchen nach einer Beschäftigung, obwohl im Grunde alles erledigt ist. In nur einer Stunde kommen hoffentlich die ersten Gäste.

»Glaubst du, dass sich die Leute wohlfühlen werden?«, frage ich Bobby, der gerade zusammen mit Stu den letzten Tisch zur Seite getragen hat, um mehr Platz in der Mitte des Raumes zu schaffen. »Oder ist der Champagner zu viel des Guten?«

»Also erstens ist es kein Champagner, sondern Cava«, erwidert er, und ich lache. »Und zweitens können sie sich jederzeit an der Bar ein Pint holen. Vielleicht sind sie am Anfang ein wenig gehemmt, aber wenn sie erst einmal etwas getrunken haben, werden sie sich schnell entspannen, vertrau mir. Und du solltest dasselbe machen. Es wird eine großartige Party werden.«

»Es ist echt nervtötend, nicht kurz auf Facebook nachsehen zu können, wie die Zahlen aussehen«, erklärt Ade, die mit klappernden Absätzen auf uns zukommt.

Sie trägt ein neonpinkfarbenes Spitzenkleid über einem schwarzen Unterkleid, auf ihren Schuhen prangen goldene Herzen. Für jemanden, der das Thema anfangs zu kitschig fand, ist sie mit großer Begeisterung dabei. Sie wollte die Veranstaltung auch online bewerben, doch ich habe abgelehnt. Ich wollte es lieber traditionell halten. Also hat sie darauf bestanden, wenigstens die Einladungen per E-Mail bestätigen zu lassen. Ich habe zögerlich zugestimmt, und seitdem hängt sie ständig in ihrer Inbox und zählt die Zusagen.

»Es wird alles gut werden, Ade. Das Interesse auf Instagram steigt, und wir bekommen laufend neue Anfragen. Morwenas Post hatte keine so großen Auswirkungen, wie wir anfangs befürchtet haben.«

»Apropos.« Ihre Augen werden schmal. »Ich kann immer noch nicht glauben, dass du diese Hexe eingeladen hast. Und sie hat auch noch zugesagt! Hat sie denn überhaupt kein Schamgefühl?«

»Die Antwort darauf kennen wir doch: natürlich nicht!«, erwidere ich lachend. »Sie ist einfach einsam. Da kann man schon mal die Nerven verlieren – das weiß ich aus Erfahrung. Außerdem habe ich jemanden für sie eingeladen … vielleicht bekommen wir doch noch den Influencer-Boost.«

Ade winkt ab. »Ach, das interessiert mich längst nicht mehr. Micro-Influencer ist das neue Schlagwort.«

Seit mir unsere Zahlen nicht mehr so wichtig sind, legt auch Ade nicht mehr so großen Wert darauf. Sie ist immer noch davon besessen, so viele Leute wie möglich an Bord zu holen, doch sie erschließt neue Wege, um ihr Ziel zu erreichen. Es geht ihr inzwischen mehr um die Zeit, die Leute auf unserer Website und den Accounts verbringen, und wie viel Zustimmung unsere Social-Media-Posts erfahren. Ich kümmere mich kaum darum, sondern lasse sie ihren Job machen.

Stu – der heute mit einer pinkfarbenen, weiß gepunkteten Fliege erschienen ist – ist mittlerweile ganz offiziell zu uns ins Büro gezogen und arbeitet an einem dritten Schreibtisch an seinen zahlreichen Freelanceprojekten.

Es ist schön, ihn um sich zu haben. Er hilft mir manchmal,

den passenden Partner für meine Klienten zu finden, und schlägt auch immer wieder neue Orte für die ersten Dates vor. Wir haben einige zusammen besichtigt, waren zum Beispiel in seiner Kletterhalle und auf einer Wanderung im Peak District. Obwohl Ade uns unbedingt als Paar sehen will, hatten wir allerdings noch kein richtiges Date. Dazu bin ich noch nicht bereit.

»Es ist bald so weit. Wie fühlst du dich?« Stu wirft einen Blick auf die Uhr, und ich sehe auf die beiden goldenen Zeiger. Es ist fünf Minuten vor sieben. »Ich schätze, die Gäste werden nicht alle gleichzeitig um Punkt sieben zur Tür hereinströmen.«

»Richtig«, stimme ich ihm zu. »Trotzdem bin ich froh, dass ihr alle hier seid. Dann bin ich weniger nervös.«

»Es wird alles gut«, sagt er, legt den Arm um meine Schulter und drückt mich an sich. »Du hast tolle Arbeit geleistet.«

»Das waren wir alle zusammen.«

Stu, Verity und Ade sind seit drei Uhr nachmittags im Restaurant, nachdem wir gestern bis weit nach Mitternacht Rosen in Kupfervasen gesteckt und Requisiten für unsere selbst gemachte Fotobox zusammengeklebt haben. Wir haben unsere neu gestalteten Visitenkarten auf den Tischen verteilt, und Stu hat Lautsprecher für ein DJ-Pult angekarrt. Es gibt sogar eine Discokugel, die auf uns herableuchtet.

Verity hat sich um mein Outfit gekümmert. Ich trage ein blassrosa Kleid im Fünfzigerjahrelook und einen weißen Spitzenunterrock, in dem ich mich wahnsinnig gern drehe. Sie hat meine Haare zu einem komplizierten Nackenknoten zusammengefasst, in den sie einige Rosen gesteckt hat.

Verity kommt aus der Toilette. Sie hat sich gerade umgezogen, und wir jubeln, als wir sie sehen. Sie trägt einen leuchtend roten Anzug und winzige gleichfarbige Rosen in ihren Afrolocken. Dazu kombiniert sie eine herzförmige Clutch. Wir stehen nebeneinander, starren auf die Tür und warten auf die ersten Gäste, bis Bobby zu uns kommt und uns erklärt, dass wir damit jeden möglichen Gast sofort verschrecken werden. Er meint, wir sollen uns lieber einen Drink besorgen und uns entspannen, und er hat recht. Ich lache gerade über einen von Veritys Witzen, als mir jemand auf die Schulter tippt. Ich drehe mich um und sehe Jane und Usman, die mir grinsend gegenüberstehen.

»O mein Gott!«, kreische ich. »Ihr seid wirklich gekommen! Das ist verrückt. Ich wollte euch doch nur Bescheid geben.«

»Wir waren so gerührt, dass du uns eingeladen hast«, erwidert Jane. »Außerdem wollte ich schon immer mal nach England. Wir fahren morgen nach London. Zur Queen.«

»Du bist noch so braun«, staune ich und halte meinen blassen Arm zum Vergleich neben ihren.

»Das ist doch nur Fake.« Sie lacht, als Tom und Elijah das Restaurant betreten.

Elijah trägt einen weißen Anzug und eine pinkfarbene Fliege, Tom schwarze Skinnyjeans und rote Converse. Ich winke sie zu uns, lasse mir von Elijah dreimal umständlich einen Kuss auf die Wangen hauchen und stelle die Gäste einander vor. Sie beginnen mit Small Talk. Tom erzählt von den Flitterwochen (sie sind beide braun geworden), während ich die Hand auf meinen Bauch presse, um die tanzenden Schmetterlinge zu beruhigen. Das ist das erste Mal, dass ich all die Leute zusammen in einem Raum sehe, die ich belogen habe. Meine Haut beginnt vor Scham zu jucken, wenn ich daran denke – obwohl Stu und Verity viel Zeit investiert haben, um mir klarzumachen, dass es keinen Grund dafür gibt.

Elijah drückt meinen Ellbogen, während Jane und Tom sich unterhalten, Usman steht schweigend daneben. Verity und Ade diskutieren gerade, welche meiner neuesten Klienten sie ins Auge gefasst haben und wie sie mit ihnen ins Gespräch kommen wollen. Stu ist los, um Bobby zu helfen, die Discostrahler einzuschalten, die wir gemietet haben.

»Ich war sehr traurig, als ich das mit Harry erfahren habe«, flüstert Elijah.

Ich schlucke. Das hier ist vermutlich das erste von sehr vielen ähnlichen Gesprächen, denen ich mich heute Abend stellen muss.

»Danke. Es tut mir leid, dass ich dich angelogen habe.« Jedes Mal, wenn ich Elijah während einer seiner zahllosen Rauchpausen auf der Straße traf, wünschte ich mir, er würde sich bei meiner Agentur anmelden, und wir könnten Freunde werden. Als er es endlich tat, war ich begeistert … Doch dann fiel mir ein, dass ich Harry einmal beim Small Talk erwähnt hatte, und ich bereute es sehr, denn es bedeutete, dass wir nie die Freundschaft haben würden, die ich mir wünschte.

»Mach dir keine Gedanken darüber«, meint er. »Tom und ich verstehen dich. Wir sind froh, dass wir dich kennenlernen durften, und wir hoffen, dass unsere Freundschaft noch lange anhält.«

»Ja, das wäre schön«, erwidere ich, als James und Elena Hand in Hand durch die Tür treten.

»O Gott!« Elijah stöhnt, als er sie sieht. »Der Kerl kommt manchmal zu mir in den Salon. Er ist furchtbar langweilig und ein Weinfreak.«

»Er ist gar nicht so übel«, erwidere ich und winke die beiden zu uns.

Da sehe ich, dass James misstrauisch an dem Cava schnüffelt. Er flüstert Elena etwas ins Ohr, und sie lacht und verpasst ihm einen spielerischen Klaps auf den Oberschenkel.

»Ziehen Sie gerade über den Wein her, James?«, frage ich lächelnd, und James' Wangen beginnen zu glühen. »Keine Sorge, eines Tages kann ich mir Wein leisten, der Ihrem Geschmack entspricht.«

»Ja, wenn Sie in der Lotterie gewinnen«, erwidert Elena und stößt mit mir an. »Mir schmeckt er jedenfalls. Tolle Party, Caitlin.«

Ich sehe mich um. Das Restaurant füllt sich langsam, mehrere Gruppen stehen bereits zusammen und unterhalten sich angeregt. Ich war besorgt, dass die Valentinstagdeko zu übertrieben wirken könnte, doch die Gäste nehmen dem Kitsch die Schärfe, und es funktioniert.

»Hier hatten Sie beide Ihr erstes Date«, erinnere ich mich, und Elena lacht und verdreht die Augen.

»Ich hätte mich beinahe zu Tode gelangweilt!«

»Hey!«, protestiert James. »So schlimm war es doch gar nicht, oder?«

»Du wolltest mir tatsächlich den Unterschied zwischen einem Shiraz und einem Merlot erklären.«

»Das sind doch wichtige Informationen!«

Ade steht wartend mit der Kamera neben uns und stupst mich an. »Wir brauchen Bilder von allen Paaren, die du bis jetzt zusammengebracht hast«, hat sie mir aufgetragen. »Ich werde sehr streng sein, was das betrifft.«

»Würden Sie vielleicht für meinen Instagram-Account posieren?«, frage ich die beiden. Elena fährt sich bereits mit den Fingern durch die Haare. »Ich weiß nicht, ob Sie es schon gesehen haben, aber ich mache etwas Neues. Ich erzähle Geschichten über die wahre Liebe, und die Tatsache, dass Ihr erstes Date nicht optimal angelaufen ist, wäre eine nette Lektion für andere. Man sollte beim ersten Date immer Rücksicht darauf nehmen, wie nervös das Gegenüber ist.«

»Wenn es nicht so wäre, wäre ich wohl für immer Single geblieben«, meint James und zieht Elena für das Foto an sich.

»Uns gefällt der Relaunch echt gut«, erklärt Elena. »Und die Sache mit Harry tut uns sehr leid.«

Ich habe mich gegen ein offizielles Statement auf der Party entschieden, es erschien mir einfach unpassend. Stattdessen habe ich mit Ades und Stus Hilfe einen Blogbeitrag für die Website verfasst, in dem ich erkläre, was passiert ist und warum ich es geheim gehalten habe. Der Beitrag wurde von der örtlichen Presse aufgegriffen, eine nette Journalistin namens Jessica kam zu mir nach Hause und interviewte mich für einen einfühlsamen Artikel, der in der vergangenen Woche veröffentlicht wurde.

Trotzdem rührt sich etwas in mir. Ich schlucke es hinunter, beschließe, mich für eine Minute zurückzuziehen und herauszufinden, was es ist. Ich habe Verity versprochen, so viele Pausen wie möglich einzulegen, um einen klaren Kopf zu bewahren. »Du bist die Gastgeberin«, meinte sie vorhin. »Du hast jede Menge gute Gründe, um zwischendurch mal abzuhauen. Schick mir einfach eine Nachricht mit unserem Code, dann treffen wir uns im Flur.«

Also wende ich mich an Elena: »Danke. Ich muss mich nur schnell um die Canapés kümmern.«

Bei dem Code handelt es sich um ein winkendes WhatsApp-Emoji, doch Verity unterhält sich gerade mit einem tätowierten Kunden, und ich will sie nicht stören. Also schlängle ich mich durch die Gäste, heiße sie im Vorbeigehen herzlich willkommen und verschwinde anschließend im Flur.

Erst jetzt fällt mir auf, dass ich nicht richtig geatmet habe, mein Herz hämmert. Ich atme langsam durch die Nase ein und durch den Mund wieder aus und versuche, das Gefühl zu ergründen. Es ist seltsam, ich kann es nicht benennen.

»Du hast den Code vergessen!« Verity tritt mit einem Glas Cava auf mich zu und drückt es mir in die Hand. Wir setzen uns mit ausgestreckten Beinen auf den Boden.

»Du hast dich unterhalten. Rory war das, glaube ich. Grafikdesigner ist er, richtig?«

»Genau. Mein Gott, wie merkst du dir das alles?«

»Das ist mein Job. Er hat eine Katze namens King Diddy und fährt in seiner Freizeit gern Skateboard.«

»Okay, das war's dann. Ich könnte nie mit einem Mann ausgehen, der mit über zwanzig noch Skateboard fährt.«

Ich stoße ihr in die Seite. »Du solltest ihm eine Chance geben. Mir geht es gut, geh wieder raus.«

»Nein, dir geht es *nicht* gut. Deshalb bist du ja hier und machst Atemübungen, anstatt deine tolle Party zu genießen.«

»Ich habe einfach Angst, dass alle über mich reden. Dass sie mich für einen Loser halten. Ich war so überzeugt von dem neuen Plan, aber jetzt wünsche ich mir vor allem, Harry könnte hier sein und mir sagen, dass ich das Richtige tue.«

»Du tust das Richtige.« Die Stimme kommt vom anderen Ende des Flurs, und ich erkenne sie sofort. Sarah steht mit einem Blumenstrauß in der Hand neben meiner Mum. Sie kommt näher, ihre Stöckelschuhe klappern, während meine Mutter in flachen Ballerinas hinter ihr herhastet. Ich stemme mich eilig hoch, und Sarah drückt mir die Blumen in die Hand. Sie umarmt mich, gefolgt von Mum, die mir ins Ohr flüstert, wie stolz sie auf mich ist.

Jetzt, wo ich umringt von diesen wunderbaren Frauen auf

dem Flur stehe, beruhigt sich meine Atmung langsam wieder, und ich stecke meine Nase in den Blumenstrauß.

Verity bricht das Schweigen. »Die Leute reden wirklich über dich.«

»Verity!« Meine Mutter schnappt aufgebracht nach Luft, doch Verity lässt sich nicht beirren.

»Sie reden darüber, wie mutig du bist, wie sehr sie dich mögen und dass sie nur das Beste für dich wollen. So reden hier alle über dich.«

»Sie hat recht«, bestätigt Sarah. »Viele meiner Bekannten haben mir von dem Artikel erzählt. Sie meinten, es sei sehr mutig gewesen, es gefällt ihnen, wie ehrlich du warst. Und du weißt, dass Harry dasselbe gedacht hätte.«

Eine Träne rollt über meine Wange, und ich wische sie mit der Hand fort. Mum weint ebenfalls. Verity drückt uns zwei Taschentücher in die Hand. »Hört auf, ihr beiden.«

»Schon okay«, sage ich schniefend. »Ich wusste, dass wir heute Abend nicht ohne Tränen überstehen werden. Ich bin so froh, dass ihr hier seid.«

»Du musst nicht wieder hinaus, wenn du nicht willst, Liebes.«

Mum hat wieder begonnen, mich mit Samthandschuhen anzufassen. Sie ruft jeden Tag an und kommt immer wieder ohne bestimmten Grund im Büro vorbei. Ich habe sie so lange ausgeschlossen, dass es nur verständlich ist.

»Aber natürlich will sie das!«, rufen Verity und Sarah gleichzeitig.

Und sie haben recht. Harry hat es gehasst, vor anderen Leuten zu sprechen. Wenn er in seiner Zahnarztpraxis etwas Wichtiges mitzuteilen hatte, sagte er es lieber jedem Mitarbeiter persönlich, anstatt eine Besprechung einzuberufen. Ich erinnere mich, wie er eines Tages von einem Seminar nach Hause kam. Er war kalkweiß, und ich dachte, es wäre etwas Schreckliches passiert, doch er ließ sich bloß aufs Sofa fallen und meinte: »Caitlin, es war furchtbar … Ich musste mich vorstellen! Vor *dreißig* Leuten!«

Doch zwei Wochen vor der Eröffnung meiner Agentur kam er eines Abends in die Küche spaziert, drückte mir einen Kuss auf die Wange und sagte: »Ich will eine Rede über dich halten. Darüber, wie stolz ich auf dich bin.«

Er war mit ein paar Freunden unterwegs gewesen und roch nach Bier, weshalb ich mehr oder weniger erwartete, dass er seine Meinung am nächsten Morgen geändert haben würde, doch ich täuschte mich. Am Tag der Eröffnung zitterten seine Hände zwar wie Espenlaub, aber er hielt trotzdem eine wundervolle Rede. Und genau wie er musste nun auch ich meinen ganzen Mut zusammennehmen, den Menschen dort draußen von ihm erzählen und das Richtige tun.

Ich leere mein Glas. »Mir geht's gut, Mum, gehen wir.«

Draußen ist die Party in vollem Gange, das Restaurant ist voll, es sind sogar schon einige Gäste auf der Tanzfläche. Ich sehe Stu, Ian, Sally und ihre beiden Kinder, von denen eines Stus Dackel im Kreis tanzen lässt. Ich gehe zu ihnen und begrüße sie mit einer herzlichen Umarmung.

»Gehst du mit ihm spazieren?«, frage ich den kleinen Jungen.

Sally sieht nach unten und lacht über den armen Hund, der das Kind nicht aus den großen braunen, aber auch ein wenig verwirrten Augen lässt.

»Er lässt sich wohl eher ziehen.«

Ians Anblick erinnert mich an die zweite große Mission des Abends. Aber ist sie schon da? Oder wird sie überhaupt kommen? In diesem Moment kommt die Gästeschar in Bewegung und rückt kaum merklich nach links. Ein paar Köpfe drehen sich in Richtung Tür. Das muss sie sein – und tatsächlich betritt sie gerade das Restaurant.

Sie trägt ein praktisch durchsichtiges weißes Etuikleid, ihre Brustwarzen drücken sich durch den hauchdünnen Stoff. Eine davon ist offenbar gepierct. Sie trägt eine lange Silberkette, ihre blau gefärbten Haare sind in Locken gelegt und zu einem Turm hochgesteckt. Sie sieht aus wie eine Meerjungfrau, die gerade dem Wasser entstiegen ist, und sie kommt direkt auf mich zu. Doch als sie schließlich zu uns tritt, ist da nichts von der üblichen Überspanntheit zu spüren. Sie kreischt nicht und sagt auch nicht wie »überglücklich« sie sei, mich zu sehen. Stattdessen nickt sie Stu, Sally und Ian zu, streichelt dem Hund über den Kopf und meint dann leise: »Kann ich einen Moment mit Ihnen reden?«

Als wir uns abwenden, höre ich Ians Stimme: »Wer ist denn das?«

Morwena entdeckt einen Ecktisch, an dem zwar bereits zwei Gäste sitzen, doch sobald sie auf die Nische zutritt, stehen diese instinktiv auf und überlassen ihr den Platz. Sie nickt ihnen dankend zu, und nachdem sie gegangen sind, sage ich nervös: »Es ist doch nicht notwendig, dass …«

Doch sie winkt einen Kellner zu sich und nimmt sich ein Glas von seinem Tablett. Sie sieht mich mit großen, glänzenden Augen an. »Caitlin, es tut mir so leid. Ich wusste nichts davon.«

»Das konnten Sie ja auch nicht. Ich habe es Ihnen doch nicht erzählt.«

»Aber ich hätte es wissen sollen. Ich hätte es *spüren* sollen«, meint sie. Ihre Stimme wird immer höher. »Als Ade angerufen und mir alles erzählt hat, konnte ich es kaum glauben. Ich bin normalerweise echt gut in diesen Dingen.«

»Ehrlich, machen Sie sich keine Gedanken«, erwidere ich und frage mich, ob Leute wie sie sich eigentlich jedes Mal Vorwürfe machen, wenn es ihnen nicht gelingt, sich in ihr Gegenüber einzufühlen. »Ich hätte Sie nicht anlügen sollen.«

Doch sie hört mir gar nicht zu, sondern redet weiter. Sie hat – natürlich – alle Posts über mich gelöscht und den Artikel der Journalistin auf ihrem Instagram-Account geteilt. Außerdem will sie in Zukunft alles tun, um mir zu helfen.

Das ist zwar nett, nur nicht das, worüber ich mit ihr reden will. Ich hebe die Hand, damit sie kurz innehält, und sie sieht mich mit offenem Mund an, hört aber tatsächlich auf zu reden.

»Das weiß ich zu schätzen, aber ich will einfach weiterhin so gut es geht meinen Job erledigen und meine Arbeit für sich sprechen lassen«, erkläre ich. »Das heißt, ich werde auch für Sie jemanden finden, denn immerhin sind Sie deshalb zu mir gekommen. Allerdings müssen Sie etwas dafür tun. Ich kann Ihnen keinen Mann herbeizaubern, der alles hat, was Sie sich wünschen. So ein Mann existiert nicht.«

»Sie wollen doch nicht, dass ich mich noch mal mit Rowen treffe, oder?«, fragt sie mit einem kaum merklichen Grinsen.

»Nein, aber ich will, dass der Mann, dem ich Sie heute Abend vorstellen möchte, Ihr wahres Ich kennenlernt. Die Frau, die ihren Tee mit vier Stück Zucker trinkt, Klatschmagazine liest und auch mal verletzlich sein kann. Diese Morwena. Nicht die Kunstform Ihrer selbst.« Ich deute auf ihr Outfit, und sie folgt meiner Handbewegung.

»Aber das ist, was die Leute an mir mögen.«

Ich schüttle den Kopf. »Es tut mir leid, Morwena, das stimmt nicht.« Ich schlucke. Ich war noch nie so streng mit einer Klientin. Normalerweise gewinne ich sie mit Komplimenten für mich und streichle ihr Ego, bis sie vor Selbstvertrauen strotzen. Doch Morwenas Ego ist bereits überdimensional groß – allerdings aus den falschen Gründen. »Ihren Followern gefällt es vielleicht, und ich bitte Sie nicht, Ihre Onlinepersönlichkeit zu ändern. Aber im echten Leben braucht es etwas anderes. Genauso wenig, wie Sie vermutlich mit einer Disneyprinzessin befreundet sein wollen, fühlen sich die Menschen in Ihrer Gegenwart wohl.«

»Sie vergleichen mich mit einer Disneyprinzessin?« Ihre Wangen haben eine zartrosa Färbung angenommen, und mir wird klar, dass sie es als Kompliment aufgefasst hat.

»Ja, aber das ist nicht unbedingt positiv gemeint. Niemand will mit Schneewittchen ausgehen. Dafür ist sie viel zu tugendhaft und perfekt. Außerdem hat sie ewig geschlafen. Und Cinderella ist so zuckersüß. Sie tritt nie für sich selbst ein.«

»Arielle wäre nett.«

»Okay, von mir aus Arielle, aber darum geht es hier nicht. Ich will damit sagen, dass es auch mit diesem Mann nicht funktionieren wird, wenn Sie nicht Sie selbst sind. Er wird Sie als echten Menschen kennenlernen wollen, und ich will unbedingt, dass es klappt. Ich habe ein gutes Gefühl dabei.«

Ihr Gesicht nimmt wieder diesen verletzlichen Ausdruck an, und sie schiebt die Unterlippe vor. »Und Sie glauben, er mag diesen Teil von mir?«

»Das weiß ich bestimmt.«

»Gut, dann versuche ich es«, erklärt sie und erhebt sich dank ihrer hochhackigen Schuhe etwas wackelig. Ich nehme ihre Hand und führe sie über die Tanzfläche. »Was? Ich soll ihn *jetzt* schon kennenlernen?«, flüstert sie mir ins Ohr.

»Entweder jetzt oder nie«, erwidere ich und tippe Ian auf die

Schulter. »Ian, ich würde dir gern jemanden vorstellen. Das ist Morwena. Morwena, Ian. Ian, Morwena.« Er nimmt ihre Hand, küsst sie und richtet den Blick dann direkt auf ihre Brust.

»Tolle Kette. Quarz, oder?«

Sie greift nach dem Anhänger. »Woher wissen Sie das?«

»Ich bin Geologe«, erklärt er. »Quarz ist eines der stärksten Materialien, die es gibt.«

»Ich hoffe, er macht mich ebenfalls stark«, erwidert sie und wirft mir einen schnellen Blick zu. »Das hier ist reinster Quarz.« Sie wird rot. »Tut mir leid, das wissen Sie bestimmt. Er soll mir helfen, die Dinge klarer zu sehen und nicht immer nur von einem einzigen Blickwinkel aus …«

Sallys kleiner Junge kommt angelaufen und zieht Ian am Arm. »Hey, Ian, spielen wir Verstecken?«

»Nur wenn die Lady hier mitspielt.« Ian deutet auf Morwena, und der Junge schnappt nach Luft.

»Aber sie ist eine Prinzessin!«

»Prinzessinnen spielen auch Verstecken«, erwidert Morwena. »Ian soll bis zehn zählen, und wir suchen uns inzwischen ein Plätzchen, einverstanden?«

Ich sehe ihnen eine Weile zu. Morwena und der kleine Alex verstecken sich unter einem Tisch. Das rot-weiße Tischtuch wäre eine gute Tarnung gewesen, wenn das aufgeregte Kichern nicht wäre, das zu vernehmen ist, als Ian an den Tisch tritt und laut in die Runde fragt: »Wo sind die beiden denn nur?«

»Sieht aus, als hättest du wieder Erfolg«, meint Stu, der auf einmal neben mir steht.

»Hoffentlich.«

»Wie machst du das nur? Ich hätte die beiden nie als Paar gesehen.«

»Es ist wirklich nur ein Gefühl, das ich plötzlich habe. Ich schätze, ich weiß, wie die Leute ticken. Es war eine Zeit lang verschwunden, aber jetzt kommt es langsam wieder.«

Seine Haare fallen ihm ins Gesicht. Er hat ein rundes Muttermal seitlich über der Oberlippe. Mein Magen überschlägt sich unzählige Male hintereinander, während ich zusehe, wie er mit großen Schlucken aus seinem Glas trinkt und sich seine Unterarmmuskeln anspannen. Mein Blick fällt auf die Augenringe, die von den vielen schlaflosen Nächten vor dem Relaunch zeugen.

Ich denke daran, was meine Mutter vor ein paar Wochen zu mir gesagt hat. »Harry hätte gewollt, dass du wieder einen netten Mann findest.« Es kam wie aus dem Nichts, als sie mir gerade Tee einschenkte, und ich rang mir ein knappes: »Ja, das hätte er«, ab und dachte an den Abend unter dem glitzernden Sternenhimmel, als Stu ein Taxi für mich rief und mir sanft die Hand auf den Rücken legte, während ich einstieg. An sein fröhliches Winken, als ich davonfuhr.

»Stu?«

Ich wende mich zu ihm um, und wir sehen einander in die Augen. Die Spannung zwischen uns ist beinahe greifbar, aber ich weiß nicht, was ich sagen soll. Ich habe keine Ahnung, was das Richtige ist. Die Luft ist zum Zerreißen gespannt.

Verity taucht auf einmal neben mir auf und kneift mich.

»Bitte nicht böse sein«, flüstert sie.

»Warum sollte ich denn böse sein?«

Ich sehe zur Tür. Eine unbekannte Frau hat das Restaurant betreten und sieht sich verzweifelt um, bis sie Verity entdeckt und auf sie zueilt.

»Verity«, sagt sie und beißt sich auf die Lippe. »Hallo!« Sie legt sich die Hand über die Augen. »Mein Gott, glaubst du, es funktioniert? Wird sie mir verzeihen?«

Jetzt weiß ich, wer sie ist. Ich strecke ihr die Hand entgegen. »Du musst Hannah sein, hab ich recht?«

Sie nickt und sieht sich erneut um. »Rede mit ihr«, erklärt Verity. »Sie geht grad raus, eine rauchen.«

Hannah macht auf dem Absatz kehrt und sprintet auf die Tür zu.

Jeremiah kommt zu uns und drückt Veritys Schulter. »Hey, du hast es geschafft!«

»Du wusstest es?«, frage ich ihn überrascht.

»Yep«, erwidert er verlegen. »Verity hat mir davon erzählt und wollte meinen Rat. Sie wollte sichergehen, dass sie das Richtige tut.«

Verity und Jeremiah haben sich einige Male getroffen, waren zusammen bei Comedygigs, mittlerweile ist eine unkomplizierte, entspannte Freundschaft zwischen ihnen entstanden. »Es geht uns beiden besser so«, hat mir Verity kürzlich erklärt. »Er hat sogar eine Neue. Eine Schneiderin, ob du's glaubst oder nicht. Sie näht ihm jetzt seine verdammten T-Shirts.«

Er trägt anscheinend eines davon – das T-Shirt ist voller kleiner Zeichentrickastronauten. Es sieht so perfekt aus, als hätte er es in einem Laden gekauft.

»Und was hast du gesagt?«, frage ich ihn.

»Ich habe gesagt, dass sie aufhören soll, sich einzumischen! Aber natürlich hat sie nicht auf mich gehört.«

»Hannah hat vor ein paar Wochen mit ihren Eltern geredet«, erklärt Verity. »Kurz darauf bin ich nach London und habe mich mit ihr auf einen Drink getroffen. Sieht aus, als würden die beiden es langsam akzeptieren.«

»Und Ade? Glaubst du, sie wird ihr verzeihen?«

Verity sieht zu Tür. Ade und Hannah betreten das Restaurant gerade Hand in Hand. »Da hast du deine Antwort. Wird es nicht langsam Zeit für deine Rede?«

»Wenn du willst, kannst du dich vor das DJ-Pult stellen«, meint Stu und zeigt auf eine kleine Bühne. »Ich habe ein Mikrofon für dich aufgestellt.«

Ich zittere, während ich auf das Podest zugehe und versuche, mich auf die lächelnden Gesichter der Gäste zu konzentrieren. »Sie wollen alle nur das Beste für dich, Cait«, sage ich mir immer wieder leise murmelnd vor.

Und dann stehe ich auf der winzigen Bühne. Sie ist nicht sehr hoch, doch es fühlt sich trotzdem seltsam an. Ein Scheinwerfer brennt auf mich herunter. Ich tippe sanft auf das Mikrofon, doch niemand nimmt davon Notiz. Das Gemurmel ist zu laut. Ich versuche es erneut, dieses Mal mit zwei Fingern. Ein paar Gäste heben den Kopf, sie werden Zeugen meines misslungenen Versuchs, mir Gehör zu verschaffen. Ian, Stu und Morwena versuchen, die Leute in ihrer Nähe zum Schweigen zu bringen, und deuten in meine Richtung, doch mein Herz klopft immer noch viel zu schnell. Ich betrachte wie erstarrt die unzähligen verschwommenen Gesichter in der Menge vor mir.

Plötzlich spüre ich eine warme Hand auf meiner und merke, wie Verity das Mikrofon nimmt.

»Hallo, Leute«, sagt sie laut und zieht damit sofort alle Aufmerksamkeit auf sich, was mir Zeit verschafft, wieder zu Atem zu kommen und mich zu beruhigen. »Ich weiß, dass die Drinks echt super sind, aber unsere liebe Caitlin hat ein paar Worte zu sagen. Danach könnt ihr sie wieder in Ruhe genießen, versprochen.«

Sie gibt mir das Mikro, ich bin ihr unheimlich dankbar. Ihre Anwesenheit auf der Bühne hat die Menge in ein Meer aus lächelnden Gesichtern verwandelt, und ich habe keine Angst mehr.

»Mein Mann war nicht perfekt«, erkläre ich mit zitternder Stimme, bemüht, ein wenig lauter weiterzusprechen. »Er ließ überall im Haus Bleistiftspäne herumliegen, er vergaß, mir Bescheid zu sagen, wenn er wieder einmal mit Kollegen auf einen Drink ging, und er war besessen von Computerspielen. Außerdem ließ er nicht einen Tag zu, dass ich mir nur schnell die Zähne putzte, auch wenn ich noch so müde war. Er stand jedes Mal daneben und gab wie ein besorgter Vater darauf acht, dass ich die zwei Minuten durchhielt.«

Die Gäste lachen, und ich bin froh darüber. »Mach nicht zu viele Zahnarztwitze«, hatte Verity mit einem Blick auf meine ursprüngliche Rede gemeint. Die erste Version hatte noch vier weitere Witze enthalten.

»Vermutlich hätte sich das niemand von euch gedacht, und allen, die in letzter Zeit meinen Instagram-Account angesehen haben, ging es sicher genauso. Aber hinter jedem Bild, das gepostet wird, steht eine Geschichte. Da ist der Alltag, an dem man darüber streitet, wer bei Regen den Müll hinausbringt, und darüber debattiert, ob der Partner wirklich noch ein verdammtes Computerspiel starten muss. Manchmal wünschte ich, mein Mann wäre anders gewesen. Ich wünschte mir, er hätte mir eine Mulberry-Tasche zum Geburtstag gekauft, ein Foto von mir gemacht und es mit einer romantischen Liebeserklärung gepostet.« Ich mache eine kurze Pause. »Mittlerweile bereue ich es, denn er war vielleicht nicht perfekt, aber er gehörte zu mir.«

Inzwischen ist es vollkommen still im Restaurant, nur aus einer Ecke dringt leises Schniefen. Ich bin mir nicht sicher, ob ich den Gästen erklären muss, was mit Harry passiert ist. Oder ob sie alle den Zeitungsartikel gelesen haben. Doch die Stille im Raum sagt mir, dass sie es wissen. Sie hören mir aufmerksam zu.

»Ich will nicht, dass Sie denselben Fehler machen wie ich. Dass Sie sich einen Schnappschuss aus dem Leben anderer Leute ansehen und daraus schließen, dass Ihr eigenes Leben nicht mithalten kann. Vielleicht hat Ihr Partner einen seltsamen Spleen – er könnte zum Beispiel ein echter Weinkenner und davon besessen sein …« Ich höre Elena lachen und stelle mir vor, wie sie James in die Seite stößt. »… Aber das ist okay. Ich will, dass Sie wissen, dass Ihr Partner – oder Ihr zukünftiger Partner – nicht all Ihre Wünsche erfüllen kann. Sie werden andere Leute finden, die Ihr Hobby teilen oder gern mit Ihnen auf Hard-Rock-Konzerten in der Menge abtauchen. Sie sollten das Gesamtbild sehen: Ihr bester Freund, Ihre beste Freundin, Ihre Eltern, Ihre Kollegen. Sie alle sind ein Teil von Ihnen und machen Sie ganz. Jede Beziehung hat einen Wert, und das Wichtigste überhaupt ist, Menschen zu haben, die man liebt. Dazu sollten auch Sie selbst gehören. Ich habe auf die härteste Art gelernt, dass Liebe sehr viel mehr ist als die Person, mit der man ausgeht, oder die Person, mit der man verheiratet ist. Liebe ist alles – wir sollten jeden Tag daran festhalten. Und jetzt trinken wir auf die Liebe!«, rufe ich, und meine Stimme bricht nur kaum merklich. Ich hebe mein Glas.

»Auf die Liebe«, hallt es dutzendfach aus dem Publikum zurück.

Meine Knie scheinen unter mir nachzugeben, doch dann sehe ich hoch in all die lächelnden Gesichter. Ich höre die Stimmen meiner Gäste, und plötzlich spüre ich es. Es gleicht einem Flüstern in meinem Ohr. Etwas hält mich fest, und auch wenn ich allein auf der Bühne stehe, weiß ich, dass er hier bei mir ist.

DANKSAGUNG

Wie Caitlin wäre auch ich nicht die Person, die ich heute bin, ohne die Liebe der Menschen, denen ich hier danken möchte. Und dieses Buch wäre kein vollständiges, reales Buch mit einer Handlung, ohne die Liebe und Zuwendung anderer.

Die Hauptperson ist dabei natürlich meine wundervolle Lektorin Katie Brown, die immer genau wusste, was die Geschichte und die Charaktere brauchen, und jeden noch so leisen Gedanken in meinem Hinterkopf in Worte fasste, bevor er sich überhaupt vollständig entwickeln konnte. Sie ist einer der am härtesten arbeitenden Menschen, die ich je kennengelernt habe, und ich hoffe *The Matchmaker* hat mir eine starke, lustige und talentierte neue Freundin beschert. Das Buch würde nicht existieren, wenn es sie nicht gegeben hätte – genauso wie den Rest von The Trapeze: Leanne Oliver, Jennifer Kerslake, Sam Eades (der erste Mensch, mit dem ich mich über die Idee der schummelnden Datingexpertin unterhielt) und Elaine Egan, die mich Sam vorstellte, nachdem ich ihr unzählige Male beim Frühstück von dem Plot vorgeschwärmt hatte.

Dann sind da noch meine liebenswürdige, vollkommen verrückte Agentin Diana Beaumont (ich hätte das Buch auch ohne Honorar geschrieben, deshalb brauchte ich sie unbedingt) und meine Autorenkollegin Lucy Vine, die mir Diana vorgestellt hat. Sie war von Anfang an unglaublich liebenswürdig und hat mich unterstützt, obwohl sie mich kannte und wusste, dass ich gern zu viel Wein trinke und mir vorstelle, wie es wäre, einen Roman zu schreiben.

Danke auch an den Super Cool Writing Club (ja, der Name ist mittlerweile offiziell): Stacey Halls, Claire Frost, Cyan Turan und Sophie Hines, meine Erstleser. Unsere Treffen waren immer die ausschlaggebende Motivation, wieder ein paar Worte mehr zu Papier zu bringen.

Ich hätte es nie geschafft, mich um sechs Uhr morgens aus dem Bett zu quälen, um vor der Arbeit an meinem Buch zu schreiben, hätte ich nicht gewusst, dass meine Kollegen so freundliche und witzige Menschen sind. Ich danke vor allem Amy Grier, die immer mein Fels in der Brandung war, und Farrah Storr, die mir zeigte, wie wichtig eine gute Redaktion ist und dass man niemals Angst vor dem Rotstift haben sollte. Die beiden machen zusammen mit Lottie Lumsden, Daniella Scott, Kate Pasola, Hannah Jones, Stephanie Jackson, Jennifer Savin, Claire Hodgson, LC, Amy Bannerman und dem gesamten *Cosmopolitan*-Team sogar einen langen Arbeitstag zur hellsten Freude.

Ich hätte es nie ohne die Unterstützung meiner Freundinnen und Freunde geschafft, die mir geduldig zuhörten, wenn ich ihnen wieder einmal erklärte, dass ich nicht ausgehen kann, weil ich an meinem Buch schreiben muss (und die mich dann nicht daran erinnerten, wenn wir am Ende doch noch bei einem Drink zusammensaßen)! Sie haben mich aus meiner ganz persönlichen Trauer befreit, und dafür kann ich ihnen gar nicht genug danken. Ich habe all ihre Persönlichkeiten in dem Band vereint, das Verity und Caitlin verbindet. Zu den Power 7, deren Freundschaft mir schon über Jahrzehnte Kraft gibt, zählt unter anderem die richtige Verity, die eigentlich sehr wenig mit Caitlins Verity gemeinsam hat (sie ist zum Beispiel eine hervorragende Köchin), deren Umarmungen aber trotzdem die tollsten der Welt sind. Und Jennie (deren Atemtechniken während der Yogastunde eine Szene in diesem Buch inspirierten, was irgendwie seltsam klingt, wenn man es niederschreibt), Eleanor (mein Metadata-Crack), Anne (von deren unglaublicher Familie und Tante ich die Idee für die Druncles geklaut habe), Louise (mit der ich mehr oder weniger verheiratet bin) und Amber (von deren Lächeln ich nie genug bekommen kann). Und dann sind da natürlich noch ihre Partner Gary, Ewan, Eliot und James – die mir zeigten, wie glückliche Paare aussehen, und damit Caitlins Arbeit inspirierten. Auch Edway und Annabelle und die vielen Erinnerungen an Sheffield haben dieses Buch inspiriert, und ich finde es großartig, dass wir immer noch gemeinsam lachen können und einander genauso lieben wie damals.

Danke an Ed, einen meiner ersten Leser, der so begeistert von Harrys Freundlichkeit war. Ich wusste, dass ich einen starken (wenn auch toten) Charakter erschaffen hatte, als du vollkommen außer dir warst, dass Harry Caitlin womöglich betrogen haben könnte.

Dale Lewis, ich bin so froh, dass du ein Teil von uns bist. Heather, es tut mir leid, aber irgendwann wird es eine richtige Figur geben, die ich nach dir benennen werde (obwohl ich den Blindenhund mit dem verloren gegangenen Geruchssinn wirklich liebe). Stu 2 – nein, das ist kein Zeichen, dass ich in dich verliebt bin. Danke an Mattmate, Corinne, Isla und Neel, dass ihr mich immer weiter angespornt habt. Danke an Brad und Klaus, dass ihr Ian beschäftigt habt, während ich gearbeitet habe. Danke meine Jugendfreunde Seth, Gill und Conan (danke, dass du die E-Mails gelesen hast, die ich an dich geschrieben habe, obwohl ich eigentlich das hier redigieren sollte) und an meine neuen Freunde, die griechischen Ladys, die meinem rastlosen Gehirn Ruhe gewährten, als ich es am dringendsten brauchte: Hannah, Meg, Roxie und Ciara.

Ich wäre wirklich nicht ganz, wenn mein Dad nicht wäre, der mir wohl das Schriftstellergen vererbt hat, und dafür danke ich ihm. Genauso wie meiner unglaublichen, kleinen Familie: Meiner Schwester Bex, die vermutlich noch aufgeregter ist, als ich selbst es bin, was dieses Buch betrifft, Brendan, der unendlich viele Folgen von *First Date* ertragen musste, wenn ich Inspiration suchte, Alex, dessen Leben neue und dringend benötigte Freude in unser Leben brachte. Und natürlich Caitlin – ich hoffe, dass du es eines Tages cool finden wirst, dass die Hauptfigur in einem Buch nach dir benannt wurde (und nicht nur ein Blindenhund, sorry, Heather).

Danke an Richard und Lynda, dass sie immer da sind. Und danke an meine neuere, aber genauso geliebte Familie: Rose, Greame, Paul und Becca – danke, dass ich von Anfang an willkommen war, und vor allem ein großes Dankeschön an Rose, die mir gezeigt hat, wie echte Weihnachtsdeko aussieht (und damit ebenfalls Teile dieses Buches inspiriert hat).

Natürlich danke ich auch meinem Mann Ian Hunter, der sich am Wochenende nicht nur um meine verfilzten Haare kümmerte, während ich an diesem Buch schrieb, sondern der mir auch zeigte, wie eine beständige, unerschütterliche Liebe aussieht. Es gibt niemanden, mit dem ich lieber über meinen Tag reden würde.

Zuallerletzt danke ich meiner Mum, für alles, was sie mir gegeben hat. Ich wünschte, sie wäre hier, um das zu lesen, aber ich weiß, dass sie – genauso wie Harry bei Caitlin – irgendwo in meiner Nähe ist, und ich hoffe, dass an diesem unkomplizierten, ruhigen Ort Frieden herrscht.